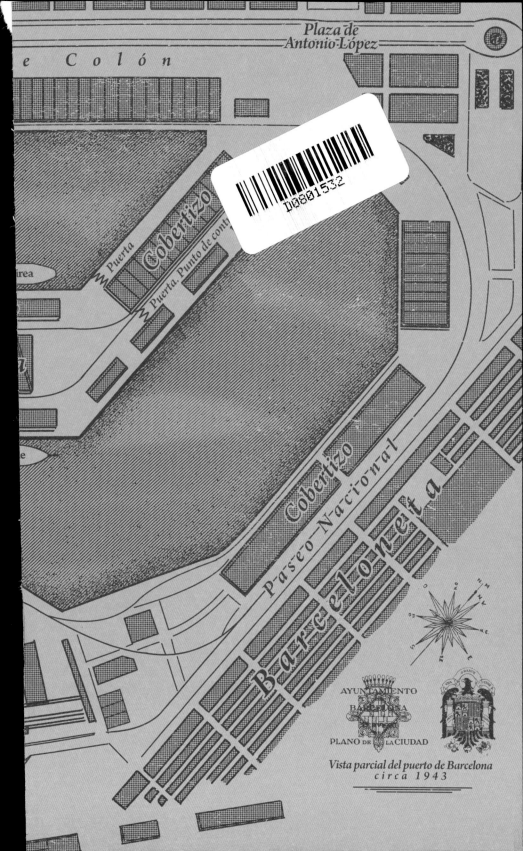

e C o l ó n

Plaza de
Antonio·López

Cobertizo

Puerta

Puerta, Punto de conti

irea

Cobertizo

Paseo·Nacional

B-a-r-c-e-l-o-n-e-t-a

AYUNTAMIENTO
BARCELONA
PLANO DE LA CIUDAD

Vista parcial del puerto de Barcelona
circa 1943

El intercambio

El intercambio

Fernando Aleu

Rocaeditorial

© 2018, Fernando Aleu

Primera edición: noviembre de 2018

© de esta edición: 2018, Roca Editorial de Libros, S. L.
Av. Marquès de l'Argentera 17, pral.
08003 Barcelona
actualidad@rocaeditorial.com
www.rocalibros.com

Ilustración de las guardas: Luis Bustos

Impreso por RODESA
Villatuerta (Navarra)

ISBN: 978-84-17541-19-4
Depósito legal: B. 22867-2018
Código IBIC: FA; FH

RE41194

INTRODUCCIÓN

1

En el Harmonie Club

Nueva York, 2 de agosto de 1943

Los árboles de Central Park refrescaban aquel atardecer de verano. La fina lluvia de los días anteriores había limpiado el aire y el cielo era luminosamente azul por el este y dorado por el oeste. Había hecho un día espléndido. Tras su larga jornada en el hospital Monte Sinaí, el doctor·Werner Applefeld bajaba andando hacia el sur por la Quinta Avenida las treinta manzanas que lo separaban de la cita con su buen amigo Richard Broms. Al llegar a la calle 60 Este, giró noventa grados, cruzó la calzada y entró en el portal del número 4, un edificio imponente al que prefería llamar por su viejo nombre, The Gesellschaft Harmonie Club. Desde su creación, noventa y un años atrás, se había convertido en una auténtica ciudadela en Manhattan para los judíos de origen alemán.

—*Guten Abend, Herr Doktor* —le saludó el conserje.

En el Harmonie seguían hablando en alemán, pero ya había una tendencia a dejar de usar aquel idioma, no en vano Estados Unidos estaba en guerra contra Alemania. Durante el resto de la tarde, Werner no volvió a emplear su lengua nativa.

Había caminado a buen paso para no llegar tarde a su «copa con Richard», un rito que se cumplía por ambas partes cada primer miércoles de mes a las seis en punto de la tarde, siempre en el Harmonie. La prueba de que ese momento de camaradería era muy apreciado por ambos, que eran personas muy atareadas, es que muy raras veces uno de los dos llamaba para cancelar la cita.

El ascensor se detuvo en el piso del restaurante. Allí, sentado a una mesa junto al bar y parcialmente oculto por un ejemplar del *New York Post* abierto de par en par, Richard leía con un pitillo colgándole de los labios. En cuanto vio a Werner, dibujó aquella críptica sonrisa que tan bien conocían sus colegas de las redacciones.

—Pensé que no ibas a llegar nunca —dijo sin disimular un tono más bien seco.

—¡Pues yo pensaba que los periodistas del *New York Times* no leían nunca el *Post*! Buenas tardes, Richard.

—Siéntate y pide como siempre tu maldita taza de té, que yo me tomaré un escocés con hielo. Estoy muy bien y el whisky me sentará mejor. Desde que me mandaste al hospital, no he vuelto a tener jaqueca. Ni una sola vez. Eres un buen médico, Werner.

—Y tú, un buen paciente. Por cierto, hoy no tengo la menor intención de tomarme mi «maldita taza de té». También pediré un escocés. Es mi cumpleaños.

—No tenía ni idea, ¿por qué mantienes esas cosas en secreto?

—A estas alturas deberías saber que no me gustan los cumpleaños.

—Vaya, hombre. ¿Y se puede saber… cuántos años tienes?

—Cuarenta.

—Cualquiera lo diría, aún estás jadeando. Eres muy joven. Parece que hayas venido corriendo. ¿Qué has hecho hoy?

—He escuchado una conferencia muy interesante de un neurólogo y he salido muy preocupado. Ha hablado de la «psicosis de guerra», un tema del que yo no sabía absolutamente nada y que ahora veo que tendré que ponerme a estudiar en serio.

—¿Y eso de qué va?

—Es un problema mental que ha sido observado en algunos soldados que han sido testigos presenciales de hechos terribles en el curso de la guerra. Al parecer, vuelven a vivir esos hechos espantosos, tan vivamente como si estuvieran de nuevo ocurriendo ante sus ojos. La consecuencia es que tienen pesadillas, ansiedad de tipo agudo, insomnio… Y en ocasiones, ataques de agresividad.

—La guerra no es una diversión, Werner. Suerte tenemos de estar aquí. De hecho, estoy seguro de que dentro de pocos días mi periódico publicará una crónica titulada: «Los alemanes se enfurecen».

—¿Por qué crees que los alemanes se están enfureciendo?

—Nos ha llegado una noticia desde Alemania que indica que algo pasa. Dice que unos civiles que perdieron sus casas en uno de los bombardeos recientes de nuestra aviación, estuvieron apedreando a los prisioneros aliados. Precioso, ¿no? Y según nuestras informaciones, los propios alemanes temen ahora que sus prisioneros de guerra sufran represalias parecidas.

—Debo confesarte, Richard, que la guerra está creando en mí unos fuertes sentimientos de culpa y remordimiento. Tengo dos parientes muy cercanos que viven ahora mismo en Alemania. Mi tía Greta, que es una mujer maravillosa, y su hijo Max, un joven extraordinario. Les he perdido la pista a los dos y no puedo hacer nada por ayudarlos. Greta podría fácilmente buscar un refugio seguro en Zúrich, que es su ciudad natal. Pero la situación de Max me preocupa muchísimo.

—Me parece recordar que me habías hablado de él. ¿No dijiste que estaba combatiendo con el Afrikakorps del mariscal Rommel?

—¡Qué buena memoria tienes!

—Para algunas cosas solamente… Si en efecto está combatiendo con Rommel y es por eso que no te llegan noticias suyas, podría ser que su situación fuese grave. Los británicos al mando de Montgomery les dieron una buena paliza en El Alamein… Venga, ¡vamos a brindar con escocés por tu cumpleaños! —añadió cuando notó que la expresión de Werner se había vuelto sombría.

Después de pedir las copas, Richard explicó:

—Mira, tengo otra noticia que a ti, que eres un gran soñador, puede que te parezca interesante y que podría estar relacionada con tu problema. Hace un par de días llegó a la redacción un breve procedente de Ginebra: según un representante de la Cruz Roja Internacional, cabría la posibilidad de que hubiese un intercambio de prisioneros británicos y australianos en territorio ocupado alemán por presos alemanes capturados por los británicos. Y se produciría pronto, quizás incluso muy pronto, a finales de octubre. Mencionaban cifras muy notables. Un total de cuatro mil presos, dos mil de cada lado. La mayoría, soldados heridos.

Les sirvieron sendos *scotchs* con hielo, brindaron por el cumpleaños y Richard volvió a fijarse en la expresión de su amigo. Unas arrugas simétricas se marcaban profundamente en su frente. Ni se alegró por el brindis.

—Si me lo permites, voy a hacer una llamada —dijo Richard y se levantó.

Cuando regresó a la mesa, ya había confirmado los detalles con un colega de la redacción:

—Si Max está vivo, porque resultó herido y fue hecho prisionero, y si Max es un tipo con mucha suerte, podría formar parte del contingente de presos alemanes que los británicos enviarán a un buque hospital en Port Said. Desde allí los llevarían a un puerto como Marsella, bajo control del Eje, para enviarlos por tren a Alemania. Los soldados aliados que están ahora en manos de los alemanes harán el mismo recorrido en sentido contrario.

—A finales de octubre… —susurró Werner—. Estaba pensando en una conocida. Una alemana muy guapa y misteriosa que también habló de posibles intercambios de prisioneros.

—¿De quién se trata?

—Era la amante de Max cuando la conocí, en 1939, justo antes de que estallara la guerra.

—Veo que Max te preocupa de verdad. Pero según me contaste, es un primo al que jamás habías visto hasta que hiciste aquel viaje a Alemania.

—Es una historia larga y probablemente no te interese mucho.

—Vamos, Werner, por supuesto que quiero que me la cuentes.

—Sabes que mis padres murieron cuando yo tenía once años. Y que el hermano de mi madre, Franz, cardiólogo en Hamburgo, me acogió en su casa. Él y Greta, una encantadora suiza no judía, me trataron como al hijo que no habían tenido. Franz, cuyas convicciones religiosas no eran muy profundas, creyó que tenía la obligación de educarme tal como mi padre hubiera deseado, dentro de la más estricta tradición judía. Al cumplir los dieciocho, decidí que quería continuar mi formación en Estados Unidos y tratar de ingresar en una facultad de Medicina. Alemania parecía tener entonces un futuro incierto. La joven república de Weimar no estaba consolidada. Recuerdo a tío Franz diciendo: «No creo que este régimen dure muchos años. Es una república completamente no alemana». Fue él quien organizó el viaje. Me compró el pasaje para uno de los mejores transatlánticos y me dijo por toda despedida: «Trabaja duro, sal adelante, y cuando ganes dinero ya me lo devolverás». Camino del puerto, tío Franz me dijo que Greta estaba embarazada. Era una tremenda sorpresa tras tantos años de intentarlo y estaban felices. También me fue contando sus nuevos planes: tan pronto como naciera el bebé, se irían a vivir a Berlín; tenía una oferta como profesor de la facultad de Medicina. Me dio un abrazo en la entrada del muelle de América, donde estaba atracado el buque con el que cruzaría el Atlántico. Fue un abrazo largo y se nos humedecieron los ojos a los dos. Me dio vergüenza que él me lo notara, así que me despedí de repente y salí corriendo hacia el acceso a cubierta. Subí en cuanto terminó el papeleo. Miré hacia el muelle para despedirme de tío Franz con la mano. No estaba. No volví a verlo nunca más.

—Ya lo entiendo. Ahora sí. Para ti Max es como tu hermano pequeño. Ese hermano que no tuviste nunca —intervino Richard.

—¡Exacto! —exclamó Werner—. Yo no lo habría dicho mejor. Cuando lo conocí al cabo de muchos años, en ese viaje del año 39, comprobé que era un joven valiente y espléndido al que sus amigos admiraban, y que llamaba muchísimo la atención de mujeres y hombres, viejos y jóvenes. En aquel encuentro reforzamos hasta extremos inesperados un sentimiento de fraternidad muy poderoso. Era muy especial su combinación de fuerza física e ingenuidad anímica. Su musculatura, tan marcada y armoniosa, ocultaba a un chico grande que era inmaduro, psicológicamente frágil, con una vulnerabilidad dentro de aquella fortaleza física.

—Piensa que si Max tuviera la inmensa suerte de estar vivo aún y de ser elegido para el intercambio, lo peor que podría pasarle sería que los alemanes lo internaran en un campo de trabajo.

—Voy a hacer todo lo posible y más por ayudarlo. Se lo debo a sus padres, se lo debo a él y me lo debo a mí mismo. Si averiguamos dónde va a producirse ese intercambio, tengo que ir a Europa. Es mi deber.

—Cálmate un poco, Werner —le interrumpió su amigo—. No es propio de ti manifestar este descontrol. ¿En qué sentido crees que podrías tú servir de ayuda en una situación de guerra como esta? Para empezar, las probabilidades de que Max termine siendo elegido son mínimas. Casi inexistentes. Ni siquiera sabes dónde está, si vive y si fue hecho prisionero. En cambio, si tú viajaras al país donde se haga el intercambio correrías un gran peligro, tú ahí careces por completo de experiencia. Serías un estorbo, incluso. Sabes que la obsesión de los nazis por lo que ellos llaman «el problema judío» es enorme, y trágica en sus consecuencias. Si el doctor Werner Applefeld fuese pillado cometiendo la más mínima transgresión durante una estancia en Alemania, su pasaporte estadounidense no sería un escudo imbatible, como puede que creas, tratarían de destruir tu vida. Y por otro lado, permíteme que insista: a mí, la verdad, no se me ocurre nada que pudieras hacer tú allí para ser útil a Max.

Werner ni siquiera abrió la boca. No había ningún argumento capaz de rebatir la lógica implacable de Richard.

Se pusieron en pie y se dirigieron hacia los ascensores. Una vez en la calle, Richard dijo:

—Si me entero de cualquier nuevo detalle sobre ese intercambio, te llamaré. ¡La esperanza es lo último que se pierde! Eso es, por cierto, lo que tú me dijiste hace cuatro años, cuando fui a tu consulta porque tenía miedo de tener un tumor en el cerebro. Y cada día me encuentro mejor.

—No tenías un tumor «en» el cerebro sino «sobre» el cerebro —dijo Werner ya más tranquilo—. En medicina, las preposiciones tienen su importancia.

—Bueno, no enloquezcas por lo que aún es una entelequia. Mañana hablamos otra vez.

Werner hizo un gesto de asentimiento y alzó la mano para llamar a un taxi. Necesitaba llegar a casa lo antes posible.

Υ

En cuanto entró en su apartamento, fue al despacho, abrió un cajón del armario y eligió una carpeta: la que tenía la etiqueta «Cartas de Max».

La última estaba fechada en julio de 1939, hacía cuatro años. Era capaz de recitar de memoria casi cada una de sus frases.

> Jamás había sido tan feliz, Werner. Tengo veintiún años y me siento el rey del mundo. El éxito de Adonis y los Cóndores Voladores está siendo enorme, y el circo nos paga muy bien. Cada semana puedo enviarle algún dinero a mi madre, que sigue en Berlín. Ella dice que soy un buen hijo, aunque según su opinión esté muy confundido en cuanto a la política. ¡Ya veremos qué dice cuando vea mi foto en carteles expuestos por toda Alemania! Has de saber que pronto seré la imagen de propaganda de las Juventudes Hitlerianas.
>
> Y algo mejor aún: ¡por fin ya sé lo que es el amor! Se llama Rosy. Rosy Dieckhoff. No te diré más que una sola cosa: sin ella, no funciono. Estoy loco por Rosy, tienes que conocerla. Entre otras cosas, esta nueva vida mía te ahorrará el esfuerzo de contarme lo que significan mis sueños, incluso los más raros. Ya sé todo cuanto quiero saber sobre mis sueños, porque ahora vivo en ellos, ¡mi vida transcurre en sueños! Rosy es sensual y preciosa, tiene un tipazo impresionante y viste muy bien. Trabaja para el Gobierno, aunque en realidad no tengo ni idea de a qué se dedica. Es tan misteriosa y lo que cuenta es tan poco concreto que si me dicen que es una espía, me lo creeré. Además, me daría igual. ¡Todo está siendo tan excitante!

Comparando su propia vida con la que Max narraba, Werner no era capaz de controlar sus pensamientos, que corrían como caballos desbocados. El «buen doctor», como le llamaba Thelma, su secretaria, tuvo que admitir, el mismo día en que había cumplido cuarenta años, que era cada vez más esclavo de su éxito profesional. Y nada le parecía tan irónico como que ese éxito le hubiera impedido reservar momentos para la *joie de vivre*, le hubiera hurtado la risa y la espontaneidad, la vida galante y la actividad sexual.

Le asaltaron recuerdos imborrables de una época en la que se permitía seguir el ritmo vibrante de los latidos de Manhattan y ser uno de los solteros de oro más buscados. Habían transcurrido apenas cuatro años. Hasta justo antes de su viaje a Alemania, Werner había disfrutado de la vida agitada y divertida que le ofrecía la ciudad. Aquel verano de 1939 marcó un antes y un después.

Se acercó al mueble bar e hizo algo que jamás se había permitido. Aunque con Richard se había tomado dos *scotchs*, se sirvió un tercero. Necesitaba quitarse de encima aquella tensión. Solo quería relajarse, animarse con los felices recuerdos… Puso en el gramófono una sinfonía de Bruckner y se dejó caer en un sillón con la copa en la mano.

PRIMERA PARTE

Premoniciones de guerra

2

Las cartas de Max

Nueva York, 2 de agosto de 1939

Werner llevaba cinco años sin vacaciones. Y era un hombre libre con una bien provista cuenta bancaria. El SS Deutschland iba a zarpar muy pronto rumbo al puerto de Hamburgo, una travesía que duraba una semana. Y así, sin más y de repente, decidió que iría a Berlín para visitar primero a Greta Liniger, la mujer que durante muchos años fue, en la práctica, su madre. Luego podía continuar viaje hacia Múnich para reunirse allí con Max, su primo, y averiguar cómo estaba. Y también para ver su actuación en el circo, ese número que según el joven se había hecho muy famoso. Unos días después terminaría el viaje con una breve visita a París, para después regresar a casa a bordo del Normandie, el transatlántico más lujoso y veloz jamás construido. Solo con pensarlo, sus labios dibujaron una sonrisa.

Por desgracia, en septiembre tenía que estar de regreso para ultimar los detalles de la convención del Colegio de Neurólogos que iba a celebrarse en Chicago. Ojalá hubiese podido no asistir. Pero tenía el deber de estar presente ya que presidía la institución.

Así que, cerrado el plan, pidió a Thelma que se encargara de todos los trámites y reservas, cosa especialmente complicada en las circunstancias que estaba viviendo aquel mundo en crisis. Justo cuando mucha gente empezaba a temer que todo aquello desembocara en una guerra. Cuando ella le preguntó qué clase de pasaje quería que le sacara, sin dudarlo Werner respondió:

—Primera clase, tanto en el Deutschland como en el Normandie. Sobre todo, quiero el regreso en el Normandie. Y he de estar de vuelta en Nueva York no más tarde del 30 de agosto, no lo olvides.

—Vaya… Parece que vamos a pasárnoslo muy bien en este viaje —sonrió Thelma—. Pues si va a ir en primera clase, doctor, ¡para el Normandie necesitará llevarse el esmoquin! Por cierto, le comenté al doctor John Wild que era posible que fuese usted a Múnich.

—¿Y cómo sabías que tenía intención de viajar allí?

—Lo deduje. Leí la carta que le escribió Max diciendo que estaba haciendo volar unos pájaros en el Circo Krone de esa ciudad. Por cierto, me sonó un poco raro eso de los pájaros. ¿A qué demonios se dedica exactamente?

—Tampoco yo lo sé muy bien. Ya te lo contaré cuando regrese y, si no te importa, ¿querrías decirme desde cuándo te dedicas a leer mi correspondencia privada?

—Desde siempre, por supuesto —respondió ella como si fuese la cosa más natural del mundo—. El doctor Wild me dijo que le preguntase si no le importaría llevar consigo unas cuantas copias del artículo que escribieron ustedes dos. Son para su hermano Henry, que está actualmente en Múnich.

—No deberías leer mi correspondencia privada, Thelma. Basta con que la archives. Podría contener asuntos secretos…

—¿Y de dónde cree usted que viene la palabra «secretaria»?

—¡Tú ganas…! Este viaje a Europa me encanta. Estoy emocionado, pero te echaré de menos. En los muchos años que llevamos trabajando juntos, no me has fallado ni una sola vez. Eres la mejor secretaria del mundo. Y lo más importante es que también te has convertido en una amiga en la que puedo confiar. ¡La verdad, eres una magnífica administradora de secretos!

—No siga, doctor. ¡Me va a hacer llorar!

—Ni se te ocurra. ¿Llorar, teniendo delante de ti a un tipo tan feliz?

Thelma frunció el ceño.

—Feliz, excelente médico y, encima, guapo. Además, un guapo que no sabe que lo es, y eso le hace más guapo. El mejor partido de Manhattan, solo que en lugar de salir a la calle y esperar a que se forme una cola de candidatas a novia para ir eligiendo a la mejor, va a dedicar sus primeras vacaciones a meterse en el país más peligroso de Europa. Porque además de guapo y feliz, es usted muy tozudo. No me mire así. Me ocuparé de sacar los pasajes y regresará usted a Nueva York en el Normandie a tiempo. Pero tengo que decirle la verdad. Me preocupa mucho que se vaya a Europa en un momento como el que estamos viviendo. Ya que soy su amiga, debería usted confiar en mí y hacerme caso: no vaya. Olvídese de Alemania. Quédese aquí. Le aprecio mucho, doctor, mucho más de lo que usted se imagina. Es usted mi jefe pero a veces le veo como si fuese mi hijo. Espere a que el viento se lleve bien lejos estos nubarrones de guerra. Espere a que la gente de nuestro pueblo pueda vivir sin miedo en Alemania.

—¿Pueblo? ¿A qué te refieres?

—Sabe usted perfectamente de qué hablo, doctor... Por eso me entran ganas de llorar. No quiero que le pase nada malo por ser usted quien es y venir de donde viene... —Thelma sofocó un sollozo—. Discúlpeme, por favor... Tengo que irme. Se sonó ruidosamente, se puso el sombrero y abandonó el despacho de Werner.

A bordo del Deutschland, Atlántico Norte,
5 al 12 de agosto de 1939

Werner quería que los días de travesía fuesen como unas breves vacaciones. Iba a dedicarse a no hacer absolutamente nada. Era lo que necesitaba. El buque era lujoso y sus cuatro chimeneas le daban un aspecto majestuoso y potente.

La primera noche buscó la mesa que le habían asignado y allí coincidió con gente interesante. Le gustó conocer así a un catedrático de la Universidad de Zúrich muy cordial que lo ayudó a dar conversación a una pareja de recién casados que iban de regreso a Milán. Todos estaban impresionados por el suntuoso comedor y la tentadora carta, y compartían detalles técnicos del transatlántico, como que el Deutschland navegaba exactamente a 19 nudos, menos que en 1900, el año de su botadura para la compañía Hamburg America Line. Sus potentes turbinas producían unas vibraciones tan fuertes que el buque se había ganado merecidamente el mote de «la coctelera». Esa conversación vacua era lo que Werner necesitaba.

Interrumpió las trivialidades la llegada de un comensal que se sentó a su mesa con retraso. Era un tipo de Filadelfia con aspecto deportivo que no les dio tiempo a terminar la sopa cuando ya les había informado de que en 1937 quiso ir a combatir contra Franco, se alistó en la Brigada Lincoln y viajó con otros voluntarios a España.

—Poco después de desembarcar, mientras corría para subirme a un tranvía, me caí y me rompí una pierna. Y, claro, un soldado con una fractura no era precisamente lo que nuestro batallón necesitaba. En lugar de ir a hacer la instrucción a Figueras, cerca de la frontera con Francia, acabé regresando a Filadelfia.

—¡Qué pena ese accidente! —bromeó Werner—. A lo mejor, de no haberse usted roto la pierna, Franco no habría ganado la guerra...

Bastó la ironía para romper el hielo, y el grupo siguió cenando en medio de una conversación muy animada.

—Todo el mundo habla de la guerra —intervino el catedrático de Zúrich—. ¿Cuánto tiempo creen que pasará antes de que estalle el conflicto en Europa?

—La guerra ya ha empezado —reaccionó rápidamente el milanés recién casado—. De momento, es una guerra silenciosa, pero la anexión de Austria por parte de Alemania el año pasado ¿no es ya una guerra? Luego el comunicado ese de «Paz en nuestro tiempo», y Chamberlain lo explicó diciendo que ese acuerdo con Alemania bastaría para mantener la paz, pero enseguida vino la anexión de Checoslovaquia. Y dos meses después Italia invadió Albania. ¿De verdad necesitamos que pasen muchas más cosas así de graves para comprender que las palabras de paz son solo palabras, y que los hechos son ya plenamente bélicos?

—¿Y qué me dicen de lo que está pasando en Alemania con los judíos? —preguntó el brigadista de Filadelfia.

Todas las miradas se volvieron hacia Werner. Apenas escuchó la pregunta se puso en pie y les anunció:

—Señora, caballeros, el cielo está despejado, el océano en calma, y la temperatura es agradable, como si estuviéramos en primavera. Si me disculpan, voy a dar una vuelta por cubierta y pasearé hasta la biblioteca, una sala algo sobrecargada pero muy cómoda. Buenas noches.

En cierto modo, la conversación le había alterado. Se dio cuenta de que seguía confundido: no quería descansar. No podía. Iba a Alemania después de tantísimos años precisamente porque estaban ocurriendo cosas terribles. Por mucho que su temple habitual le permitiera vivir sin preocuparse demasiado, el viaje era en realidad una misión de rescate. Quería conocer por fin a Max, pero también iba a verlo para advertirle. Toda la preocupación que había conseguido apartar de su mente y las advertencias de Thelma habían ido subiendo a su conciencia durante la cena. Estaba allí porque tenía algo que hacer. El motivo del viaje era hacer algo en favor del hijo del tío Franz y Greta.

Werner había llevado consigo un maletín que contenía la carpeta de las cartas de Max. Y esa era toda la lectura que había querido al salir de Nueva York. Tenía ganas de releerlas. Necesitaba refrescar la idea que se había hecho de Max, convertido ya en un joven impetuoso al que quería *diagnosticar* antes de encontrarse con él.

Caminó despacio, disfrutando de la brisa y del sol que se ponía lentamente a popa, envuelto en un fulgor que le pareció el rojo de la sangre derramada. Y mirando a proa, comprobó que la oscuridad se había cernido ya sobre el mar cuya curvatura ocultaba el continente en el que nació y del que había en parte logrado olvidarse durante tantos años. Ya no era su tierra. Él ya era estadounidense, así se sentía. Pero allí había algunas personas muy queridas, recuerdos perdidos de niñez y adolescencia, imágenes de los últimos días, de la partida hacia aquel mundo desconocido que al poco tiempo de su llegada terminó siendo su patria.

La primera carta estaba fechada en diciembre de 1934, cuando Max tenía quince años. Se detuvo en un párrafo:

> Voy a cambiar de escuela y la nueva será más alemana, más parecida a las demás. Lo mejor de todo es que ya no daré clases de hebreo, y lo peor será que echaré mucho de menos a Joshua, mi mejor amigo. Pero dice mi madre que es un cambio a mejor.

En otra carta escrita algunos meses más tarde, Max expresaba algunas de las típicas preocupaciones propias de la pubertad:

> Tengo muchos sueños por la noche. Algunos son muy agradables y me siento muy bien soñándolos. Pero al despertarme me noto muy sudoroso, mojado. Dice padre: «Si Werner estuviera aquí, seguro que él sabría explicarte qué significan tus sueños».

Y más adelante continuaba:

> Me gusta hablar con las chicas, y no entiendo por qué cada vez que les cuento algo, les digo mentiras. Les digo que soy bastante mayor de lo que en realidad soy… ¡y se lo creen! Es que si no fingiera ser mayor, ellas no querrían hablar conmigo. Las chicas son muy raras.

Otra carta comenzaba así:

> Feliz 1936. Sabes, ahora celebramos el Año Nuevo en una fecha distinta que antes. Madre dijo que sería todo más sencillo si lo celebráramos el mismo día que la mayor parte de nuestros vecinos. Dijo que estos cambios forman parte de una «transición», que no sé muy bien qué quiere decir.

En la carta Max había metido doblado en cuatro un póster que anunciaba la celebración en Berlín de las Olimpiadas.

> ¡Por favor, aprovéchalo y ven a Berlín este año! Tengo muchas ganas de conocerte. A mis amigos les cuento que tú eres mi hermano mayor, y eso que mi madre dice que no nos parecemos nada. Herr Dieckhoff, que es el profesor de gimnasia en el instituto, dice muy en serio: «Si te entrenas bien, ¡dentro de pocos años serás más fuerte que el Peñón de Gibraltar!».

En un sobre sin fecha Max le había enviado una foto suya. Era muy rubio, con aspecto nórdico. A Werner le pareció que era el chico más guapo que había visto en su vida

No leyó más y se fue al camarote. Durmió muy bien todas

las noches de la travesía. Comió a deshoras, para no tener que escuchar conversaciones. Paseó al amanecer y al atardecer por cubierta, y pasó muchas horas en la biblioteca, donde siguió leyendo las cartas de Max.

Una breve nota de Max escrita en mayo de 1937 mostraba el aumento de confianza que parecía tener en sí mismo; buena cosa, pensó Werner, en la adolescencia.

He sacado muy buenas notas. Soy el segundo de la clase, y mis padres están muy contentos. Pero mi padre tiene mal aspecto. A él no le cuento que me paso muchas horas entrenándome en el gimnasio. Sé que no le gustaría. Pero me gusta forzarme en los ejercicios, conseguir un poco más cada día. Imagínate, Herr Dieckhoff nos dijo a un compañero y a mí el otro día: «Arthur y tú sois tan buenos en los ejercicios de trapecio, que podríais montar incluso un buen número de circo».

La siguiente carta provocó en Werner un tremendo impacto cuando la leyó por primera vez, hacía menos de un año. En ella Max anunciaba la repentina muerte de su padre, el tío Franz. Werner volvió a emocionarse al leerla de nuevo en su travesía:

Hasta estas últimas semanas antes de su muerte no me había sentido muy próximo a mi padre, la verdad. Creo que te lo había comentado alguna vez. Siempre vi en él dos cualidades que admiro: la integridad y la honestidad. Pero le costaba mucho mostrar afecto, decirte que te quería. De hecho, no recuerdo que jamás me lo dijera. Además, es como si no supiera lo que es la felicidad.

Para Werner, en cambio, uno de los más bellos recuerdos de su vida era precisamente la alegría y el optimismo que salían a raudales de Franz cuando lo animó a irse a continuar sus estudios en América. Max seguía contando su final en esa carta, que denotaba una cierta maduración de su carácter:

Desde que la Gestapo fue a su consulta, parece que mi padre dejó de dormir bien. Yo mismo vi que apenas comía. Pasó los últimos días trabajando febrilmente, día y noche, en un artículo científico que había propuesto para publicar. Tenía que llamarle el editor de la revista médica para confirmar que lo iba a sacar. Franz estaba inquieto pensando que quizá no iba a poder entregarlo a tiempo porque aún estaba revisando la enésima versión. Cada vez que sonaba el teléfono exigía que nadie descolgara, quería oír al editor de la revista diciéndole que sí, que era muy bueno, que se lo publicaba. Hasta que un día sonó el timbre. Mi madre le oyó hablar con alguien, dijo que la voz de mi padre sonaba muy animada pero que, de repente, oyó un grito y nada más...

Corrió a su despacho y mi madre se quedó helada: el cuerpo de mi padre yacía en el suelo. Ella se agachó y comprobó que estaba muerto.

La llamada no era del editor de la revista médica. Era de la Gestapo.

Werner se estremeció y recordó lo que Thelma le había dicho cuando le encargó sacar los pasajes para este viaje. Hacía meses que su amigo Richard Broms comentaba los problemas que la población judía comenzaba a tener en Alemania. Él no había hecho demasiado caso. A los periodistas les encanta llamar la atención, contar las novedades exageradamente para provocar más impacto. Por eso estaba Werner quizás tan retraído y tan inquieto. El viaje se acercaba a su fin. Faltaba un día para atracar en Hamburgo.

Otra carta de Max contaba algo muy singular:

Ayer, mientras estábamos desayunando, mi madre me dejó sin habla cuando dijo: «Tienes aspecto de ario, nadie diría que no lo eres. Y vas a un instituto de gentiles, llevas mi apellido suizo, en lugar del de tu padre, y celebras la Navidad. Pero no es tu fiesta. Ni estás tampoco circuncidado. ¿Me entiendes? Sabes por qué murió tu padre, ¿no? Tarde o temprano, los mismos imbéciles que le metieron todo ese miedo en el cuerpo que al final lo mató, esos mismos tarados, irán a por ti de la misma manera que fueron a por él. Olvídate del trapecio, Max, y vente conmigo a Zúrich. ¡Hoy mismo! Allí estaremos seguros. Tarde o temprano, aquí correrás peligro».

Ya puedes imaginarte qué le contesté. Le dije que no quería ir a Suiza ni a ningún sitio que no fuera Alemania. Y que no era por el trapecio ni la gimnasia. Quiero quedarme en Alemania, le dije, porque es mi país, porque quiero a mi país. Y admiro a Hitler y, además, he conocido a Rosy, una mujer maravillosa, y necesito estar con ella. Es mi vida, pero mi madre no lo entiende. Espero que tú, al menos, sí me comprendas.

En una de sus últimas cartas Max explicaba con detalle su llegada al mundo del circo, que se había precipitado gracias a que habían perfeccionado y completado el número que llevaba tiempo ensayando con ese compañero llamado Arthur.

El nombre lo decidió el dueño del circo: Adonis y los Cóndores Voladores. El número lo hacemos Arthur y yo, junto con una mujer que viene de Egipto, de Port Said, y que se llama Shalimar. ¡Yo soy Adonis! Ya sabes, el símbolo griego de la belleza y el deseo masculinos… ¿Qué te parece? Algo ridículo, ¿no? Dice Rosy que me va como anillo al dedo. Me parece que es una exageración, pero al público le gusta el número y el nombre que nos han puesto. Empezamos a ser famosos y el circo tiene más público desde que actuamos. La semana pasada, imagínate qué emoción, vinieron a ver nuestro número el comandante Erwin Rommel con algunos de sus ayudantes. Uno de ellos, Herbert von Tech, dijo que invitaba a los Cóndores a cenar. ¿Te imaginas qué honor? Y en la cena nos dijo que adoraba el espectáculo de trapecio y que pensaba ir a verlo a menudo…

La última carta estaba fechada el mes de marzo de 1939. Era una carta muy íntima, pero denotaba un cierto sentido del humor.

Me parece que te vas a reír cuando leas esto, Werner. Uno de mis nuevos amigos del circo me ha enseñado a silbar. Me dijo que para ser un buen amante tienes que saber silbar. ¿Habías oído alguna vez algo así?

Cumpliré los veinte años muy pronto, y me parece que cada día que pasa soy mejor amante. Antes, ni mi corazón ni mis emociones formaban parte de mi amor, pero ahora se han sumado a mi modo de amar a Rosy. Mi amor es por lo tanto más completo. Y no quiero que Rosy ame una parte de mí, sino que me ame en mi totalidad, como yo la amo a ella. Es mutuo y, cada vez más, un amor que incluye enteros nuestros cuerpos, nuestros corazones, nuestras mentes.

Creo que me entenderás bien si te cuento que hasta hace poco tiempo yo andaba siempre con prisas. ¿Qué prisa tenía? ¡Tenía prisa por acabar! Y ahora sé que hay que ser muy tonto para tener prisa por acabar cuando estás viviendo unos momentos tan sublimes. Ahora tengo menos prisa y me lo tomo con más calma, con más tiempo. «¡Siempre me dejas en ascuas!», me decía antes Rosy. Pues bien, ahora somos los dos los que nos quedamos en ascuas mucho rato... A veces, cuando hacemos el amor, tengo la sensación de que mi alma sale volando y abandona mi cuerpo. Pero al final acaba siempre regresando, llena de paz y tranquilidad, totalmente satisfecha. Bueno, a lo mejor crees que todo lo que digo son ridiculeces. ¡Puede que sea porque ahora ya sé silbar! Cada día silbo mejor...

Werner sonrió. Vaya con Max. Había crecido, y en más de un sentido. Cerró la carpeta y la metió en el maletín. Inspiró profundamente y salió a cubierta. Necesitaba dar un paseo. A la mañana siguiente el Deutschland atracaría en Hamburgo.

Poco antes del desembarco, el catedrático suizo se le acercó, le dio un vigoroso apretón de manos y le deseó buena estancia en Europa, pero como si no hubiese podido contenerse, lo miró a los ojos, bajó el volumen de voz y añadió:

—No hemos tenido tiempo de hablar mucho, estaba usted algo retraído durante el viaje. Solo quería decirle que deduzco, por su apellido y alguna de nuestras conversaciones, que es usted judío. ¿Está seguro de que es sensato pasar un tiempo en Alemania tal como está la situación aquí para ustedes?

—Sé que podría tener algún que otro problema, gracias por su advertencia. Sabré manejarme, no se preocupe. Tengo que ir a ver a mi tía, que vive en Berlín, y luego iré a Múnich para encontrarme con mi primo. Debo verlos.

Werner notó que el otro se despedía con gesto preocupado.

Al pisar el muelle del puerto de Hamburgo, recordó el día en que su tío casi lo empujaba para subir la escalerilla del barco que iba a llevarlo a un lugar, Estados Unidos, que en aquel entonces le parecía en buena parte temible, ignoto.

3

La tía Greta

Hamburgo-Berlín, 13 de agosto de 1939

Aunque no había previsto hacerlo, Werner quiso echar una ojeada a la ciudad de su infancia con su visión de adulto. «Soy un nostálgico», pensó. Y se dio permiso para serlo. Quería sobre todo ver las dos casas en las que había vivido. Primero la de sus padres, los Applefeld. Luego, la de su tío Franz, donde Greta se comportó con él como una segunda madre y donde vivió hasta el final de su juventud.

Sus recuerdos no eran muy detallados y tampoco quería sacarlos de ese letargo. No quiso ver la sinagoga en donde su padre había sido una figura importante, pero tras echar una ojeada a las dos casas que casi no reconoció, decidió pedirle al taxista que lo llevara al instituto. Eso fue un error. Porque ahí salieron a la superficie con una intensidad casi insoportable, a borbotones, unos sentimientos tan vivos que prefirió ponerse las gafas de sol aunque la mañana fuera nublada. Toda su infancia se le hizo presente, volvió a recordar el día en que sus padres adoptivos se hicieron cargo de él. El día de la partida, solo, apenas entrando en la juventud, para empezar una nueva vida lejos de allí. Subió de nuevo al taxi, que lo dejó en la Estación Central, aquel edificio enorme, con aspecto de iglesia medieval. Sacó el billete para Berlín. El expreso ya estaba esperando junto al andén.

Werner no había estado nunca en la capital de Alemania. El tren llegó puntual, a las cinco de la tarde. En cuanto salió de la estación, Berlín le produjo un notable impacto. Era una urbe construida para impresionar por su solemnidad, su grandeza. Se notaba algo muy especial, y para él nuevo y desagradable, en todos los edificios, en el ambiente. Los símbolos del régimen nazi aparecían por todas partes. Muchos uniformados paseaban por las calles. No solo la Policía, también muchos militares y otros con uniformes nuevos que no había visto nunca. Por lo que había leído, debían de ser miembros de la Gestapo y de las Juventudes Hitlerianas.

Pero la ciudad le gustó. A diferencia de Nueva York, Berlín era mucho más verde, con edificios mucho más bajos y con unos estilos arquitectónicos que no rezumaban modernidad y dinamismo, sino historia y poder. Era imponente en todos los sentidos de la expresión.

Le urgía ir a ver a Greta, tenía muchas ganas de reencontrarse con ella. Quería darle un abrazo, preguntarle mil cosas, tratar de compensar así los años en los que él no encontró casi nunca el momento de escribirle. Llegó a temer que no se reconocieran el uno al otro.

Enseguida notó que Greta se mostraba algo reservada y poco efusiva; aun así, agradeció que lo tratara de un modo muy amable.

—Qué maravilla, Werner, ¡volver a verte después de tanto tiempo! Has cambiado mucho, claro, pero en cierto sentido eres igual que cuando te fuiste. Estás más guapo, y se nota que eres un hombre distinguido. Te veo muy bien, sano y fuerte, aunque estés tan delgado. Los años te han sentado muy bien, y la madurez ha hecho de ti todo un caballero. ¡¡¡Mi pequeño Werner!!!

—También a ti te han sentado bien los años, Greta —dijo él a sabiendas de que mentía de forma transparente.

—¿Se puede saber por qué has tenido que tardar tantos años en volver a Alemania? ¡Qué largos se me han hecho, Werner!

—Por muchas razones a la vez, tía. Tuve que adaptarme a ese país nuevo, a sus costumbres y formas de vida tan diferentes, y eso me llevó unos cuantos años, y además tenía que estudiar muchísimo. Hacer Medicina en Columbia es una cosa muy seria. Tenía que aprender a dominar el inglés, la facultad exigía mucho, la preocupación por el dinero fue constante. Nunca tuve mucho tiempo libre, ni siquiera para mí mismo. Y luego vino el trabajo como residente en los hospitales, esos fueron también años de mucho sacrificio. No sabes cuánto lo siento, todo ha pasado sin darme cuenta siquiera. Lo más curioso es que ahora, estando aquí contigo, de repente es como si fuese ayer mismo y nunca hubiéramos dejado de vernos. En realidad, toda Alemania parece que esté igual que como la dejé: la luz, la gente, los sonidos…, incluso los olores.

—Entiendo lo que dices y puede que eso sea lo que sientes —respondió ella con una sonrisa tímida—. Pero no hay nada en la Alemania de hoy que sea como antes. Nada. De hecho, todo es diferente, todo ha empeorado. La vida en las calles no es la misma. Los viejos amigos han dejado de serlo. Todo el tiempo te sientes agobiado por el temor, el miedo incluso, a no se sabe qué, a cosas terribles. Estos años recientes han sido muy difíciles, y aunque fueran tan pocas, tus cartas nos han ayudado a sobrellevarlos.

»Franz lo pasó mal desde que hicimos el traslado, que tan prometedor parecía. En Hamburgo él tuvo un éxito profesional indudable. Y al llegar aquí, aunque en el hospital lo respetaban, jamás logró triunfar. Poco a poco, los mismos que le habían convencido de que viniera acabaron volviéndole la espalda. Primero fue indiferencia, luego acabó siendo hostilidad. Y eso no lo ayudó ni a trabajar en la consulta ni a tranquilizarse.

»Era una gran decepción…, a la que se añadió otra: Max. Franz no se llevó nunca bien con ese hijo que tanto había deseado tener. Y su relación fue enfriándose. El padre estaba tan preocupado que se fue distanciando del hijo, incluso de mí. Cada día era más reservado, más metido en sus pensamientos, en sus decepciones. Se convirtió en un hombre malhumorado, arisco. Y, mientras, Max era cada vez más abierto, amistoso, charlatán, expansivo. Y defendía sus opiniones acaloradamente, y a su padre le gustaban cada vez menos. Se abrió entre ellos una sima que se fue haciendo más grande, y yo quedé aislada de ellos dos y su pelea diaria. Yo trataba de mantener la apariencia de una

29

vida familiar normal, armoniosa, a pesar de que en el fondo de mi corazón sabía que todo esfuerzo era inútil.

»Al final, lo único que quería era que nos fuéramos todos a Zúrich, a ver si allí mejoraba el ambiente. Ni a Franz ni a mí nos gustaba Berlín. Aquí no nos sentimos nunca como en casa. Y Franz sentía envidia de ti, Werner, por mucho que te cueste creerlo. Envidia del éxito que habías conseguido en Estados Unidos, envidia de la amistad y cariño que Max manifestaba siempre por ti. Porque era algo que sabía que él no iba a conseguir jamás. En una de tus breves cartas, le escribías a Max mucho más de lo que su propio padre alcanzó jamás a decirle.

Los ojos de Greta se habían ido humedeciendo. El sol empezaba a ponerse, pero no había encendido ninguna luz. Su voz a veces temblaba. Otras, casi no la oía. Era más un sollozo que una voz.

—Un día —prosiguió mi tía— Max le dijo a su padre: «¡Ojalá hubiese sido hijo de Werner!». Fue una crueldad por su parte y terminó de enloquecer a Franz. Cada día estaba más paranoico, más deprimido y silencioso. Incluso interceptó algunas de las cartas que le escribías a Max y no le permitió que supiera siquiera que las habías enviado. Imagino que tú pensabas que Max era demasiado perezoso para escribir una respuesta. Pero alguna de tus cartas no llegó a verla nunca. Es la triste verdad. Y te voy a ser sincera, me alegro de que Franz muriese. No vivía ni dejaba vivir. ¡Jamás pensé que llegaría a decir una cosa así!

Empezó a llorar calladamente. Werner no se atrevía ni a levantarse para consolarla. Ni a interrumpir aquel llanto tan triste. La conversación, casi monólogo, le sirvió a Greta de consuelo, de catarsis. Cuando se dio cuenta de que las luces estaban apagadas, pensó que así había sido mejor ya que Greta pudo sentirse oculta a su mirada, como si estuviese hablando sola, en el recogimiento de un confesionario.

Tras un largo silencio, tranquilo y casi necesario, Greta alzó la voz de nuevo para decir, como si ya hubiese podido dejar totalmente atrás su llanto:

—No tengo nada de comer en casa. ¿Qué te parece si nos vamos a un bistró y cenamos algo?

A Werner, que estaba muy hambriento, le pareció una idea perfecta. Bajaron a la calle y Greta propuso ir a un sitio próximo y que conocía bien. Durante la cena cambiaron las tornas. Su tía lo sometió a un interrogatorio: cómo era su trabajo, si tenía amigos íntimos, novia, qué planes tenía para el futuro, si pensaba casarse y tener hijos. Los solteros están acostumbrados a que se les pregunten todas estas cosas. La velada tuvo un tono muy cálido e intenso, ya que a ella todo eso le importaba de verdad.

A menudo, y con casi cualquier excusa, salía en la conversación la sombra de Hitler y su régimen político, una obsesión que él entendió perfectamente. Ella estaba convencida de que la guerra estallaría tarde o temprano, y solo pensaba en irse de Berlín para no regresar jamás. Si aún no se había marchado del país era por Max.

—Y porque intuía que tú acabarías viniendo —añadió cogiéndole la mano y apretándosela con firmeza.

Y, sin soltarle, le contó cuánto quería a su hijo. Era una bendición que llegó tras muchos años de vida conyugal con Franz, y para ella fue un milagro maravilloso. Ya no era capaz de imaginar siquiera lo que habría sido su vida sin ese hijo querido. Pero entonces su voz volvió a temblar:

—Ahora ya me he resignado a perderlo. Max no es nazi, pero simpatiza con muchos que lo son. Sobre todo, Rosy Dieckhoff, esa mujer. Tiene sobre él una gran influencia. Cuando Max se fue a Múnich por el contrato con el circo, ella se fue con él. Yo creo que ella está obsesionada con Max, y noto que es muy posesiva.

—¿La has conocido? —quiso saber Werner.

—No. Casi mejor. Pero sé muchas cosas de ella por lo que Max cuenta, y por lo que oculta. Soy su madre. Para mí es como un libro abierto. Y esa mujer no me gusta nada. Lo necesita sexualmente, sé que se pasan horas en la cama. Pero no estoy segura de que lo quiera de verdad. Y él no se entera, es muy ingenuo. En muchas cosas, lo veo todavía como un chiquillo.

—Mañana me voy a Múnich, he de abrazar a Max. Quiero darle una sorpresa —dijo Werner sin comentar las críticas de Greta. ¿Tenía la madre de Max celos de la primera novia de su hijo? No sería el primer caso en la historia.

31

—Será una gran sorpresa, porque a él no le he dicho que ya tenías pasajes para venir, y Max estará feliz de verte. Hace años que habla de «el día en que abrace por fin a mi hermano».

—Yo también quiero verlo y abrazarlo. Ahora me doy cuenta de que tendría que haber venido hace mucho tiempo. ¡Él ya me lo pedía en muchas de sus cartas!

Junto al portal de la casa de Greta, Werner le dio un abrazo y notó la efusividad con que Greta lo devolvía.

—Gracias, Werner. No sabes lo mucho que necesitaba tener una tarde como esta. Me ha ido bien. Y dile a Max que todos estos abrazos que te he dado eran para él. Dile también que lo quiero, que pienso mucho en él, que lo echo de menos, que estoy preocupada por lo que pudiera pasarle.

Werner pensaba tomar el primer tren hacia Múnich. Tras aquella conversación tan emotiva, en la que había conocido nuevos aspectos de la vida y la personalidad de su primo, aún tenía más ganas de ver a Max. Le dijo a Greta que haría lo posible por volver a Berlín y decirle adiós antes de regresar a Nueva York, a sabiendas de que probablemente no lo haría.

4

Una noche en el circo

A Werner no le resultaba fácil explicar por qué tenía tanta prisa. Faltaba todavía una hora para que comenzara la función en el circo, pero más que caminar, corría a buen ritmo, como si estuviera compitiendo en una maratón. Quería sorprender a Max antes de que saliera a la arena y se subiera al trapecio. Pero cuando llegó le dijeron que no estaba permitido ver a ninguno de los artistas.

—Soy familiar de Max…

—Lo sentimos —respondió un tipo alto y forzudo que hacía las funciones de portero—. Nadie está autorizado a molestarlos justo antes del espectáculo. Vuelva al final. Media hora después de que termine la función, pase por aquí y si le autorizan podrá entrar a los camerinos.

No quedaban apenas entradas, pero una de las más caras, en la segunda fila, aún estaba libre y la compró. Por el diagrama de la carpa, calculó que iba a estar justo enfrente de donde Max saltaría de un trapecio a otro.

Al bajar hacia su fila, le preocupó comprobar que iban a trabajar sin red. Eso era un peligro para los que estuvieran sentados tan cerca, como él. Pero más incluso para los Cóndores Voladores y su estrella principal, el llamado Adonis. En el centro de la pista, bajo unos potentes focos, los payasos estaban en plena actuación y la gente se partía de risa. La palabra «judío» surgió varias veces en chistes que provocaron grandes risotadas del público, y no solo entre los niños.

Tomó asiento y se fijó en que la mujer que estaba sentada a su derecha hablaba en francés con su pareja. Al otro lado, dos oficiales del Ejército de tierra llevaban unos uniformes impecables; reían y se lo pasaban en grande.

Los payasos se retiraron haciendo cabriolas y provocando las últimas risas de la chiquillada. Apenas desaparecieron en la penumbra, la orquesta comenzó a interpretar una obertura vibrante mientras se apagaban todos los focos. Tras unos acordes impactantes, un foco se encendió en lo alto, mostró al maestro de ceremonias y su voz sonó atronadora. Delante de Werner, un niño se sentó de golpe, asustado.

—*Meine Damen und Herren, Adonis und die Fliegende Kondore!*

El público estalló en un aplauso entusiasta.

Unos focos laterales barrieron el espacio central de la arena y se centraron en tres artistas. A Werner le resultó muy sencillo identificar a Max. Tenía a los tres muy cerca.

—*Mon Dieu, qu'il est beau ce type!*—exclamó la mujer situada a su derecha.

—*Nicht wahr?* —comentó la mujer de pelo castaño que estaba sentada delante de ella en la primera fila.

Sin duda, Max había cambiado mucho desde que le tomaron la única foto que Werner había visto. Era un modelo de anatomía masculina intachable. Tenía unos hombros poderosos, casi desproporcionados en su anchura. El torso, alargado y muy musculoso, se iba afilando hacia unas caderas imperceptibles. Los muslos habrían causado la envidia de un jugador de rugby, y los fuertes brazos completaban la imagen de virilidad que un taparrabos blanco parecía subrayar.

Werner se había quedado boquiabierto, y se preguntó de dónde podía haber salido aquel atleta. No había nada en el joven que miraba al frente desde las alturas que le recordase a su tío Franz Herzog. ¿Y si Greta no hubiera sido tan fiel como aparentaba? Pero enseguida apartó esa idea de su mente. Los pómulos muy redondos y marcados eran los de su padre. Incluso le pareció distinguir, cuando el trapecista dirigió la mirada hacia el público, que los focos iluminaban en su rostro unos ojos casi incoloros, ni pardos ni azules ni verdes. Un par de ojos de acero como los de su progenitor. En cambio, Max tenía el pelo rubio, como el de Greta.

Y los músculos sobredimensionados solo podían ser el resultado de interminables horas a las órdenes de Herr Dieckhoff, su profesor de gimnasia. Ahora Werner ya estaba seguro de que era tan buen entrenador como aseguraba Max en sus cartas.

Según el programa de mano, los Cóndores Voladores eran el mejor trío de artistas del trapecio de toda Europa: «Max Liniger, de Hamburgo, es el ágil; Arthur Bischoff, berlinés, actúa de portor, y Shalimar es también ágil, y nació en Port Said». Desde su asiento Werner dedujo que los tres tenían veintipocos años. ¡Qué espectáculo era solo verlos, antes incluso de que comenzaran a actuar mientras saludaban al público con amplios y teatrales ademanes del brazo! Los hombres eran fuertes pero ligeros, aunque Arthur parecía algo más robusto. Shalimar era una mujer deslumbrante. El mono de satén negro se ajustaba a su cuerpo como un guante y la cubría de pies a cabeza, dejando al desnudo solo unos brazos blanquísimos. Los pechos emergían desnudos e impúdicos a través de sendos orificios circulares del mono, orlados de pedrería de color rubí. Las areolas y los pezones estaban cubiertos por unos pequeños círculos que Werner no logró distinguir si eran de cuero o metal. De esas piezas colgaban unas cadenitas con pompones rojos en la punta. Desde que se fijó en ella, Werner fue incapaz de apartar los ojos de sus rasgos exóticos y bellos, de su cuerpo excitante.

El maestro de ceremonias la presentó en primer lugar, y el público respondió con vítores, silbidos, «bravos» y gritos de todo tipo. Luego le llegó el turno a Arthur, que debía de medir un metro ochenta y pico. También su nombre fue muy aplaudido. Pero el entusiasmo se desbordó cuando pronunció el nombre del principal trapecista: Max, el Adonis.

Werner se emocionó cuando estalló la ovación. Max era un ídolo. Con todo lo que eso implicaba para un joven con aspecto de ario pero hijo de un judío al que la Gestapo había prácticamente fulminado. Con entusiasmo especial, le pareció, también lo vitoreaban los dos elegantes oficiales del Ejército. Y la que más gritaba, y no «Adonis» sino «Max», fue la mujer sentada delante de él. Sus aplausos fueron los últimos que se oyeron.

35

En medio de un murmullo de expectación, cada uno de los trapecistas cogió una de las gruesas cuerdas que colgaban desde el techo de la carpa. Sonaron de nuevo las trompetas y redoblaron los tambores, y ellos tres, con movimientos rápidos, sincronizados y realizados aparentemente sin el menor esfuerzo, treparon sujetándose solo con las manos, hasta encaramarse a cada uno de los tres trapecios inmóviles que los aguardaban. Allí permanecieron quietos como estatuas. Todos los instrumentos musicales, menos los tambores, callaron de repente. Era la señal que los trapecistas esperaban para dar comienzo a su esperado número.

Los tres trapecios comenzaron a balancearse simultáneamente en el aire, perseguidos con precisión por potentes focos que rompían el negro de las alturas. Y enseguida comenzó aquella especie de danza aérea, una coreografía arriesgadísima de piruetas y saltos mortales aéreos que dejaron admirada a la concurrencia. Algunos de los números hacían que los tres trapecistas salieran volando a la vez, cada uno abandonando su trapecio en el mismo instante para, tras un vuelo que sobrecogía a los espectadores, agarrarse al trapecio que uno de sus compañeros acababa de abandonar. Los Cóndores volaban. Vaya si volaban. Y cuando parecía que uno iba a tropezar contra el otro, cuando cualquier ínfimo error o vacilación habría podido acabar en una colisión fatal, finalmente ni se rozaban y cada uno terminaba su vuelo y se cogía con seguridad a su nuevo trapecio. Pero los instantes que transcurrían cuando cada uno de los tres cuerpos se soltaba e iniciaba el recorrido, cruzándose en el aire con sus compañeros, eran de pura angustia. El público contenía el aliento, chillaba y vivía emociones incontrolables que terminaban con suspiros de alivio y gozo.

Tras estas piruetas individuales, sonó otro redoble de tambor. El número principal iba a comenzar. Arthur se colgó boca abajo de su trapecio, sostenido sobre sus rodillas dobladas en la barra transversal y dejando los brazos colgando con las manos abiertas. Enseguida Max se lanzó volando por los aires, hasta agarrar con sus manos las muñecas de Arthur. Los dos quedaron sujetos el uno al otro. Y una vez seguros de que la unión era fiable, impulsaron el trapecio en un balanceo cada vez más amplio. Volaban hacia un lado y luego hacia el contrario, y cada vez lo hacían subir más, hasta poner sus dos cuerpos casi en la horizontal a ambos extremos del vuelo prodigioso. De este modo se aproximaban al punto donde Shalimar los esperaba. Cuando vio que tanto la velocidad como la posición eran las adecuadas, Shalimar saltó y se agarró a los tobillos de Max, de modo que la pareja voladora se convirtió en un trío de cuerpos desafiando las fuerzas de la gravedad. ¡Los Cóndores volaban juntos! Y la orquesta comenzó a tocar el preludio de la *Cabalgata de las valquirias*, que subrayaba el color político del número, ya que Wagner, como todo el mundo sabía, era el músico preferido de Hitler.

Después de un minuto que pareció durar una hora, y cuando el trapecio con los tres Cóndores colgando de él llegó al punto más alto de su vaivén, Shalimar se soltó de los tobillos de Max, giró sobre sí misma en el aire y consiguió, con aparente facilidad, atrapar al vuelo su propio trapecio. Después de varias idas y vueltas en el aire, Max hizo a su vez un movimiento similar al de su compañera, soltándose de Arthur y yendo a su trapecio. Y finalmente el portor, que había sostenido con sus piernas el peso de dos cuerpos, se movió ágilmente hacia arriba para, tras un par de gráciles contorsiones, terminar de pie en su trapecio. Desde allí abrió un brazo al tiempo que lo hacían sus dos compañeros y saludó al público, que prorrumpió en una ovación cerrada mientras la orquesta daba un último acorde.

Durante toda la ejecución limpísima de aquel número circense, Werner notó un sudor frío en la frente y las manos, y sin darse cuenta sumó sus «Oh» y sus «Ah» al coro de exclamaciones. La fuerza, agilidad, disciplina y temeridad de los Cóndores Voladores acababa de conquistar irremisiblemente su corazón.

El trío descendió desde lo alto igual que había subido, usando las cuerdas solo con las manos, casi deslizándose. Cuando pisaron la arena, se unieron en una reverencia en respuesta a la ininterrumpida ovación. De repente, Max dio un salto inesperado, altísimo, demostrando una potencia solo comparable a su agilidad, hasta ponerse de pie sobre los hombros de Arthur. Una vez allí, se dobló por la cintura, apoyó la palma de una mano en la cabeza del portor e hizo la vertical sobre un solo brazo. Por su parte, Shalimar, sujeta a un delgado cable por la simple presión de sus mandíbulas, comenzó a girar en torno a él con todo el cuerpo extendido, y el cable ascendió y la hizo volar varios metros, para bajarla luego velozmente y llevarla en dirección a donde estaba Arthur, frente al cual saltó al suelo, se lanzó y lo abrazó al tiempo que Max también saltaba al suelo, caía de pie, abrazaba y besaba a Shalimar mientras los focos se apagaban… Era un número perfecto, soberbio.

Al encenderse de nuevo las luces, la francesa tocó el hombro de la mujer que estaba sentada en primera fila; su entusiasmo desbordante demostraba que era una seguidora apasionada del trío de acróbatas.

—Disculpe, ¿los conoce personalmente? —preguntó la francesa.

—¡Muy bien! —dijo la mujer del pelo castaño. Era alemana. Sus rasgos tenían una belleza extraña.

—¿Podría ayudarnos a verlos en su camerino y felicitarlos?

—Naturalmente, síganme.

Werner los siguió.

Tras la mujer alemana, a la que algunos de los empleados del circo iban saludando a su paso, llegaron al camerino de Adonis, la gran estrella de los Cóndores. Un guarda se interpuso.

—Dígale a Adonis que ha venido Rosy a verlo.

—¿Sabe él que venía hoy a visitarlo? —preguntó el guarda.

—No.

—En ese caso, señora, lamento decirle que no estoy autorizado a permitir que entre. Adonis espera la visita de un amigo.

Decepcionados, los franceses dieron media vuelta y se fueron. Una vez se quedó solo con Rosy, Werner la saludó y le preguntó:

—Señora, ¿me permite una pregunta? ¿Es usted amiga de Max?

—Si le llama Max, es que usted también lo conoce personalmente. Si, soy mucho más que amiga de Max. Acabo de venir de Berlín para verlo.

—¡Qué casualidad! También yo he venido desde Berlín esta misma mañana.

—¿En serio?

—En realidad, hace diez días estaba en Nueva York, donde vivo.

—¿Nueva York? —dijo Rosy mirándolo con curiosidad—. Eso está muy lejos. Un viaje largo y pesado …

—No se hace tan pesado cuando se tienen ganas de ver a alguien…

—¿Quién es usted? —preguntó Rosy de una forma tan directa que no había posibilidad de negarse a responder. Además, tenía una mirada magnética que parecía tratar de ver en Werner algo más que su relación con Max.

—Admiro a los Cóndores.

—No me diga que en Estados Unidos conocen a los Cóndores. Aunque responda que sí, no me lo voy a creer.

—Se les conoce, pero solo en algunos círculos.

—Nadie diría, por su aspecto, que es usted un gran aficionado al circo.

—Tampoco yo lo diría, francamente.

La picardía con la que Rosy llevó el diálogo, y ante la que él trató siempre de estar a la altura, le recordó una corrida de toros. Para distraer al toro de afilados cuernos, los toreros agitaban a ambos lados de su cabeza una especie de capas de color rojo… A Werner le divertía la situación, y estaba dispuesto a continuar. Era un deporte interesante. Y la alemana, ahora que la había visto con mejor luz, le pareció realmente guapa. De modo que le fastidió que el guarda reapareciera y los interrumpiese:

—Fräulein Dieckhoff, ya puede usted entrar —dijo.

—¿Y yo, puedo pasar también?

—¿Y usted quién es?

—Diga simplemente que soy Werner, de Nueva York.

El guarda entró de nuevo en el camerino y, al instante, como un tornado, Max salió disparado y abrazó a Werner. Rosy se fijó en que Max estaba a la vez sorprendido y encantado. Y, sobre todo, que quería muchísimo al recién llegado. Ni siquiera reparó en ella.

—¡¡Werner!! ¿Eres tú, de verdad? ¡Es increíble! ¡Qué alegría! ¿Y por qué no me anunciaste tu visita? ¿De verdad tú eres Werner? ¡Dame otro abrazo!

Rosy sonrió ante aquella cascada de exclamaciones, preguntas, dudas y cariño. Max estaba loco de felicidad por la visita de aquel hombre elegante y maduro. Llegó un momento en que también ella quiso participar de la fiesta:

—¡Hola, Max! Quizá no te has dado cuenta, ¡pero yo también estoy aquí!

Max reaccionó con rapidez. Apoyó las manos debajo de las orejas de Rosy, tiró de ella hacia sí, y sus bocas chocaron y se enzarzaron en un beso voraz. Werner se sintió muy incómodo siendo testigo de aquel arrebato de pasión, de tal magnitud que la pareja dilató cuanto quiso un beso tan prolongado como elaborado, durante el cual ignoró todo lo que los rodeaba.

Para Werner era un espectáculo extraño. Max llevaba puesto todavía el diminuto calzón de trapecista y abrazaba a Rosy con ambos brazos, mientras Rosy disfrutaba a fondo de la situación, que sin duda no era nueva para ella.

El guarda los miró con indiferencia, pero Werner terminó haciendo lo único que seguramente cabía en esas circunstancias: transcurrido un rato, carraspeó sonoramente. Max entendió enseguida y, sin dejar a Rosy, soltó sus labios, miró a Werner, le sonrió la mar de contento y le dijo:

—¿Qué tal estás, Werner? ¡Por fin has venido! Tantos años escribiéndonos… Seguro que mis cartas eran algo estúpidas, ¿a que sí?, pero las tuyas siempre fueron muy sensatas.

—Estoy encantado de estar aquí contigo, Max. En cuanto a tus cartas, no eran estúpidas sino todo lo contrario, ¡pero fueron menos de las que me hubiera gustado recibir! Hace años que deseaba que llegara este momento. En circunstancias más normales estaría estrechándote la mano, pero creo que en este momento tienes las dos muy bien ocupadas…

—¡Por favor, disculpa! Tienes toda la razón… Dame otro abrazo, y saluda a Rosy. Esta es Rosy Dieckhoff, de quien ya te hablé alguna vez… Una gran amiga mía.

—La he conocido hace unos minutos. Eres un tipo con suerte, es una mujer muy bella.

—Un placer de nuevo —dijo Rosy soltándose algo apesadumbrada del abrazo y estrechando la mano de Werner—. Ve a vestirte, Max. No es manera de recibir a un amigo que viene a verte desde tan lejos.

—¿Amigo? Qué va. ¡Es mi hermano mayor!

—¿Sois hermanos? —dijo Rosy incapaz de creerlo.

—Si lo dice Max, lo somos —sonrió Werner.

—Lo cual no acaba de responder bien a mi pregunta —dijo Rosy—, pero de momento me conformo con eso. Mirad, son casi las diez de la noche y podríamos ir a cenar. Mientras te cambias, Max, Werner y yo nos fumaremos un pitillo. Tengo un coche esperando y he reservado una habitación en el Vier Jahreszeiten. En el mismo hotel hay un buen restaurante.

—¿Por qué no vamos a mi apartamento? —dijo Max.

—No, Max, esta noche no. Mañana he de levantarme muy temprano y el chófer me recogerá en el hotel. Además, tienen una cocina algo mejor que la tuya…

Werner se llevó una decepción cuando comprobó que Max no pensaba dedicarle la noche de su primer encuentro personal. Era un chico algo alborotado y estaba loco por Rosy. Cosa que él no podía discutirle, ya que cada minuto que pasaba iba dándose cuenta del enorme poder seductor, de la belleza y de la fuerza sensual de aquella mujer. Rosy le llevaba a Max unos cuantos años, bastantes, parecía experimentada en todo y ejercía sobre el chico una fascinación más que comprensible.

—Creo que estaré de más en esa cena —dijo al fin Werner—. ¿Estáis seguros de que queréis que os acompañe?

—Por supuesto —dijo Rosy.

Parecía hablar muy en serio, de manera que Werner aceptó la invitación. Max dio media vuelta y fue a cambiarse. Rosy sacó del bolso una cajetilla de cigarrillos turcos.

—Puedo ofrecerle uno.

—Me encantaría, pero tengo un pequeño problema.

—¿Cuál?

—No fumo.

—Tampoco yo fumo apenas, pero de vez en cuando disfruto de un pitillo. Una mujer fumando resulta muy interesante, ¿no le parece?

—Hay mujeres que no necesitan fumar para resultar interesantes.

—¡Qué galante!

—¡Ninguna mujer me había dicho nada parecido!

—Hay mujeres que no ven lo que tienen delante de los ojos.

—Eres un encanto, si me permites tutearte —dijo Werner.

—Encenderé un pitillo, pero no hace falta que lo hagas tú. Incluso sin fumar eres un hombre interesante.

—Y desde luego que tú eres una mujer interesante, bella y muy segura de sí misma.

—Celebro que no hayas dicho que soy «encantadora». Me hubiese llevado una decepción.

—¿Por qué?

—Si me conocieras a fondo, sabrías que eso de «encantadora» no me cuadra.

—Hay hombres que no ven lo que tienen delante de los ojos.

—¡Me lo merezco!

Cuando Max salió por fin vestido, los encontró riendo.

—Y Max es uno de esos hombres capaces de vestirse rápidamente... —dijo Werner.

—Y desnudarse... —añadió Rosy sin abandonar el tono de la conversación—. El coche me espera justo en esa esquina.

A Werner le sorprendió que el Mercedes negro llevase un banderín con la esvástica. El chófer salió y los saludó con un taconazo y una reverencia casi militar. Era un tipo muy fornido. Y llevaba camisa negra.

—*Guten Abend* —dijo abriendo la puerta de atrás para Rosy.

Ella ocupó el centro del asiento, y los dos hombres se acomodaron uno a cada lado. A Werner le chocó estar en un vehículo oficial del Gobierno de Hitler.

—Y, dime, Werner, ¿qué haces en Nueva York?, ¿a qué te dedicas?

Era evidente que Rosy llevaría el peso de la conversación. Werner tenía ganas de charlar con Max. También Max debía tener muchas ganas de conversar con Werner, pero para ambos era evidente que eso tendría que esperar una mejor ocasión. Ambos admitían tácitamente que Rosy estaría al mando de la velada, algo que sin duda ella disfrutaba. Pero como ya había anunciado su partida a la mañana siguiente temprano, ambos se conformaron y decidieron sin decirlo esperar con paciencia a estar solos los dos.

—Soy neurólogo —respondió Werner—, y cada vez más también psiquiatra. Trabajo en un hospital universitario, hago investigación y doy clases a los alumnos de la facultad de Medicina.

—¿Dónde exactamente?

—En la Universidad de Columbia.

—¿Y qué prefieres, dar clases, atender a los pacientes o investigar?

—La verdad es que disfruto de todas esas actividades. Atender a un paciente es a veces algo que produce una gran satisfacción. Pero estar en contacto con los jóvenes me estimula. Me obligan a estar despierto porque suelen ser inquisitivos. La investigación me fascina y frustra a la vez.

—Y como psiquiatra, ¿qué piensas de todas esas tonterías que postulan en Viena sobre la importancia de los sueños? ¿Te merece algún crédito esa palabrería? ¿No crees que Freud es un charlatán?

Rosy era sin duda una mujer testaruda, lista, inteligente y algo sabelotodo.

—Esas cuestiones merecen ser objeto de una larga conversación. No hay respuestas simples.

—¿Te acuerdas de aquella vez en la que me contaste por carta lo que significaba uno de mis sueños? —intervino Max, quizás harto de no poder meter baza.

—Era un sueño muy sencillo. Todos los jóvenes tienen sueños de esa clase. Se parecen todos, y todos suelen terminar de la misma manera.

Werner empezó a pensar que a lo mejor él estaba soñando en ese mismo instante: el muslo de Rosy estaba cada vez más apretado contra el suyo, y no era la falta de espacio. Pero Rosy se volvió hacia Max y cambió de tema bruscamente:

—Mientras hacíais el número, esta noche ha habido un momento en el que he pasado miedo de verdad. Cuando ha parecido que Shalimar llegaba tarde al encuentro con Arthur en el aire. ¿No te has fijado que corría el riesgo de caer y romperse la cabeza?

—Lo hace a menudo, y es aposta. Es tan buena trapecista que le encanta añadir emoción al número fingiendo que «casi» no llega a tiempo. Dice que el público adora las emociones fuertes. ¿No os habéis fijado en las exclamaciones, los gritos de angustia que ha provocado?

—Casi no los he oído porque yo he soltado uno de esos gritos angustiados —dijo Werner—. ¡Qué miedo!

—¿De verdad que te has asustado? —dijo Rosy mirando a Werner a los ojos y apretando más la rodilla contra su pierna.

—Disculpa, Rosy —dijo Werner girándose un poco para separarse ligeramente de Rosy.

Pero ella aprovechó la circunstancia para alzar el brazo y pasarlo por encima de los hombros de Werner, colocándole en una situación aún más comprometida. Rosy dejó la mano apoyada en el hombro de Werner como si tal cosa, y su muslo siguió apretándose contra el de él. Estaba incómodo mentalmente y también comenzaba a notar una excitación demasiado evidente para fingir que no la sentía. Buscó alivio en la conversación:

—Sí, me asusté. Pasé miedo de verdad, y también grité. Me gusta participar —añadió dándose cuenta de que Rosy podía entender lo que decía en otro sentido.

Era una mujer de piernas muy largas. Y de largas y finas uñas. Una de ellas parecía estar recorriendo la nuca de Werner.

—A mí también me gusta participar, es fantástico —dijo Rosy—. *Nicht wahr?* Incluso cuando no sabes muy bien de qué va el juego.

—Me gusta tu manera de decir *Nicht wahr.* Siempre disfruto de los juegos, aunque desconozca las reglas.

—¿En serio?

—Hemos llegado —anunció el chófer.

—Qué pena —dijo Rosy lanzando una sonrisa cargada de complicidad.

Se dirigieron al restaurante del Vier Jahreszeiten, el hotel más antiguo de Múnich, y también el que estaba más de moda. De camino, pasaron al baño. En cuanto ambos cruzaron la puerta que señalaba «Herren», Max miró a Werner y, como si le inquietara la respuesta, le preguntó:

—¿Qué te parece Rosy? ¿Verdad que es impresionante? No conozco a ninguna mujer como ella.

—¿A cuántas mujeres habías conocido antes de encontrarte con ella? —replicó Werner.

—A ninguna. Es la primera. Y es tremenda, me está matando… No hay nada en el mundo que me guste tanto como irme con ella a la cama. Es como una aventura que no termina jamás, una experiencia maravillosamente agotadora. Se podría decir que no duerme… Por cierto, añadiré un detalle importante: ¡no sabe lo que es la timidez!

—¿Por qué será que lo que dices no me sorprende?

La esperaron en el vestíbulo. Llegó precedida por una fragancia que no pasó desapercibida para ninguno de los dos.

—¿Qué te has puesto? —preguntó Max.

—Oh, pensé que no te darías cuenta.

—No podría jamás pasarme desapercibido. Trabajo todos los días con una mujer que lleva ese mismo perfume. Es como un anuncio andante.

—¿Te refieres a la mujer o a la fragancia?

—A las dos. Ambas se llaman Shalimar.

—Por cierto, antes de que se me olvide comentarlo —anunció Rosy—. En la función de esta noche me ha parecido que el beso que te daba Shalimar al final duraba mucho más que de costumbre. ¿Me equivoco?

—Totalmente. Hoy no me besó a mí, sino a Arthur. A mí solo me abrazó —mintió Max con gran habilidad—. ¿Qué te pasa con la vista?

—¡Bueno!, en cualquier caso es una caradura.

Werner tenía la sensibilidad de un buen barómetro y supo que estaba fraguándose una buena tormenta.

—¡Mesa para tres! —le pidió al *maitre*, que justamente pasaba cerca. Pensó que con eso bastaría para alejar los nubarrones.

—Naturalmente. Síganme, por favor.

Antes incluso de tomar asiento, Rosy se volvió al impasible pero sorprendido *maitre* y le dijo que quería una copa de champán, salmón ahumado, y una buena ración de fuagrás.

—También quiero champán —dijo Werner.

—Sí, champán para todos —añadió Max—, y así celebraremos tu llegada, Werner. Quiero brindar. Eres exactamente la clase de persona que me había imaginado.

—¿Y qué habías imaginado?

—Un hombre delgado, bien vestido, deportivo, con una sonrisa fácil, algunas arrugas y de pelo moreno.

45

—En lo que a mí respecta, también eres como te había imaginado, ¡solo que mucho más grande!

La llegada de unos platillos con diversos aperitivos para acompañar el champán provocó un brindis y una conversación animadísima entre tres personas que a todas luces estaban encantadas de haberse reunido.

Solo al cabo de un buen rato Rosy adoptó un tono muy serio para decir:

—Max, los rumores de que quizás iba a tener que ir una temporada a España hoy se han confirmado. Además, la partida será mucho más inmediata de lo que pensábamos. Ni siquiera esperan a septiembre. Me iré antes de que termine este mes.

Max mostró un expresión repentina de desamparo.

—¡Qué mala noticia! ¿Y cuántos días te quedarás allí?

—No van a ser unos días. Me quedaré todo el tiempo que haga falta. De momento, no lo sabe nadie. Lo único que me han dicho es que España es ahora un lugar importante para nosotros. Hay planes para ampliar la embajada en Madrid y hacer numerosos cambios.

—¿A qué se deben todos esos cambios? —se aventuró a preguntar Werner.

—Alemania tiene que saber qué tráfico de buques cruza el estrecho de Gibraltar. Entre otras cosas.

—Qué casualidad. Uno colega mío inglés también está interesado por esa cuestión.

—¿Qué cuestión? —soltó Rosy como un ladrido amenazador.

—El tráfico marítimo por Gibraltar.

—Pues no creo que eso pueda ser ninguna clase de secreto para los británicos. Son los dueños del Peñón, y les basta con asomarse a la ventana y abrir los ojos para saber quién va y quién viene.

—De día, sí. Pero no de noche.

—Bueno, es cierto —dijo Rosy—. Y ese amigo que dices, ¿también es médico?

—No. Él trabaja en la cátedra de Física.

—¿Cómo se llama?

—John Wild.

Max estaba tan preocupado por la anunciada ausencia de Rosy que no se dio cuenta de la tirantez entre ellos.

—¿Y por qué no me dijiste la verdad, Rosy? Hablaste una sola vez de que quizá tendrías que viajar a España, pero que regresarías enseguida.

—A estas alturas, Max —repuso ella con severidad—, deberías haberte enterado de que no tengo por costumbre decir la verdad. ¡Y ándate con cuidado y vigila a Shalimar! Como me engañes con ella, te mato —añadió con una sonrisa de picardía—. Tranquilo, tonto, estoy bromeando…

Werner dudó mucho de que bromeara y preguntó:

—Dime, Rosy. ¿Has tenido alguna pareja antes de conocer a Max?

—Pongamos que unas cuantas.

—¿Alguno te engañó?

—¿Qué si alguno me engañó a mí? No, por supuesto. —Rio de buena gana—. Yo les engañé a ellos, ¡a todos!

—Y es evidente que no te mataron. ¿Es posible que los hombres sean más comprensivos que las mujeres?

—No lo creo. Yo diría que solo son diferentes. —Se quedó unos instantes callada y luego añadió—: No he estado nunca en Nueva York. Me encantaría ir alguna vez. Aunque los amigos que han estado allí me cuentan que los estadounidenses son bastante curiosos.

—«Curiosos» no es la palabra. Pero nos comportamos de forma diferente a la de los europeos. No tenemos los mismos modales ni los mismos gustos.

—¡Qué raro!, ¿te incluyes entre ellos? Tú eres alemán, ¿no es cierto?

—Nací en Alemania, pero ahora soy estadounidense.

—¡Qué bobada! ¿Cómo puedes decir una cosa así? ¡Si fuiste alemán, siempre serás alemán! —exclamó Rosy con convicción—. Yo no podría cambiar jamás. En fin, es hora de que me retire. Ya os dije que me vienen a recoger muy temprano. Te quedarás conmigo, ¿verdad, Max?

—Claro. Mañana tendré el día entero para estar con Werner. No hay función. Tenemos muchísimo de qué hablar.

—¡Ojalá pudiese quedarme con vosotros! Bueno, permitidme al menos que esta noche invite yo.

47

Sin esperar comentarios, cogió la nota que el camarero había puesto en la mesa de forma muy discreta y anotó el número de su habitación. Se levantó y los dos hombres la siguieron.

Cuando cruzaban el vestíbulo del hotel, Rosy se paró.

—¡Vaya, qué despiste! Hemos cenado juntos y ni siquiera sé todavía cuál es tu nombre completo, Werner….

—Me llamo Applefeld. Werner Applefeld.

—¿Applefeld? ¡Qué interesante! Ha sido un placer.

—El placer ha sido mío. Gracias por la cena, ha sido maravillosa. Buenas noches.

Werner le estrechó la mano y luego abrazó a Max. Iba a ser para la pareja una larga noche.

Cuando sonó el despertador Rosy ya estaba vestida y lista para irse.

—Buenos días, Max. Qué cansado estabas ayer noche.

—No es que estuviera cansado. Solo que no tenía ganas.

—Pues tengo que darte una buena noticia. Cuando no estás de humor y sin ganas, todavía eres mucho mejor que la inmensa mayoría de los hombres con los que me he acostado. El único problema es que siempre tienes prisa, aunque hayas mejorado bastante. A veces me dejas todavía en ascuas. Por cierto —continuó Rosy como si hubiera estado hablando del color de una corbata—, ayer no me diste la oportunidad de comentar una buena noticia…

—¿Que no tuviste tiempo? Todo el que quisiste. Pero lo dedicaste todo a preguntarme cosas de Werner, y al final resultó que la que quería echarse a dormir eras tú.

—Es cierto. Quizás fue el champán… O tú. ¡Qué combinación tan perfecta, habrá que repetirlo! Max, lo que tú me haces es tan absolutamente maravilloso, maravilloso, maravilloso…

—Y no le importó repetir la palabra incluso más veces—. En fin, lo que tenía que decirte es que me iré enseguida a España, pero dentro de un par de semanas tendré que regresar a Berlín para celebrar una reunión, y podré venir a Múnich a verte, y esa vez nos vamos a tomar otra botella de champán como la que pidió ayer noche Werner. ¿Te fijaste? Sabe mucho de champán. Me ha gustado tu primo o tu hermano. Es interesante, pero me pareció un poco enigmático. ¿No te parece?

—¿Qué quieres decir con «enigmático»?

—Me dio la impresión de que es bastante reservado, una de esas personas que no se abre del todo ante extraños, alguien que, de hecho, parecía estar ocultando alguna cosa.

—La que me está resultando enigmática ahora eres tú.

—Sí, claro. Tengo mis razones. Quizás también él las tenga. Necesito saber más cosas de él.

Rosy se lanzó hacia Max para mantener uno de esos «profundos intercambios linguales», como ella solía decir, que dejaron al joven sin aliento. Ella mantenía que todos los demás tipos de besos eran propios de niños. Cuando recobraron el aliento, dijo:

—No sé si te amo o no te amo, pero no me cabe la menor duda de que te necesito. Sin ti no funciono. *Auf Wiedersehen,* querido Max.

Cuando Rosy cerró la puerta de la habitación, Max se quedó pensativo. Tampoco él podía funcionar sin ella, aunque la pasada noche no estaba de humor. Y no porque se sintiera menos excitado. Estaba tan guapísima y tan sensual como siempre. Pero él no se concentraba. Puede que tuviera más ganas de estar con Werner de lo que se imaginaba.

Corrió a la ducha, se vistió en un minuto y abandonó el hotel sin parar en recepción. Sabía que Rosy habría pagado la cuenta.

Las calles de Múnich estaban atestadas porque desfilaban por ellas grandes grupos de miembros de las Juventudes Hitlerianas que cantaban aquellos himnos que tanto le gustaban a Max. A él le había parecido fantástico que la dirección del circo hubiese decidido celebrar una función especial en honor de ese movimiento tan dinámico. Como había dicho Hitler, «el futuro de la nación aria» descansaba sobre esos jóvenes.

En cuanto abrió la puerta de su casa, le saludó el sonido inconfundible de una emisión de la BBC. Solía tener puesta esa emisora y a veces la dejaba conectada toda la noche. La radio era una compañía fiel, una fuente de información y una gran ayuda en su intento de aprender inglés. También estudiaba un par de idiomas más, pero en francés y español iba muy atrasado.

La noticia que escuchó cuando dejaba la chaqueta tirada en el sofá no era muy tranquilizadora, a pesar de que la voz del locutor sonaba con suavidad: «Según rumores no confirmados, el Gobierno francés estudia la posibilidad de evacuar de París a todos los niños, ante la inminencia del estallido de una guerra».

Se preguntó si Alemania pensaba seriamente en iniciar un conflicto. Sonó el timbre de la puerta y no pudo seguir elucubrando. Corrió a abrir, seguro de que iba a encontrarse con Werner, pero se llevó una decepción. Era el chófer de Rosy, aquel tipo fornido con camisa negra.

—Fräulein Dieckhoff me ha dicho que le entregue esto —dijo dándole un sobre.

—*Danke.*

—*Bite* —contestó el chófer tratando sin éxito de sonreír, dio media vuelta y se fue.

Una hojita de papel contenía un mensaje manuscrito, muy breve:

No te muestres demasiado abierto con Werner.

Rosy

¿Qué diablos podía haberla impulsado a escribir esas palabras? Hacía solo una hora que le había dicho que le parecía un tipo interesante, e incluso que tenía muchas ganas de conocerlo más a fondo.

También dijo que tenía que salir corriendo camino de Berlín, pero ahora resultaba que tenía tiempo para escribirle misteriosas notas advirtiéndole de no sabía qué problemas relativos a alguien a quien apenas acababa de conocer, del que ella no podía saber nada, y que además era primo y casi hermano suyo. ¡Qué extraña era a veces Rosy!

5

La visita de Joshua

Múnich, 15 de agosto de 1939

El timbre sonó de nuevo. Esta vez no era el siniestro tipo de la camisa negra. Ni tampoco Werner, sino Joshua, que le lanzó una sonrisa desde el umbral. La víspera, antes del comienzo de la función, le dijeron a Max que un amigo de Berlín le había dejado un sobre. Era una nota de su viejo compañero de pupitre del colegio, que había venido a Múnich para verlo. En el mismo papel, Max garabateó las señas de su piso y le dijo a Joshua que lo esperaba en su casa para comer al día siguiente. Que esa noche tenía un compromiso ineludible, pero que quería estar con él sin falta.

El abrazo que se dieron era más fraternal que el de unos simples amigos. No hacía falta que emplearan palabras para transmitirse mutuamente lo que sentían. Hacía casi un año que no se veían. «¡Qué alegría!», dijeron los dos a la vez. La coincidencia bastó para que rompieran a reír, también ambos a la vez, lo que hizo que las carcajadas continuaran un buen rato.

—Pasa y siéntate, Joshua. No te esperaba tan pronto, pero me alegra que te hayas adelantado. ¿Te preparo un desayuno? ¿Has tomado algo?

—Casi nada…

—Entonces, ¿qué te parece un tazón de café y tostadas?, así hacemos tiempo hasta que llegue Werner.

—Perfecto. ¿Y quién es Werner?

—Mi primo. Llegó ayer. Vive en Nueva York y quería conocerme. Ayer nos vimos por primera vez. Antes de que yo naciese, se fue a Estados Unidos y jamás había regresado ni para una breve visita.

—No me habías hablado nunca de él. ¿A qué se dedica?

—Es neurólogo, psiquiatra y catedrático de la Universidad de Columbia.

—¿Está casado con una alemana o con una americana?

—Es soltero. Te va a gustar. Werner me dijo que vendría a almorzar un poco tarde, o quizás a cenar algo temprano. Le dije que como no tenemos función en el circo, lo esperaría en casa. Pero, Joshua, cuéntame tú. ¿Cómo te van las cosas? ¿Ya tienes novia? ¿Sigues con el teatro?, ¿qué haces?

—¿Vas a seguir haciéndome preguntas? Si no tienes ninguna más, yo sí quiero preguntarte: ¿qué pasa con el café y las tostadas?

Se fueron los dos a la pequeña cocina.

—Me gusta tu apartamento, Max. ¡Cuánta luz! ¡Es muy alegre!

—Sí, es pequeño pero me basta. Al final de este pasillo está el dormitorio. Échale una ojeada a todo mientras yo preparo los cafés. ¿Querrás mantequilla y mermelada con las tostadas?

—La verdad es que sí, estoy hambriento. Te he mentido. No he desayunado.

—Yo tampoco… Oye, ¿te pasa algo?, ¿cojeas de esa pierna?

—Sí, desde que tuve el accidente esta rodilla la tengo dolorida.

—¿Qué accidente?

—Fue en casa, caí rodando por las escaleras. Bueno, no es que me cayera. De hecho, me empujaron. Fue durante aquella noche terrible del pasado noviembre. Un grupo de nazis prendió fuego a la librería de la planta baja. Las llamas empezaban a amenazar nuestro piso, tuvimos que salir de estampida o nos hubieran pillado dentro. Huimos atropelladamente, caí rodando y me hice daño en la rodilla.

—Pero dices que te empujaron. ¿Quiénes?

—Me da vergüenza decirlo. Fueron momentos de mucho miedo, de mucha confusión. Trato de olvidarlo. Venga, vamos a desayunar —insistió Joshua.

—¿Y por qué te niegas a decirme quién fue el que te empujó?

—¡Es que fue mi madre!

A Max le pareció que Joshua estaba a punto de echarse a llorar.

—No digas barbaridades. ¿Cómo puede tu madre haberte empujado escaleras abajo? No me lo creo.

—No es lo que una madre haría nunca, claro… Pero me empujó porque quería salvarme la vida —dijo Joshua. Había conseguido tranquilizarse un poco y no se le quebraba la voz—. No sé qué pasó en Múnich esa noche, pero en Berlín fue un infierno. Cuando salimos a la calle, tuve la sensación de que la ciudad entera estaba en llamas. Había cristales rotos por las aceras. Una de las pocas sinagogas que se libró de los ataques fue la de Rhinstrasse. Mi padre se encontraba allí, había ido a ver a su amigo el rabino. Nuestra calle estaba en silencio, y oscura. Solo se oía de vez en cuando la sirena de un coche de la Policía, pero todos pasaban de largo, como si no vieran lo que estaba ocurriendo.

Max miró a Joshua. Por vez primera comprendía la dimensión de lo ocurrido. Su amigo temblaba.

—El piso, lo recuerdas, ¿no?, está justo encima de la librería. El humo se coló rápidamente y llenó la casa. Tosíamos todo el rato. Fui a buscar a mi madre. Estaba conmocionada, casi no podía articular palabra. Y cuando podía, no decía más que «¡Corre, Joshua, corre!». Pero ella parecía querer quedarse allí. Tiré de ella para sacarla de la cama. La llevé hacia la puerta aunque ella ofrecía resistencia, como si prefiriese dejarse morir. Solo me decía a mí: «¡Corre, Joshua!», pero ella no se movía. Y cuando conseguí sacarla conmigo al rellano, aprovechó que estaba detrás de mí y me empujó con toda la intención. Me di un primer golpe tremendo en la rodilla, y luego rodé escaleras abajo, como una pelota. Aunque la rodilla me dolía horrores, me las arreglé para volver a subir. Y tuve que tirar de ella, que se agarraba a la barandilla con todas sus fuerzas. Logramos salir a la calle. Yo no podía caminar, tenía la pierna agarrotada. Nos quedamos en la calzada, contemplando el incendio de la librería. Unos vecinos nos convencieron de que aceptáramos su ayuda y nos llevaron a su casa. Esa noche la pasamos con ellos. Fue una noche que jamás podré olvidar.

Max escuchaba en silencio. Entendía mejor la actitud de Greta, su deseo desesperado de huir de Berlín y refugiarse en Zúrich, pero con él.

—Fue trágico. Pero aquello solo fue el comienzo —continuó Joshua—. Max, tú vives de espaldas a la realidad, protegido por tu fama y tu vida lujosa. Ha llegado la hora de que abras los ojos. Tienes la suerte de que tu madre se empeñó en ponerte un nombre que no suena a judío, y además ni siquiera tienes rasgos judíos, ni son judíos tus nuevos amigos. Y lo entiendo: todo eso forma un caparazón que te impide ver lo que pasa. Te hace creer que eres inmune a la siniestra amenaza que pesa sobre nuestro pueblo.

—Te equivocas, no es así —dijo Max—. Creo que exageras. Eres tú el que no ve la realidad tal como es. Siempre has tendido al dramatismo…

—¿Cómo puedes decir que exagero? Después de esa noche terrible mi padre fue a hablar con el seguro de nuestro piso, les pidió que valorasen los daños provocados por el fuego. ¿Sabes qué pasó? Que la compañía se negó a admitir que hubiese habido desperfectos de ninguna clase. Porque, según le dijeron, ¡todas las reclamaciones por los supuestos problemas ocurridos en casas de judíos durante esa noche no iban a ser tenidos en cuenta!

Sin darse cuenta, Joshua había acabado la frase a gritos, pero su amigo no tenía argumentos para interrumpirlo. Y a gritos prosiguió:

—Max, escúchame bien. Yo en tu lugar me iría de Alemania sin esperar ni un segundo. Ahora mismo. Vete a Estados Unidos con tu primo. Esa burbuja dentro de la que vives no te protegerá eternamente. Hitler va a por nosotros. Y tú eres también judío. ¡Max, despierta de una vez! El odio se ha desencadenado. Nos van a destruir. ¡A todos!

Joshua gritaba de tal manera que acalló el sonido del timbre de la puerta. Pero Max notó que llamaban repetidamente.

—Joshua, tranquilízate, por favor. Hablando de Werner, seguro que ahora sí que es él.

Y, en efecto, lo era.

6

Nazis en acción

Múnich, 15 de agosto de 1939

*E*l chófer uniformado había aparcado el Mercedes negro frente al hotel. Debía llevarla de regreso a Berlín, pero Rosy había cambiado de idea y le dijo que quería ir a las oficinas de la Abwehr. Como buena veterana, Rosy conocía a varias de las personas que trabajaban en la base de Múnich, entre ellos a Klaus Hess, que estaba al frente de esa importante delegación del servicio de inteligencia. A Rosy la admiraban pero no gustaba a todo el mundo. Su estilo algo anárquico era tolerado por las máximas autoridades, sobre todo por el almirante Canaris, el jefe de la Abwehr. Tampoco Canaris gustaba a todo el mundo, ni siquiera a todos sus subordinados. A Rosy jamás le importó caer bien o mal, y a veces parecía disfrutar de la antipatía que despertaba.

Cuando salió del hotel, Rosy decidió que para sus intereses personales, y también quizás para los de la Abwehr, le convenía averiguar todo lo posible sobre el doctor Werner Applefeld. Su instinto, del que se fiaba siempre, le decía que era importante saber todo lo posible sobre el primo de Max.

Eran las ocho y cinco minutos de la mañana cuando cruzó el portal. Todo el edificio olía al mundo oficial del poder nazi: muy limpio, silencioso, sometido al orden más estricto. Y pese a lo que ella llamaba «la maloliente burocracia», en el fondo le gustaba trabajar en ese contexto.

—Vaya vaya —exclamó bienhumorado un hombre corpulento de aspecto cordial que se dirigía hacia Rosy con evidente intención de darle un abrazo.

Rosy lo esquivó. Pero lo miró sonriente y le dijo:

—¿Qué tal estás, Klaus? Tengo la sensación de que estas instalaciones son más lujosas cada vez que las visito. Seguro que disfrutas trabajando aquí.

—Así es —repuso Klaus Hess—. Sé muy bien qué te ha traído a Múnich, querida Rosy —añadió con un guiño de complicidad—. Pero me gustaría saber por qué visitas nuestras oficinas. He leído en un memorándum que estás a punto de ir en misión especial a España.

—Es cierto, salgo en una semana. Hace tiempo que no nos veíamos, Klaus, y he pensado que debía aprovechar para saludarte. Tienes un aspecto magnífico, por cierto.

El jefe de la delegación se sintió halagado. De hecho, él estaba mirando a Rosy más como a una mujer que como a una subordinada. Había bastantes mujeres en la Abwehr, y algunas de ellas eran guapas. Pero Rosy era capaz de seducir a cualquiera; con solo dar dos pasos con sus largas piernas llamaba la atención del hombre más indiferente.

—Y tú estás más guapa cada día que pasa, Rosy.

—¡Adulador! Sé que no es verdad, he tenido una noche agitada y he dormido poco…

—Como te ocurre muy a menudo, sobre todo cuando vienes a Múnich…

—He venido a trabajar, Klaus. Déjate de tonterías. Puede que sea un asunto interesante. He conocido aquí a un médico estadounidense que dice llamarse Werner Applefeld.

—Ese apellido no parece muy americano…

—Nació en Alemania, pero emigró con dieciocho años a los Estados Unidos, y allí se quedó, estudió la carrera de Medicina y ahora es profesor de la Universidad de Columbia. Dijo que había venido a Múnich para encontrarse con su primo.

—Bien, nada muy especial. ¿Qué edad tiene?

—Entre los treinta y cinco y los cuarenta.

—¿Es esa la razón de que sea interesante?

—No. Me interesa solo porque es primo del motivo por el cual he venido a Múnich.

—¿Así que es primo del rubio forzudo que destruyó nuestra relación especial? ¿En serio estás enamorada de ese Max, el trapecista? No te pega. Además, imagino que te has dado cuenta de que podrías ser su madre…

—Tres respuestas afirmativas. Pero no he venido a hablar de ti ni de Max.

—¿De verdad que estás enamorada de él?

—Creo que sí. Aunque debo reconocer que no estoy muy segura de qué significa eso del amor. Y, a no ser que hayas cambiado mucho, me parece que tú tampoco. Lo único que puedo decirte es que cuando estoy con él no tengo nunca jaqueca.

—¿Es una aspirina?

—Produce esos mismos efectos, pero es mucho mejor. No da dolor de estómago. Klaus, jamás dejarás de ser un cínico encantador. Pero debo reconocer que cuando Max me coge en sus brazos y empieza a besarme, mi vida cambia. Con él se esfuma toda la ansiedad que me produce este trabajo y desaparecen todas mis preocupaciones. A lo mejor es cierto lo que decías: puede que sea una gran y dulce aspirina… Y lo que yo siento… ¿es amor? ¿Es pasión? ¿Es obsesión? ¿O locura? No lo sé.

—Puede que sea todo eso junto. La verdad, te conozco un poquito. Y jamás te había oído hablar de un hombre de esta manera. ¡Seguro que el trapecista tiene algo!

—Lo tiene…

—Bien, admito que estaba equivocado. No has venido a verme.

—Mi buen Klaus, lo nuestro fue siempre una aventura de bajo voltaje. Lo sabía yo y lo sabías tú. Y contigo no se me quitaban las jaquecas. *Plutôt le contraire…* —dijo ella en su magnífico francés.

—De acuerdo, entonces. Dime, ¿qué puedo hacer hoy por ti?

—Que me ayudes a saber todo lo que tenemos sobre el doctor Werner Applefeld.

—Si hay alguna cosa de él que merezca la pena conocer, seguro que lo tenemos. Nuestros archivos mejoran cada día.

—Lo sé.

—Wolfgang, ven un momento —dijo llamando a uno de sus asistentes—. Y mientras, ¿te apetece un café?

—Lo necesito.

Tomaron café en una dependencia vecina charlando como dos viejos amigos. Cuando regresaron al despacho de Klaus,

57

había un informe mecanografiado pulcramente sobre la carpeta de cuero. Klaus cogió la hoja y leyó en voz alta:

Werner Applefeld, pasajero procedente de Nueva York, llegó en el SS Deutschland y desembarcó en Hamburgo el 13 de agosto de 1939.

Nació en Hamburgo, hijo de Ivan Applefeld y de Lotte Herzog, ambos fallecidos. Estudió en una *yeshivá*. Nada de particular durante sus años de colegial. Partió hacia los Estados Unidos en 1919 provisto de un visado de inmigración. Se doctoró en Medicina por la Universidad de Columbia. Desde entonces ha tenido una carrera notable como neurólogo. Ha publicado varios artículos en las principales revistas científicas internacionales. Es soltero.

—De entrada, no parece un historial muy fascinante —dijo Klaus al terminar la lectura.

—Más o menos lo que yo esperaba. Déjame ver la lista de publicaciones.

Klaus le entregó el documento. No era muy extenso. Hubo sin embargo un título reciente que llamó la atención de Rosy: «Applefeld y Wild, Columbia, "Luces infrarrojas. Visión en la oscuridad"».

De repente recordó con precisión unas frases de la conversación mantenida con Werner mientras cenaban. Él había mencionado a su colega John Wild, interesado en el tráfico marítimo por Gibraltar. Rosy comprendió que aquel médico de aspecto inocente, guapo pero enigmático, y judío, podía ser mucho más que el primo de Max. Y el motivo de su viaje quizás no era solo encontrarse con su pariente. Al fin y al cabo, había tenido muchos años para regresar de visita, y casualmente solo ahora se le ocurría hacerlo. Carecía de toda lógica. Por lo tanto, la razón del viaje era otra.

—¿Me permites usar un momento un despacho que esté libre y que tenga teléfono?

—En el pasillo, gira a la derecha, en la segunda puerta tienes lo que buscas. No hace falta que llames, está vacío.

Rosy cerró la puerta a su espalda, llamó y en unos minutos ya sabía que el doctor Applefeld había dormido en un hotel muy cerca del circo. Imaginó que el primo de Max estaría aún desayunando en el hotel. Se despidió de Klaus desde la puerta de su despacho y bajó corriendo a la calle. Subió al coche, le dijo al chófer que llevara a Max una nota y, antes de subir de nuevo a las oficinas de la Abwehr, le ordenó:

—Dentro de una hora, reúnase aquí conmigo.

Werner se despertó sudoroso. Se levantó y fue al baño a refrescarse.

El resto de la noche durmió mal. Y se levantó peor. Al principio se notó enfadado y molesto con Max. ¿Era falsa la alegría que mostró su primo al verlo llegar de repente? Si tanto se alegró, ¿por qué no cambió de planes? Lo lógico era aplazar la cita con Rosy y dedicar la noche a charlar con aquel a quien él llamaba su «hermano mayor». Para eso había viajado Werner. Y de repente, Max, que tan a menudo le había pedido en sus cartas que regresara a Alemania, no parecía tener apenas interés por él. Decidió pasear un rato antes de ir a su apartamento. También él tenía otras cosas que hacer.

Era una bonita mañana de verano, con un cielo muy azul y nubes blancas arrastradas por la brisa. Mejor sería que siguiera caminando por Múnich, distraerse como fuera y captar el ambiente de la ciudad. Era menos grandiosa que Berlín, pero tenía edificios notables que le daban la belleza de una gran señora. Las calles y plazas parecían construidas a la medida de la gente, sin pretender provocar un temor reverencial. Aunque supo orientarse bien porque había preguntado cómo ir a su destino al conserje del hotel, no tenía prisa, solo pretendía disfrutar de la mañana. Como en la capital, grandes pancartas verticales de lona cubrían parte de las fachadas en algunos edificios, invariablemente con el color rojo y la esvástica. Pero no se cruzó, quizás simplemente por azar, con ningún grupo de las Juventudes Hitlerianas.

Eso fue un gran alivio. Alemania vivía un momento grave: el orgullo herido, el odio al extraño, a quien fuera diferente, parecían ocupar las calles y también los corazones de muchos de sus ciudadanos. Pero no de todos. Múnich era un lugar precioso. Werner se sentía a gusto. Algunos detalles le recordaron los mejores días de su infancia en Hamburgo. Las aceras estaban limpias, los árboles muy cuidados, y poco a poco fue olvidando todo lo ocurrido la noche anterior.

Pero al cabo de media hora de paseo no pudo dejar de reconocer una sensación desagradable que se iba acentuando. «Los psiquiatras no deberían tener paranoias», pensó. Pero lo cierto es que estaba casi convencido de que lo seguían. De hecho, ya se lo había parecido tan pronto como salió del hotel, pero en ese momento tenía otras preocupaciones. Si se volvía para comprobarlo, delataría un comportamiento psicótico, así que se abstuvo de hacerlo. Pero al cabo de un rato aprovechó que había un banco y se sentó, y de paso volvió la vista hacia atrás, y le pareció que alguien rehuía su mirada. Fue casi imperceptible. Un hombre con traje oscuro bajó los ojos, se rascó el mentón y, como si de repente decidiera cambiar de rumbo, giró hacia la calzada como para cruzarla. Pero al llegar al bordillo, se paró y encendió un pitillo.

Werner se puso en pie y continuó su paseo, pero al volver la primera esquina se metió en un portal y esperó.

Enseguida vio cruzar al hombre del traje oscuro. Caminaba muy deprisa, casi corriendo.

Dejó pasar un rato, cruzó la calle y siguió una ruta aleatoria, cambiando a menudo de dirección. Volvía a notar aquella sensación de estar siendo seguido.

Rosy abrió a las diez la portezuela trasera del Mercedes y, tras asegurarse de que había entregado a Max la nota en mano, le dijo al chófer que ya podían regresar a Berlín.

Cerró los ojos y solo se despertó al notar que el coche frenaba y el motor dejaba de sonar. Estaba en el edificio del número 76 de Tirpitz Ufer, la Guarida del Zorro, como solían llamarla. El almirante Wilhelm Canaris dirigía desde allí un servicio de inteligencia que estaba prohibido por el Tratado de Versalles, pero que llevaba años funcionando. Primero como simple contraespionaje, luego pasó a espiar a las potencias extranjeras, sobre todo a los vencedores de la Primera Guerra Mundial. Rosy tenía con su jefe supremo una relación muy personal, y aunque eso despertaba celos en sus colegas, le proporcionaba una libertad de la que otros agentes no disfrutaban. Subió a su despacho. Quería leer enseguida las instrucciones para su misión en España.

En cuanto vio la montaña de carpetas que habían dejado sobre su mesa, confirmó que se trataba de un desafío. Pero eso no arredró nunca a Rosy. Le preocupaba más el papeleo exagerado. Ni los peligros ni las dificultades habían sido nunca para ella un obstáculo invencible. De hecho, el riesgo la excitaba, solía estimular sus facultades mentales. Lo notaba hasta en el cuerpo, que se mostraba menos propenso al cansancio. Alguna vez se había preguntado si era adicta al peligro. La respuesta era afirmativa.

Se instaló en el sofá, frente a un espejo muy grande en el que podía permitirse el lujo de dedicarse a una de sus ocupaciones preferidas: admirarse y estudiarse a sí misma. Allí se llevó la montaña de carpetas y comenzó a leer, interrumpiéndose solo para mirar el reflejo de sus largas piernas, uno de sus principales atractivos.

Desabrochó la blusa para observar mejor el inicio de la curva de sus pequeños y firmes pechos, se fijó en la caída del cabello castaño con reflejos de color caoba, que prefería llevar suelto, dejando que las ondulaciones naturales enmarcaran su rostro. Miró sus facciones. Sabía que era una mujer muy deseable. Y le gustaba exhibir su encanto en los momentos oportunos. Encendió un pitillo, soltó un círculo de humo y, satisfecha, continuó la lectura.

Leía a saltos, despreciando la característica verbosidad de los informes, buscando las frases que le interesaban para su método de trabajo. Y tomó muy pocas notas. Dos horas más tarde tenía el resumen que necesitaba:

Franco y los españoles le debían a Hitler un gran favor por su ayuda en la Guerra Civil. Había llegado la hora de cobrar y pedir un favor a cambio.

Gibraltar es la llave del Mediterráneo y hay que controlarlo. Ver modos de establecer sistemas de vigilancia del tráfico marítimo con apoyo español.

Crear red de contactos y hacer una lista de posibles agentes para dejarlo todo dispuesto al regresar a Alemania.

Ningún problema en el uso de cualesquiera medios, desde dinero hasta sexo.

Libertad total de movimientos e iniciativas.

Se fue a su casa. Era un apartamento donde se sentía cómoda. Se sirvió una copa de riesling y se la llevó a la bañera. Un baño muy caliente era lo que necesitaba. Zambullida en espuma solía repasar los acontecimientos del día.

Luego se envolvió en un mullido albornoz, dejó preparado un pijama de satén blanco sobre la cama, encima de la colcha con diseño de piel de leopardo, y se instaló en el sillón con una segunda copa y la carpeta donde había reunido la parte más importante de sus instrucciones.

Deseó tener a Max a su lado. Era adorable…

Rosy sentía la inquietud agradabilísima que solía impedir que se relajara del todo. Tenía la cabeza muy ocupada. No lograría dormir a no ser que se pusiera a trabajar.

Fue anotando sus tareas. Ante todo, entrevistarse con el director de la Abwehr en Madrid, tantearlo. Debía ir muy documentada, así que se puso a estudiar geografía. Gibraltar fue fácil de encontrar y marcar en el mapa. Era un territorio británico en el extremo sur de España, de modo que desde allí no sería fácil buscar un aliado que aceptara el riesgo de vigilar. Pero al lado había algunas poblaciones donde encontrar a alguien capaz de aceptar el encargo por no mucho dinero. Sobre todo, Tarifa, más adentrada en el Estrecho que el Peñón. Del lado africano, Tánger y Ceuta ofrecían los mejores puntos de vista. Y Ceuta era una posesión española en Marruecos, mientras que Tánger tenía una historia de puerto internacional.

Aunque sus instrucciones hablaban de llegar a un acuerdo con el Gobierno español para situar a vigías en su territorio, Rosy dejó para el último momento la decisión. A veces lo inesperado brindaba las mejores posibilidades. En cualquier caso, Canaris tenía buenas relaciones con Franco. El único problema en apariencia insoluble era el control del tráfico marítimo nocturno.

Y eso le recordó al doctor Werner Applefeld. Aún no le había llegado el informe del agente que había llevado a cabo su seguimiento en Múnich. Llamó a la central. Le dijeron que habían recibido un informe en clave. Pidió que se lo llevaran a casa.

Werner decidió ir directamente al lugar donde pensaba encontrarse con el hermano del doctor Wild para entregarle el sobre con las copias del artículo sobre los infrarrojos. Cogió un taxi y dio la dirección. Luego iría al apartamento de Max. Pero resultó que Henry Wild se había ido la tarde anterior de regreso a Inglaterra, donde vivía. Decepcionado, Werner salió de nuevo a la calle y caminó un rato más. El extraño incidente de la supuesta persecución le había permitido olvidarse de sus dilemas personales en relación con su primo. En una calle importante se detuvo a mirar las joyas de un escaparate lujoso.

Llevaba de nuevo un rato con la sensación de estar siendo vigilado. Una vez creyó que un coche avanzaba lentamente por la calzada detrás de él. Para asegurarse, se detuvo y miró por el rabillo de ojo. El coche siguió avanzando y dobló la primera esquina, pero la persona que iba al lado del conductor lo miró fijamente al pasar a su lado.

Mientras seguía parado en la joyería, una sombra se reflejó en el cristal del escaparate. No veía la cara, solo el bulto del cuerpo. Ahora ya no le cabía duda. Alguien se había parado detrás de él. Sin volverse a mirar ni interpelar a quien fuere, reemprendió la marcha, ahora a muy buen paso, hasta que vio un urinario público, se metió dentro y esperó. Al cabo de unos momentos entró otra persona. Werner estaba preparado y oculto, y le puso la zancadilla. Era un hombre de estatura mediana, la misma que pudo apreciar en el reflejo del escaparate. Había caído de cabeza al suelo y sangraba. No parecía gran cosa, pero había quedado medio aturdido. Sin dudarlo ni un instante, Werner salió corriendo del urinario y llamó al primer taxi que vio. Le dio la dirección del apartamento de Max. De camino, de vez en cuando fue mirando por el parabrisas trasero. No parecía que ningún coche los siguiera.

El informe que recibió Rosy era fácil de descodificar. Y tan detallado como aburrido.

El señor X salió del hotel a las 10:00. Llevaba en la mano un sobre grande de color blanco. Al salir preguntó al portero cuál era el mejor camino para ir al Instituto de Física Heisenberg. El portero le aseguró que no hay en Múnich ningún Instituto de Física Heisenberg.

X volvió a entrar y le preguntó lo mismo al conserje, que le aseguró que no existía nada con ese nombre. Pero que en el KWG (Sociedad Káiser Wilhelm) había un departamento de Investigaciones en Ciencias Físicas que lleva el nombre de Werner Heisenberg.

«¡Qué poco precisos son los americanos!», pensó Rosy y siguió leyendo el informe. Aconsejaron a Werner que cogiera un taxi, pero no les hizo caso y comenzó a caminar. Seguía llevando en la mano el mismo sobre grande de color blanco. El agente lo siguió. X paseó durante al menos media hora, sin dirigirse claramente hacia el KWG. Aunque el informe no lo reconocía así, se podía deducir que en algún momento el agente había perdido la pista de Werner. «X se desplazaba de forma rápida e impredecible en muchos momentos», contaba el agente. Más claro, el agua. Y con mayor claridad lo vio todo al comprobar que de repente el informe dejaba de ser minucioso y daba un salto a la llegada de Werner en taxi al KWG.

64

X no le dijo al taxi que lo esperara, como si la visita fuese a ser larga. Entró en la institución con el sobre grande en la mano, y salió de allí llevando el mismo sobre. Un segundo agente enviado por la jefatura se reunió conmigo a la puerta del KWG. Cuando X salió, yo entré en la institución para averiguar lo ocurrido dentro, mientras el agente B procedía a seguir a X, por si acaso X me había detectado.

El conserje me dijo que X manifestó que deseaba visitar al doctor Wild. Fue informado de que Wild acababa de terminar el periodo de investigación que había realizado allí, y había regresado a Inglaterra. X preguntó si podía dar una vuelta y ver las instalaciones. Su solicitud le fue denegada. Se le permitió visitar la biblioteca. X dejó el sobre blanco al conserje, pidiendo que fuera remitido por correo al doctor Wild, y se fue a la biblioteca. Al cabo de tres minutos regresó y se despidió del conserje, no sin antes pedirle que le devolviera el sobre que le había entregado. El sobre le fue devuelto. Era el mismo sobre grande de color blanco con el que había salido del hotel por la mañana.

¿Tan importante era el contenido de ese sobre como para que Werner no quisiera confiarlo a un envío oficial por correo a casa del doctor Wild? Rosy se había reído de la manera transparente como el agente A había escrito el informe, pero no se rio nada pensando en lo que podía llevar Applefeld en aquel sobre. Era algo importante sin duda. Por eso Werner había desconfiado del conserje y de la institución. Ese sobre no debían verlo los alemanes. El agente siguió a su colega B desde un coche, que avanzaba por la calzada lentamente, por si hacía falta ayuda. Otra cosa muy extraña. La segunda parte del informe no la escribía el agente B, el que siguió a Werner a la salida del KWG, sino el mismo agente que la primera parte. También era confuso por momentos, sobre todo en la aséptica descripción de lo que calificaba de «accidente».

A la salida del KWG, X volvió a caminar como si estuviese haciendo una visita turística. Seguido por B a corta distancia y por mí desde el coche, a unos setenta metros, recorrió durante una hora, a ratos paseando, otras veces caminando a buen paso, las calles céntricas de la ciudad. A las 14:00 y sin que se hubiese detenido un solo momento a comer o beber, X entró en un urinario público. El agente B resbaló en la calle justo entonces, a la entrada del urinario, con tan mala fortuna que cayó de bruces y se hizo una pequeña brecha en la sien. Llamé a la central y he sido informado de que se le atendió debidamente y solo sufrió una leve conmoción pasajera y una herida superficial. Entretanto, X salió del urinario y llamó a un taxi, con el que se dirigió al domicilio que, según nuestros datos, es la residencia personal de Max Liniger. Cuando entró en la casa llevaba todavía encima el sobre grande. A las 8:30 de la tarde, momento en el que se escribe este informe, X acompañado de Max Liniger y otro hombre joven salieron de la casa. El agente C ha tomado el relevo y permanece de vigilancia ante el portal.

Rosy llamó a la oficina de Múnich y ordenó que el agente C entrara en el apartamento de Max Liniger y buscara el sobre grande de color blanco. Si lo hallaba, tenía que enviarlo a la oficina central de la Abwehr en Berlín, a la atención de Rosy Dieckhoff, y poner fin al servicio de vigilancia a Werner Applefeld.

7

El reencuentro

Múnich, 15 de agosto de 1939

—¡*B*uenas tardes, Adonis! —exclamó Werner cuando Max le abrió la puerta—. Lamento haber llegado tan tarde, he estado paseando por la ciudad y haciendo un recado. Espero que hayas descansado bien esta noche.

—Pues no he dormido mucho, la verdad. Pero nada importa porque ahora estamos juntos. ¡Cuánto tiempo he esperado que llegara este momento, querido Werner! Lo de anoche no cuenta. Rosy tiene la habilidad de monopolizar la conversación y hablar solamente de lo que a ella le interesa. Quizá no se da cuenta, pero a veces me molesta mucho. Y luego…, claro, supe enseguida que no iba a soltarme, llevábamos dos semanas sin vernos y, como sabes, se va a España. Es fascinante, ¿no te parece?

—Lo es. Muy bella, extraordinariamente bella. En cuanto a lo otro, no te disculpes, Max. También yo admito que debería haber venido más temprano… ¡Seguramente tuve un ataque de celos! —dijo Werner, y al momento se dio cuenta de que esa frase podía tener varias interpretaciones—. Tenías razón cuando me escribías sobre Rosy. Tiene unos ojos almendrados que miran de una manera muy especial. Te hipnotiza, se hace dueña de tu voluntad. Y lo que me quedó claro es que te adora, Max. En fin, también yo tenía muchísimas ganas de verte y charlar un buen rato contigo. ¡Para eso he venido a Alemania!

—Y yo no quería hacer nada que no fuera estar contigo desde que apareciste ante el camerino del circo. Pero ya ves…

—¿Qué edad tiene Rosy?

—A ella no me atrevo a preguntárselo. Pero su hermano, Herr Dieckhoff, recordarás que es mi entrenador, nunca ha sido muy preciso. «Demasiado mayor para ti», me dijo una vez. Pero yo diría que debe de tener unos treinta o poco más.

—O bastante más, al menos treinta y cinco —dijo Werner.

Entonces sonó el agua de una cisterna.

—¿Hay alguien en casa?

—Es Joshua. Vino a verme ayer, ahora vive en Berlín, pero le dije que esa tarde no iba a poder atenderlo, que había venido Rosy. Le pedí que se pasara hoy por casa, que comeríamos contigo. Pero se ha adelantado y hemos desayunado juntos.

—A mí se me han pasado las horas deprisa… Quería ver al hermano de un colega con el que he escrito un artículo y entregarle unas cuantas copias del texto publicado. —Werner señaló despreocupadamente el sobre blanco que había dejado en la mesita del recibidor y resumió el plan frustrado.

Por cierto, he caminado mucho hoy. Y no he comido nada. Además, ha sido un día extraño. He notado que me seguían, como si todo el tiempo hubiese alguien detrás de mí, a veinte o treinta pasos, vigilándome. He pasado miedo. Y creo que al final he burlado a mi perseguidor.

Contó lo de la zancadilla y Max se rio a carcajadas.

—Puede que sea gracioso, pero sobre todo es peligroso. Hola, imagino que eres Werner —dijo Joshua, que había salido del baño a tiempo para escuchar la historia de la persecución.

Max seguía riendo. En algún aspecto, era muy infantil.

—Y no son paranoias tuyas, Werner —añadió Joshua—. Lo que te ha pasado ocurre hoy en día muy a menudo en Alemania. Muchos de nosotros tenemos miedo… Entonces, tú eres el doctor Applefeld, claro. El hermano de Max. Yo fui al colegio con él, soy Joshua Scheinberg.

—¡Es mucho más que un amigo! Es mi mejor amigo, mi otro hermano. ¡Qué risa, Werner!¡¡¡Tumbaste a ese tipo!!! Y, fuera bromas, también creo que fue real, que alguien te seguía. Y casi seguro que fue Rosy quien dio la orden.

—¿Qué orden? —preguntó Werner.

Sin responder a su pregunta, Max abandonó el salón y fue a su habitación, de donde regresó con la nota que le había entregado esa misma mañana el chófer de Rosy.

—¡Bienvenido a Alemania! —exclamó Joshua.

—¡No acabo de comprender! ¿Qué significa eso?

—No sabes cuánto lamento que te haya hecho eso, Werner. Es muy fastidioso.

—¿«Fastidioso»? ¿Solo eso? —dijo Joshua completamente fuera de sí—. ¡¡¡Me enfurece, me escandaliza, me parece sórdido y da miedo, Max!!! ¿Cómo puedes decir que un comportamiento así es «fastidioso»? ¡Rosy se ha atrevido a espiar a Werner, a alguien de tu familia! ¡No tiene nombre!

Werner también estaba escandalizado. Lo habían seguido, eran gente peligrosa, había tenido la osadía de provocar la caída de uno de los agentes y encima lo había dejado tumbado en el suelo del urinario. Se había jugado la vida y solo ahora lo sabía. Por otro lado, le alegraba que estuvieran hablando de ese grave problema porque era justamente el tema que quería tratar con Max. Le avisó Thelma en Nueva York. Le avisó Greta en Berlín. Y ahora tenía claro que la situación política en Alemania era muy preocupante y arriesgada. Max debía entender el peligro que corría si no se iba del país inmediatamente. Werner había dudado mucho, había relativizado las advertencias. Ahora sabía que se trataba de un riesgo real.

—Max, me perdonarás que me ponga serio. Ayer en Berlín tuve una larga conversación con tu madre. Me habló de lo mucho que ha cambiado Alemania, de cuánto te echa de menos desde que viniste a Múnich. Berlín no le gusta nada, quiere irse porque este país ha dejado de ser un lugar seguro, sobre todo para una persona de origen judío que además tiene cierta relevancia social. Lo que desea es que te vayas con ella a Zúrich.

Werner notó que el chico no se iba a dejar convencer fácilmente, de modo que prosiguió, aún más serio:

—Pensé que venía a charlar contigo del pasado, a escucharte contar cosas de tu vida. A contarte lo qué había sido de mí. Pero ha surgido una necesidad urgente. Créeme, Max. Las madres tienen un sexto sentido cuando se trata del bienestar de sus hijos. Esto es algo que comparten muchas especies. Greta reacciona igual que una madre osa. Ha tenido la premonición indudable de que podría ocurrirte algo grave. Las madres lo saben: si no actúan, corren el riesgo de que padezcan los seres que son sangre de su sangre. Tú eres su único hijo. Para ella, la maternidad fue algo tardío y difícil. Ayer me dijo que te quiere muchísimo, que está muy preocupada por ti. Me dijo que te necesita.

Max asintió, todavía en silencio.

—No soy madre, pero pienso como ella —dijo Joshua.

Werner cambió a un tono más profesional:

—Me bastan tus cartas y el breve tiempo que estuve ayer contigo cenando. Me basta sobre todo lo que me contó ayer tu madre, para saber que tu cuerpo ha madurado de forma muy rápida, tanto que quizás tu mente no ha seguido el mismo ritmo. No es una crítica, es un homenaje a tu biología, y al esfuerzo y la disciplina que has demostrado en desarrollarla. Seguro que también Rosy aprecia esto en ti.

—Así es.

—Estás tan satisfecho contigo mismo, y no te faltan razones, que has cerrado por completo los ojos a lo que pasa a tu alrededor desde el punto de vista político y social. La presencia de Rosy tampoco ayuda a que veas lo que tendrías que ver. Su influencia en tu forma de pensar es obvia. Pero a ella le interesa más tu cuerpo que tu mente.

—Puede. ¿Y qué tendría eso de malo? —dijo Max, firme en su posición.

—No tiene por qué ser malo… A condición de que mantengas la capacidad crítica, a condición de que te hagas preguntas sobre las cosas y permanezcas alerta. Por tus cartas sé que cuando escuchas discursos de los políticos que ahora gobiernan Alemania aceptas lo que dicen como si fuese la verdad y nada más que la verdad. Algunos de ellos son unos magníficos vendedores. Venden ideas falsas con lenguaje demagógico. ¡Y parece que te lo tragas todo!

—Es exactamente así —comentó Joshua.

Werner tenía que llegar hasta el final:

—Tengo la impresión de que tu carácter te lleva ahora a decir que sí en lugar de pararte a pensar antes de aceptar. No es un mal rasgo de carácter, y el tiempo lo modulará. Pero a mis alumnos les pido siempre que cuestionen lo que oyen. ¡Les pido que critiquen las afirmaciones, las políticas, las noticias de la prensa, que critiquen también a los profesores que les damos clase! Sin preguntas provocativas no hay respuestas interesantes. Y llegará un día en el que tú mismo comenzarás a preguntar cosas, a

69

cuestionarlo todo. Llegará un momento, espero, en que te atreverás a cuestionar lo que dice y hace Míster Hitler...

—¡Míster Hitler! —intervino Joshua sin permitir a Werner terminar su alegato—. ¡Jamás en la vida había escuchado nada tan cómico!

—Me temo, Max, que no ves lo que para Joshua es una evidencia: las consecuencias que tienen esas políticas que gobiernan este país. Te aseguro que el nacionalsocialismo descontrolado traerá consigo acontecimientos trágicos y dolor ilimitado para todos los que no estén de acuerdo con el Führer. Esas políticas llevarán al país a un cataclismo.

—¿Así les hablas a tus alumnos? ¿Te das cuenta de que has levantado el dedo hacia mí? —preguntó Max.

—Les hablo así, pero con menos vehemencia. Me he excitado porque te quiero, Max. Y porque quiero a Alemania. Ningún país como Alemania ha dado tanto esplendor a la civilización occidental, ninguno. Por eso me hiere ver que mi país natal se deje tomar el pelo de esta manera.

—Me gusta como hablas, Werner. Me gustaría ser alumno tuyo —admitió Max.

—Y a mí me gustaría ser profesor tuyo, pero volvamos al principio. ¿Por qué crees tú que Rosy está interesada por saber qué hago en Múnich?

—Ni idea. Ayer se imaginó que ocultas algo.

A Werner le extrañó ese juicio: se consideraba un libro abierto.

—Bueno, olvidemos el asunto, creo que tenemos tema para una larga conversación. ¿Qué os parece si vamos a cenar a un buen restaurante? Tengo un hambre voraz.

—Me parece una buena idea —dijo Max aliviado por esa interrupción. Se sentía acorralado— ¿Qué te parece unas *weisswürste* con patatas, con una buena ración de col fermentada con bayas de enebro, y con un trasfondo sonoro de carcajadas, chinchín de jarras de cerveza y canciones bávaras? Si te apetece, conozco un sitio perfecto.

—Lo que tú elijas me parecerá bien, Max. Es tu noche. Y me temo que he sido demasiado duro, disculpa. Seguro que a todos nos va a sentar bien una jarra de cerveza del país.

—Que sean dos —añadió Joshua.

Bajaron a la calle. Soplaba una agradable brisa. A Werner le produjo una gran sensación de bienestar después de la tensión que había ido acumulando a lo largo del día, primero con la persecución, luego con la discusión en casa de Max y, para colmo, haber despertado esos recelos en la misma mujer que había decidido enviar unos esbirros a perseguirlo.

Caminaron por las calles de Múnich. La compañía de esos dos jóvenes era maravillosa, pero no podía explicarse cómo era posible que aquella ciudad repleta de prestigiosos centros universitarios, laboratorios farmacéuticos, centros médicos de gran nivel, magníficos museos y ciudadanos educados que amaban la música, los jardines, los libros… pudiera ser secuestrada por la retórica barata de los nazis. Era difícil de entender, y de aceptar.

Max y Joshua decidieron encaminarse a un restaurante próximo a la Ópera que ofrecía platos locales e internacionales. Lo de la cervecería bávara no acababa de convencer a Werner, así que se sintió aliviado. Ni era un gran bebedor, ni la idea de poder elegir entre docenas de tipos de salchichas le seducía.

El local tenía una perfecta combinación de luces, decoración, personal y aromas. Lo que llegaba desde la cocina era sin duda prometedor. Pero apenas se habían sentado cuando Joshua dijo con un ímpetu que no admitía réplica:

—Werner, llévate a Max contigo a los Estados Unidos. Seguro que los americanos lo adorarán. Todo lo que antes decías sobre él es exacto. No es que su mente sea inmadura. ¡El problema es que su cuerpo es muy maduro y Rosy ha aparecido en el momento adecuado! Max no entiende que si Himmler le dice a Rosy que apunte a su novio y apriete el gatillo, ella lo hará.

—¡Cómo te gusta exagerar, Josh! Siempre crees que todo el mundo está en contra de ti. Acepto todo lo que habéis dicho sobre mí. Pero deberíais de admitir también que Alemania es ahora más fuerte y más rica que cuando Hitler comenzó a gobernar. Francia, Inglaterra y Estados Unidos hicieron todo lo posible por estrangular a este país, y llegó un momento en que dábamos pena porque habían conseguido su propósito. Pero hoy Alemania es un país próspero, poderoso y temido por sus enemigos. Además, Himmler no va a decirle a Rosy que me mate. ¿Cómo ha podido ocurrírsete esa tontería?

—¿Qué os parece si dejamos la política para otro rato?

—dijo Werner—. A ver qué podemos cenar. Voy a pedir vino. La cerveza me gusta, pero llena mucho el estómago. Por otro lado, creo que tienes razón, Joshua, con tu propuesta. Dime, Max, ¿qué te parecería la idea de venir conmigo a Nueva York?

—Te lo agradezco, Werner. Pero es imposible. Y no solo por Rosy —dijo Max en son de queja—. Me gusta el circo, su atmósfera festiva, las luces, la música, el público…, y me gustan mis amigos. Ya sé que todo eso puede sonar trivial, pero la verdad es que jamás en la vida me había sentido tan feliz. No necesito ir a Nueva York. ¿Qué haría yo allí?

—Por lo menos seguirías vivo, algo que ofrece opciones… —ironizó Joshua.

La llegada del camarero para tomar nota interrumpió la discusión.

—Para mí el *bœuf bourguignon* —dijo Werner—, que no es muy alemán. Y un buen Pommard, que tampoco lo es.

—Lo mismo para mí —dijo Joshua.

—*Schweinshaxe und Leberkäse* —pidió Max sin añadir comentarios.

—¿No crees que exageras? —dijo Joshua—. Codillo y paté de vísceras. ¡Más alemán, imposible!

—No hemos parado de hablar de mí. Ahora te toca a ti, Joshua. Cuéntale a Werner a qué te dedicas.

—Toco el piano. Trabajo en un teatro, aunque no sea del tipo que más me gusta. Soy ayudante del director de la orquesta del Metropol, un teatro enorme en Berlín que programa musicales. Muchas chicas guapas con plumas, piernas largas que proyectan muy arriba con provocación… y música ramplona. La orquesta es bastante buena. El teatro lo dirige una mujer que suele elegir para las chicas una ropa muy escasa, algo que el público parece apreciar, pero todo se repite y acaba resultando monótono. A mí, francamente, me aburre. El director me deja hacer dos veces por semana algún solo al piano, para tenerme contento. Esas noches son las que más me gustan.

—¿No es, Werner, la primera vez que oyes a un hombre joven quejarse de un espectáculo musical con montones de tías espectaculares que bailan y cantan y juegan a provocar? Tu problema me parece grave, Josh —dijo Max.

—¿Solo sabéis discutir?

—Casi siempre discutimos —dijo Joshua—, pero seguimos siendo amigos de verdad. No tengo ninguno mejor que Max.

—Lo mismo digo —dijo Max.

Hubo una breve tregua.

—No son buenos tiempos para nadie aquí pero para la gente del teatro está siendo especialmente complicado —continuó Joshua—. El Gobierno revisa los textos, comprueba los diálogos palabra por palabra, censura de forma despiadada cualquier cosa que no sea adulación política, y tacha las menores bromas que tengan el evangelio nacionalsocialista como objeto. Hay una larga lista de compositores cuya música no está permitido interpretar. Kurt Weill ha dejado de existir, por ejemplo. Y la Gestapo está todo el día asediando a los que considera sospechosos de ser homosexuales, y ya se sabe que en el mundillo del teatro esas personas abundan. En Berlín hay bares y clubes nocturnos cuya clientela la forman la gente de la farándula. La semana pasada unos amigos míos estaban abrazándose para despedirse en la puerta de Eldorado, llegaron unos agentes de la Gestapo y los detuvieron. Ahora ya no necesitan ni siquiera tener una orden o que haya una denuncia. Hay una norma que permite las detenciones por las buenas, y lo razonan diciendo que se trata solo de «custodia preventiva». Es cierto que la mayoría de gente que va a tomar una copa a Eldorado es homosexual, pero esos dos solo estaban diciéndose adiós. ¿Qué problema había? También se aplica la misma política a los judíos. Ciertas conductas son sospechosas de ser enemigas de la nación alemana, y con eso basta para que la Gestapo los persiga y detenga sin dar explicaciones. Esos amigos que os digo han desaparecido. Y me temo que no volvamos a verlos jamás.

—¿Otra vez con tus exageraciones? —dijo Max.

—¿Exageraciones? Supongo que habrás oído hablar de lo que pasó en el Cascade. Entró en el bar una patrulla de la Gestapo y detuvo a una docena de personas. ¿Qué delito estaban cometiendo? ¡Bebían cerveza! Pero los acusaron de «conducta indecente y antinatural». El artículo 175 del nuevo Código Penal da carta blanca a la Policía y permite tratar como «criminales» a quienes la propia Gestapo decida. Y la ley dice que «deben ser perseguidos con severidad, ya que tales vicios conducirían a la caída de la nación alemana». Un barman del Cascade me dijo que desde el día en que Himmler fue nombrado Reichsführer de las SS, casi ochenta mil hombres han sido detenidos bajo la acusación de homosexualidad.

—Parece que estés muy bien informado de lo que pasa con los homosexuales en Berlín —comentó Werner, y mirando a Joshua a los ojos añadió—: ¿Es posible que pertenezcas a ese grupo? Soy médico y me interesa mucho el comportamiento humano. Te hago la pregunta no por ganas de fisgar, sino por curiosidad clínica.

—¿Y quien me hace la pregunta es un amigo o un psiquiatra? —repuso Joshua sosteniendo la mirada y en tono seco.

—Un amigo, naturalmente.

—En tal caso, mi respuesta es afirmativa. Durante demasiados años he tratado de no responder cuando alguien me hacía esa pregunta. Pero cada vez me cuesta más negar lo que es obvio.

Se hizo un silencio que duró hasta que Max exclamó con jovialidad:

—Mejor que no teatralicemos nuestra conversación, Josh. Eres joven y los sentimientos cambian con el paso del tiempo. ¿No es así, Werner?

—No estoy muy seguro. Hay pocos estudios sobre esta cuestión, pero conozco a un equipo que trabaja en Indiana que está comenzando a compilar datos estadísticos. Que yo sepa, aún no han publicado resultados.

—Tampoco hace falta que alguien te diga qué son tus sentimientos o tus fantasías. Seguro que te acuerdas, Werner, de aquellas cartas donde te contaba mis sueños… Algunos eran verdaderamente raros, ¿verdad?

—Lo eran, sí. Y como los seres humanos somos más bien extraños, muchos de nuestros sueños son extraños. Todavía nos queda mucho por aprender sobre ellos. Tal vez deberíamos buscar otro momento para hablar a fondo de todo esto.

—Me encantaría —dijo Joshua.

Werner quiso volver a lo que le preocupaba a él personalmente, y mirando a Max le recordó el comentario de Rosy sobre que él tenía «algo que ocultar».

—¿Qué crees que insinuaba con eso? Y sobre todo, ¿por qué crees que dio órdenes de que me siguieran?

—Seguro que dijiste alguna cosa que le pareció sospechosa. Ella siempre ve cosas sospechosas por todas partes.

—Solo se me ocurre el trabajo conjunto que hice en Columbia con el doctor Wild. Ayer noche lo mencioné de pasada.

—¿Qué clase de trabajo es? —dijo Joshua.

—Si cuando terminemos de cenar subes con Max a su apartamento, en un sobre blanco que he dejado allí encontrarás copias del texto que firmamos juntos Wild y yo. Hay un montón de copias. Es un artículo científico que trata de la luz infrarroja y la visión nocturna.

—¡Suena complicado!

—Por resumir, lo que decimos es que la luz infrarroja se sitúa entre las partes «visibles» del espectro electromagnético y las partes que llamamos de «microondas», invisibles. Las ondas infrarrojas son térmicas, las emite cualquier objeto que genere calor y al emitirlas podrían permitir «ver» objetos o personas o animales en la oscuridad… —Werner dio una palmada en la mesa y, con los ojos abiertos de par en par, exclamó—: ¡Claro! ¡Esto es lo que me convierte en alguien sospechoso! Le dije a Rosy que si bien de noche sería imposible desde Gibraltar ver el paso de buques que cruzan el Estrecho, dadas determinadas condiciones sí podrían ser localizados a su paso. Eso es lo que oculto… Me refería precisamente a que, en teoría, los rayos infrarrojos podrían llegar a hacer visibles los buques que pasan por Gibraltar durante la noche. Rosy captó que había algo importante en lo que yo insinué. Esa mujer es lista, y parece que ha hecho su trabajo.

—No me ha dicho nunca a qué se dedica en realidad, aunque tiene que ver con el Gobierno —dijo Max.

—No creo que llegue jamás a decírtelo —sentenció Werner.

Al terminar la cena, en la que hubo tiempo de hablar sobre cómo se vivía en Nueva York, de los futuros proyectos de los Cóndores y de la música de Kurt Weill, que solo se escuchaba ya fuera de Alemania, los tres regresaron paseando a casa de Max.

Cuando llegaron al portal, Werner se despidió de los dos, llamó a un taxi y se fue al Bayern, su hotel. El conserje le dio la llave de su habitación y un mensaje que decía: «Llame a Max».

A Werner le sorprendió, hacía solo diez minutos que se habían dado las buenas noches. Pero telefoneó. Max descolgó.

—No me digas que ya echas de menos a tu profesor —bromeó Werner.

—No te lo vas a creer. Te he pedido que llamaras porque mientras cenábamos han entrado ladrones en el piso, menos mal que no han hecho un gran estropicio.

—¿Sabes qué buscaban?

—No del todo. Han revuelto un poco, aunque no demasiado. Yo había dejado encima de la mesita de noche algo de dinero y un reloj muy caro que me regaló Rosy. Lo han dejado todo ahí, y eso que los cajones estaban abiertos. Extraño, ¿no?

—Dime, ¿has visto si el sobre grande de color blanco que dejé en la mesita del recibidor está aún allí?

—Espera un momento, lo miro ahora… No, no está.

—Vaya. Tampoco es tan grave. Deben de habérselo llevado. Eran las copias que mencioné en la cena. El artículo que escribí con John Wild, el que habla de infrarrojos. No te preocupes. Buenas noches. Mañana hablamos.

Berlín, madrugada del 16 de agosto de 1939

Rosy dispuso cuidadosamente las tres almohadas con las que solía dormir cuando lo hacía sola. Su plan consistía en compartir esa misma cama la noche siguiente con Werner Applefeld, algo que él no sabía aún. Quería el sobre grande de color blanco para estudiarlo a fondo. Se durmió. Pero sonó el teléfono al cabo de un rato. Era una llamada de la oficina de la Abwehr en Múnich. Le leyeron un mensaje muy breve del agente 405:

El objeto de su interés ya ha sido recuperado y obra en mi poder. Espero órdenes en cuanto a cómo proceder a partir de ahora.

«¡Perfecto!», pensó Rosy. Ya no iba a ser necesario acostarse con Werner, aunque había otros motivos que seguían pareciéndole interesantes. De hecho, le apetecía. No solo era un hombre apuesto, sino que merecía la pena ver cómo respondía a los estímulos adecuados. En parte, Rosy ya se lo imaginaba, y lo que imaginaba le gustaba. Respondió al mensaje diciéndole al agente que remitiera el objeto a su despacho de la central en Berlín.

8

Una invitación interesante

Berlín, 16 de agosto de 1939

*T*al como había calculado Rosy, el sobre estaba en su despacho a las dos de la tarde. Contenía doce copias idénticas de un artículo firmado por los doctores Applefeld y Wild. Se trataba del artículo que figuraba en la bibliografía de la ficha que le mostró Klaus Hess. No era un texto clasificado ni reservado. De hecho, comprobó que fue publicado por una revista científica que circulaba libremente en el mundo universitario internacional. En cierto modo, se llevó una decepción. Pensaba que había descubierto una información secreta de gran interés para Canaris, y no era así.

Aunque no iba a ganar puntos, decidió leer el artículo. Era bastante árido y complicado de entender por una profana como ella. Comenzaba haciendo referencia a las investigaciones llevadas a cabo a mediados del siglo XIX por un físico estadounidense, el doctor Langley, que inventó un instrumento que bautizó con el nombre de «bolómetro».

Lo que a ella le interesó fue que, tras numerosas mejoras técnicas, a finales del siglo XIX los bolómetros ya eran capaces de detectar las radiaciones térmicas emitidas por una vaca a una distancia de cuatrocientos metros. Naturalmente, el artículo se extendía sobre aspectos tan abstrusos y poco interesantes para Rosy como cuáles eran los elementos que forman los campos electromagnéticos, y, más específicamente, los de la región de los infrarrojos.

Pero se quedó con los ojos muy abiertos cuando en el curso

de la lectura encontró una frase que especulaba sobre una posibilidad al parecer realizable:

> Sería por lo tanto posible tomar fotografías infrarrojas utilizando cámaras y películas adecuadas, a condición de que sean capaces de detectar diferencias térmicas. Asociando ciertos colores a las diferentes temperaturas, esas fotografías podrían ser visibles para el ojo humano.

Rosy entendió al instante que la posibilidad de visualizar y fotografiar de forma reconocible las formas no era utópica, y sería sin duda utilísima desde el punto de vista estratégico. No necesitaba una licenciatura en ciencias físicas para concluir que los británicos ya estaban trabajando en la creación de una solución técnica en el sentido expresado por ese párrafo. Era incluso probable que ya tuvieran esa solución. Es decir, algo que les permitía «ver» de noche los buques alemanes que navegaban por el estrecho de Gibraltar desde algún punto del Peñón.

No había perdido el tiempo. Decidió que no era mal momento para llamar a Werner a su hotel de Múnich y proponerle que se encontraran y tomaran una copa en Berlín.

Le bastaría tenerlo a tiro para sonsacarle información sobre los desarrollos ocurridos en la técnica de la fotografía de infrarrojos desde el día en que escribieron el artículo hasta el momento actual. Probablemente había cosas nuevas y, si era así, él estaría al corriente. No iba a ser sencillo, pero valía la pena intentarlo.

Entretanto, Werner estaba furioso. No solo lo siguieron mientras daba un paseo inocente por Múnich sino que unos agentes habían allanado el apartamento de Max y robado unas fotocopias que eran para Henry Wild.

Estaba claro que era considerado en Alemania *persona non grata* y le indignaba que sospecharan de él. Su libertad personal corría peligro.

Además de estar furioso, se había llevado una decepción. Cuando partió de Nueva York solo pensaba, disfrutándolo de antemano, en reunirse con Greta y con Max, y visitar el país donde nació. Pero la realidad era muy diferente. Tenía claro que su primo estaba decidido a quedarse. Pensó que, de hecho, Max era un nazi de verdad. Pese a lo cual, el joven le parecía una persona encantadora y le gustaba. Mucho. Era simpático, ingenuo sin duda, pero valiente y fuerte.

Seguían galopando todas esas ideas en su cabeza cuando sonó el teléfono. Descolgó creyendo que iba a escuchar la voz de Max, pero se llevó una sorpresa. Y se indignó cuando oyó la voz de Rosy, aquel tono inconfundible que combinaba a partes iguales la sensualidad con el tono de mando.

Ella no se identificó, se limitó a preguntarle qué tal estaba.

—Preocupado y molesto —respondió Werner—. ¿Cómo quieres que esté después de que me hayas hecho seguir por Múnich y me hayas robado unos documentos?

—Es mi trabajo, cariño —dijo ella entre despreocupada e irónica.

—¡Hazme el favor de no imitar a Marlene Dietrich cuando hablas conmigo!

—Tiene unas piernas excitantes, ¿no te parece?

Qué desfachatez, Rosy era imposible. Pensó en colgar el teléfono, pero cierto instinto le aconsejó seguir el juego y ver qué ventaja podía sacar él.

—Lo son, y seguramente también sean las más bellas de toda Europa.

—A lo mejor sería conveniente que antes de hacer esa afirmación las comparases con otras.

—Ya basta, Rosy. Dime, por favor, ¿qué quieres de mí?

—Que cenes conmigo mañana por la noche en Berlín. Me encantaría compartir contigo una botella de champán, como la otra noche.

—¿La otra noche? Hablas como si hubiese ocurrido hace tiempo. Fue anteayer…

—Tienes razón, sí… Supongo que porque tengo muchas ganas de charlar contigo. Tú eres alguien importante para Max. Y Max es importante para mí. Además, te debo una explicación por todo lo que ocurrió ayer. Pero hay un motivo más, y es el principal. Tengo ganas de verte.

—Te agradezco mucho tu interés, pero debo decir que no. Mañana iré a Berlín, pero es para cenar con Greta, que también fue para mí como una madre. Por otro lado, no me debes ninguna explicación. Ya me la has dado: es tu trabajo. Gracias por haberme llamado. Confío en que podamos vernos algún día, pero lejos de tu territorio, dentro de un tiempo. Que te vaya bien en España.

—¿Qué significa eso de «tu territorio»? ¿Quieres decir Alemania?

—Por supuesto.

—Pues te confundes, querido. Mi territorio es Europa, y antes de lo que te imaginas mi territorio será el mundo, *die welt*... Además, no estoy acostumbrada a que un hombre me diga que no.

—Vaya. ¿Y cómo te ha sentado?

—Adiós, doctor Applefeld.

Había colgado.

A menudo los colegas de Werner en el hospital le tomaban el pelo bromeando con el sentido de su apellido y le llamaban «doctor Buenamanzana». Werner siempre sonreía y no se ponía de malhumor. Era un «buenazo», tan amable que esa actitud le había causado problemas más de una vez. Por ejemplo, justo cuando, tras oír su réplica, Rosy colgó ofendida. Casi llegó a sentirse culpable de que ella hubiese puesto punto final tan bruscamente a la conversación.

¿La había tratado con excesiva dureza? ¿Era posible que aquella manera de responder de forma negativa a la invitación a cenar pudiera traer consecuencias negativas para Max? El chico era muy vulnerable y Rosy muy capaz de hacer daño a cualquiera, incluso a un novio. «No, eso es muy improbable», se dijo Werner. Pero se quedó desasosegado. Pensó en devolverle la llamada y se dio cuenta de que no tenía su número.

No le hizo falta buscarlo. Sonó el timbre y era de nuevo su voz la que sonaba al otro lado de la línea.

—Tengo que verte, Werner. Hemos de hablar sobre Max. Es importante. Veámonos, me bastaría con tomar una copa contigo. Mañana hay un vuelo que aterriza en Tempelhof a las seis de la tarde. Estaré en el aeropuerto. Si no alcanzas a tomar el vuelo, llámame. Max tiene mi número. Y disfruta de Múnich. Mereces un día tranquilo. Y que pases muy buena noche, Werner.

Se quedó atónito. ¿Era cierto que había detectado en la voz de Rosy una dulzura? ¿Era posible que en lugar de darle órdenes le hubiera suplicado?

Werner estaba confundido. La experiencia le decía que en estos casos no había nada mejor que irse a dormir y confiar en que su mente estaría despejada por la mañana, mucho más capaz de analizar todo lo sucedido. Llamó a la recepción y pidió que lo despertaran a las siete de la mañana.

9

El primer vuelo de Werner

Múnich-Berlín, 17 de agosto de 1939

Sonó el teléfono con absoluta puntualidad. Pidió que le subieran el desayuno a la habitación.

La víspera ya había conseguido minimizar el robo del sobre frente a Max diciéndole que al fin y al cabo no contenía nada que no fuese de conocimiento público. Decidió llamarlo para avisarle de que pensaba adelantar un día el regreso a Berlín para pasar con Greta un par de días antes de embarcarse hacia Nueva York.

Cuando colgó tenía la impresión de que Max se sentía aliviado. Casi podía deducirse que prefería no tener que pasar más horas con él. También le pareció que estaba preocupado. Max mencionó que, al parecer, la reunión que había convocado el director del circo era muy trascendental. Quería comunicarles algo referido a Shalimar, en principio, pero luego parecía que se habían añadido otros asuntos de gran importancia. Mencionó que alguien había lanzado la idea de celebrar una función de los Cóndores Voladores en homenaje a la Legión Cóndor y a las Juventudes Hitlerianas, una función en la que debía pronunciar un discurso Herbert von Tech.

La tarea de convencer a Max de que cambiara de planes no era algo que Werner hubiese olvidado por completo. No pensaba ceder, sino todo lo contrario. Werner era terco cuando se proponía algo. Estaba decidido a borrar de aquel cerebro joven toda clase de ideas a favor de los nazis, hasta el último resto de propaganda. Se prometió a sí mismo que regresaría a Alemania lo antes posible, y que en el nuevo viaje pasaría con Max todo el tiempo posible, sin permitir ni una sola distracción.

Werner se dispuso para afrontar su primer vuelo. Con el aliciente de que Rosy lo esperara en el aeropuerto. ¿Por qué tenía ganas de verla? «No es eso, estoy ilusionado porque voy a volar por vez primera en mi vida», se dijo.

En Estados Unidos había viajado con frecuencia a Washington, Filadelfia y Chicago, tres ciudades que estaban bien conectadas con Nueva York mediante la línea de ferrocarril de Pensilvania y con el lujoso tren 20th Century Limited, que salía de la terminal Grand Central neoyorquina. En uno de sus viajes había coincidido en el vagón con Greta Garbo. Las cabinas eran magníficas.

Llamó al conserje del hotel para obtener información sobre el vuelo Múnich-Berlín: había un vuelo de la Deutsche Lufthansa que despegaba a las 15:30. Para comprar el billete tenía que ir personalmente a las oficinas de esa compañía, que estaba situada cerca del hotel.

Mientras caminaba hacia allí, Werner estaba tan emocionado como un niño. Tenía la oportunidad de experimentar algo nuevo y se moría de ganas de volar.

Gracias a esa ilusión se había librado de la confusión mental. Se sentía eufórico y, como hubiese dicho uno de sus colegas de Columbia, «oxigenado». «¡Qué maravillosos pueden llegar a ser los cambios humor de los que es capaz el ser humano! Un buen tema de investigación, sin duda», pensó.

Como no pensaba llamar a Rosy, ella estaría en el aeropuerto. ¿Deseaba en su inconsciente tener ese encuentro con ella? Por supuesto que no. Pero Werner quería saber cuál era el asunto serio relacionado con Max.

Volar, tuvo que admitirlo, le producía cierta aprensión. Preguntó al empleado de la compañía aérea qué clase de avión cubría el trayecto a Berlín. Le mostraron la imagen de un Junker JU 52 / 3m. «Drei motoren», dijo el empleado para explicar eso de «3m». Tres era un número tranquilizador, también le gustó ver el aspecto sólido de la cabina de metal corrugado y su interior, con capacidad para dieciséis pasajeros sentados en cómodas butacas. De modo que Werner compró un billete para el vuelo que, como Rosy había dicho, llegaría a Berlín a las seis de la tarde.

Casi todos los pasajeros dedicaron el tiempo a leer y comer las chocolatinas suizas que les entregó la azafata. A estribor, por la ventanilla, el espectáculo del sol que avanzaba camino de su puesta iba enriqueciendo una paleta riquísima de tonos rojizos que jamás hasta ese día había visto Werner. La enorme amplitud del horizonte que se dominaba desde las alturas era en sí misma un espectáculo. ¿Por qué tenían las personas que estar atadas por la gravedad al suelo?

El vuelo terminó antes de lo que le habría gustado. Una vez en el aire no pasó temor alguno y se dedicó a disfrutar de aquella experiencia única. El Junker 52 tomó tierra en el aeropuerto berlinés de Tempelhof con algún que otro sobresalto en la fase de descenso. Una vez en tierra, recorrió un buen trecho de las inmensas pistas y Werner pensó que, como decía el himno alemán, ese país estaba «por encima de todo». El edificio de la terminal, en forma de círculo, era impresionante. El poder alemán iba a convertirlo en el centro del mundo, ya se empezaba a notar lo que sería el Tercer Reich.

Bajó a la pista y siguió a los otros viajeros hacia la salida. No había ninguna clase de formalidades. Werner comenzó a pensar en el encuentro con Rosy. ¿Qué le diría? No tenía, o tal vez sí las tuviera, ganas de cenar con ella. Pero aceptaría que lo llevara en su coche al hotel y la invitaría a tomar una copa en el bar. Si hubiese dicho que no estaba inquieto, habría mentido. Mientras recorría la terminal lo ayudó a distraerse un momento la foto enorme de un moderno avión. Era un Focke-Wulf Fw 200 Condor, que muy pronto sería el avión oficial de Hitler… «¡Los malditos cóndores están por todas partes!», pensó Werner.

Miró a un lado y a otro. Rosy no estaba. ¡Las mujeres, tan imprevisibles siempre! ¿Por qué le dijo que estaría en el aeropuerto si no tenía intención de hacerlo? Quería cargarse de razones para sentir antipatía por ella. Esperó unos minutos más en el vestíbulo de llegadas, y cuando le pareció evidente que Rosy no estaba allí, salió a la calle y subió a un taxi para dirigirse al Berliner Hof.

Le pareció que, en apenas unos días, el número de Mercedes de color negro con el banderín de la esvástica había aumentado considerablemente. A su taxi le costó abrirse camino entre tanto coche oficial, pero logró finalmente acercarse a la entrada principal del hotel. Un magnífico vehículo oficial que le sonaba de algo estaba justo delante de la entrada. Uno de los porteros abrió la puerta de atrás y Rosy apareció majestuosa. Era su coche, en efecto. Más elegante que nunca, sorteó con agilidad un charco, se volvió hacia atrás y le saludó haciendo un puchero con sus labios pintados de un rojo tentación que le iba perfecto a su piel muy blanca:

—Disculpa, Werner.

—¡Vaya sorpresa! —exclamó él.

—¿Qué es lo que te sorprende? ¿Que me haya disculpado o que esté aquí?

—Las dos cosas.

—Estuve dando vueltas a la idea de ir al aeropuerto a recogerte. Decidí que mejor era no ir. Ninguna mujer necesita ser especialmente brillante para saber cuándo no es bien recibida por alguien, y hablando por teléfono capté muy bien qué clase de sentimientos te produzco, Werner. Llamé al conserje de tu hotel de Múnich y me dijo dónde ibas a alojarte en Berlín.

—¿Estuve muy brusco?

—Lo suficiente como para que se me quitaran las ganas de verte.

—Entonces, ¿por qué cambiaste de idea?

—Ha sido por Max, claro. Parece que últimamente todo lo que hago lo hago por él. Los Cóndores Voladores se están convirtiendo en famosos, ya suena su nombre por todo el país. Salen en todos los periódicos. Dicen todos que Max es el ejemplo ideal del joven ario.

—Estoy enterado. Pero lo primero es lo primero —dijo Werner sonriendo por primera vez—, ¿cómo estás? Tienes muy buen aspecto y me alegro de que hayas aparecido.

—¿En serio? —dijo Rosy volviendo a adoptar su sonrisa más insinuante—. Espero que, si es así, quieras invitarme a tomar una copa…

—Naturalmente. Para eso has venido, ¿no?

—No empieces. Claro que no. ¿Por qué te pones tan seco conmigo otra vez? Entremos y enseguida sabrás por qué quería hablar contigo en persona.

Werner se acercó a la recepción con su maletón, seguido

por el portero con la parte más voluminosa de su equipaje. Cuando le dieron la llave, se volvió hacia Rosy y se fue con ella al bar. Encontraron una mesa en una esquina y Werner pidió champán para ella y un Manhattan para él.

—Werner —dijo Rosy mirándolo a los ojos con una expresión nueva. Estaba muy seria. No trataba de seducirlo ni de gustarle. Esta vez era otra cosa—. Estoy preocupada de verdad. Cada vez me parece más claro que Max y sus Cóndores están en peligro. Un peligro tremendo.

—¿Ha ocurrido algo?

—Max es primo hermano tuyo. ¿Te imaginas la conmoción nacional que supondría que alguien descubriera y comunicara la noticia de que Adonis, el líder de los Cóndores Voladores, el símbolo nacional para Hitler de lo que es un ario auténtico, resulta ser un judío?

—¡Qué cruel puedes llegar a ser!

—Si merece la pena serlo…, sin duda.

El camarero les sirvió y Werner la miró primero con una sonrisa:

—*Cheers! Prosit!* —dijo. Pero enseguida añadió con gesto de preocupación—: ¿Podrías contarme qué es lo que ha ocurrido para que en tan poco tiempo hayas pasado a sentirte tan agobiada?

—En la reunión que han tenido esta mañana los Cóndores y el director del circo, estaba presente mi hermano como mánager del grupo de trapecistas. He podido hablar con él después de que terminaran.

—Yo diría que la empresa está felicísima con el éxito de los Cóndores, ¿no es así? Lo vi yo mismo, la noche que asistí a la función y tú también estabas. El éxito no puede ser mayor…

—Es cierto que triunfan y que dan mucho dinero al circo. De eso no hay duda.

—Entonces, Rosy, ¿qué es lo que te preocupa?

—Como su fama se ha difundido tan rápidamente por todo el país, temo que tenga repercusiones incontrolables algo que ha pasado en la reunión de hoy. A Max se le ocurrió ir acompañado. Ha ido con Joshua, ese amigo de infancia que ya has conocido. Y también ha asistido Herbert von Tech, uno de los ayudantes de campo del mariscal Rommel. Von

Tech, además, fue hace algún tiempo un alto mando de la Gestapo. Lo han invitado a estar presente porque es un gran admirador de los Cóndores y porque manifestó su interés por hablar con los trapecistas antes de que se celebre la función especial en honor de la legión Cóndor.

—Sí, recuerdo que Max mencionó a un tal Von Tech.

—Von Tech viaja semanalmente de Berlín a Múnich para ver una de las funciones. Y hace tiempo que se dio a conocer a Max y sus colegas, ahora los ve todas las semanas cuando termina la función. Pero lo que importa no es eso. Lo importante es lo que ha ocurrido durante la reunión. Conozco muy bien a Von Tech —siguió diciendo Rosy, cada vez más seria—. Tiene mucho poder, en el círculo más cercano a Hitler es un hombre muy querido, admirado, y se le considera un gran patriota. Como orador también es muy apreciado entre los cuadros más jóvenes del partido. El problema…

Rosy se interrumpió, tragó saliva, como si estuviese realmente apurada. Algo que jamás hubiese esperado Werner de ella.

—Vamos, estamos aquí para que me confíes lo que sabes.

—Esta mañana Herbert intervino en la reunión para soltar un discurso sobre lo importante que es el deporte, y el atletismo en particular, como vehículo para transmitir mensajes positivos a la juventud. Luego ha añadido que la Legión Cóndor es la favorita de Hitler por su comportamiento aguerrido en la defensa de Franco contra las fuerzas comunistas. Y que al propio Hitler le ha interesado la similitud de los nombres de esa Legión Cóndor y el los Cóndores Voladores, y por eso les pide a los Cóndores esa función de homenaje, que podría suponer para ellos y para el circo Krone unos enormes dividendos en el futuro.

—De momento —dijo Werner estirando el brazo para coger su Manhattan—, no veo problemas en eso.

—Es una oferta de enorme trascendencia. —También ella tomó su copa y dio un breve sorbo al champán—. Von Tech añadió que la práctica del atletismo garantizará la clara superioridad de la raza alemana, y justo cuando decía eso, Joshua miró a Von Tech y soltó un eructo. ¡Un eructo repugnante, sonoro y claramente provocador! Imagina el silencio que se hizo. La tensión.

—Yo lo encuentro gracioso... —Rio Werner. Imaginó la actitud pomposa del oficial alemán y la ironía sarcástica de Joshua. ¡Qué atrevimiento, qué irreverencia por parte del joven músico!

—Von Tech, por fortuna, prefirió ignorar aquella muestra de mal gusto y puso a Max, con su virilidad y potencia como atleta, como encarnación de los valores que el Tercer Reich quiere inculcar a los jóvenes. Lo peor es que se volvió hacia Joshua, que no parecía ni siquiera preocupado por las consecuencias de su falta de decoro, para especificar que esos valores no pueden ser apreciados por algunos, en razón de su inferioridad biológica. Y entonces, para complicar todavía más las cosas, Joshua se puso en pie, apartó las sillas ruidosamente y, sin despedirse de nadie, salió cerrando la puerta violentamente. Ya puedes imaginar qué nueva conmoción supuso su comportamiento. Von Tech no disimuló más su enfado. Confirmó que habría un número muy grande de miembros de las Juventudes Hitlerianas y también de la Legión Cóndor que asistirían a la función especial. Estrechó la mano de todos los presentes y se fue. Al despedirse de mi hermano, le pidió los datos de «ese jovenzuelo maleducado que ha reaccionado de forma criminal a unas ideas tan queridas por Alemania y por el Führer. Le llamó «tipejo» y añadió: «Vamos a abrirle un expediente a este maleducado. Me sorprende que en vuestro circo tengáis como empleados a tipos de tan mala catadura». Mi hermano le dijo que no trabajaba en el Krone, que había acudido a la reunión acompañando a Max. Y ahora —concluyó Rosy— hasta mi hermano está preocupado por culpa del comportamiento de Joshua, que pronto va a tener muy entretenidos a los miembros de la Gestapo. Todo esto será muy complicado para Joshua, pero tendrá también repercusiones negativas para los Cóndores y, sobre todo, para Max.

—¿Qué insinúas?

—Imagina qué pasaría si alguien investigara y acabara sabiendo que Max es hijo de un judío.

Rosy tomó un largo trago de champán mientras Werner guardaba silencio con una expresión taciturna. Ella sacó del bolso una pitillera, encendió un cigarrillo y continuó:

—Si vas a reunirte con la madre de Max, puedes decirle que ya sé que, aunque no me conoce, me tiene antipatía... Pero eso no tiene importancia. Lo que pienso es que, en cuanto se entere de este incidente se va a asustar y con razón. Puedes asegurarle que defenderé a Max con todas mis fuerzas frente a cualquiera que vaya contra él. Dile que Max es mi vida. Sin él, carecería de sentido. Díselo así. Necesito a Max. —Se puso en pie, se alisó la falda muy ajustada y tendió la mano a Werner—. Buenas noches, doctor Applefeld. Feliz regreso a Nueva York. Ha sido un placer… Hablo en serio. Un verdadero placer.

Y, dirigiéndole una mirada cargada de tantos significados que resultaba difícil entenderla en su complejidad, dio media vuelta y se fue despacio hacia la calle, dejando tras de sí la fragancia que Werner ya era capaz de reconocer.

Werner fue incapaz de controlar un instinto primitivo que lo impulsó a exclamar en voz alta, perfectamente audible por toda la clientela del bar y también por ella:

—¡Rosy! ¡Rosy!

Sorprendida, ella se volvió. Werner corría hacia ella levantando una mano para detenerla y volvió a alzar la voz para decir, como si fuese muy importante, una auténtica trivialidad:

—¡No te has terminado el champán…!

La cogió de la mano y la llevó de regreso a la mesa que acababa de abandonar mientras ella musitaba:

—Eso mismo estaba pensando yo.

Se sentaron y ella adelantó la mano. Werner iba a cogérsela, pero ella recuperó su copa y la vació de un trago.

—Ni siquiera has subido a ver tu habitación —dijo Rosy—. Será mejor que le eches una ojeada antes de quedártela. Yo lo hago siempre así.

—Todas las habitaciones de los hoteles son iguales —dijo él algo desconcertado.

—En casi todo, claro. Pero las hay con mejores vistas. Soy una experta en las vistas de mi ciudad…

—¿Querrías entonces aprobar las de la habitación que me han asignado? Seguramente tienes razón y debería dormir en una habitación con auténticas vistas…

—Berlín podría fascinarte. Y obligarte a permanecer aquí unos días más.

—Todo depende de las vistas —dijo Werner, y se levantaron los dos para dirigirse al ascensor.

10

Café Poletto

90

Múnich, 17 de agosto de 1939

Cuando terminó la accidentada reunión, los Cóndores y Herr Dieckhoff fueron al café Poletto, su habitual lugar de encuentro. Max estaba furioso:

—¡Qué estúpido! —Todos sabían a quien se refería—. ¿Cómo se le ha ocurrido soltar ese tremendo eructo en mitad de la alocución de Von Tech? Todavía no doy crédito. Ha sido un insulto con todas las de la ley. Una falta de respeto que no podía ser más deliberada. No creo que ninguno de vosotros piense que ha sido accidental...

—Lo ha hecho aposta, seguro —dijo Shalimar.

—Estoy de acuerdo —dijo Arthur—. Joshua estaba muy tenso cuando Von Tech nos lanzaba su arenga, y al final no pudo más y estalló de esa manera. Ha sido un gravísimo error que podría tener consecuencias muy malas para tu amigo...

—... y puede que para nosotros también —añadió Max—. Von Tech ha sido muy medido en su reacción, pero al final lo ha dicho claramente. No va a dejarlo así.

La camarera les preguntó qué querían y, mientras un coro de voces decía «Café», ella le entregó a Max una nota que le había dejado su amigo.

—Léela en voz alta —pidió Shalimar—. ¿Es de Joshua?

—Sí, pero estoy tan furioso que no voy a poder.

—La leo yo —dijo Arthur quitándole la nota de la mano—: «Max, te pido disculpas por lo que he hecho. Pero no puedo decir que lo sienta. Si volviese a tener que escuchar una sarta de estupideces como las que decía Von Tech, volvería a hacer lo mismo. Pero lamento profundamente las consecuencias que mi acto pueda tener para vosotros. Por lo que a mí respecta, no me importa. Sé que tarde o temprano voy a verme metido en problemas, así que tal vez mejor que sea pronto. Si esta noche sigo siendo un hombre libre, me gustaría ir a dormir a tu apartamento. Me harías un gran favor. Gracias, tu amigo (o eso espero seguir siendo para ti) Josh». —Arthur alzó la vista del papel, miró a Max y añadió—: Es un tipo muy valiente.

—Los sefardíes de Estambul dirían que tiene «muchos cojones» —dijo Shalimar usando el español para las últimas palabras.

Max lo entendió, tenía facilidad para los idiomas, pero no pudo estar de acuerdo:

—No se da cuenta de lo que ha hecho. Hablaré con él esta noche, pero no me hará caso, ya lo sé. En una cosa tiene razón: se ha metido en un buen lío.

Herr Dieckhoff intervino para centrarlos:

—Ahora tenemos que pensar en el espectáculo. No adelantemos acontecimientos sobre Joshua y centrémonos en la función de homenaje a la Legión Cóndor. Ha de salir perfecta.

Todos asintieron con la cabeza. Y Max añadió, quizás para quitar tensión al momento:

—Eso va por ti también, Shalimar. Acuérdate de taparte bien las tetas. Nada de ponerte solo los pompones de siempre. Esta gente no acepta según qué cosas.

—¿Tan peligrosas son mis tetas? Yo creí que te gustaban, Max. No te preocupes, las taparé hasta que tú decidas destapármelas…

—No estoy para bromas —dijo Max—. Arthur, esta noche ensayaremos la parte especial del número que hemos pensado para el gran día. La secuencia final del trapecio la voy a culminar con un doble mortal que termina cuando me agarro a tus muñecas.

—Olvídate de eso, no es un buen día. Tanto tú como yo sudamos mucho y hoy hace calor. Bastaría que resbalases un centímetro para que te me escaparas, y… —replicó Arthur.

—Tengo ya toda la experiencia y la fuerza que necesito, y lo hemos ensayado una docena de veces sin problemas —insistió Max.

—Son muy pocas veces —dijo Shalimar—. Además, todos estamos un poco excitados y nerviosos, sobre todo tú. No es el mejor día para probar cosas de mucho riesgo, hazle caso a Arthur. Preocúpate solo por mis tetas…

Shalimar acertó, y los tres trapecistas y su manager rompieron a reír a carcajadas. Necesitaban diluir la tensión.

11

Herbert von Tech

Múnich, 20 de agosto de 1939

*L*a actuación fue sensacional. La mejor de su historia. Adonis voló como un auténtico cóndor. Añadió piruetas más complicadas, que desafiaban la gravedad y que ejecutó en el número por vez primera, sin un solo fallo.

Arthur dio también lo mejor de sí mismo, con una actuación impecable. Sus fuertes muñecas fueron el amarre imprescindible que sostuvo a Adonis después de que este hiciera dos mortales sucesivos en el aire mientras una ovación atronaba en la carpa.

Shalimar exhibió su impecable cálculo de los tiempos y un nuevo vestuario, muy elegante en su simplicidad: un maillot blanco que permitía admirar aquellas piernas de estilizada musculatura.

La función fue una obra maestra del arte circense, y los tres Cóndores resplandecían cuando bajaron a la arena de la pista.

El director del circo fue al camerino en cuanto terminaron su actuación. Les dijo que habían estado perfectos, que había sido «un gran éxito para los Cóndores y para el Krone», y les estrechó la mano uno a uno.

También Herbert von Tech se acercó al camerino y los felicitó por el magnífico espectáculo en honor de la Legión Cóndor. Y añadió un agradecimiento especial a Max por las bellas palabras que en nombre del grupo había pronunciado al término de su actuación, improvisando un emotivo homenaje a los militares homónimos.

«Nosotros decidimos adoptar vuestro nombre y llamarnos Cóndores —había dicho Max—, inspirados y motivados por vuestro heroísmo y por vuestra disciplina. Y queremos esta noche decirles a los miembros de las Juventudes Hitlerianas que han venido a vernos en esta función especial, y cuyo aplauso agradecemos, que en realidad ese aplauso lo merece sobre todo la Legión Cóndor, de quien somos solo unos admiradores.»

Exultante, Herbert von Tech propuso:

—Vamos a cenar juntos. Venid los tres.

Shalimar se excusó diciendo que estaba agotada, Arthur tenía un compromiso ya adquirido y Max estaba a punto de ofrecer su excusa cuando Herr Dieckhoff le indicó, con un ademán discreto pero que no admitía discusiones, que debía aceptar.

—Acompáñame al menos a tomar una copa —insistió Von Tech—. Quiero hablar contigo y este no es el momento ni el lugar. Prometo que no voy a retenerte hasta muy tarde y que luego te llevaré en coche a casa.

—Bueno —dijo Max sin entusiasmo—. Pero solo será una copa.

—¡Excelente! Te voy a llevar al sitio que en mi opinión es el mejor de Múnich: el Club de Oficiales. Me parece que el ambiente te gustará, hay muchos oficiales jóvenes del Ejército de tierra y del aire. Un sitio con un ambiente de camaradería lleno de gente sedienta. No creo que haya en toda Alemania un bar donde se beba tanta cerveza como allí. Los más veteranos no van casi nunca. No logran mantener el ritmo de los jóvenes y les da vergüenza admitirlo…

—Pero tú eres un oficial veterano… —dijo Max.

—Así es, pero no he cumplido aún los cuarenta. Tengo treinta y siete años.

—Y a estas alturas, una brillante carrera.

—He cumplido con mi deber —admitió Von Tech con evidente satisfacción.

El Club de Oficiales tenía unos locales muy amplios, sobrios, muy bien decorados. Las carcajadas de su joven y parlanchina clientela resonaban hasta el final de la barra, donde Von Tech localizó un par de taburetes vacíos. Detrás de la barra había un enorme espejo que reflejaba a los animados bebedores rodeados por una espesa nube azulada de humo de cigarrillos.

Así que no le sorprendió que Herbert von Tech le ofreciese un pitillo.

—Gracias, pero no me gusta fumar. De hecho, tampoco me gusta estar en un lugar tan lleno de humo como este. No entiendo que la gente no quiera llevar una vida sana, fumar y respirar este aire…

—No sé si es saludable o no —dijo Von Tech—, pero yo lo encuentro muy agradable. ¿Has fumado alguna vez?

—No, pero estando aquí no necesito fumar, me basta con respirar para saber en qué consiste. Como Herr Dieckhoff mi entrenador y mánager me viera aquí, ¡me mataría!

No habían pedido nada, pero el barman, que evidentemente conocía muy bien a Von Tech, les acercó, con un saludo afectuoso, un par de *whiskies on the rocks*.

—Ese hombre es hermano de Rosy, ¿no es cierto?

—Lo es. Fue gracias a él como la conocí a ella. Cuando aún vivía yo en Berlín, él era mi profesor de gimnasia y Rosy se pasaba a veces por el instituto a recogerlo. Así comenzó todo. Nos hicimos amigos.

—¿Solo amigos?

—Muy amigos.

—Ahora la vas a echar de menos, tengo entendido que se va a España.

—Exacto. Me duele mucho que tenga que irse dentro de un par de días. Sí, la voy a echar de menos. Se ha convertido en una parte muy importante de mi vida.

Herbert alzó el vaso y se bebió el whisky de un trago. Inspiró profundamente y, sonriendo, dijo:

—Aunque la situación política internacional es algo incierta y pueden ocurrir acontecimientos en cualquier momento, tengo intención de pasar el resto del verano entre Berlín y Garmisch, donde tengo una casita que es ideal para los fines de semana. ¿Has estado en Garmisch alguna vez?

—Nunca. Pero sé que no está lejos, que es un lugar precioso y que en verano es un lugar muy fresco.

—Pues si durante la ausencia de Rosy te sientes solo, avísame. Estaré encantado de que te alojes en casa. Seguro que te gustará. Está al pie de las montañas.

—Ahora mismo comenzamos un programa de ensayos muy intensivo para preparar los números de la próxima temporada. Pero puede que un fin de semana me escape. Gracias por invitarme.

—Serás bien recibido. Y ahora, cuéntame algo de ese amigo tuyo…, Joshua Scheinberg. ¿Cuándo lo conociste y en qué circunstancias?

—En la escuela, cuando yo vivía en Hamburgo. Me gustó desde que lo vi por primera vez. Tiene mucho talento y un gran sentido del humor. Cuando nos fuimos a Berlín porque a mi padre le ofrecieron un trabajo en un hospital de allí, no nos vimos mucho. Pero siempre lo he considerado como mi mejor amigo. Y siempre lo será.

—¡Qué curioso! Porque sois muy diferentes. Yo diría que no hay elementos comunes que puedan cimentar esa amistad.

—Algo tenemos en común: ambos trabajamos en el mundo del espectáculo. Él está en el teatro. Es buen compositor y un gran pianista. Ahora mismo está componiendo una pieza para una obra que se representará en el Metropol a partir de septiembre. Lo han nombrado vicedirector de la orquesta… ¡y solo tiene veinte años!

Al igual que antes, sin que los hubieran pedido, les sirvieron otros dos vasos de whisky con hielo.

—Será que estoy también muy sediento. Me he bebido el primero sin darme cuenta. —Rio Max—. Casi nunca tomo whisky, pero cuando lo he probado siempre me ha gustado. Y eso que no es una bebida muy alemana…

—No, no es nuestra bebida nacional. Pero mientras podamos saborear un buen whisky, mejor que lo hagamos.

—¿Podría llegar un momento en que no lo pudiéramos tomar?

—Podría haber guerra.

—¿Crees en serio que Alemania puede entrar pronto en guerra?

—Lo creo. Y cuanto antes, mejor. Alemania tiene muchos enemigos, pero ahora es muy fuerte, y podríamos ser capaces de vencerlos. Esta superioridad es temporal, y dentro de un tiempo podría ocurrir que las fuerzas se igualaran. Y por eso creo que debemos cuidar mucho nuestro orgullo nacional. Ese orgullo es una de las bases en las que se apoya nuestra grandeza... Cosa que, por cierto, a tu amigo Joshua parece no importarle. Yo diría que ni siquiera lo entiende.

—Seguro que lo entiende, es muy inteligente, aunque quizá no lo comparta...

—A juzgar por su actitud y su comportamiento del otro día, me pareció un chico profundamente desagradable, negativo y muy mal educado. Soltó el eructo mirándome a mí, dedicado al contenido de mi discurso. ¡Fue un insulto deliberado! Todavía no acabo de creérmelo. Debo decirte confidencialmente que dicté una nota informativa y pedí a la Gestapo un informe completo sobre sus actividades en Berlín. Lo que he leído en ese informe no es nada bueno. Le he unido mi nota y estaba dispuesto a remitirlo a las autoridades competentes, pero al final me lo he pensado mejor.

—Me alegro mucho ¿Y qué te ha hecho cambiar de opinión?

—Tú —dijo Herbert que, sin parpadear, fijó en Max una intensa mirada de sus ojos azules.

—No acabo de entender...

—Lo has entendido perfectamente. Sabes muy bien lo que quiero decir.

Herbert alargó la mano y cogió la de Max.

—Tendríamos que irnos, mañana tengo una dura jornada de entrenamientos —dijo el chico.

—Tienes razón, vámonos —dijo Herbert—. Dime cómo se va a tu casa. Creo que no está lejos, ¿no es cierto?

En silencio, Herbert condujo su coche por las casi desiertas calles de Múnich y, en muy poco tiempo, aunque a Max le pareció que tardaban una eternidad, llegaron a su casa.

—Gracias por invitarme a tu club, Herbert. Me ha encantado. Pero lo más importante es agradecerte infinitamente que hayas reflexionado sobre lo de Joshua. Estoy seguro de que fue algo involuntario. En la escuela, de pequeños, a veces tenía ocurrencias parecidas. No le des importancia.

—Mientes muy mal, Max —dijo Herbert—. Es otro de los motivos por los que me gustas. Y no te preocupes por Joshua. Mientras tú y yo sigamos siendo amigos, el informe y mi nota permanecerán en la mesa de mi despacho.

Max comprendió la propuesta y la amenaza, y cerró los ojos atemorizado.

—¡Anímate, hombre, que vamos a ser amigos! Lo sé —dijo Herbert apoyando la mano en el muslo de Max—. Me gusta mucho estar contigo.

—Gracias, Herbert. Buenas noches.

—Buenas noches, ¡y no te olvides de Garmisch! Vamos a dar un último trago antes de ir a dormir —añadió sacando una petaca de whisky de la guantera.

Max lo rechazó con educación, se apeó y Herbert se fue.

12

Suena el timbre a las dos de la madrugada

Múnich, 21 de agosto de 1939

A pesar de su ingenuidad, a Max ni se le había ocurrido mencionar ante Von Tech que su excusa para eludir la invitación a cenar era que, desde el día del incidente, su amigo Joshua dormía en su apartamento porque no se sentía seguro en el suyo. Había dado un par de vueltas a la manzana tras bajarse del coche del militar para tratar de tranquilizarse después de la amenazadora velada. Cuando abrió la puerta de su piso, oyó el rítmico ronquido que emitía Joshua. «¿Cómo puede alguien que tiene a la Gestapo tras sus huellas dormir tan plácidamente?», se sorprendió Max. Trató de despertarle, pero no fue fácil. Encendió las luces y cerró la puerta haciendo mucho ruido.

La forma humana que estaba tendida en el sofá reaccionó con gruñidos, movimientos torpes y al fin un saludo francamente lúcido:

—Sigo siendo un hombre libre. Llevo cuatro días pensando, cada vez que me acuesto, que a estas horas podría estar en una comisaría o en un centro de detención.

—Entonces, Joshua, ¿por qué lo hiciste? ¿Estás decidido a convertirte en un mártir?

—La verdad es que empiezo a estar harto de todo lo que está pasando en este país. Estoy cansado, deprimido, furioso, dolido…, y lo peor de todo es que me siento por completo impotente para remediarlo. Veo cómo Alemania se va hundiendo, y no puedo impedirlo. Y he llegado ya a una conclusión: en este país ya no hay sitio para mí. Preferiría morir que seguir en Alemania.

—Pues como sigas actuando así, podrías conseguirlo —dijo muy serio Max—. Intenta adaptarte, Josh, aprende a mentir, por ejemplo. Dedica tu creatividad a la música, haz lo que más te gusta y hazlo durante veinticuatro horas al día, intenta componer marchas militares o canciones que defiendan los valores nazis. Y cuando se interpreten en el Metropol, tendrás mucho éxito porque con un altavoz así terminarás siendo una gran estrella…

—¿Como tú?

—Igual que yo…, sí. ¿Dónde está el problema? Y, sobre todo, no te metas en discusiones políticas en las que no ganarás nunca. Ríe por fuera aunque estés llorando por dentro. Te sorprenderá comprobar lo fácil que te resulta entonces la vida.

—¡Y yo que pensaba que me conocías muy bien!

—Así es, Josh, y por eso trato de ayudarte. Te conozco más de lo que tú te conoces a ti mismo. Piensa en tu propia vida, piensa en tu madre. ¿Se puede saber lo que te pasa?

—Por decirlo sencillamente: que no puedo cambiar.

—¿Y se puede saber por qué?

—¡Soy judío y soy homosexual! ¡Lo mejor que se puede ser en la Alemania de Hitler!

Max miró en silencio a su amigo.

—Y, por si fuera poco, además soy un artista, un hombre de teatro, políticamente liberal y opuesto al nacionalsocialismo.

Todo eso no era ninguna novedad. Pero la intensidad con la que Josh reivindicó todo lo que era y pensaba…, eso era muy nuevo para su amigo. De todos modos, era de madrugada y ambos estaban agotados. No debía haberlo despertado, pero Max necesitaba desahogarse con él tras la terrible coacción que le había planteado Von Tech, aunque no quiso ni nombrarlo.

—¿A qué hora sale tu tren? —preguntó finalmente.

—A las nueve, dentro de siete horas. Déjame dormirlas, por favor —dijo Joshua.

—Buenas noches —se despidió Max yéndose a su habitación.

—Eres un buen amigo, Max. Gracias por permitirme dormir aquí.

—Sabes que siempre serás bienvenido. Pero a veces, Josh, ¡me vuelves loco!

Max tardó bastante en tranquilizarse. Estaba tan cansado que al principio no lograba dormir, pero después de dar muchas vueltas en la cama finalmente lo consiguió, hasta que un sobresalto lo despertó.

En plena noche, ¡sonó el timbre de la puerta!

El corazón le dio un vuelco. El timbre sonó una segunda vez, y luego una tercera…

Joshua entró despavorido en el cuarto de Max, que estaba encendiendo la luz y le pareció que a su amigo le hubiesen cubierto la piel con una delgada capa de pintura blanca. Le temblaban las manos, hablaba tartamudeando:

—¡Ahí están! ¡Ahí están! —repetía Joshua—. Vienen a por mí, vienen a detenerme. ¡Cerdos!

—No te precipites, será alguien que se equivoca de puerta. Para un asunto oficial, la gente no se presenta a estas horas.

—Justo lo contrario, Max. Son sus horas preferidas. Les encanta provocar el pánico. Ojalá tuviera una pistola.

Oyeron otra vez el timbre. El pánico se reflejaba en los rostros de los dos.

—Iré yo a abrir. Esto no tiene nada que ver contigo. Vienen a por mí —dijo Joshua.

Y antes de que Max pudiese impedirlo, Joshua salió al pasillo, llegó junto a la puerta, abrió y cayó de bruces al suelo, con un ruido como el del reventón de un neumático.

Max lo había seguido y cuando llegó a la puerta no dio crédito a lo que estaba viendo…

Joshua, en ropa interior, permanecía quieto, tendido en el suelo. Junto a él entrevió en la semioscuridad del rellano una figura humana con la rodilla hincada en el suelo que trataba de reanimarlo. Cuando notó que Max se aproximaba, aquel bulto humano, que era una mujer, se puso en pie en la semipenumbra del rellano y abrió los brazos y decía las palabras que peor explicaban la situación que estaban viviendo:

—¡Sorpresa, Max! ¿A que no me esperabas?

—¡Madre! ¿Qué haces llegando a estas horas de la noche? —Max no sabía si llorar o reír.

—Este Joshua sigue siendo tan gracioso como siempre. Al

verme, ha fingido desmayarse... Y míralo, sigue en el suelo. ¡Anda, Josh, levántate de una vez!

Joshua seguía conmocionado. Trató de abrir los ojos, pero no logró saber si veía visiones, tenía una pesadilla o aquel absurdo era real.

—No está fingiendo, madre. Estaba tan asustado que ha perdido el conocimiento.

—Veamos qué le pasa. Prepárale una tostada y un vaso de leche caliente con miel. ¿Tienes pan y leche?

—Sí, madre, tengo de todo. Pero antes vamos a ver si lo llevamos hasta el sofá, donde estaba durmiendo.

Una vez en el sofá, Josh aceptó tomar lo que Max le ofrecía, siguiendo el consejo de su madre. En cambio, no quiso levantarse. Pocos minutos después se quedó dormido. En su rostro se dibujaba una media sonrisa y poco a poco sus mejillas recuperaron su tono sonrosado.

—Debe de haber tenido una bajada súbita de la tensión, por culpa de falta de azúcar —opinó Greta—. Dejémosle descansar. Será la mejor medicina.

Fueron juntos a la cocina.

—¡Cuánto me alegro de que viváis juntos! Los Scheinberg nos ayudaron mucho cuando nos trasladamos a Berlín. Nos prestaron dinero. Y la madre de Joshua me repetía una y otra vez: «Cuida de Max, ¡que no le falte nada de comer! ¡Está creciendo muy deprisa y necesita más comida!».

—Me gusta mucho oír todo lo que me cuentas, madre. Pero ¿cómo no me dijiste que ibas a venir? ¿Cómo estás aquí? El primo Werner adelantó su regreso a Berlín para reunirse contigo antes de regresar a América. Menuda decepción se habrá llevado.

—Siento que haya sido así. ¡Qué persona tan encantadora este Werner! Es todo un señor, ¡¡¡y menudo viaje solo para venir a verte!!!

—Es ciertamente un tipo maravilloso. Pero hemos discutido sobre algunos asuntos.

—¿Cuáles?

—Sobre política, principalmente. No ve algunas cosas como las veo yo. Y, por cierto, Joshua no vive conmigo. Ha venido de visita y enseguida regresa a Berlín. Ha sido una visita breve y complicada. No es normal que la gente abra la puerta y se desmaye de repente…

—Cuánta razón tienes, hijo. Pero ya ha pasado lo peor, mira qué tranquilo duerme.

—Hablando de dormir, tengo una cama supletoria en mi cuarto. No ronco, y estarás muy cómoda, te lo prometo, madre. Será como en los viejos tiempos. ¿Te acuerdas?

—¿Cómo voy a olvidarlos? En muchos sentidos fueron los más felices de mi vida.

—Lo sé, madre, ahora comprendo mejor todas estas cosas. ¿No estás cansada? Mejor hablemos mañana.

—Dame un poco de agua, aquí en Múnich hace más calor. Vamos a tu cuarto y dejemos que Joshua duerma tranquilo.

En unos minutos prepararon la cama supletoria, mientras Greta no dejaba de hablar:

—No te imaginas lo contenta que estoy de verte y de estar contigo, tú y yo solos. Solo una madre comprendería esto que te digo. Los hombres no sienten estas cosas así. ¡Ellos se lo pierden! Y el mundo se pierde muchas cosas buenas por no dejar que lo dirijan las mujeres. Porque con nosotras al frente no habría guerras. Puede que la idea no sea original, pero es cierta.

—Madre, ¡qué gracioso es verte con tantas ganas de charlar!

—Me apetece, sí. Visto con mis ojos, eres el hombre más guapo de la tierra, Quien decidió ponerte el nombre de Adonis es un genio. Adonis, el joven del que se enamora Afrodita, la diosa… ¡Y eres mi hijo! No te puedes imaginar lo orgullosa que me siento. ¡Soy la suegra de Afrodita! Pero lo principal para mí es que eres un buen hombre, Max. Trabajador, disciplinado, valiente, generoso y leal. ¿Acaso una madre podría pedir algo más? ¡Jamás había experimentado una felicidad como ahora mismo!

Max no había escuchado nunca a su madre hablarle así. Estaba muy comunicativa, lo trataba con una intimidad especial.

—Yo también siento que es un momento muy especial, madre.

—Y dime ahora, ¿cuál ha sido el motivo de este viaje inesperado?

—Quiero saber si esta felicidad durará mucho o muy poco.

—¿Qué quieres decir?

—Que según lo que contestes a lo que he venido a preguntarte, seguiré disfrutando de esta felicidad, o se me va a terminar de golpe.

—¿Qué quieres saber?

—Si quieres acompañarme. He decidido irme a vivir a Suiza.

—¿Ahora? Me has hablado de esa idea algunas veces. Pero ¿te quieres ir allí enseguida? ¿Por qué?

—Porque tengo miedo. Un miedo terrible.

—¿De qué?

—¿Estás ciego, Max? ¿No ves por qué camino desastroso nos está conduciendo Hitler? Tienes que venir conmigo ahora que todavía puedes hacerlo.

Madre e hijo se quedaron callados. El silencio fue roto finalmente por una voz que les llegó desde la sala.

—Acompáñala y quédate en Suiza, Max. No seas tonto. Lo que dice tu madre es muy cierto… ¡Ojalá yo pudiese irme con ella!

—Joshua, no te metas en esto, ya lo hemos hablado. ¡En Alemania no tengo por qué preocuparme de nada!

—¿Cómo puedes decir eso si hace una hora estabas temblando tanto como yo cuando ha sonado el timbre de la puerta?

—¿Por qué temblabais? —preguntó Greta.

—¡Porque Joshua no es capaz de contener un eructo!

—¿Lo ves, Greta? ¿Cuántos países conoces en donde un eructo pueda poner tu vida en peligro? —dijo Joshua.

—Te he dicho que no quiero volver a hablar de nada de eso —imploró Max—. Es muy tarde, tú tienes que coger el tren por la mañana, y mi madre acaba de hacerme una pregunta importante. Madre, ya te lo he dicho. No puedo irme contigo a Suiza. Y si pudiera, tampoco iría. Tengo casi veinte años, estoy en pleno éxito profesional, gano mucho dinero y en su mayor parte lo ahorro para ti, y estoy enamorado de una bella mujer que probablemente a ti no te gustaría nada, pero que me ama. Además, tengo responsabilidades con mis compañeros, Shalimar y Arthur, y no me siento amenazado, en ningún sentido. No vuelvas a pedirme que me vaya de Alemania, no quiero tener que decirte que no otra vez. Por favor, no llores.

—En ese caso, mejor será que mañana regrese con Joshua a Berlín.

—Eso sería absurdo, madre. Quédate en Múnich y descansa conmigo unos días. Seré tu cicerone. Te lo ruego.

A la mañana siguiente, cuando Joshua ya viajaba en tren hacia Berlín, Greta y Max se sentaron en la sala y tomaron café. Ella quería terminar de convencerlo con nuevos argumentos.

—Max, jamás me había sentido tan sola en la cama. Hago como los niños pequeños, me envuelvo en las mantas, me tapo hasta la cabeza, aprieto las piernas contra el estómago y pienso que ojalá fuese una tortuga porque entonces podría esconder las patas y la cabeza dentro de la concha. Jamás me había sentido tan frágil, tan vulnerable. Hace un año que murió tu padre, se cumplió hace poco. No hubiese sufrido aquel ataque al corazón si la Gestapo no se hubiese pasado meses y meses persiguiéndolo.

—Pero ya te habías adaptado a Berlín. ¿Ha ocurrido algo nuevo?

Greta tenía los ojos húmedos.

—Hace unos días fui a cenar con Werner, y estuvimos muy bien. Esa noche, yo aún daba vueltas en la cama cuando me sobresaltó un ruido muy fuerte que me llegó desde el piso de arriba, el de los Angrist. Oí voces muy imperiosas que daban órdenes tajantes. Iba a llamar a la Policía, pero cuando me levanté miré por la ventana y vi dos de esos coches oficiales de color negro mal aparcados delante de nuestro portal. ¡Los que estaban en el edificio eran policías! Y enseguida entendí que no habían subido a casa de los Angrist para defenderlos, sino para llevárselos.

»Estoy segura de que los demás vecinos también sentían curiosidad y miedo, que querían saber qué estaba pasando, pero nadie abrió ninguna puerta, nadie dijo nada. Nadie movió un dedo por nuestros vecinos. ¿Te lo puedes creer? Cuando se hizo de nuevo el silencio, el corazón me latía como una máquina enloquecida. Pensé que era lo que suele pasar antes de sufrir un ataque al corazón. Me tendí en la cama, traté de dormir. No pude.

»Tampoco hubiera servido de nada. Más tarde oí la voz de Frau Angrist, un grito más que una voz. Sentí cómo alguien cerraba la puerta de su piso con mucha violencia, y luego gente que gritaba y bajaba atropelladamente las escaleras. Corrí a la ventana justo a tiempo para ver al doctor Angrist en pijama. Tiraban de él, uno a cada lado, dos policías que lo arrojaron al asiento de atrás de uno de los coches. Ambos vehículos salieron a toda velocidad llevándose con ellos al doctor.

»No pude parar de temblar en mucho rato. Y entonces decidí venir a Múnich para decirte que no puedo seguir viviendo en Berlín ni un día más. Ha habido redadas en otros edificios del barrio. Noche sí, noche también. Nadie sabe por qué, nadie lo entiende. Y todos nos preguntamos adónde se llevan a la gente que detienen. Nadie informa de nada. Nadie pregunta a los policías por qué detienen a una persona normal y buena… Y además, ¡está la guerra!

—Todavía no hay guerra, madre…

—Pero Max, ¿en qué mundo vives? Me sorprendería que Alemania no entrase en guerra en cualquier momento, esta misma noche. ¡El olor a guerra se extiende por todas partes!

—Lo sé, madre. Solo quería provocarte un poco.

—No estamos para bromas, ni yo ni tú ni nadie. El doctor Angrist me dijo que en su opinión Hitler dejará irreconocible Europa, tal como hoy en día la conocemos. Va a destruirlo todo, me dijo. Mi plan era viajar a Suiza en octubre y quedarme definitivamente allí. Pero viendo lo que está ocurriendo, en cuanto pueda irme, me voy. Te pido que me acompañes, y es la última vez que voy a hacerlo. Si decides quedarte, estarás cometiendo un error muy grave del que acabarás arrepintiéndote, hijo mío. Fíate de mí, escucha lo que te digo. Eres tan testarudo como tu padre. Espero que por culpa de ese carácter no termines como él. Ayer noche comprendí que no lograré persuadirte… Pero no olvides que mis brazos permanecerán siempre abiertos para ti. Siempre. Voy a preparar lo poco que traje, lo meto en la bolsa y aún estoy a tiempo de coger el tren a Berlín.

Max se quedó sin habla mientras su madre preparaba el liviano equipaje. No podía pronunciar palabra ni mover un dedo. Dos lágrimas furtivas humedecieron sus ojos, pero no consiguió romper su silencio.

SEGUNDA PARTE

Tiempos de amor y de guerra

13

El paquebote Normandie

Le Havre, 24 de agosto de 1939

Cuando el tren que iba a llevarlo a Le Havre salía de la estación de Saint Lazare, Werner comprendió, tardíamente, que había sido un error por su parte no permanecer más tiempo en París. El clima había sido horrible durante su breve estancia, pero la gente, el encanto del ambiente, la belleza de la ciudad…, todo le había cautivado. Pese a que la fama de los parisinos no era muy buena, el trato con ellos le bastó para que lo conquistaran. Si algo quedaba claro tras esta visita era que algún día regresaría a esa gran ciudad para una estancia prolongada.

Permaneció en el pasillo del vagón de primera. Todos los pasajeros de ese vagón iban a embarcarse en el Normandie. El tren comenzó a tomar velocidad a medida que avanzaba a través de la *banlieue* y sus edificios empapados por una intensa lluvia.

Volvió a preguntarse qué motivo podía haber impulsado a Greta a no esperar su visita e irse de Berlín, aparentemente de forma precipitada. Hubiese querido hablar con ella otra vez, transmitirle la preocupación que sentía viendo que Max se había convertido en ¡un judío nazi!

«Tengo que pulir ese diamante que es mi primo», pensó Werner. Lo quería demasiado para abandonarlo a su suerte.

Y no podía negar el impacto que le había producido Rosy. La noche en que ella subió a su habitación del Berliner Hof con la excusa de inspeccionar «las vistas», habría podido fácilmente terminar de una forma distinta. De la forma en que los dos pensaron que iba a terminar.

Pero una frase de Rosy sobre Max, unas palabras que expresaban lo mucho que el joven significaba para ella, bastó para que ambos sacaran una misma conclusión. Y fue Rosy, dando nuevas muestras de su realismo, quien articuló la frase que cambió el guion no escrito de aquella escena nocturna en la lujosa habitación del hotel berlinés. Solo una mujer como ella podía apagar de repente la mecha unida a una dinamita que amenazaba con provocar una explosión memorable.

—Werner, creo que ya hemos decidido que no vamos a traicionar los dos a Max simultáneamente, ¿no es así?

Y soltaron sendas carcajadas, con las que ni siquiera estaban intentando ocultarse que el momento era muy extraño e incongruente. La velada terminó con un casto beso de buenas noches.

Estaba terminando un viaje a Europa que había sido corto, demasiado corto, pero repleto de momentos memorables, tal como predijo hacía tan pocas semanas Thelma, su secretaria: «¡Podría encontrarse metido en toda clase de enredos!». Recordarlo le hizo sonreír, y decidió entrar en su compartimento.

Ocupaban sus asientos un matrimonio que conversaba con dos hombres jóvenes sobre el buque en el que iban a embarcar. Parecía gente acostumbrada a viajar con frecuencia, pero eran conscientes de que esta vez iba a ser bastante distinto, no en vano se decía que el Normandie era el buque del siglo.

Volvieron todos la vista hacia Werner, que los saludó sonriendo:

—Hola, soy Werner Applefeld, de Nueva York.

Utilizó el inglés, y todos contestaron también en ese mismo idioma.

—Miriam y Robert Lang, de Los Ángeles y Varsovia.

—Roger Krier, de París.

—Óscar Prat, de Barcelona.

Reinaba una atmósfera cómoda y agradable. Tras algunos comentarios intrascendentes, Werner ocupó el asiento junto al pasillo y Óscar Prat cerró el libro que leía mostrando su buena disposición a la charla. Los Lang comenzaron a hablar entre ellos en alemán, y Roger se puso a ojear una revista francesa. Werner preguntó a Prat por la situación en España.

—¿Se nota ya que la Guerra Civil terminó?

—Por lo que me cuentan, nada ha mejorado apenas, de momento. Pero hace cuatro años que no vivo en España, y no tengo conocimiento directo —respondió Óscar Prat en un inglés perfecto, con bastante acento pero no con el clásico de los españoles—. Vengo de Tubinga, trabajo en el Hospital Universitario. Terminé los estudios de Medicina en Barcelona en 1935 y, con la idea de hacer un año de internado, me fui a Alemania, pero como empezó la Guerra Civil en España decidí permanecer allí. Me ha gustado el país y me han tratado muy bien. He sido residente en Medicina Interna durante cuatro años.

—Yo me dedico también a la Medicina, en Columbia.

—¿En serio? ¿Cuál es su especialidad?

—Neurología. Interesante, pero también frustrante. No tenemos aún tratamiento para los más graves desórdenes neurológicos.

—Eso debe de ser un estímulo añadido para seguir investigando…

—¿Pretende estropearme las vacaciones? —sonrió Werner.

—En absoluto, pero medicina y frustración son cosas que van siempre de la mano, y no creo que jamás dejen de hacerlo. La biología humana es lo que es y no ha sido creada para funcionar indefinidamente. Lo mejor que podemos hacer es aliviar sus fallos.

—Si le dijera que cuando he subido al tren esperaba escuchar una descripción tan lúcida de nuestra profesión, mentiría —dijo Werner, y no era un simple cumplido.

Los interrumpió Roger, el francés, que se había cansado de la revista y anunció con voz sonora:

—*Voilà!* Pronto vamos a estar a bordo del mayor transatlántico del mundo. Y también el más veloz. Y el que tiene la mejor *cuisine*. Y las mujeres *plus belles*. Me siento orgulloso de mi país. *Vive la France!*

Un coro de carcajadas saludó su ocurrencia. Miriam les propuso un plan para disfrutar al máximo del crucero:

—¿Sabéis qué podríamos hacer? En cuanto subamos a bordo, iré a pedirle al sobrecargo que nos dé una mesa VYSV en el comedor.

—*C'est quoi une VYSV table?* —preguntó Roger.

—Una amiga mía de Los Ángeles siempre la pide cuando va a uno de esos restaurantes que frecuentan gente interesante y famosa. Pide una mesa para «Ver Y Ser Vista». Es ridículo, pero tiene su gracia.

—Lo que me parece ridículo —terció su marido— es creer que famoso e interesante puedan alguna vez coincidir en la misma persona.

—Eres un esnob, Robert —sentenció su mujer.

—Ya lo sé, querida, pero la mejor manera de conseguir que el sobrecargo te haga caso es dándole una buena propina.

Werner y Oscar aceptaron la idea, pero Roger tenía un compromiso con unos amigos y no se sumaría al grupo, que afirmó le había parecido *très rigolo*.

El tren atravesó Ruán a gran velocidad y no mucho más tarde llegó a la estación de Le Havre. En cuanto se acercaron al muelle, el espectáculo que ofrecía el Normandie de noche centró todos los comentarios. Era una imagen magnífica. Robert Lang confesó:

—Soy el más viejo del grupo, y puedo asegurar que jamás en la vida había visto nada igual.

Una vez a bordo, el espectáculo continuaba. Fueron cada uno a sus respectivos camarotes y quedaron en el restaurante para la cena de bienvenida. Miriam hizo las gestiones oportunas y quedaron en cenar juntos el matrimonio Lang, Óscar y Werner.

Este llegó a la gran escalinata que daba acceso al comedor justo cuando Miriam se disponía a contemplar el espacio que se abría frente a ellos: toda una demostración del lujo.

—¿Puedo apoyarme en tu brazo, Werner? —dijo Miriam—. Estoy tan boquiabierta que temo tropezar antes de llegar abajo. Además, una *scalinata* como esta no fue diseñada para que una dama baje sola por ella. Me han dado la mesa 19, dice el sobrecargo que es su favorita, una auténtica mesa VYSV… Vamos a disfrutar de la travesía.

Mientras descendían a un ritmo pausado y ceremonioso,

112

Miriam no dejó de hablar ni un instante. Werner se limitaba a sonreír.

—Mi marido ha desaparecido. Seguro que se ha hecho un recorrido completo, que ha pasado por la cubierta, se ha acercado al puesto de mando y ahora está tomando la segunda copa en el bar. Por cierto, me ha dicho el sobrecargo que el transatlántico no va lleno, que hay «miedo a la guerra»... ¿Crees que está justificado que la gente tenga esa clase de temores? Ojalá se equivoquen. Las guerras solo provocan dolor y no sirven nunca para nada. Ahora, me parece que ese Hitler necesita que alguien le dé pronto unos buenos azotes. ¡Qué personajillo tan horrible! Ah, mira... ¡Ahí está Robert!

Werner se apiadó del pobre señor Lang. Desde que se había encontrado con Miriam, no había podido pronunciar una sola palabra.

La mesa 19 tenía una posición realmente privilegiada en aquel enorme salón. Vieron a dos damas que ya estaban sentadas con Óscar. Cuando se presentaron mutuamente, se enteraron de que las dos elegantes mujeres eran ejecutivas de Chanel. Werner no podía apartar la mirada de la más joven, una mujer de pelo castaño que se llamaba Giselle. No debía de haber cumplido aún los treinta y era guapísima. La otra era mucho mayor, se presentó como Madame Dubois, sin mencionar el nombre propio. Era un ejemplo viviente del *chic* francés y no ocultaba su conciencia de la autoridad y el poder que sin duda ejercía en la empresa y en la vida.

Miriam se lamentó de que, frente a tal competencia. su papel en aquella mesa iba a quedar muy por debajo del listón Chanel, algo que las francesas aceptaron con sonrisas. Madame Dubois trató de cambiar de tema:

—¿Son todos ustedes americanos y amigos desde hace tiempo?

Robert le explicó que acababan de conocerse en el tren. Y especificó sus diversas procedencias, situando a Werner como neoyorquino.

—Pero nacido en Hamburgo —aclaró él.

—*Mon Dieu*, qué mezcolanza, *c'est merveilleux!* —comentó Madame Dubois.

La cena de bienvenida que anunciaba la naviera fue un

auténtico festín culinario. Werner había preguntado y supo que la conexión telefónica con tierra terminaría a las 23:30 horas. El buque zarpaba a medianoche. Se excusó explicando que tenía que hacer una llamada. También Robert dijo que debía llamar a un colega alemán con el que estaba trabajando un guion. Había un final que no le gustaba en cierta escena y quería ver cómo lo resolvían. Miriam se levantó con él y Werner huyó en dirección contraria.

Cuando Max descolgó al primer tono, Werner se llevó una sorpresa, había temido que la conexión no fuese muy buena.

—¡Max! Te llamo desde el buque, que aún no ha salido de Le Havre. Y como en media hora estaremos ya navegando, no quería irme sin hablar otra vez contigo.

—Me alegro mucho de oírte, Werner. Estamos muy atareados con los ensayos del nuevo programa, y acabo de llegar a casa, ¡qué suerte que llames ahora! Madre vino a verme a Múnich, por eso no pudiste verla en Berlín. Fue una visita triste, la verdad. Terminamos llorando los dos… No podía aceptar su propuesta, pero ahora no me siento bien, por haberme negado, pero mi vida es mi vida y tengo un camino trazado que me llena de esperanza. Sé que mi éxito aumentará con cada temporada. Tengo mucha confianza en mí mismo, y creo que tengo motivos para ello.

—Es cierto que los tienes, pero piensa en los sentimientos de Greta. Te ama mucho, y tú has de cuidarla y respetarla. Eres su único hijo.

—Yo también amo mucho a mi madre y la seguiré tratando con mucho cariño aunque no siga sus instrucciones… Por cierto, Joshua me dijo que le has gustado y que tu forma de hablar conmigo le encantó…

—Pues a mí me ha parecido un tipo con mucho talento. Además, está mucho mejor informado que tú de cómo va el mundo.

—Puede, pero eso no quita que siga siendo demasiado eficaz a la hora de meterse en toda clase de problemas.

—Tienes razón. Lo del eructo delante de aquel oficial fue un patinazo tremendo.

—¿Cómo has podido enterarte de eso?

—Me lo contó Rosy.

—¿Te llamó? ¿Os habéis visto? ¿Dónde?

—Sí, nos vimos en Berlín. ¿Estás celoso?

—¿Qué dices?, ¿por qué iba a estarlo? Rosy me dice siempre que soy el hombre de su vida. «¡El mejor del mundo!», dice. ¡Qué ocurrencias!

—Vaya, cuanto más lo repites, más noto en ti cierta inseguridad, Max —dijo Werner con ironía, tomándole el pelo.

Max se quedó callado unos segundos. «Quizás he acertado más de lo que pretendía», pensó Werner.

—¡Pues estoy completamente seguro de ella! Siempre dice que no podría vivir sin mí.

—¡No te excites, Max! Tranquilo. Estaba bromeando —dijo Werner esforzándose por no soltar una carcajada.

—Solo quería estar seguro de que sientas que me siento seguro.

—Los ingleses dirían que esa es una frase *clumsy*, pero te comprendo. Y te garantizo que Rosy merece toda tu confianza. Me dijo ella mismo cuánto te quiere.

—¿Te lo dijo?

—Es de esas mujeres que aman la idea de amar… Espero que todo en tu vida vaya muy bien. Con Rosy o sin ella, hay muchas cosas y muchos éxitos que te esperan.

—¿Sin Rosy? No quiero vivir sin Rosy.

—El tiempo acabará enseñándote que todo lo que tiene que ver con los sentimientos es bastante variable. Y sigue en pie mi ofrecimiento de que te vengas a vivir a Nueva York. Mi casa estará siempre abierta para ti. Ahora que te he conocido y tratado, todavía resultas más importante en mi vida.

—También tú eres importante en la mía. Me gustaría ser amigo tuyo. ¡Ojalá mi padre se hubiera parecido un poco a ti!

Aquellas palabras sinceras y espontáneas conmovieron a Werner. Justo cuando una suave voz femenina interrumpió sus pensamientos:

—La French Line lamenta profundamente tener que interrumpir esta llamada telefónica. ¡Ha llegado el momento de zarpar! Buenas noches y *bon voyage*.

En cierto sentido, a Werner no le importó la brusca interrupción Así evitó toda tentación de confesar a Max los sentimientos que Rosy le inspiraba. Él mismo prefería no ahondar mucho en las confusas contradicciones que lo habían embargado en los últimos días.

Desde la cubierta superior y junto a la mayoría de los pasajeros, Werner contempló la maniobra de desatraque. Los gruesos cordajes que lo amarraban al muelle se destensaron poco a poco, luego el personal de tierra los soltó de los noráis y cayeron con un chasquido en la superficie negra del agua, desde donde el barco los fue subiendo hasta tragárselos como si fuesen gigantescos espaguetis que desaparecían en sus gigantescas tripas. Desde el otro costado le llegó el ruido de los potentes motores de los remolcadores que comenzaban a tirar de la mole del transatlántico con la misma facilidad que un niño jugando con un barquito que flotara en la bañera.

—Espectacular y asombroso, ¿no es cierto? —murmuró una voz ya conocida a su espalda.

—Cierto, colega —dijo cuando identificó a Óscar.

Minutos más tarde, el Normandie, liberado de los remolcadores y avanzando gracias a sus propias turbinas, puso proa hacia la negrura. Pronto comenzó a percibirse un leve cabeceo y Óscar aprovechó el momento para decir:

—Es hora de acostarse. Esperemos que, después de tanta lluvia, mañana haga un día espléndido.

—Esperemos que así sea —dijo Werner.

Al abrir la puerta de su camarote de primera vio en el suelo un telegrama. Procedía de Barcelona.

Werner. Estoy preocupada. Fuertes rumores de guerra. Dame tu dirección. Puedes escribirme a embajada alemana en Madrid. Si no puedes comunicar con Max, úsame de intermediaria. Saludos,

Rosy

Inquieto, se preguntó si ella estaba anticipándose a que fuera a ser difícil muy pronto comunicarse directamente con Max en Alemania. Puede que fuera un simple deseo de interponerse entre los dos primos, puede que tratara de ayudarlos, puede que tratara de espiarlos. Pero Werner no tuvo dudas de que ella estaba convencida de la inminencia de la guerra. Malas noticias para Europa. Para Estados Unidos, todavía no.

El estilo art déco del camarote de primera era una expresión lujosa de modernidad. Pero la comodidad del pasajero también se había tenido en cuenta. Solo alguien que había alcanzado en Estados Unidos un verdadero éxito profesional podía pagarse un pasaje en el buque que competía cada año con el Queen Mary por la conquista de la banda azul que simbolizaba al más veloz de los transatlánticos del momento.

A Werner no le gustaba la idea representada por la leyenda sobre «el sueño americano», y se negó a reconocer que no otra cosa venía a significar la presencia de una botella de champán en el cubo de plata.

Se sirvió una copa. Contempló primero las finas y numerosas burbujas que subían hacia la superficie, alzó luego la mirada hacia el gran espejo situado encima del aparador y, ante su imagen reflejada en la bruñida superficie, levantó la copa y dijo en voz alta:

—¡Por los Estados Unidos de América!

Como había dicho Óscar, después de tanta lluvia, mañana haría un buen día.

14

1928 Krug Private Cuvée

Atlántico Norte, a bordo del Normandie, 25 de agosto de 1939

*P*ero no amaneció siquiera un día bonito.

El cielo era gris y el barco cabeceaba de forma más pronunciada que la noche anterior. La cubierta superior brillaba de humedad bajo una llovizna fría que daba un aire fantasmagórico a lo poco que se veía. La velocidad del buque era notable y su proa partía las olas mientras el casco se acomodaba al avance con notable agilidad, dada su enorme envergadura. Eran las ocho de la mañana, y en los espacios públicos del buque no vio ni un alma.

Werner caminó a buen paso cerca de dos kilómetros. Con sus más de cien metros de eslora, había mucho espacio que recorrer, incluso en la cubierta principal. Era lo que necesitaba. El ejercicio y el aire marino terminaron estimulando su apetito. Había llegado la hora del *petit déjeuner*.

No había nada *petit* sin embargo en la abundantísima oferta de alimentos que se mostraba a lo largo del bufet. Por todo el salón comedor revoloteaba un pequeño ejército de camareros con guantes blancos y uniforme negro, dispuestos a satisfacer cualquier necesidad de los poco numerosos pasajeros madrugadores que iban llegando poco a poco. Fue por lo tanto imposible que Werner y Robert no se vieran el uno al otro. Una pena, ya que Werner hubiese preferido desayunar solo.

El señor Lang charlaba tanto como su mujer. Mientras Werner procuraba concentrarse en el apetitoso desayuno, Robert hablaba y hablaba de lo que pasa cuando duermes en un barco, de un Applefeld que trabajaba en UFA, siglas que a Werner no le dijeron nada. Al parecer, un tal Leo que llevaba su apellido se le parecía físicamente. Aprovechó una pregunta directa para decir que no conocía a ese señor y que tampoco sabía qué era la UFA. Ese fue un error, porque Robert comenzó a explicarle que eran los estudios de cine más importantes de Europa.

—¿En serio que no te suenan esas siglas? Universum Film AG. Me gusta el cine. Hace unos diez años empecé a trabajar en esa industria, formé parte del equipo de Josef von Sternberg desde poco antes de que comenzara el rodaje de *El ángel azul*. Seguro que recuerdas esa película…, fue la que lanzó a Marlene Dietrich. Una mujer única, en persona y, sobre todo, en la pantalla. No hay ninguna que tenga ese alto voltaje sexual. Con el gesto más sencillo e inocente, ya era capaz de fabricar una orgía, como cuando alzaba una pierna ligeramente cruzada sobre la otra… Cuando se fue dejó en Berlín un vacío que nadie ha podido llenar. Ella, por un lado, y Hitler, por razones completamente distintas, aceleraron la emigración de los grandes talentos del cine europeo camino de Hollywood. Sin esos emigrantes, la industria estadounidense del cine no sería lo mismo. Piénsalo: Zanuck, Cukor, Selznick, Goldwyn… Muchísimos más. Todos judíos, como tú y como yo…

A Werner siempre le había parecido innecesario practicar esa costumbre de los judíos que suelen subrayar la pertenencia de otros a su raza. Pero tras lo que había experimentado en su visita a Alemania, se le ocurrió que esa fraternidad era bastante lógica. Robert hablaba en largos monólogos, pero lo que decía era interesante, y Werner se alegró de haber compartido el desayuno con él.

La idea de volver a contemplar el paisaje marino le tentó. Subió de nuevo a cubierta. Ni los estabilizadores ni las nuevas hélices de cuatro palas conseguían eliminar el cabeceo del buque, y Werner se congratuló de su fracaso pues la borrasca veraniega que estaba pasando sobre el Normandie mantenía a la mayor parte del pasaje en sus camarotes.

El espectáculo era solo para él y otros pocos afortunados que no quisieron perderse los intensos tonos esmeralda y cobalto de la mar. La blancura de la espuma coronando las olas se intensificaba al chocar contra el casco del navío, y sobre todo, el sonido del viento y el de la proa al cortar las olas eran mag-

119

níficos. Tenía ante sí la belleza y grandiosidad del mundo, su drama, su espectáculo…

—Buenos días, señor. Quedan todavía unas cuantas horas así, pero esta noche se encalmará. Y al final, como dicen los americanos, el mar estará tan plano como un *pancake* —dijo sonriente el sobrecargo al cruzarse con él, pero sin detenerse.

Tanta grandiosidad lo invitó a meditar. Europa había provocado efectos inesperados pero deliciosos en él. Emocionalmente, no era el mismo que cuando salió de Nueva York. Tras unos meses de castidad franciscana, unos breves momentos en compañía de Rosy habían agitado y despertado del letargo unos sentimientos en hibernación, anestesiados por las absorbentes jornadas de su vida diaria en el hospital.

Tampoco podía decirse que hubiese germinado en él un Don Giovanni desenfrenado, pero lo cierto es que en los últimos días Werner había experimentado cambios más que notables en su manera de ver el mundo y en su manera de sentir. Hormonalmente, le estaba pasando algo…

Todo lo cual hizo que se acordara de la belleza de Giselle.

Se preguntó si accedería a que la invitase a tomar un cóctel. Le había parecido muy guapa, con una piel de terciopelo, ¿o era seda? Le habían gustado aquellas manos delicadas, de porcelana, y la manera como las movía. Giselle era diferente de Rosy. No intentaba seducir, pero cautivaba. Sus silencios hablaban, sus ojos hablaban, sus movimientos hablaban, y su sonrisa era pura dulzura. Además era muy elegante.

¿Y por qué me intereso tanto por ella?, pensó Werner entre fastidiado y curioso.

Quería localizarla, pero desconocía su apellido, el número del camarote, la cubierta en donde se alojaba. A lo mejor el sobrecargo lo ayudaba a localizarla. Pero una llamada para invitarla sería entendida como una falta de sutileza imperdonable. Una botella de 1928 Krug Private Cuvée estaba aguardándolo, sin duda, en su camarote.

No quería beber solo y, como le apetecía tomar algo, con ella o sin ella, se dirigió al gran bar de primera clase. Cruzó frente a la contigua sala de fumadores y entró. Al cabo de un minuto reconoció el rostro de Óscar Prat, el cardiólogo español. ¿Por qué no compartir con él un trago?

Tras el saludo cordial, Werner explicó que cuando se dirigía al bar se había sentido culpable.

—¿Por qué? —dijo Óscar sorprendido.

—Al llegar ayer al camarote encontré una botella de champán en un cubo de plata. Me serví una copa, hice un brindis solitario, me la tomé y me metí en la cama. Poco emocionante… La botella casi llena se quedó en la mesa. Esta mañana, cuando pasé por el camarote después de desayunar, otra botella sin descorchar del mismo magnífico champán esperaba a que alguien la consumiera. No me sentí con ánimos de descorcharla para beber de nuevo yo solo. Habría sido un pecado.

—Sin duda, lo habría sido —comentó Óscar—. Pero si el sentimiento de culpa se debe a que tienes una botella de champán de lujo, puedo ayudarte….

—¡Estaré encantado de compartirlo contigo!

Una vez en el camarote, Werner descorchó el Krug con la suficiente pericia como para que la operación resultara silenciosa y sirvió una copa para cada uno.

—Esto confirma mis sospechas —dijo Óscar—. Los franceses dicen odiar a los estadounidenses, pero en secreto los adoran. Yo también tengo una botella de champán en mi camarote, pero no es ni la mitad de bueno que este. ¡Saben que eres de Nueva York y para vosotros reservan lo mejor!

El hecho de ser colegas creaba entre ellos dos una camaradería relajada que los animaba a compartir ideas e historias. Sin darse cuenta, vaciaron la botella.

—¡Has conseguido curarme de mis culpas, Óscar! Y me parece que ya es hora de cenar…

Mientras se dirigían al salón restaurante, Óscar comentó que tenía la sensación de que el buque estaba navegando de forma otra vez muy agitada.

—Puede que sea el champán, pero yo diría que el Normandie enfrenta olas más grandes que hace una hora…

—Es posible que el mar esté algo más agitado, pero no te preocupes. Me dijo el sobrecargo que esta noche el mar va a estar «plano como un *pancake*».

Iban hacia su mesa cuando los sobresaltó la voz de Miriam, que los saludaba a gritos:

—¡Hola! ¡Qué alegría veros! Se nota que sois viejos lobos de mar que no se asustan por unas olitas. Las dos damas francesas han avisado que no vendrán a cenar. Parece que Giselle ha tenido que dedicar todo el día a cuidar de Madame Dubois, que no se encuentra bien. Qué encantadora es esa jovencita, ¿no os parece? Pero Madame Dubois es la jefa y no puede dejarla sola. Es una gran señora. Me ha llegado la onda de que es muy amiga de Coco Chanel, y que la modista le tiene un gran respeto, no solo porque es muy creativa sino porque se maneja de maravilla en todos los círculos sociales. Parece que Madame Dubois dijo una vez: «No entiendo por qué las mujeres quieren muchas de las cosas que tienen los hombres, ¡cuando una de las cosas que tienen las mujeres son hombres!». Qué ingeniosa, ¿verdad? Pues veréis, resulta que estas dos ejecutivas de la moda viajan en el Normandic porque tienen que estudiar si es factible el proyecto de que Chanel tenga una boutique en este transatlántico. Se quedarán solo dos días en Nueva York y volverán a París en el siguiente viaje de Normandie. ¡Qué pena! Me gusta París con pasión, pero Nueva York es tan singular que deberían aprovechar para disfrutar de ella, ¿no os parece? Aquella mujer no podía parar de hablar. Salvo si se le adelantaba su marido, que esta vez la miró muy serio y dijo simplemente:

—Por favor, Miriam.

—Solo iba a contar una anécdota de la vez que Marlene Dietrich viajó en este buque y quiso invitar a Cary Grant, que también estaba a bordo…

—… y lo demás nos lo cuentas otro día.

Werner suspiró de alivio. Al final de la cena, propuso que pidieran unos calvados con el café.

—En honor de la región francesa que da nombre a este barco, el calvados sería perfecto.

Robert, que reconoció estar algo mareado, se disculpó. Prefería irse al camarote. Por suerte, su esposa se retiró con él.

La velada terminó para Werner tal como había comenzado: conversando a solas con Óscar. Le apetecía, sobre todo tras un par de horas de *soliloquies* de Miriam. Porque Óscar no hablaba nunca por hablar y resultaba interesante.

—Ese calvados ha ido bien para reventar la burbuja —dijo Óscar.

—¿Burbuja?

—Me ha parecido que durante la cena podría decirse que hemos estado atrapados en un espacio que nos desconectaba del resto del mundo totalmente. Por ejemplo, te habrás fijado en que no ha habido comentario alguno relativo a que en cuestión de horas o de días podríamos vernos metidos en una guerra tan sangrienta, o más, que la de 1914. Y de eso hace solo veinticinco años. ¿Nadie ha aprendido la lección?

—Tienes razón, pero las guerras no son buen tema de conversación para una cena, y menos en un salón como este. ¿Crees en serio que la guerra es inminente? —dijo Werner. Le parecía que por fin tenía un interlocutor cuya opinión merecía ser escuchada. Un hombre serio y que conocía buena parte de Europa.

—Es inminente. La Gran Guerra terminó de una forma que hizo inevitable que hubiera otra. El Tratado de Versalles no fue un tratado de paz, sino un acuerdo para poner fin a las hostilidades, y dejó a Alemania condenada a la miseria por muchos años. No se puede reducir a un país tan poderoso a vivir miserablemente durante decenios. Ni se le puede someter a una indignidad así sin que eso tenga consecuencias muy serias.

—Parece que Alemania ha conseguido encontrar un hueco apropiado en tu alma española… —sonrió Werner—. En varias cosas de las que has dicho me recuerdas a mi primo Max.

—Admito que cuando llegué a Tubinga no tenía esta admiración por ellos, pero he acabado comprendiendo que poseen muchas virtudes de las que adornaban a Ignacio de Loyola, el fundador de los jesuitas, un personaje al que admiro mucho.

—¡¡¡Esto sí que no me lo esperaba de ti, Óscar!!!

—Fui educado en los jesuitas, y eso habrá influido, seguro. En cierto sentido, Loyola poseía un espíritu militar. Llamó «compañía», exactamente Compañía de Jesús, a su organización, usando un término militar. Y dotándola además de disciplina, valores casi castrenses y una ética de trabajo notable. Hitler ha tratado de hacer suyas algunas de estas «virtudes» y las ha incorporado al espíritu alemán. Parte del «ejercicio», y esa palabra es muy de Ignacio de Loyola, ha consistido en reconstruir un país que tras la guerra había quedado fracturado y arruinado.

123

—Me dejas sin habla —dijo Werner—. Jamás había oído a nadie comparar a Hitler y el nazismo con Ignacio de Loyola y los jesuitas.

—No he mencionado la palabra «nazismo».

—Es verdad, pero resulta difícil separar a Hitler del nazismo. Me gustaría salir de dudas: ¿te definirías a ti mismo como un nacionalsocialista no nazi?

—Me desagradan las etiquetas, solo creo que para comprender el ascenso político de Hitler en su país hay que mirarlo desde el punto de vista de lo que pasó en la guerra y después —dijo Óscar.

—Explícate.

—En 1914 teníamos varios factores y cada uno de ellos habría podido provocar una guerra: la arrogancia del Imperio austrohúngaro, la agresividad del káiser Wilhelm, el nacionalismo serbio. Y luego hubo una serie de alianzas que convirtieron un pequeño conflicto local de los Balcanes en una conflagración mundial.

—Todo eso que enumeras contribuyó al estallido de la guerra. Estoy de acuerdo —dijo Werner.

—No obstante, la factura la pagó solamente Alemania, y a un precio elevadísimo. Si Hitler no hubiese aparecido, alguien lo habría hecho. Y con argumentos similares. A riesgo de parecerme a Myriam, ya hablo sin parar... —bromeó Óscar—, me gustaría aclarar un concepto. Aunque inicialmente Hitler tenía argumentos que podrían haber sido válidos para el populismo nacionalista que le dio la fuerza, el aparato político del Tercer Reich construido a partir de entonces por Hitler solo conducirá Alemania a otra catástrofe.

—Yo nací en Alemania, pero hace mucho que me fui —explicó Werner—. Este viaje ha sido mi primer regreso al país donde viví hasta los dieciocho años. Y al salir de la nueva Alemania, mi corazón de judío sangra a borbotones, y como miembro de la raza humana me siento escandalizado. Me repugna la eficacia de ese lavado de cerebros que está llevando a cabo el nacionalsocialismo. Fui a Alemania para conocer a mi primo hermano, hijo también de un médico, que falleció de un ataque al corazón provocado por el asedio al que lo estaba sometiendo la Gestapo. Y a pesar de eso, su hijo, mi primo Max, un joven brillante, está enamorado de la Alemania de Hitler. Quise que viniera a vivir conmigo a los Estados Unidos, pero él rechazó de plano la idea. Por cierto, Óscar, ¿piensas regresar a Tubinga?

—No, por mucho que allí tenga ahora una posición magnífica, grandes colegas y muchos amigos… Creo que Alemania se va a precipitar en un abismo si nada frena ese ambiente que ahora reina en el país. Mi lugar está ahora en España, que después de tres años de una cruel guerra civil está destrozada. Mi familia también. Mi padre y mi hermano murieron asesinados en 1937. No pude viajar a Barcelona para tratar de consolar a mi cuñada ni a sus dos hijos. Y ellos ahora necesitan un padre y yo quiero serlo, seguramente porque acabaré no teniendo hijos propios.

—¿Quién mató a tu padre y hermano?

—La República española.

—¿Por qué iba a matarlos la República?

—Pertenezco a una familia acomodada. Mi padre creó una industria textil que funcionaba muy bien y terminó siendo una empresa importante. Mi familia simpatizaba con la monarquía y era profundamente católica. Todo eso, a comienzos de la Guerra Civil, te convertía en posible objetivo de los grupos anarquistas. Un sindicato comunista confiscó la fábrica. Mi hermano cometió la terrible equivocación de decir delante de los obreros que se quedaron con las instalaciones y el negocio que a él le hubieran ido mejor las cosas si Barcelona hubiera quedado del lado de Franco. Se lo llevaron a las afueras de la ciudad y en un descampado lo ejecutaron sumariamente. Mi padre fue encerrado en una checa de la calle Vallmajor, no muy lejos de donde vivía. Una llamada de teléfono informó a mi cuñada de que su suegro había «desaparecido».

—No había oído hablar de eso —dijo Werner conmovido por el relato.

—La Guerra Civil terminó hace solo unos meses. Por lo que me han contado, el país está muy mal en todos los aspectos, y vivir en España en esas condiciones de pobreza es terrible para la mayoría de la población. Por eso quiero volver allí lo antes posible.

—Pues yo diría —sonrió Werner para quitarle hierro al asunto— que estás viajando en dirección opuesta.

Óscar ni siquiera lo miró, fue como si no lo hubiese oído.

125

—La situación es deplorable. Hay racionamiento de comida y de electricidad, y los sectores financiero, industrial y comercial están muy afectados. Los puentes, las carreteras, las vías férreas quedaron parcialmente destruidos o inutilizables. El teléfono funciona muy mal, los hospitales no dan abasto, hay pocas medicinas. Es terrible. Ignoro si Franco va a ser capaz de reconstruir España. Pero tenemos, como país, una tarea inmensa de reconstrucción, y yo he decidido participar en ella. Por responder a tu pregunta, Werner, estoy en este buque porque la Universidad de Tubinga me ha enviado a un congreso de cardiología que se va a celebrar en Washington. Cuando termine, me tomaré un par de semanas de vacaciones, viajaré un poco por Estados Unidos y luego volveré a Alemania, y de allí, si puedo, regresaré a España.

El pronóstico del sobrecargo, aunque tarde, terminó cumpliéndose. Habían salido a cubierta y ya no había puntas de espuma blanca en las olas, ni estas se levantaban con furia. El mar estaba plateado y plano, y el Normandie navegaba velozmente y sin sobresaltos.

—Discúlpame por haber tratado de asuntos tan tristes —dijo Óscar—. ¡Ha llegado la hora de que volvamos a meternos en esa burbuja que nos aísla de todo conflicto! Contemplemos de nuevo las lámparas de Lalique, escuchemos música de Cole Porter y permitamos que el aroma de un buen perfume francés nos acoja…

—De acuerdo —dijo Werner—, pero sácame de dudas por el camino. ¿Decías que no es probable que tengas hijos? Somos médicos los dos, así que comprenderás que me haya preguntado por qué dices eso. Eres joven y se te ve muy sano…

—Enarcaste la ceja al oírme, me he fijado… Tienes razón, tengo que explicártelo. Pero vamos a dejarlo para otra ocasión. Me voy a mi camarote.

—Yo también. Que descanses. Buenas noches —añadió Werner en español.

El relato conmovido de Óscar le había afectado mucho. Era una persona reservada y, sin embargo, había querido sincerarse con él y sacar a la luz aquellas intensas preocupaciones.

15

Giselle

A bordo del Normandie, Atlántico Norte, 26 de agosto de 1939

Werner no había pasado una buena noche, necesitaba aire fresco y pasear. El problema era la frenética actividad de su cabeza, que había fabricado complicados sueños, derivados sin duda de las cosas que Óscar le había contado. Y en mitad de esas escenas, aparecía una bella mujer, muy joven, que pasó a ser la protagonista de un sueño con connotaciones eróticas, más apropiadas para un chico de dieciséis años que para un catedrático de casi cuarenta.

Lo más incongruente de sus sueños era que esa mujer fuese Giselle, alguien a quien Werner no conocía más que de pasada. Era cierto que hasta su nombre le había parecido maravilloso. Que hubiese adquirido tal envergadura emocional fue para el médico-psiquiatra algo que le llamó mucho la atención y provocó una sonrisa. También le produjo cierta preocupación. Se preguntó si estaba comenzando una de esas obsesiones de las que alguno de sus pacientes había dado pruebas cuando le contaba sus cuitas en el secreto profesional de una terapia. A sus alumnos solía decirles que la mejor manera de resolver la ansiedad que esta clase de obsesiones produce era ir a las fuentes. La realidad podía vencer a la fantasía, y el encuentro con lo real podía ir disolviendo la fuerza de la obsesión hasta hacerla desaparecer.

Por lo tanto, la única terapia rápida consistía en encontrarse con Giselle. Hablar con la Giselle real. Hacía tres días que ninguno de los demás compañeros de mesa la había visto.

Nadie conocía su apellido tampoco. La posibilidad de llamar directamente a Madame Dubois quedó descartada, no parecía aquella imponente dama alguien a quien se podía hacer una pregunta de ese tipo. Al mismo tiempo, la travesía estaba acercándose al final y Werner no quería arriesgarse a no verla nunca más.

Si era necesario, recorrería después de desayunar todas las cubiertas del barco hasta dar con alguna pista. Todo extremadamente infantil, ridículo… y apasionante.

Frente al ascensor seguía preguntándose cuántas vueltas tendría que dar por aquel inmenso buque hasta lograr su objetivo. Cuando se abrieron las puertas, el corazón le dio un vuelco. Ahí, ante sus narices, estaba Giselle.

Más encantado que sorprendido, Werner balbució una frase no demasiado coherente:

—¿Tú eres tú?

—Una pregunta bastante extraña… —dijo ella frunciendo el ceño—. ¿Y quién crees que soy?

Werner seguía hipnotizado y lo primero que le vino a la cabeza fue otra tontería:

—¡Un sueño!

—¿Así que soy un sueño? —repuso Giselle con cierta incredulidad.

—Lo eres. Toda la noche has estado presente en mis pensamientos, hasta el punto de que al final el sueño casi se ha convertido en pesadilla… ¿Dónde has estado durante todos estos días?

—Es una larga historia —suspiró ella—, pero si tienes tiempo te la contaré.

—Dispones de mí todo el día, si fuese necesario. De hecho, había decidido dedicarlo entero a buscarte por todas partes.

Giselle se cogió de su brazo, salió del ascensor y lo miró abriendo mucho sus grandísimos ojos.

—¿De verdad? ¡Eres encantador! Iba a dar una vuelta por cubierta. ¿Te importaría acompañarme?

—Nada podría satisfacerme más.

—¿Has desayunado? —preguntó Giselle.

—Acabo de hacerlo —mintió Werner de manera muy convincente.

La mañana era espléndida. «El mejor de los augurios», pensó Werner. Incluso la brisa no era muy fresca, pero no hacía aún calor. El horizonte estaba despejado, sin brumas ni nubes, solo azules de muchos tonos diferentes, y el olor salino del mar. El mundo era perfecto.

Giselle comenzó a contar sus cuitas con una voz frágil:

—Madame Dubois se ha encontrado mal. Tuvo dolores abdominales, tan fuertes que los médicos incluso llegaron a pensar que iba a ser necesaria una intervención quirúrgica urgente. El problema fue causado por una piedra en la vesícula biliar que provocaba una obstrucción muy dolorosa.

—Lo has explicado muy bien. También soy médico.

—Claro, lo dijiste en la cena, ya no me acordaba. Milagrosamente, la piedra acabó saliendo. Todo el proceso le provocó muchísimo dolor, pero gracias a eso comenzó la recuperación. Ahora está descansando... ¡Y yo también! He pasado junto a ella casi tres días. A Madame Dubois le encanta sentirse muy cuidada.

Todo aquello le sonaba a Werner a música celestial.

—Entonces..., ¿ya eres libre?

—Al menos durante un buen rato, lo soy. Libre como un pajarillo.

—Perfecto. Solo que... ¡no se te ocurra salir volando!

—Improbable... No sé cuánto tardaría en encontrar tierra firme.

—¿Tomamos un café?

—Es justo lo que iba a hacer cuando nos hemos encontrado...

—Dijiste que ibas a dar una vuelta. ¿Por qué me has mentido? —preguntó Werner.

—Por la misma razón que mentiste tú. Estoy segura de que no has desayunado. ¿Cierto? —dijo ella con la sonrisa más dulce del mundo.

—Ya hemos descubierto que tenemos algo en común. ¡Los dos mentimos! —bromeó Werner.

El desayuno era tan magnífico como cada día, aunque esa mañana todo parecía más sabroso, más delicado. Pero lo mejor fue la compañía. Y Werner comenzó a notar, encantado y sintiéndose muy adulado, que ella pensaba exactamente lo mismo que él. No acababa de entender qué le estaba pasando. ¿Por qué le parecía sublime estar al lado de aquella mujer joven y vivaz en medio de la inmensidad de un océano inmenso y azul y tranquilo?

Se trataba de *un coup de foudre*, ¿o quizás solo la llamarada de una pasión fugaz? Jamás había experimentado nada parecido, y era tan nuevo que ni siquiera sabía ponerle nombre. La presencia de Giselle emanaba una intensa sensación de felicidad, lo envolvía en un aura de ensueño. El rostro de aquella mujer, sus ojos azul claro, su cuello largo, su voz cristalina, sus manos finas y bellas, y su cuerpo de pequeña estatura y curvas suaves no eran lo esencial, ni explicaban que produjera semejante impacto en él. Todo eso le encantaba, pero la fuente real del atractivo que ella provocaba era inmaterial y, al mismo tiempo, irresistible. Habitaba el paraíso, pero se había desorientado y, disfrutándolo, no sabía qué hacer ni adónde encaminarse. Fue justo cuando más perdido se sentía cuando ella rompió el hechizo haciéndole una pregunta inesperada:

—¿Te gusta bailar?

—No he bailado mucho en los últimos años, pero ¿serían esto unas vacaciones sin un baile? —se le ocurrió contestar—. ¿Por qué me lo preguntas?

—Esta mañana he leído en la agenda del día que esta noche será «La cena del capitán». Una cena con baile de gala. Todos estamos invitados.

—¿Todos los pasajeros del barco?

—Bueno, da un poco de vergüenza decirlo. Todos no, solo los de primera clase —dijo Giselle. Sus mejillas enrojecieron levemente.

—Me encantaría asistir, pero no llevo esmoquin —dijo Werner muy apenado.

—Eso no tendría que ser un problema grave. ¿Llevas un traje negro?

—No es exactamente negro, pero tengo en la maleta un traje azul marino muy oscuro. Si nos oyera, mi secretaria Thelma no dejaría pasar la oportunidad para reñirme. Antes de hacer el equipaje me advirtió de que debía incluir un traje de etiqueta.

—¿Y no le hiciste caso? *Pas de problème.* Seguro que llevas al menos una camisa blanca.

—Eso sí.

—¿Y también llevas una corbata negra de seda?

—No lo tengo por costumbre…

—No importa. Ahí sí que puedo ayudar. Sé cómo manejar la seda. Busca algo que sea de seda negra y te haré una pajarita perfecta.

—Nunca he aprendido a hacer un lazo de pajarita.

—Ya sé —dijo Giselle como si acabara de ocurrírsele una travesura y tuviera solo seis años—, ven conmigo. Estoy segura de haber metido en mi maleta un fular de seda negra. Me bastará para hacer una pajarita casi perfecta.

—Seguro que en el Normandie tiene que haber una tienda donde comprar una pajarita —comentó Werner.

—No hay ninguna. Hubo, en tiempos, una tienda pero la cerraron por problemas con la naviera. Es uno de los motivos por los cuales Madame Dubois y yo hemos hecho esta travesía.

—¿Y cuál es el otro motivo? —preguntó Werner con curiosidad.

—Madame Dubois quiere ir a ver a un primo suyo que trabaja en el consulado francés de Nueva York. Sé que se trata de un asunto importante relacionado con asuntos de familia.

—Pues venga. ¡Vamos a tu camarote! —exclamó Werner con el entusiasmo de un crío que decide ir a comprar un helado.

Giselle abrió la puerta del camarote, entraron ambos y ella fue directamente a los cajones del armario y comenzó a revolverlo todo. Werner la miraba muy atento. Aquella mujer se movía con la ágil elegancia de una gacela. ¡Qué bien rimaba Giselle con *Gazella*!

De repente se volvió y exclamó en son de triunfo:

—*Voilà!* Mira. ¡Sabía que lo traje! —dijo acercándose a él con un pañuelo negro en la mano—. ¡Perfecto! ¡Ya verás qué pajarita te hago! Toca esta seda, fíjate qué suave.

Alargó la mano y rozó la de Giselle. Y no pudo evitar un impulso. Con exquisita suavidad, apretó levemente esa mano grácil.

—¡Werner! —protestó ella.

131

—¡Qué seda tan suave, tenías razón! —dijo él cogiéndole ambas manos con la misma gentileza y mirándola a los ojos—. Para captar mejor la suavidad de la seda lo mejor es acariciarse con ella la mejilla. Así… —Y acercó despacio la mano de Giselle a su cara, cerrando los ojos y diciendo—: Me gusta sentir en la mejilla la suavidad de la seda, y la de tu piel. ¡No sé cuál de las dos es más suave!

—Para comprobarlo —dijo ella fingiendo haberse puesto seria—, lo mejor será que recojamos el fular, se ha caído al suelo… La seda es muy resbaladiza.

Pero no quitó la mano de la mejilla de Werner, ni siquiera cuando, los dos a la vez, se agacharon a recoger el pañuelo negro. El cabello de Giselle rozó los labios de Werner, que atraparon un par de cabellos.

Como si de repente no pudiese tolerar tanta intimidad, Giselle se incorporó bruscamente.

—Vamos a ver el fular a la luz del día. Es la única manera de saber cuál es de verdad el color de una tela.

Una vez en cubierta comprobaron que la seda era negra y tenía el lustre perfecto para una pajarita.

—Pero no sé si tendrá la rigidez necesaria —dijo Werner.

—Ya verás como sí. Lo conseguiré —dijo Giselle, y sin saber por qué, comenzó a reír hasta estallar en una carcajada cantarina y feliz que contagió a Werner, de modo que acabaron los dos riendo sin poder contenerse.

—¿Quieres que yo te haga —dijo él partiéndose de risa— un vestido de noche y lo estrenas en la cena del capitán…?

—¿Qué clase de vestido me harías?

—Blanco, con la espalda y los hombros al descubierto, una cintura muy ceñida por un cinturón de terciopelo rojo, y falda ancha hasta los tobillos. Serías la mujer más elegante del baile…

—*Adorable!* ¿Sabes que serías un gran modisto? —dijo Giselle con una sonrisa pícara.

—¿Y podría dirigir incluso la *maison* Applefeld? Bueno, no suena muy *chic* que digamos.

—Tengo que irme —dijo ella recuperando la seriedad—. He de asegurarme de que Madame Dubois esté bien. ¡Y trabajar para que tu pajarita luzca de maravilla esta noche!

Werner se sentía como en el séptimo cielo.

—Será una gran fiesta. ¿A qué hora empieza?

—A las siete en punto, decía el programa.

—¿Y a qué hora tendré mi pajarita a punto, Mademoiselle...?

—Boulanger. Me apellido Boulanger. No te preocupes, la tendrás a tiempo. La llevaré a tu camarote, sé cuál es. Tengo que hacerte yo el nudo, ¿recuerdas?

—Por supuesto, Mademoiselle Boulanger —dijo Werner mientras en su cabeza sonaba un coro de ángeles cantando un himno de gloria.

16

Rosy en España

Barcelona, 24 de agosto de 1939

$\mathcal{R}$osy abrió las puertas del balcón y un sol de inusitado brillo le sonrió desde un cielo imposiblemente azul. ¡Qué mañana tan luminosa y alegre! ¡Y qué buen presagio para su misión! Pidió el desayuno y planificó el que iba a ser su primer día de trabajo en Barcelona. Tenía intención de ir a los consulados alemán e italiano, y pasarse también por la redacción del principal diario de la ciudad. Llevaba cartas de presentación para todos ellos. Pero no tenía cita con nadie, todavía. Rosy solía improvisar, y estaba convencida de que esta actitud, en España, sería mejor recibida que en su país.

Italia apoyaba a la Alemania de Hitler, y el cónsul sería sin duda un apoyo, al igual que su homónimo alemán. De los periodistas españoles esperaba obtener información extraoficial acerca de la posición del Gobierno de Madrid en relación con asuntos tanto locales como internacionales. Había elegido bien el periódico: era el de mayor circulación y estaba políticamente muy bien conectado.

Se miró un momento en el espejo, sonrió y se escuchó a sí misma asegurando: «¡Estás perfecta!».

Entonces oyó que llamaban a la puerta.

—Servicio de habitaciones —dijo una voz sonora de varón.

Se trataba de un treintañero guapo, de buena presencia, que entró con una prestancia que era una de esas cosas que Rosy más admiraba en los hombres.

—¡Qué bien huele ese café! —dijo ella a modo de saludo.

—Me llamo Carlos y me tiene a su disposición. También la atenderé en el bar que encontrará en el vestíbulo. En cuanto al aroma, lamento tener que decepcionarla. No es café.

—Si no es café, ¿qué es?

—Cebada.

—¿Cebada?

—La cebada tostada produce este líquido aromático y de color marrón que en España se llama ahora café, aunque no lo sea.

—Confieso que será la primera vez que beba eso…

—¿Es la primera vez que viene a Barcelona? —preguntó Carlos—. Ahora se ha convertido en una ciudad sombría, pero antes de la guerra sus noches eran famosas. Los viajeros veteranos la comparaban con Hamburgo o San Francisco… Y tomábamos muy buen café.

Carlos no dejó de hablar mientras servía el desayuno frente al balcón. Con mimo, el camarero fue disponiendo dos cruasanes de aspecto lamentable y un platito con mermelada de color morado sobre la mesa.

—No tomo mantequilla —dijo Rosy viendo el platito de al lado.

—No es mantequilla, es margarina.

—Entendido. El café no es café y la mantequilla no es mantequilla. En cuanto a los cruasanes, ¿son cruasanes?

—Casi… Los hacen con harina de trigo, maíz y también patata.

—No me entusiasma…

—Todo depende. Piense que es usted una privilegiada. Un desayuno así, hoy en día en España, es un regalo del cielo.

—No lo dudo —dijo Rosy abrumada por la imagen de miseria que le había transmitido. Prefirió cambiar de tema—: ¿Tienen muy lleno el hotel?

—La verdad es que hay muchos clientes. Es pequeño, y por fortuna parece que atrae a clientes interesantes, como por ejemplo usted.

—¿Y por qué le parezco interesante?

—Da la impresión de ser una persona segura de sí misma. Se mueve como si estuviera en su casa. Deduzco que ha viajado mucho, que conoce a muchísima gente.

Rosy enarcó la ceja, este Carlos tenía buena intuición.

—¿Qué tal es la playa? —preguntó.

—Es bonita, aunque ahora nadie la cuida. No tenemos ni tiempo ni maquinaria para limpiarla. Pero el agua está azul, transparente y nada fría. Le deseo una buena estancia en Barcelona, señora.

Rosy agradeció interiormente que el camarero le hubiere proporcionado una perspectiva diferente de la suya, pues no podía olvidar que la vida estaba tratándola de maravilla. Era afortunada. Y bastaron los comentarios de Carlos para que encontrara el desayuno mejor de lo que esperaba. De hecho, estaba bueno.

Rosy se puso un traje de chaqueta que le daba el aspecto que prefería a la hora de ponerse a trabajar en según qué lugares. Volvió a estudiar su imagen reflejada en el espejo. No quería exagerar la nota en cuanto a su elegancia, pero tampoco le gustaba parecer anónima. Ella era, como Carlos había dicho, una persona «interesante», y era capaz de interpretar muy bien ese papel.

Se colocó mejor la melena castaña con reflejos caoba hasta quedar satisfecha. Llevaba un traje gris con la chaqueta cruzada y un escote profundo. La falda era estrecha y ajustada. Los zapatos, rojos, eran de la misma gama que el cinturón y el bolso.

Se miró el rostro, empezando por las cejas depiladas, delgadas como trazos de lápiz de punta fina, sobre unos ojos almendrados gris verdoso. Estaba lista para emprender su misión.

El consulado italiano estaba a tres manzanas del hotel, según le dijo el conserje. Pero antes de salir pasó por una pequeña dependencia con un cartel de «Teléfonos» y le dijo a la operadora que deseaba hablar con Múnich por la tarde.

—Señora, las conferencias internacionales funcionan mal y suelen tener largos retrasos. ¿Se trata de una llamada oficial?

—No es oficial, pero sí importante.

—¿Puedo preguntarle cuál es el tema de la llamada?

Rosy se quedó pasmada ante el atrevimiento.

—Sí. Tengo que hablar con Max, es mi amante.

—¡Entonces es un asunto muy importante! —exclamó la telefonista—. Trataré de pasarle la comunicación con él a las cuatro de la tarde. Es la hora menos mala, aunque debo advertirle que hoy es especialmente complicado conseguir conferencias con Alemania.

—Haga lo que pueda.

Rosy salió del hotel, subió por el paseo de Gracia y giró a la derecha cuando llegó a la calle Mallorca. En menos de diez minutos ya se encontraba delante del consulado, que estaba en el segundo piso de un bonito edificio. Se identificó y entregó la carta de presentación a la señorita de la recepción. Tras una breve espera se presentó ante ella un caballero.

—Soy el vicecónsul Pocelli. Lamento informarle de que el cónsul está de viaje en Italia. He leído la carta que ha traído, y si tanto yo como este consulado podemos hacer algo por usted, estaremos encantados de ayudarle.

Rosy le dijo que le bastaba con que le diera hora para ver al cónsul cuando estuviera de regreso, pero el amable Pocelli la invitó a ir a su despacho mientras organizaba la agenda. Y la dejó desarmada cuando le dijo:

—Venga conmigo y me cuenta qué misión secreta la ha traído a España. 137

Rosy pensó que no perdía nada tratando de obtener algunas informaciones de aquel hombre tan atrevido, así que lo siguió al despacho y respondió a su curiosidad con vaguedades:

—He venido para averiguar cuál es la actitud española en relación con Alemania en este momento. Y ver qué futuro tienen las relaciones entre nuestros dos países en España.

—Un gran resumen en pocas palabras. Gracias. ¿Lleva mucho tiempo en este país?

—Llegué ayer a Barcelona.

—Entiendo, no tiene mucha experiencia con los españoles… Y dígame, ¿por qué ha venido a Barcelona?

—Porque tiene el mayor puerto español en el Mediterráneo y está además muy cerca de Francia. Lo primero que quiero saber es cuáles son las consecuencias que en la población española ha tenido la ayuda alemana a Franco durante la guerra.

—¿Y qué espera del consulado de Italia?

—Para empezar, también Italia dio su apoyo a Franco y también lo ayudó con aviación y bombardeos.

—Así es. ¿Y hay alguna otra razón?

—Franco tiene que saber que está en deuda con Mussolini y con Hitler. Deberíamos actuar de forma conjunta para conseguir de su parte una actitud amistosa con ustedes y con nosotros. Sería lógica una colaboración por nuestra parte. Y podríamos comenzar estudiando también a nuestros competidores. Por ejemplo, ¿qué sabemos del espionaje británico aquí?

—Fräulein Dieckhoff, estoy seguro de que el cónsul Balestro querrá tener un encuentro con usted la semana que viene, a su regreso de Italia.

—Gracias por ayudarme, vicecónsul. Cuénteme algo sobre Barcelona. ¿Qué tal se vive aquí?

—Es una ciudad agradable que está en proceso de recuperación después de tres años de guerra muy dolorosos. Seguro que volverá a ponerse en pie, pero no será mañana mismo. Los barceloneses son especiales. Están orgullosos de su ciudad, que en algunos aspectos es provinciana, pero universal en otros. Barcelona combatió contra Franco y perdió. Y se les hará pagar por ello un precio. Pero la gente de aquí es muy industriosa. Trabajan mucho, se la juegan si hace falta, y en relación al resto de España es una zona próspera. A los barceloneses les encanta el arte, la música, la buena comida, que ahora es difícil de conseguir, y también los espectáculos picantes y el dinero fácil.

»En cuanto a su pregunta acerca de los británicos, debido a sus intereses navieros y comerciales, su presencia aquí es muy antigua. Bien, eso es todo, tengo un día complicado. Es usted inteligente y sé que sabrá jugar sus cartas. —Se levantó y le indicó a Rosy la salida mientras añadía—: Sea prudente, puede que encuentre trampas acechándola en el camino. Y vuelva a ver al señor cónsul. Me encantará saludarla de nuevo ese día.

No estaba mal para una visita no programada, pensó Rosy. Sabía desde el principio que en la pelea iba a estar sola y que no habría aliados de verdad, pero en ese consulado podían echarle una mano de vez en cuando. Claro que iba a encontrarse con trampas y desafíos. Pero eso era lo que a ella le gustaba.

A continuación debía ir al consulado alemán. Cogió un taxi y le llevó media hora. Cuando llegó al consulado de su país era casi mediodía, en la oficina reinaba el caos. Cajas de mudanza, archivadores, lámparas, máquinas de escribir y objetos de todo tipo impedían el paso. En el centro de una sala había una gran mesa casi sepultada por cajas apiladas. No vio ni siquiera un recepcionista. Ante aquel desastre, nadie hubiera dicho que se trataba de una delegación del Gobierno alemán. Le pareció vergonzoso, increíble. Cuando apareció una mujer, Rosy le dio su carta de presentación.

—Disculpe el desorden, estamos de reformas —dijo la mujer—. Hay que ampliar las oficinas y llegan a cada momento más cosas y aún no sabemos dónde hay que colocarlas.

Rosy le preguntó cuál era su función en el consulado.

—Soy la secretaria del agregado de Prensa.

—No suele haber agregados de Prensa en los consulados...

—Aún no está aquí, pero llegará pronto. Y también el agregado de Relaciones Públicas. Por eso estamos ampliando las oficinas.

La noticia resultaba interesante, porque esos dos nuevos departamentos equivalían a montar una oficina de propaganda. Ambas agregadurías dependerían de Joseph Goebbels, el poderoso amigo del Führer. Ese consulado iba a ser una máquina muy poderosa.

Dio las gracias a la joven que la había atendido y le preguntó si podía ver al cónsul.

—¿Tenía cita previa?

—No.

—Mire, a lo mejor no debería decírselo, pero el cónsul está desbordado de trabajo en estos momentos. Tiene a su secretaria enferma, y nos ha dicho que no quería que lo molestáramos por absolutamente nada. Pero le daré su carta.

Y salió hacia una doble puerta que se abría a un largo pasillo.

Hubo luego un silencio prolongado, y después Rosy oyó retumbar una voz airada que decía a gritos:

—¡Pero qué se habrán creído estos de la Abwehr! ¡Piensan que son dioses y que todo el mundo tiene que estar pendiente de ellos por si se les ocurre pedirte algo! Dile a esa mujer que mañana nos podemos ver a las 13 horas en el Siete Puertas. Que habré reservado yo una mesa a mi nombre. ¡Este consulado me está volviendo loco!

La joven regresó y, antes de que pudiese siquiera abrir la boca, Rosy dijo:

—Puede decirle usted al cónsul Hartman que mañana nos veremos para almorzar a las 13 horas en el Siete Puertas. Supongo que es el nombre de un restaurante, ¿no?

—Efectivamente —dijo muy azorada la joven—. Es un restaurante. Se lo comunicaré al señor cónsul.

Rosy le dio las gracias y se fue, algo disgustada. No tanto por el malhumor del cónsul sino porque en Berlín nadie se había tomado la molestia de avisarle de que estaban a punto de crearse agregadurías de Prensa y Relaciones Públicas incluso en consulados como el de Barcelona.

Todo eso iba sin duda a incrementar la presencia alemana en España, pero al mismo tiempo iba a reducir el papel relativo de la Abwehr y, sobre todo, el suyo.

Hacía un sol maravilloso y decidió pasear. Se encontró con un gran grupo de gente que corría calle abajo, sin motivo aparente. Seguían a un camión con un cartel que decía «Auxilio Social». El camión se paró algo más adelante y la multitud lo rodeó. Alzaban los brazos y formaron un tumulto. No distinguía bien las voces a esa distancia. El conductor subió a la trasera del camión y empezó a lanzar barras de pan a la gente. Todos se peleaban por llevarse uno de aquellos panes. Se acordó de lo que Carlos, el camarero del hotel, le había dicho respecto a lo magnífico que muchos considerarían su desayuno.

Pero lo que vio más tarde, cuando se acercaba al puerto de Barcelona, resultó casi más tremendo. Se cruzó con dos hombres que comentaban, no del todo seguros, que un grupo de personas estaban cocinando, un poco más allá, la carne de un gato. Cuando llegó a la altura del grupo reunido en torno a un fuego improvisado con maderas viejas, comprobó que aquellos viejos estaban alrededor de una olla cuyo contenido revolvían con un palo. Olía mal. Los hombres dejaron de controlar la cocción de lo que iba a ser su comida del día para fijarse en ella con miradas que combinaban a partes iguales la desesperación y el deseo.

Al levantar la vista para evitar la escena, Rosy vio en las aguas del puerto un par de buques parcialmente hundidos, mudos testigos de la escena. Los habían bombardeado hacía ya unos cuantos meses, y nadie parecía prepararse siquiera para emprender al menos su desguace.

Los viejos seguían mirándola. Dio media vuelta y comenzó a regresar hacia el centro de la ciudad, algo atemorizada.

La Barcelona de 1939 era triste de contemplar. Los bombardeos de Franco, Hitler y Mussolini habían causado muchos destrozos. Algunos edificios eran apenas una montaña de ruinas y cascotes. Otros vieron cómo se hundían algunos pisos, y lo que quedaba al descubierto eran fragmentos de cocinas o dormitorios, muebles colgando a punto de caer al vacío, paredes con espejos o cuadros aún bien colocados, sartenes y ollas pendiendo de clavos. En las bocas del metro aún se leía «Refugio».

Y a pesar de la destrucción y de la miseria y del hambre, la grandeza de la ciudad seguía siendo visible en muchas partes. Había sido una ciudad próspera.

Se apresuró en regresar al hotel. Tomó un taxi, tenía muchas ganas de hablar con Max.

—Me temo que hoy va a ser imposible, señora. Lo siento. Todas las líneas están ocupadas —dijo la telefonista.

—¡Inténtelo, por favor! —dijo Rosy abriendo el bolso y entregándole a la mujer unas muestras de perfume de las que solía proveerse siempre que iba de viaje.

—¡Ay, señora, cuánto se lo agradezco! Me gusta mucho el perfume, pero aquí no hay modo de conseguir nada. Seguro que a Carlos le va a gustar también…

—¿Carlos? ¿El camarero?

—Es mi novio.

—Me alegro por usted. Es un buen hombre.

—¡Y que lo diga! Si por algún milagro —añadió la telefonista— hubiese línea, trataré de localizarla. Son días muy extraños y a veces pasan las cosas más inesperadas…

—Se lo agradeceré de verdad.

Rosy intuyó que la telefonista, cuyo nombre aún desconocía, podría ser una buena fuente de información. Igual que su novio. Tenía que conseguir que estuvieran de su parte para formar con ellos el núcleo de su «unidad de información» en el Majestic.

141

17

Un fin de semana campestre

Garmisch, 26 de agosto de 1939

*H*erbert von Tech le dijo a Max que pasaría a recogerlo a las seis de la tarde y que lo esperase en el portal de su casa. Allí estaba Max unos minutos antes, bastante inquieto. Había hecho el esfuerzo de no pensar en esa excursión durante los últimos días, pero ante su inminencia las preguntas que se había hecho desde que supo que algún día iba a ocurrir, cabalgaban desbocadas por su cabeza.

Había aceptado el compromiso solo por un motivo: salvar a Joshua del embrollo en el que se había metido él mismo. ¿Era sensato por su parte aceptar lo que esa excursión podía significar a fin de librar a su amigo del alma de ser enviado a uno de los campos de trabajo de los que mucha gente hablaba como lugares terribles, por mucho que otros negaran incluso su existencia? ¿Qué era peor, imaginar a Joshua encerrado en uno de esos infiernos o la idea de meterse él en la cama con Von Tech? Su aquiescencia a los deseos de Herbert, ¿convertía a Adonis, o a Max, en un prostituto? Se le ocurrían cosas muy extrañas: que Adonis actuara y Max lo viese como si fuera un espectador. Max era un amigo fiel, y sabía que estaba dispuesto al canje. Salvar a Joshua de los peligros que lo acechaban por su mala cabeza sin duda justificaba que Max aceptara cumplir con las exigencias de Von Tech.

Max había preparado muy poco equipaje, un par de pijamas (y eso que él prefería dormir desnudo), ropa para caminar por el bosque, bañador, camisas, ropa interior, la Leica y una botella de buen vino que ofrecería como obsequio a su anfitrión.

A las seis y un minuto aparcó delante de él un cabriolé Mercedes Benz 170 de color rojo. Un deportivo de dos plazas que era una maravilla de diseño.

Desprovisto del uniforme militar y de la parafernalia nazi, Herbert parecía otro hombre. Llevaba un polo de tenis de color blanco y pantalones cortos azul marino. Había plegado la capota del deportivo y, en ningún lugar, para alivio de Max, se veía una sola esvástica.

Herbert demostró que estaba en forma saliendo del coche de un salto, sin abrir la puerta. Corrió hacia Max, le dio un abrazo y cogió la pequeña maleta que su invitado llevaba en la mano. Se le veía relajado, animoso, fuerte y jovial, y Max notó que lo envolvía una nube de Kölnisch Wasser.

—¿Qué tal estás, Max? ¿O Adonis? —preguntó Herbert con una sonrisa que puso al descubierto una dentadura blanca y perfecta—. ¿Cómo prefieres que te llame?

—Me llamo Max. Adonis no es más que una marca. Y a ti, ¿cómo quieres que te llame?

—Los buenos amigos me llaman Herbert.

—¿Soy para ti un buen amigo?

—¡Vaya bobada de pregunta! Anda, sube al coche.

—Me apetece ir a Garmisch-Partenkirchen. He oído hablar del sitio pero no he estado nunca.

—Se te nota por el solo hecho de llamarlo con su nombre completo. Con Garmisch, ya basta.

—Bien, parece que ya he aprendido algo —dijo Max.

—¡Y más que aprenderás! Garmisch es un lugar pequeño pero encantador, y como está justo en la base de los Alpes, las vistas son espectaculares. Veo que te has traído la cámara, es una buena idea. Con un coche como este podríamos estar allí en poco tiempo, pero no hay prisa ninguna. Esta noche se quedarán a dormir otros dos invitados además de ti. Heinrich y Reinhardt son muy buenos amigos, los conocí en mis tiempos de la Gestapo. Estaban a mis órdenes. Les dije que llegaran hacia las siete y media, de modo que los encontraremos allí. Son los dos de Múnich y a cada momento les notas que son exponentes de la *joie de vivre* propia de los bávaros. Deben de tener pocos años más que tú. Por cierto, que no sé cuál es tu edad. ¿Cuántos años tienes?

—Veinte —contestó Max.

—Pareces mayor. Debe de ser por la cantidad de horas que pasas en el gimnasio.

—Viéndote saltar tan acrobáticamente para salir del coche, creo que también tú sabes bien lo que es un gimnasio.

—Me gusta estar en forma.

—Pues lo has conseguido.

—¿Qué tal están los Cóndores?

—Felices de que los haya dejado en paz. Se cansan de tantas horas de entrenamientos. Dicen que me excedo en mi exigencia de trabajo. Son muchas horas, es cierto. Pero faltan apenas unos días para comenzar con los nuevos números y estamos afinando en los ensayos. Estrenamos a primeros de septiembre. Por eso te dije que solo podía aceptar tu amable invitación por una única noche.

—Me lo dijiste, y lo comprendí. Seguro que no va a ser la última vez que visites Garmisch. Te va a encantar, estoy seguro.

La autopista proporcionó a Von Tech numerosas oportunidades para exhibirse como piloto del deportivo.

—¡Fíjate qué potencia! —dijo apretando el embrague, cambiando a una marcha más corta y pisando a fondo el acelerador.

El descapotable salió disparado como un tiro, brindando emociones maravillosas al conductor y al copiloto. Pero este último no las tenía todas consigo:

—¡Qué sensación tan buena! Pero ve con cuidado, es fácil ponerse ebrio de velocidad.

—Nunca había oído decir esa frase. Me gusta.

—Acabo de inventarla. —Rio Max, inmediatamente secundado por una carcajada de Herbert.

—¡Y que seas tú, nada menos, quien me diga que he de ser prudente! —comentó Herbert—. Tú, el loco que es capaz de hacer un salto mortal a quince metros de altura y sin red… El que tendría que ser más cauteloso eres tú.

—Tienes razón. Me lo dice todo el mundo.

Herbert redujo la velocidad y, al soltar el cambio de marcha, no hizo nada por impedir que su mano se deslizara un palmo por el muslo izquierdo de Max.

—Este coche es una maravilla, pero lo hicieron un poco estrecho —dijo Herbert a modo de excusa. Max lo miró con expresión seria y Herbert añadió—: Aunque a lo mejor me gusta más gracias a estas estrecheces… Por cierto, ¿has sabido algo de Rosy?

—No gran cosa. Está en España. Me llamó por teléfono ayer mismo. Está bien, trata de organizarse para iniciar lo que haya ido a hacer allí, que no tengo ni idea de lo que es. Nunca me lo dice. La llamada se cortó. Parece que en España no funciona nada, empezando por el servicio telefónico. Las dos conferencias desde el extranjero que he recibido se interrumpieron sin más explicaciones.

Tampoco quiso dárselas él a Herbert sobre por qué motivo Rosy lo había mencionado en su conversación precipitada. Ya tendría tiempo de planteárselo…

—¿La echas de menos?

—Muchísimo. Más de lo que me había llegado a imaginar.

—¿Y de quién era la otra?

—¿La otra qué?

—La otra conferencia internacional.

—¡Ah, claro! Me llamó mi primo justo desde el puerto de El Havre, a punto de que zarpara el Normandie.

—A mí no me interesa nada viajar a Estados Unidos. Suponiendo que necesitáramos su apoyo, no creo que nos lo brindaran. Por fortuna, no lo necesitamos. Y a ti, ¿te gustaría viajar a América?

—No. Mi primo vive en Manhattan y me invitó a ir con él, pero le contesté que mi corazón está en Alemania.

—¿Por Rosy o por el propio país?

—Por ambos motivos. El sentimiento alemán es algo muy fuerte en mí.

—Eres un joven muy inteligente, Max. ¿Y qué es de Joshua?

—Regresó a Berlín y trabaja mucho —dijo Max—. Le han encargado que componga música para uno de los espectáculos del Metropol, una especie de rapsodia o sinfonía en honor de Alemania. Bueno, no sé ni conozco la diferencia entre una rapsodia y una sinfonía. En fin, que le está costando mucho avanzar en esa composición. Dice que tiene problemas de inspiración.

—Pues ya me dirás tú… Si Alemania no sirve de inspiración para un músico, no sé qué podría inspirarlo. ¿Se ha enterado ese chico de la existencia de Wagner? Este Joshua tiene muchos problemas, por lo que veo. ¡Suerte tiene de contar contigo!

Max no quería seguir hablando de Joshua.

—Dime, ¿cuál es el plan para Garmisch?

—Llegaremos en un cuarto de hora más o menos. Nos encontraremos con Heinrich y Reinhardt. Tengo un apartamento que ocupa la segunda planta de una villa de vacaciones, Les Sapins, a las afueras de la ciudad. Desde casa hay unas vistas espléndidas del Alpspitze y su famosa cumbre. Hay un salón muy grande, una cocina abierta pequeñita y un par de dormitorios con dos camas cada uno. Sales de casa, caminas dos minutos y empiezan los senderos alpinos. Pero también tenemos al lado las pistas de tenis y una gran piscina. Y a poca distancia hay varios restaurantes muy buenos.

—Suena todo genial, no me extraña que te guste tanto —dijo Max.

—Sí, es precioso, y adoro ese lugar. Déjame que te explique un poco cómo son mis otros invitados. Para empezar, les gusta beber, y Heinrich ronca tan fuerte que nadie quiere compartir habitación con él. Así que cuando viene, todas las noches hacemos un sorteo para ver a quién le toca. ¡Es el peor premio que puedas ganar en una rifa!

Poco a poco Max se estaba tranquilizando respecto a la excursión. Al final, incluso podía llegar a ser muy divertida.

Cuando Herbert estaba aparcando junto a la casa, Max se fijó en la caligrafía muy ornamentada con el nombre de la villa: «Les Sapins».

—¿Por qué el nombre es francés? —quiso saber Max.

—A mí me gusta el francés. ¿A ti no?

En el balcón del primer piso aparecieron dos hombres que los saludaron con gritos acompañados de grandes ademanes; llevaban sendas copas y las alzaban como para brindar.

—Ahí los tienes, Max, y ya se han puesto a la labor desde

que han llegado, como de costumbre. ¡Parece que el bar ya está abierto! ¡Siempre están muy sedientos! Y a ti, ¿te apetece un trago?

—De momento no, apenas bebo, es poco saludable y sigo un régimen bastante estricto que nos prepara nuestro entrenador, Herr Dieckhoff. Nunca había probado el whisky hasta la noche que me invitaste en el Club de Oficiales.

—Recuerdo que lo comentaste, y que se te notó…

—Me subió mucho a la cabeza, es verdad —sonrió con timidez Max.

—Aquí podrás volver a experimentar, tenemos whisky de sobra…

Los recibieron los dos jóvenes de forma cálida y afectuosa. Eran una pareja muy agradable, pensó Max. Ambos pertenecían al alemán prototípico, los especímenes que más gustaban al régimen del Tercer Reich: atléticos, rubios y con ojos azules.

Se notaba que habían estado muy a menudo en ese apartamento. Estaban cómodos y sabían dónde estaba cada cosa.

—Te vi actuar en Múnich —le dijo Reinhardt a Max—. Tengo que reconocer que eres muy atrevido, y valiente. Es un espectáculo magnífico, tanto tú como tus dos colegas en el trapecio sois buenísimos. La mujer se llama Fátima, ¿no? Menudo susto me dio. Hubo un momento en el que me pareció que, al tratar de cogerse al trapecio regresando de uno de los vuelos, le resbalaban los dedos… Y sin embargo conservó su sonrisa. ¡Qué susto pasé!

—Se llama Shalimar, y le encanta asustar al público, pero solo finge. Hace ver que se le resbalan los dedos, pero lo controla todo muy bien.

—Y también me gustó mucho el otro hombre. ¡Es casi tan guapo como tú!

Herbert, que había ido a dejar su equipaje en una de las habitaciones, salió y anunció:

—Hablo solo por mí mismo, pero me encantaría tomar ahora una copa rápida e ir al Gramshammer. Estoy hambriento y me apetece un buen *steak* con *rösties*.

—¡Buena idea! ¡Vamos! —dijeron los otros tres.

Descorcharon la botella de vino que había llevado Max, y

en tiempo récord la vaciaron. Comprendió que debería haber llevado al menos tres.

—Venga, vamos a cenar —dijo Herbert.

Sin discutir la idea, los cuatro salieron camino del restaurante típico bávaro que se encontraba cerca de la casa.

Fue una cena sabrosa y abundante. Regada con excelentes vinos y coronada por magníficos *schnapps*. Hasta Max tuvo que admitir que iban de maravilla al final de una cena tan opípara.

Charlaron de todo: de la Gestapo, en donde los amigos de Herbert eran agentes; de la Legión Cóndor, de la vida en el circo y del ambiente de Múnich en comparación con el de Berlín. Y, naturalmente, de Rosy. No se mencionó siquiera a ninguna otra mujer. El regreso andando a casa se le hizo a Max bastante más largo que el camino de ida.

—Es el alcohol. Hace que las piernas pesen más —comentó Max apesadumbrado.

Pero estaban todos alegres y animados a levantarse temprano al día siguiente para caminar por los bosques. Habían sido todos unos charlatanes incontenibles durante la cena.

Llegados a la casa, cuando Max se preguntaba dónde dormir, Herbert dio un grito de burlona alarma:

—¡Esperad! *Achtung! Achtung!* ¡Nos hemos olvidado del sorteo!

—Cierto —dijo Heinrich, que cogió una hoja de papel, cortó tres pedacitos pequeños, escribió un número en cada papelito y anunció—: El que saque el número tres tendrá que dormir conmigo, ¡el que ronca!

Dobló los papeles hasta formar unas bolitas y los metió en una copa.

—Coge tú primero, Max —le dijo tendiéndole la copa.

Max desenvolvió el papel y leyó:

—¡El uno!

—Reinhardt, te toca a ti, y ya no hará falta sacar la tercera papeleta.

Max se fijó mucho en el sorteo. Confiaba fervientemente en no tener que compartir habitación con Herbert. Reinhardt abrió el papel y leyó en voz alta:

—¡El dos!

—Vaya, Herbert, ¡cuánto lo siento! —dijo Heinrich—.
Esta noche no estás de suerte… Tómate un par de copas más y
así casi seguro que no me oyes roncar.

—No es justo, el anfitrión debería tener derecho a elegir
su compañero de habitación —anunció Herbert en tono que-
jumbroso.

—Lo lamento mucho, señor oficial Von Tech. Pero ha perdido usted. Y las normas son las normas. Por cierto, voy a proponer otra norma, que tendrá que ser votada también, pero
propongo que, después del sorteo, tomemos la última copa y
que nos la sirva el que haya perdido. Todos los que estén a favor que digan «sí».

Resonaron entre carcajadas tres «síes» simultáneos. Herbert aceptó y preguntó a cada uno qué prefería tomar.

—Coñac —dijo Reinhardt.

—*Gin* para mí —dijo Heinrich.

—Whisky —acabó Max.

—Pues yo tomaré lo mismo que Max —dijo Herbert como
barman.

Se bebieron rápidamente todos la última copa, que les sentó muy bien, y el grupo se disgregó. Herbert y Heinrich se
quedaron la habitación que daba a poniente; la de Max y Reinhardt era la oriental.

—La salida del sol nos despertará —se quejó Reinhardt.

—Me temo que hará falta algo más poderoso que la luz
del sol para despertarnos, al menos a mí —contestó Max—.
No sé si es que he comido demasiado, si he bebido demasiado
o es que me estoy engordando, pero no consigo abrocharme
el pijama…

—Olvídate del pijama, estamos todavía en agosto —contestó
Reinhardt—. Bastará una buena caminata mañana para que
vuelvas a estar en forma. Buenas noches, que duermas bien.

—Lo mismo digo.

—Voy a ducharme antes de meterme en cama. Así se me
despejará la cabeza…, he bebido un poco más de la cuenta.

Max le respondió con un murmullo incomprensible, y se
quedó dormido al instante.

Reinhardt estaba en lo cierto. La intensa luz del sol despertó a Max bastante temprano. A los efectos solares se sumaron
los de un fuerte dolor de cabeza, algo que no le pasaba casi
nunca. Se incorporó hasta quedar sentado al borde de la cama
y se notó un poco mareado. Pensó que beber tanto había sido
una equivocación, ¡vaya estupidez!

Se giró hacia la otra cama para ver si Reinhardt seguía durmiendo, pero no estaba allí. Decidió tumbarse otra vez, de
espaldas a la puerta y la ventana, apoyándose en su costado
izquierdo, que era su postura preferida para dormir. Hundió la
cabeza en la almohada e inmediatamente le sorprendió notar
que desprendía un reconocible y agradable olor a Kölnisch
Wasser. Se sobresaltó. ¿Significaba eso que Herbert…? La respuesta evidente era: sí.

Max se levantó de un salto y salió a la sala, donde Heinrich
y Reinhardt estaban desayunando.

—¿Dónde está Herbert? —les preguntó.

—Vaya, Max. ¿Y si empezaras diciéndonos buenos días?
—le riñó en broma Reinhardt—. Herbert se ha ido, pero te ha
dejado un sobre para ti. Toma.

—¿Cómo que se ha ido? ¿Adónde?

—No nos ha dicho nada. A lo mejor te lo cuenta en la
nota.

Max abrió el sobre y leyó, sorprendido, las cuatro rayas
escritas apresuradamente por Herbert:

Querido Max:

Me han llamado de la Wehrmacht pidiendo que me presentara de
forma urgente en Berlín. El martes van a comenzar unas inesperadas e importantes maniobras militares en la zona oriental. Puede
que duren unos días, o que se alarguen semanas. No tengo mucha
información. Reinhardt puede llevarte de regreso a Múnich.

Deberías venir de nuevo a Garmisch y quedarte unos cuantos
días. Sé que vamos a ser buenos amigos. Entretanto, y en espera de
vernos de nuevo, ¡cuidado cuando subas al trapecio!

Herbert

Postdata: Mis mejores deseos para Joshua y su «Rapsodia alemana».

Max cerró los ojos. Esa línea final quería decir que, al menos de momento, no iban a detener a Joshua. La nota también dejaba entender otra cosa…. Abrió de nuevo los ojos, miró a Reinhardt, que lo observaba tratando de averiguar algo sobre la repentina desaparición de Herbert, y le dijo:

—¿Cuándo regresas a Múnich?

—Teníamos intención de quedarnos hoy y mañana, pero ahora que se ha ido Herbert vamos a volver esta misma tarde. Y estaremos encantados de llevarte.

—Acabo de mirar el reloj. ¡Ya es mediodía! Increíble —dijo Max—. Muchas gracias. Me gustaría regresar con vosotros. Voy a darme una ducha.

—¿No podrías tomarte antes un café con nosotros? Hay tiempo para todo —dijo Heinrich.

—Cada día, al levantarme, lo primero que hago es ducharme —aclaró Max.

No sabía muy bien qué pensar acerca de lo ocurrido, o lo que sospechaba que podía haber ocurrido, durante la pasada noche mientras estaba bajo los efectos de un exceso de alcohol, o de la suma del alcohol con alguna droga, o incluso cuando sintió una no descartable excitación sexual de la que no le había quedado el menor recuerdo… Irónicamente estaba furioso y satisfecho al mismo tiempo. La «misión» que se encomendó a sí mismo cuando aceptó ir a Garmisch tenía por objetivo ayudar a Joshua, salvarlo, y en la nota de Herbert había indicios suficientes para creer que la misión había sido cumplida. Como solía decir el cínico de Joshua alguna vez: «Cuando la vida no tiene sentido, que es casi siempre, lo mejor que uno puede hacer es reír».

Gracias a la ducha, Max recobró en buena parte el equilibrio físico y mental. Se vistió y recogió sus cosas rápidamente.

Cuando volvió a la sala, los amigos de Herbert seguían todavía con el desayuno.

—¡Qué rápido eres!—comentaron al verlo ya allí.

—Lo soy por costumbre. Aprendí a hacerlo así.

Se quedó mirando los apetitosos cruasanes y la mermelada, y dijo:

—Mirad, si no es parece mal, voy a desayunar un poco y saldré enseguida a caminar. Tardaré alrededor de una hora. ¿Os parece bien?

—Perfecto. Cuando regreses, estaremos a punto de salir.

Herbert había acertado de pleno. Les Sapins era un lugar perfecto para recuperar el buen humor. Por dentro, la casa era de estilo bávaro muy sobrio, mientras que el edificio tenía una decoración a base de guirnaldas entrelazadas y motivos florales que sumaban un efecto alegre al color de las macetas repletas de geranios rojos en toda la balconada y en el alféizar de cada ventana. El conjunto era cálido y tranquilo, algo que al llegar no había percibido. La caminata le devolvió energías, y las vistas de las enormes montañas le parecieron espléndidas. Todo era grandioso en aquel valle situado al pie de picos muy altos y, en esa época del año, muy verdes. Habría podido seguir caminando durante unas cuantas horas.

Al regresar, Reinhardt le pidió:

—Recoge tus cosas. Heinrich ha ido ya a buscar el coche. Mira, ya está aquí.

Era un M170 exactamente igual que el de Herbert, pero de color gris plateado.

—Tendremos que hacer como los contorsionistas de tu circo —añadió Reinhardt— para meternos todos, pero no tenemos otro vehículo.

Bajaron y guardaron los equipajes en el portamaletas.

—Tú, Reinhardt, ponte en medio, y así Max tendrá un poco más de espacio —les organizó Heinrich.

Tampoco resultó tan difícil, y los tres se acomodaron aceptablemente bien.

—¿Cómo conociste a Herbert? —preguntó Reinhardt, que por encontrarse en medio tenía más fácil llevar la conversación.

—Vino al circo varias veces, y muy pronto comenzó a invitarnos a una cena cuando salíamos. Una vez lo acompañó el mariscal Rommel, lo que nos sirvió de reclamo publicitario. A Herbert le gustó mucho nuestro número.

—¿Qué es lo que más le gustaba, los Cóndores o Adonis?

—¿A qué te refieres?

—Lo he dicho claramente. Solo te ha invitado a ti a Garmisch. No me creo que seas tan ingenuo. Adonis, además de ser un mito griego, es el centro de una nueva religión o seudorreligión, el adonismo, que celebra, entre otras cosas, el disfrute sensual y fomenta una gran tolerancia respecto al modo de obtener esa clase de goces. Herbert cree en todo eso.

Max permaneció en silencio, pero Reinhardt no.

—Cuando Herbert estaba en la Gestapo, en su círculo de amistades, a Les Sapins lo llamaban el Salón Kitty de los Muchachos. Y no me digas que no sabes lo que es el Salón Kitty porque no me lo voy a creer.

De hecho, Max no sabía qué era aquello, pero llegó a decir:

—Me suena de algo, pero no lo conozco bien.

—Es el nombre de un prostíbulo de lujo que hay en Berlín, y se utiliza para conseguir información acerca de sus clientes, que son gente poderosa. Las señoritas, que son todas muy jóvenes y están muy bien dotadas, son *comprensivas* con la clientela y han aprendido a hacer lo que sea para que sus clientes disfruten. También han aprendido a tomar buena nota de toda revelación indiscreta que pudiera tener utilidad política. Cuando terminan un servicio, escriben un informe detallado donde cuentan cómo se ha desarrollado su *encuentro* y cuáles son las preferencias más íntimas de sus clientes, de los que dan también una descripción anatómica muy precisa.

—¿Anatómica? —preguntó Max.

—Sí. Por ejemplo, se menciona si han sido circuncidados. Ya sabes que hoy en día se trata de un detalle que en Alemania ha adquirido una gran importancia. Desde que fueron aprobadas las leyes raciales de Núremberg, está prohibido mantener relaciones sexuales entre arios y judíos, y la costumbre de la circuncisión permite identificar a los judíos. En el Salón Kitty, comprobar este detalle es muy sencillo.

—¿Debo entender que Les Sapins es una especie de prostíbulo? —preguntó Max preocupado.

—No. Solo hay un intercambio de favores libremente ofrecidos…

Durante este diálogo, Heinrich había permanecido en silencio. Pero entonces intervino:

—Me ha extrañado horrores que Herbert se haya ido de esta manera, jamás había ocurrido nada parecido. Confío en que no sea algo por lo que deberíamos estar preocupados. Tiene que ser un asunto muy serio para que lo hayan llama-

153

do a las tres de la mañana para pedirle que fuera urgentemente a Berlín.

Sintiéndose obligado a mencionarlo, Max aclaró:

—En su nota me decía que se trataba de unas maniobras en la zona oriental. No parece que sea nada grave.

—Max, déjame que te traduzca el lenguaje de la Wehrmacht. «Maniobras en la zona oriental» significa exactamente «invasión de Polonia». —El tono de Heinrich era totalmente serio—. Esto es muy grave.

—Ojalá no sea eso —dijo Max—. ¿Quién quiere que haya una guerra? —Y a renglón seguido, como si hubiera cosas mucho más importantes de qué hablar, añadió—: Y dime, Heinrich, por favor, ¿cómo es Herbert? En realidad, no lo conozco apenas.

—Vamos, anda, Max. Para que te haya invitado a Les Sapins tenéis que conoceros bien... Garmisch es su sanctasanctórum. Solo invita a los auténticos elegidos. Herbert es un hombre cada vez más importante, muy próximo al círculo de los colaboradores más íntimos de Hitler: Goebbels, Goering, Rommel..., entre otros. Para que te hagas una idea, Herbert los conoce a todos en persona, y bien. Es el grupo más importante de alemanes en estos momentos. Herbert es un hombre modesto que no alardea nunca de sus conexiones. Además es brillante, leal, disciplinado y muy querido. Participó en las Olimpiadas de 1936. Y fue entonces cuando su espíritu antiestadounidense se desarrolló de verdad.

—¿Por qué? ¿Le molestó que aquel negro americano ganara varias medallas?

—No fue por eso. Se trata de algo mucho más personal. Él formaba parte del equipo de remo alemán —dijo Reinhardt—, y Alemania fue derrotada por una pandilla de desconocidos del estado de Washington, junto al Pacífico. Jamás ha logrado superar aquella humillación. —Volvió el rostro para mirar de cara a Max y añadió, saltando a otra cuestión—: Si a Herbert le gustas, y a ti te gusta gustarle, tendrás a Alemania en el bolsillo.

Heinrich conducía rápido y muy bien. En Múnich se movía sin vacilaciones, y muy pronto el M 170 aparcó delante del portal de Max. El trayecto se hizo corto porque la conversación fue interesante... Y muy informativa para Max.

—Te dejamos aquí —dijo Reinhardt—. Ha sido un placer.

—Volvamos a vernos —añadió Heinrich—. Tenemos mucho de qué hablar.

—Para mí también ha sido un placer. Gracias por traerme —dijo Max—. Venid los dos a ver a los Cóndores. Os va a gustar y vais a aplaudir a rabiar. Lo hemos mejorado mucho. Y nos encantan los aplausos… ¡Buenas noches!

Cuando cerró a su espalda la puerta del apartamento, Max estaba sonriendo, y pronto soltó una risotada de alivio. Estaba acordándose de su madre, de una frase que le había dicho hacía ya bastante tiempo: «Deberías estar circuncidado, pero no lo estás». Max siguió riendo a carcajadas, en pleno ataque de euforia. Y en medio de las risas se acordó de su amigo Joshua…: «Cuando la vida no tiene sentido, que es casi siempre, lo mejor que uno puede hacer es reír».

18

La cena del capitán

Atlántico Norte, a bordo del Normandie, 27 de agosto de 1939

*D*esde que se había metido en cama, Werner no había logrado dormir. Según el reloj del camarote, que marcaba la hora de Nueva York, eran las cinco de la madrugada. Después de lo ocurrido el día anterior, su vida iba a cambiar pero aún no sabía cómo.

No se había sentido jamás tan feliz ni tan realizado tras aquella velada más que inolvidable, decisiva. Tan impactante que en el duermevela no le resultaba fácil asumirla como real.

Giselle llamó a la puerta de su camarote a las seis y media para ir juntos a la cena del capitán. Estaba tan deslumbrante que lo dejó literalmente sin aliento. El impacto era estético y sensual. Giselle le parecía el mejor compendio de la elegancia clásica y el *chic* del momento.

Werner comprendió que aquella impresión y pasión no representaban un enamoramiento fugaz. Formaban parte de un estado emocional permanente que lo acompañaría toda la vida.

—¡Hola, Giselle! ¿Cuántas veces te he dicho que eres un sueño?

—Solo una.

—Pues voy a decirlo otra vez. ¡Eres un sueño!

—Pues ya es hora de que despiertes, Werner. La cena es a las siete.

—Estoy viviendo el más feliz de los sueños, y encantado de estar viviéndolo —insistió Werner—. Eres de verdad el sueño de mi vida, Giselle. Y no bromeo. ¡Estoy muy despierto!

El vestido que llevaba Giselle no se alejaba mucho del que él había propuesto diseñar esa misma mañana. Era de satén blanco y se pegaba a su cuerpo delgado, sobre todo en las caderas y el torso, con un profundo escote que dejaba ver una piel blanquísima. Alrededor del cuello llevaba una banda de seda rojo intenso unida a los laterales del escote mediante dos clips de piedra verde que teñían de una tonalidad verdosa sus ojos. A Werner le pareció que en aquella imagen espléndida había un detalle que no encajaba, el lazo que recogía su cabello para formar una cola de caballo….

—Traigo un paquetito para usted, doctor Applefeld —dijo ella imitando la voz de un botones.

Werner, a punto de caer rendido a sus pies, balbuceó:

—Gracias, ¿dónde lo traes? —dijo al ver que en las manos de Giselle solo había un pequeño bolso de fiesta.

—Lo tiene usted delante de los ojos, doctor.

—¿Eres tú el paquetito? —Werner se adelantó para abrazarla pero ella se escabulló de sus brazos.

—¡Lo llevo puesto! —dijo ella riéndose y señalando el lazo negro que sujetaba la cola de caballo—. ¡Ahí tienes tu pajarita de seda negra!

Y, en el mismo momento que lo decía, alzó una mano y de un leve tirón soltó su melena, desatando una cascada de cabellos azabache que se derramó sobre sus hombros.

—Este espectáculo es superior a mis fuerzas. ¡Déjame darte un beso de bienvenida! ¿Me permites?

—Te lo permito y te invito a que me lo des —dijo Giselle abriendo los brazos.

Ella no fingía, no interpretaba ningún papel. Se dejaba, como él, llevar por sus sentimientos. Ambos los compartían con igual intensidad. Toda una novedad en la vida de Werner. La llegada de Giselle era para él un seísmo de gran magnitud.

—He de hacerte el nudo.

—Quiero que me ates… a ti.

—Es pronto todavía. Y este, doctor Applefeld, es un momento muy serio —dijo ella fingiendo solemnidad—. Para la cena de gala del capitán, he de hacer una pajarita perfecta. La mejor que nadie podrá lucir esta noche en el Normandie. Permíteme.

157

Se situó a su espalda, pasó los brazos por encima de los hombros de Werner y anudó con dedos ágiles una pajarita preciosa.

—Déjame ver cómo queda, date la vuelta.

Él obedeció y sus labios chocaron con los de ella… Y así empezó aquella velada en el paraíso.

—Tenías razón —dijo Giselle—, le falta rigidez, pero esa caída de las puntas te da un aire bohemio que te sienta muy bien. A lo mejor inicias una moda y todo el mundo te imita…

Cogidos de la mano subieron a la cubierta principal. La noche era transparente y la luna llena se reflejaba, amarillenta, en el mar, bruñido como un espejo. La brisa levantó un poco la melena de Giselle. Habría sido una modelo perfecta para ilustrar uno de los famosos carteles publicitarios del Normandie.

—¿Sabes que esto puede ser un trastorno emocional? Un síndrome que aparece claramente descrito en los manuales.

—¡Qué interesante! Has pasado de estar soñando a ser un trastornado —bromeó Giselle—. ¿Y cómo se llama el síndrome?

Werner acercó sus labios a su oreja y susurró:

—Se llama Giselle y requiere de un tratamiento de choque porque podría convertirse en un grave problema crónico.

—*Mon Dieu!* ¿Y qué clase de tratamiento se aconseja en estos casos?

—En casos urgentes y agudos como el mío, lo mejor es… —Werner le dio un beso en los labios que fue durante un instante una sorpresa, pero que enseguida fue correspondido por ella.

—Si esto es una medida de emergencia, el tratamiento definitivo ha de ser muy interesante —comentó ella en voz baja.

—Entrar ahora en detalles nos haría llegar tarde a la cena. Si te parece, más adelante le dedicaremos todo el tiempo que haga falta a paliar mi problema. Tenemos por delante una noche muy larga. —Sonrió mientras la cogía de la mano y la apretaba, como sellando un pacto.

Entraron en el salón comedor cuando la cena empezaba. Las columnas opalescentes de cristal de Lalique bañaban el espacio en una luz suave que subrayaba su grandiosidad.

Miriam, que ocupaba su lugar de vigía en su mesa perfecta para ver y ser visto, fue la primera en localizarlos.

—¡Por fin! ¡Ahí están, y vienen juntos! —exclamó.

En la mesa estaban todos los de «la partida del tren», como les llamaba Miriam. Incluso Roger, el francés, que por una noche abandonó a su grupo para festejar con ellos la magnífica travesía.

—¡Magnífico todo!, ¿no es cierto? —dijo dando rienda suelta a su chovinismo—. Solo Francia es capaz de proporcionar un espectáculo como este en medio del océano. ¡Admirable!

Los demás tuvieron que admitir que llevaba razón.

Madame Dubois fue la única que faltó. Envió recado para pedirles disculpas, ya que seguía sometida a cuidados médicos. Óscar Prat era todo sonrisas y se había sentado entre Miriam y su marido, detalle que este último agradeció con un gesto cómplice.

Al margen de la conservación general entre el grupo, Werner y Giselle mantuvieron cierta intimidad charlando entre ellos en voz más baja; necesitaban empezar a contarse detalles de sus vidas, su trabajo, sus amistades, sus logros y sus frustraciones. Al cabo de veinte minutos Werner tenía la sensación de que conocía a Giselle desde hacía veinte años.

Ya en el segundo plato, Miriam les riñó por mantenerse aislados. Y Werner se mostró muy educado. Se puso en pie, alzó su copa y cuando todos lo miraron, dijo:

—Ha sido un verdadero placer conoceros a todos y compartir estos días. Brindo por los nuevos amigos de Francia, España, Estados Unidos y, por supuesto, también por el capitán del *Normandie*, que nos ha proporcionado este acogedor hogar mientras cruzábamos el Atlántico. Por cierto, Óscar, ¿es verdad que los españoles acompañan el brindis deseando a todos los presentes «Salud, dinero y amor»?

—Así es —dijo Óscar.

Y mirando a los ojos de Giselle, Werner añadió:

—Os deseo a todos salud, dinero y amor, y me permito añadir un detalle que se les ha olvidado a los españoles: que ojalá tengáis todos la suerte de vivir sueños maravillosos hasta hacerlos realidad.

Todos brindaron, conscientes de que aquella gala no tenía nada que ver con el mundo real ni con los temores espantosos que compartían. Nadie sabía cuándo, pero todos temían que no tardase mucho tiempo en oírse, tras el *plop* producido al descorchar el champán, el estallido nada festivo de los cañones. Sin esperar a ser invitada, Giselle miró a Werner y casi le ordenó:

—¡Vamos a bailar!

—¡Vamos! —dijo Werner—. Pero no delante de la orquesta. Salgamos a cubierta.

Las notas de una melodía de Cole Porter llegaban hasta allí, un sitio mucho más íntimo que la pista rodeada de las mesas con sus comensales. Oían algo lejana la melodía de *Night and day*. De espaldas al mundo entero, se pusieron a bailar. El calor del cuerpo de Giselle atravesaba sensualmente la delgada tela de su vestido de noche, mientras la mano ávida de Werner exploraba su espalda al tiempo que marcaba los pasos del baile.

La orquesta enlazaba una pieza con la siguiente. Los bailarines se movían en silenciosa armonía.

—¿Tienes sed?

La pregunta de Werner no podía ser más inocua. Pero la respuesta fue entusiasta:

—¡Muchísima!

—Todavía me queda champán en el camarote.

—Esa es la respuesta a mi plegaria —dijo Giselle—. A cambio de que sacies mi sed, te daré una pastilla.

—¿Una pastilla? ¿Para qué?

—Es el tratamiento para ese grave trastorno que amenaza tu salud.

—Pues no sabes cuánto te lo agradezco, porque la necesito. Es asunto de vida o muerte.

Giselle le dio un beso, él le dio dos, y el ritmo de intercambio se fue acelerando como si se tratara de una partida de pimpón, de modo que por el camino empezaron a perder el control. Cuando Werner cerró la puerta de su camarote ninguno de los dos era ya capaz de hacer nada por detener la fuerza imparable que hizo que por fin sus cuerpos chocaran, y se fundieran en uno. Esa fusión se convirtió durante un instante en el centro del universo.

Todo lo demás desapareció en un torbellino que terminó con ellos tendidos sobre la moqueta.

Pasaron los minutos, pasaron las horas y ninguno de los dos era capaz de recordar ni de olvidar.

Hasta que Giselle se lamentó:

—¡Pero si son las cuatro de la madrugada! Tengo que irme corriendo. ¡De verdad, he de irme ya!

—¿Se puede saber qué ocurre? ¿Haces el papel de Cenicienta? —se quejó Werner—. No corras, podrías perder un zapato. Quédate un poco más, por favor, ¡te lo suplico!

—Ojalá pudiera. Desearía que esta noche durase para siempre... Y como eso no puede ser, empiezo a dudar de que valga la pena vivir el resto de la vida.

—Vigila lo que dices, Giselle. A veces las declaraciones grandiosas se olvidan fácilmente.

Ella volvió a besarlo.

—Lo que yo siento por ti es tan sólido y duradero como este buque —dijo tras recuperar uno de sus zapatos en una esquina, se lo puso y, de espaldas a la pared, dio unos golpecitos con la punta del tacón contra la pared de acero del camarote—. ¿Lo ves? Al final he perdido un zapato, ¡pero no ha sido tratando de huir de ti, precisamente!

Ebrio de felicidad y riendo, Werner cogió la botella de champán y la estrelló contra esa misma pared. Así la rompió en mil pedazos, como hacen con los platos en las bodas griegas.

—¡Lo que yo siento por ti es tan sólido y duradero como este buque! —repitió Werner como si fuera un grito de guerra—. ¿Y sabes por qué?

—Lo sé. ¿Quieres que te lo diga en francés? —respondió Giselle

—¡Te lo ruego!

—*Parce que je t'aime!* Dímelo ahora tú en alemán.

—Espero que suene bien —dijo Werner—: *Sag mir, dass du mich liebst.*

—¿Has dicho «porque te quiero» en alemán? —quiso saber Giselle.

—No. He dicho: «Dime que me amas».

—¡Qué loco estás, Werner! ¡Efervescente como el champán! —exclamó eufórica Giselle.

Quedaron unidos y paralizados y silenciosos. El amanecer proyectó a través del ojo de buey un resplandor rojizo sobre los amantes.

—Te quiero, *je t'aime* —dijo Giselle.

19

Qué bella es Nueva York

Nueva York, 31 de agosto de 1939

A Werner le encantó volver a la rutina, ponerse de nuevo a trabajar como si nada hubiera pasado, pero no era fácil. Aunque los muebles y objetos de su despacho, incluso los olores del cuero, la madera y los libros, hicieron que se sintiera en casa y rodeado de una gran comodidad.

Thelma había mantenido en orden la correspondencia recibida, que colocó a un lado de la mesa, y todos los informes clínicos, al otro. Por fortuna era un mueble grande, y Werner lo encontró casi completamente cubierto de papeles. Revisarlos le iba a ocupar la jornada completa de su regreso al trabajo.

Sobre todo, le urgía poner al día todo lo relativo a la convención del Colegio de Neurólogos. Luego debía hablar con el doctor John Wild, asistir a la reunión del claustro convocada por el decano, estudiar la larga lista de pacientes en espera y llamar a su amigo Richard, del *New York Times*, quien le pedía verlo cuanto antes. Werner llevaba apenas diez minutos en el despacho cuando la tensión propia de lo que se llama la «energía neoyorquina» lo había agarrado ya del cuello. Y no iba a soltarlo.

Por fortuna, también tenía otra cosa que hacer, muy diferente, muy importante y muy placentera: cenar con Giselle.

Debía reunirse con Thelma y establecer una agenda de prioridades. Sin ella, imposible. Thelma llegaría puntualmente a las nueve y con su eficacia, su capacidad para recordar y situar los nombres de las personas, para conservar en su memoria prodigiosa las citas y los números de teléfono, todo sería más fácil de administrar.

Thelma lo conocía de pies a cabeza, por eso decidió dejar en manos de ella la organización de la cena, sabiendo que se exponía a un batería de preguntas, no todas igualmente apropiadas... Oyó un leve golpecito en la puerta. Sacó la estilográfica.

—Buenos días, doctor. No sabe cuánto le he echado de menos —dijo al entrar y le tendió la mano.

Werner le dio un abrazo.

—También yo te he echado de menos. Me alegro de haber regresado, pero también me alegro de haber hecho este viaje.

—Se nota. Está en forma y muy elegante con ese traje ligero. ¿Es nuevo? Me recuerda al Gran Gatsby. Bueno, ya ve la enorme cantidad de papeles que está esperándole. Los iremos viendo por orden.

—Ya los he visto, Thelma. Y lo malo es que no tengo ganas de trabajar. Me gustaría hacer cualquier cosa que me sirviera para despejar mi cabeza. La siento como un torbellino imparable.

—Es la primera vez que le oigo decir que no le apetece trabajar. ¿Se puede saber qué pasa? No se habrá enamorado...

Thelma, soltera de vocación, vivía vicariamente los éxitos del doctor Apple, así llamaba a veces a Werner, como si fueran los de ella. Todo lo que él hacía era perfecto, lo que tampoco le impedía soltarle su opinión con la franqueza casi brutal que era característica entre los habitantes de Brooklyn.

—No estoy del todo seguro. Pero ¿qué te ha hecho pensar que podría estarlo?

—¡Lo leo en su rostro! Se nota enseguida... Le encuentro más vibrante, y más joven. Nada que ver con aquel hombre pálido y agotado que se fue hace unas semanas. Ojalá quisiera contarme lo que ha pasado.

—Eres una brujita maravillosa. Es una historia breve y muy poco original. En el barco de regreso he conocido a una joven francesa que venía a Nueva York para asuntos de negocios, y nos hemos hecho amigos.

—¿Cuán joven es esa joven?

—No lo sé porque no se lo pregunté. Alrededor de unos treinta años.

—La edad perfecta. ¿A qué se dedica? ¿Cómo se llama? ¿Es bonita? ¿Es amable?

Werner levantó ambos brazos pidiendo tregua, pero respondió a todas las preguntas:

—Trabaja en una empresa de alta costura de París. Se llama Giselle, es guapa, vivaz, brillante. Se mueve con armonía, tiene un rostro que parece sacado de un retrato renacentista, tiene los ojos luminosos y una mirada llena de curiosidad, cintura estrecha y las manos muy blancas y aterciopeladas. Habla un inglés precioso, aunque lo habla despacio, su voz suena como un *adagio*. Es encantadora y tiene una sonrisa capaz de detener un tanque. Cuando baila, parece liberarse de la gravedad, es tan ligera como una pluma al viento.

—¡Caramba, qué musical! *Adagio, piuma al vento*. Me encanta. Tiene que ser única. ¿Puedo hacerle una pregunta y media más?

—Claro.

—¿Qué tal besa?

—¡De maravilla!

—¿Y qué tal…? —añadió Thelma con un guiño.

—¡Thelma! —respondió embarazado Werner, sin poder evitar que se le subieran los colores a las mejillas.

—Bien. Deduzco que es otro «sí»… Doctor, me va a permitir que le diga un par de cosas, y espero que no las tome a mal. Ha trabajado mucho: es un buen profesor, como médico diagnostica con brillantez y como investigador todos le admiran. Por otro lado, y esto es importante, cada día que pasa es menos joven. Ha llegado el momento de que empiece a vivir con una mujer que le estimule como hombre, y que también estimule su inteligencia. Tiene que encontrar la respuesta a ese porqué permanente que está siendo su vida. Lo que necesita es una mujer como esa Giselle que me acaba de describir. A menudo se refiere a Freud y al significado de los sueños y a la importancia de la sexualidad. Me parece que ese torbellino que le envuelve se llama Giselle. En su lugar, yo me aseguraría de que no se escapa volando en otra dirección. Los pájaros, cuando emprenden el vuelo, a veces no regresan.

Thelma dio media vuelta, se fue hacia la puerta que daba a su oficina y, antes de salir, preguntó:

—¿Le apetece un café largo con mucha leche caliente y mucha azúcar?

—Menudo discurso, Thelma. ¡Sí, por favor! Me encantaría uno de esos cafés que tan bien preparas y, no te rías, después de tantos desayunos afrancesados me irá muy bien tomar ahora mismo un sándwich de mantequilla de cacahuete y mermelada.

—¡En el fondo es un niño! —comentó ella sonriendo.

El orden era una de las obsesiones de Werner y una mesa llena de papeles le molestaba. Debía pues despejarla. Llamó al decano para la reunión y luego trató de localizar, sin éxito, al doctor Wild. Había empezado a leer toda la documentación de la clínica cuando Thelma regresó con el café y el sándwich.

—¡Qué bien huele! Y seguro que no necesitaré cuchillo y tenedor para beberlo. Los europeos hacen unos cafés tan fuertes que les quedan casi sólidos… Por cierto, asunto muy importante. Tú que conoces todos los buenos restaurantes de Manhattan, ¿cuál me recomiendas para llevar a cenar a Giselle esta noche?

—El que está de moda ahora mismo es Le Pavillon, justo enfrente del St. Regis. Si me pagara más, ya habría ido, pero por lo que he leído en la prensa, es el mejor en todo: comida, servicio y ambiente.

—Suena perfecto. ¿Podrías hacer una reserva para tres personas a las ocho de la tarde?

—¿No iba a cenar con Giselle?

—Mi idea inicial era esa, pero Giselle le ha pedido a Madame Dubois, su jefa, que nos acompañe.

—Eso no me gusta nada de nada, pero yo no organizo la fiesta.

—Dubois es una dama encantadora que se pasó enferma casi toda la travesía. Sé que le gustará una buena cena en un restaurante de comida francesa pero muy neoyorquino.

—Quizás todo fue un detalle por su parte. Fingió estar indispuesta para que disfrutara usted del viaje con Giselle.

—Ya te he dicho que es encantadora. —Los dos rieron—. Antes de zambullirme en todos estos historiales médicos, he de hablar con Chicago sobre las reuniones de la semana que viene. Va a ser una larga conversación. Por favor, hasta que te avise, no me interrumpas. Y ponte en contacto con Richard del *Times* y dile que nos encontraremos a la entrada del New York Athletic Club a las seis en punto.

—Puede que fuese mejor pasar por casa y refrescarse antes de la cena —observó Thelma.

—Ya lo había pensado.

En las siguientes horas, Werner recordó cuánto le fascinaba la medicina, con sus desafíos y sus frustraciones. Los historiales médicos que tenía que revisar contenían unos y otras. Estudiarlos de uno en uno se llevó el resto de la jornada.

Hasta que Thelma abrió despacito la puerta del despacho y en voz suave pero que no admitía réplica le dijo:

—Tiene que irse ya. Le Pavillon estaba completamente lleno, pero les he contado una larga historia acerca de lo famoso que es el doctor Applefeld y no les he dejado en paz hasta que me han dicho que les encantará recibirles a los tres.

»Y Richard me ha confirmado que estará a las seis en el Athletic Club. Ha propuesto que quizás nadar un rato ayudaría a despejarle la cabeza tras el viaje. Le he dicho que no tenía bañador aquí. Y ha contestado: «No le hará ninguna falta. En este club nadamos desnudos». Creo que tendría que pasarme un día a echar un vistazo por esa piscina…

»No olvide que tiene que llegar al restaurante a las ocho en punto. —Thelma le lanzó otro de sus guiños cargados de picardía—. Estoy impaciente por escuchar cómo ha ido en la cena… Muy buenas noches.

Efectivamente, Richard lo esperaba a la entrada del Athletic Club.

—Celebro volver a verte, gran viajero. ¿Qué tal has encontrado Europa? Me ha dicho tu secretaria que estabas tenso. ¿Tan mal ha ido?

—Encantado de verte, Richard. Ha sido un viaje magnífico —saludó Werner mientras pasaban al bar—. Alemania se ha convertido en un gran país poderoso e intimidatorio. Francia es maravillosa, pero hacía mal tiempo. Espantoso, no dejó de llover. Pero París es una maravilla y quiero regresar cuanto antes.

—Pues me temo que eso va a tardar un poco más de lo que crees. La situación en Europa es malísima, y está a punto de empeorar. Hitler está creando problemas por todas partes. Celebremos tu regreso y comentemos las noticias, que son de verdad alarmantes. ¿Y si nos tomamos unos Manhattan? —sugirió Richard, que sin esperar a que Werner opinara se los pidió al camarero.

—¿Cuándo crees que se va a desencadenar la tormenta?

—Parece que es inminente. Mientras tú estabas en Europa, los alemanes firmaron con los rusos un pacto de no agresión que da a Hitler luz verde para invadir Polonia. El *Times* cree que en menos de veinticuatro horas comenzarán los bombardeos. ¡Llegaste a casa justo a tiempo! Desde hace un año, cuando con la idea de apaciguar a Alemania los Gobiernos británico y francés acordaron aceptar el desmembramiento de Checoslovaquia, ya era claro lo que iba a pasar. No me gusta hacer análisis que no sean estrictamente políticos, pero a los ingleses y franceses los han pillado en calzoncillos. Chamberlain y Daladier no estuvieron brillantes, más bien parecieron andar escasos de cerebro… Hablando de cerebros, por eso quería hablar contigo con urgencia a tu regreso. Me parece que algo le pasa al mío.

—¿Qué has notado?

—Hace ocho meses me desperté con dolor de cabeza. Fue el día de Año Nuevo, la noche anterior bebí demasiado. Y desde entonces los dolores de cabeza han aumentado en frecuencia y últimamente en intensidad. Las aspirinas y demás pastillas no me sirven de nada y me estropean el estómago.

Werner señaló las copas que les habían servido.

—Pues esta copa tampoco va a ayudarte.

—No es lo único que me pasa. Al final de la jornada, desde hace poco, empiezo a ver doble. Y el viernes pasado tuve una convulsión. Estoy asustado. Tengo cuarenta y un años, nunca he estado enfermo, y me gustaría vivir algunos años más. Tú eres neurólogo, Werner. Dime de verdad qué le pasa a mi cerebro.

—No es frecuente escuchar un historial médico tan conciso y tan preciso, y más teniendo en cuenta que lo hace un profano. Mira, Richard, todo lo que dices podría tener causas bastante diversas.

—¿Por ejemplo?

—Tomar combinados fuertes en bares ruidosos no es el sitio más adecuado para hablar de un asunto así. Ven a verme a mi despacho mañana por la mañana.

—Así lo haré. Pero ¿qué te dice tu intuición?

—Especular, cosa que a los médicos nos gusta mucho hacer, puede crear impresiones incorrectas.

—Venga, Werner, somos amigos. ¡Especula!

—Ya que te muestras tan terco, déjame hacerte algunas preguntas. ¿Has ido a ver a tu médico? ¿Te ha golpeado algo en la cabeza? ¿Has tenido fiebre? ¿Has tenido alguna pérdida de consciencia? ¿Tiendes a sangrar? ¿Y a vomitar? ¿Sueles perder el equilibrio? ¿Has notado algún cambio en el oído, el gusto, el sentido del olfato o en la actividad sexual?

—Bien, Werner, comprendido. Pero te adelantaré una de las respuestas. No he ido a ver a ningún médico.

—Ven mañana a las ocho. De momento, olvídate de tu cerebro y también del Manhattan. Salgamos. La tarde es preciosa. ¿Tienes algún plan para esta noche?

—No, ya no salgo de noche. Aquella convulsión me pegó un buen susto. Pensé en lo que hubiese podido pasar si me hubiera ocurrido cruzando la Quinta Avenida.

—No fue así, por fortuna. Te acompaño a tu casa.

—Werner, no me engañas. El hecho de que quieras acompañarme a casa y que me digas que vaya a verte mañana a primera hora de la mañana es suficiente para saber que lo que te cuento no te ha gustado. No quiero que me acompañes. Y tú, ¿qué vas a hacer esta noche?

—Tengo una cena en Le Pavillon con una mujer preciosa.

—Prepara el talonario de cheques. He oído decir que la comida es excelente y que está siempre atestado. Ya sabes cómo somos los neoyorquinos: tenemos que ser de los primeros en descubrir un sitio nuevo para fingir sorpresa cuando nuestros amigos nos dicen que todavía no lo han «descubierto». ¿Quién es ella?

—La conocí en el barco de regreso. Trabaja para una casa de alta costura en París y ha venido por negocios.

—¡Qué interesante y romántico suena todo!

—Puede que acabe siéndolo. Mañana te lo cuento.

Werner dejó a su amigo y siguió caminando despacio hacia el este por Central Park Sur. Los síntomas de Richard eran preocupantes. Había una lista bastante amplia de diagnósticos que podían explicarlos. Con su mente analítica, calculó las posibilidades e incluso llegó a una conclusión tentativa. Lo más probable era que su amigo tuviese alguna lesión en el cerebro o en las meninges. Una lesión que iba creciendo con el tiempo. Cuando ya estaba dispuesto a aceptar el resultado de sus cábalas, llegó a la entrada del hotel Plaza, donde Giselle se alojaba. Eran las siete y cuarto. Si ella estaba preparada, trataría de convencerla para bajar andando hasta el restaurante y pedir a Madame Dubois que fuera directamente allí.

Entró en el hotel y preguntó por ella en recepción.

—Allo! —respondió una voz cristalina.

—Soy yo, Giselle. Estoy en el *hall* —saludó y le hizo su propuesta.

—He llamado a tu despacho pero me dijeron que no podías ponerte. Lo siento mucho, Werner. Tenemos que cambiar el plan —dijo Giselle muy apenada.

—No entiendo bien. ¿Qué quieres decir?

—El cónsul francés ha llamado a Madame Dubois. Le ha dicho que la situación internacional es gravísima y que debemos actuar con rapidez. El cónsul ha convocado una cena para tratar el asunto esta noche, es a las ocho y Madame Dubois me ha pedido que la acompañe. Lo único que pude hacer fue preguntarle si tú podías sumarte, y ella me ha dicho que sí.

—¿Cómo? ¿Por qué? —Werner estaba tan alarmado como decepcionado.

—El cónsul informó esta tarde a Madame Dubois de que han suspendido la travesía del Normandie a Francia. ¿Estarías dispuesto a cenar con nosotras y el cónsul? Espero que me digas que sí.

—Bueno, qué inesperado. No sabes las ganas que tenía de cenar contigo. Aunque si no tengo más posibilidades de verte que acompañándote a esa cena, iré, claro.

—Agradezco que seas tan comprensivo.

—Y esa cena importante, ¿dónde va a ser?

—Aquí, en la Oak Room del Plaza.

—¿Dentro de cuarenta y cinco minutos?

—Sí. Bajo ahora mismo a tomar una copa contigo. Espérame en los ascensores…

—Ahora mismo voy para allá.

—¡Por fin me reencuentro con mi sueño! —exclamó Werner emocionado en cuanto el ascensor del centro abrió sus puertas—. *Tu es ravissante!*

—Veo que has estado repasando el francés… Qué bien estás, el color claro del traje te sienta de maravilla.

—Vamos al bar. Ni siquiera hace falta que tomemos una copa. Quiero solo aprovechar cada segundo de los que podré gozar de tu presencia, solos tú y yo. Tienen unos reservados muy especiales para enamorados…

—¿Eso es lo que somos?

—¡Sí! —dijo Werner exultante—. ¿No es así?

Y la besó apasionadamente. Se sentaron en la Lover's banquette. Giselle apoyó la cabeza en el hombro de Werner y buscó con su mano la de él.

—Así había imaginado el comienzo de esta velada —dijo Werner—. Qué pena que el resto de mis planes hayan acabado trastocados. Podríamos quizás, cuando la cena termine, salir a dar una vuelta en uno de los coches de caballos que recorren el parque. ¡Es un pasatiempo que les gusta a los turistas y a los amantes! Por la noche, los coches solo llevan a parejas. Madame Dubois puede quedarse en el hotel tomando un *digestif* con el cónsul…

—¡Adoro Nueva York! —dijo Giselle.

A las ocho en punto, justo cuando estaba previsto el inicio de la cena, Giselle y Werner entraron en la Oak Room. Madame Dubois, con la actitud propia de una monarca, presidía una mesa dispuesta para cinco invitados. Dos asientos a su derecha permanecían libres, y señaló la silla que estaba a su izquierda indicando a Werner que la ocupara. Los dos varones que se encontraban a la derecha de Madame Dubois se levantaron. Era, sin duda, una mujer acostumbrada a tener invitados, y dio la bienvenida a Werner de un modo encantador. El camarero ya había descorchado el champán y procedió a servir las copas.

—¡Cuánto me alegro de que haya podido compartir esta cena con nosotros! —dijo a Werner—. La hemos organizado en cuanto supimos, hace dos horas, que no era seguro que el Normandie zarpara tal como estaba previsto. Vivimos momentos de intranquilidad que me asustan, no sé qué vamos a hacer.

Madame Dubois había hecho las presentaciones. El cónsul francés era primo de ella. El otro caballero resultó ser un alto ejecutivo de la Compagnie Générale Transatlantique, la naviera del Normandie. La situación exigía saltarse los preámbulos y la dama pidió al diplomático que les contara las últimas noticias que habían llegado desde Europa.

—En este momento es la madrugada del 1 de septiembre en Polonia. Pasadas las cuatro, hora local, la aviación alemana ha lanzado bombas sobre una pequeña población polaca situada cerca de la frontera entre ambas. Y minutos más tarde, uno de sus buques de guerra, el Schleswig-Holstein, ha bombardeado la fortaleza de Dánzig, con un gran número de víctimas. El Gobierno francés teme que a partir de aquí nos tengamos que enfrentar a una conflagración internacional a gran escala, comparable a la Gran Guerra.

En un primer momento, el grupo guardó silencio, roto por la inquietud personal de Madame Dubois:

—¿Es ya seguro que se va a cancelar la travesía del Normandie?

—Sí —confirmó el ejecutivo de la naviera—. Se han cancelado todas las travesías del Atlántico para las próximas dos semanas.

—¿Significa eso que no habrá ninguna manera de volver a casa? —preguntó Madame Dubois muy preocupada—. Entonces, ¿qué podemos hacer?

—Los canadienses mantienen de momento su línea de los Empress, que zarpan desde Quebec. Y es más que probable que los italianos mantengan la ruta del Vulcania con rumbo a Barcelona y Génova. Pero no estoy seguro de lo que van a decidir finalmente. Estamos en medio de una situación muy cambiante, aunque a lo largo de la noche tendré informaciones precisas. En caso de que ustedes deseen obtener pasajes para cualquiera de esos buques, cuenten con mi ayuda para conseguir esos pasajes. No va a resultar sencillo.

Los vinos que les sirvieron para acompañar la cena eran del nivel que podía esperarse teniendo en cuenta que Madame Dubois era la anfitriona. Un soberbio Pommard fue la elección para maridar con unas deliciosas *mignonettes de veau* y aligeró un poco el tono de la velada. Pronto pasaron a tratar de otras cuestiones: la medicina, la moda, el teatro de Broadway y, naturalmente, la política. Pero el espectro de la guerra siguió siendo el inevitable telón de fondo.

Por eso resultó sorprendente el tono casi frívolo que usó Giselle cuando, por sorpresa, miró a Werner y dijo:

—No estaría nada mal quedarnos en Nueva York un par de semanas, ¿no es cierto?

—Creo que sería una solución espléndida —dijo Werner sin poder contener su repentina alegría—. Esta ciudad tardará bastante en captar de verdad que lo que está empezando es una guerra potencialmente catastrófica. Después de la larga fase de depresión financiera, Nueva York está con ganas de pasar una temporada brillante.

—¿Le gusta esta ciudad? —preguntó el ejecutivo de la naviera mirando a Giselle.

—Acabamos de llegar y aún no puedo decirlo, pero la impresión que me produjeron las vistas de Manhattan cuando el barco entraba por el Hudson serán inolvidables.

—Llegar por mar a Nueva York es una experiencia que todo el mundo atesora. Hemos oído ese mismo comentario muchas veces —dijo él.

—¿Lo ve, Madame? —dijo Giselle volviéndose hacia su jefa—. No soy la única a la que le gusta Nueva York.

—¿Tanto como para pensar en la idea de quedarte a vivir aquí? —preguntó Dubois—. Yo creo que no hay vida fuera de París. Además, te sentirías muy sola, tendrías nostalgia de tu casa, de tu familia, de tus amigos… Y sobre todo, ¿qué opinaría tu marido?

Giselle no tuvo que responder a esa pregunta. Werner, que saboreaba en esos momentos el Borgoña debió de tragar parte del líquido por la laringe y tuvo un ataque de tos espasmódica, la copa que sostenía vertió parte del vino y manchó el mantel y también la chaqueta de su traje estilo Gran Gatsby. Finalmente, se le escapó la copa de entre los dedos, y el cristal se rompió en mil pedazos cuando golpeó el suelo de mármol.

Durante unos breves momentos todo el mundo permaneció callado. Hasta que comprendiendo que el silencio no hacía más que aumentar el embarazo que sentían, todos los comensales empezaron a hablar a la vez sin pensar apenas lo que decían. «¿Se encuentra bien?», fue la pregunta más común dirigida a Werner. Giselle, por el contrario, permaneció sin decir palabra y su rostro mostró una intensa palidez.

Werner se levantó. Deseaba fervientemente que la madre tierra se lo tragara. Tratando de recuperar la compostura, tapó con la servilleta la parte del mantel que se había teñido de rojo, inspiró profundamente, tomó un sorbo de agua, logró encontrar unas palabras que le permitieron responder a todos y decir que no le pasaba nada, pero les pidió finalmente que disculparan su presencia. Dio las gracias a Madame Dubois, saludó al cónsul con una inclinación de cabeza a modo de despedida, hizo lo mismo mirando al ejecutivo de la naviera, lanzó un beso a Giselle y, a paso rápido, abandonó el restaurante.

«¿Qué opinaría tu marido? ¿Qué opinaría tu marido?»

Las cuatro palabras retumbaban en su mente como si fuese un eco siniestro durante el camino de regreso a su casa, que hizo caminando a paso furioso. Todo lo que lo rodeaba iba adquiriendo un tono surrealista. Los bocinazos de los taxis, que formaban parte integral del ambiente sonoro de la ciudad, se transformaron en ruidos insoportables. Recorrió en tiempo récord las pocas manzanas de la Quinta Avenida que separaban el Plaza de su piso, dio las buenas noches sin fijarse apenas en el portero, que miraba escandalizado las manchas de su traje, y solo sintió algo de alivio cuando al fin cerró a su espalda la puerta del apartamento.

Sentía ira, tristeza, cansancio. ¿Por qué no le había dicho Giselle que estaba casada? ¿Qué clase de alma diabólica se ocultaba detrás de su cara angelical? Tras una dura jornada, Werner estaba agotado, pero sobre todo se sentía furioso, traicionado y emocionalmente destruido. Vaya con el paseo de los enamorados por Central Park, se dijo mientras se preparaba un generoso *scotch* y se tumbaba en la cama sin quitarse la ropa.

Lo despertaron uso golpecitos discretos en la puerta. Era el portero de noche.

—Doctor Applefeld, un botones del Plaza ha traído esto para usted.

—Gracias, George.

—Que tenga un buen día, doctor.

—¿Buen día? ¿Qué hora es?

—Las cuatro de la mañana, señor.

El sobre con el logotipo del Plaza contenía una nota manuscrita:

Nueva York, 1 de septiembre de 1939

Queridísimo Werner:

Me siento culpable, tristísima y desdichada, pero espero que en este momento terrible para los dos puedas creerme cuando te digo que es verdad que te amo. Resulta irónico que sea el amor que te profeso el motivo de que no te contara que estoy casada. No lo dije porque no soportaba la idea de perderte.

Contigo tuve la maravillosa sensación de que nos pertenecíamos el uno del otro. Quiero que sigas creciendo dentro de mí mientras yo conquisto una parte de ti que no quiero ni puedo soltar.

Los sentimientos que expresé cuando estábamos en el barco son irrevocables y no me arrepiento de ellos. Te dije que mi amor por ti era tan fuerte y duradero como el Normandie. Nada ha cambiado. No puedo romper una botella de champán contra la pared de mi habitación del hotel, como tú hiciste, pero te ruego que trates de creerme: te amo.

Tal vez debería explicar por qué actué como lo hice sin sentir vergüenza ni culpa. Es difícil de explicar pero baste decir que me sentí temporalmente liberada de mi matrimonio, que es cualquier cosa menos un matrimonio. No hay en esa relación ni el más mínimo contenido emocional. Hablas a menudo de los sueños. Tú me sumergiste en un sueño del que no deseo despertar jamás.

El ejecutivo de la naviera del Normandie nos ha conseguido pasajes para el Empress of Australia, que zarpa mañana de Quebec rumbo a Cherburgo. Salimos de Nueva York ahora mismo.

Aunque en este momento pueda parecer muy improbable, creo firmemente que hay un futuro común para nosotros dos. Aunque haya sido tan breve, lo que hemos experimentado juntos no podrá jamás ser olvidado. Y sé que los milagros existen, y en el fondo de mi corazón siento que ese milagro ocurrirá y algún día volveremos a estar juntos.

Je suis désolée. Perdóname, te lo suplico.

Giselle

Werner se instaló en su butaca preferida. El primer impulso lo llevaba a coger el teléfono y llamarla, pero no era capaz. Su corazón quería hacerlo, pero su cerebro se negó.

No tenía el menor sentido meterse en la cama y tratar de dormir. Había quedado en recibir a su amigo Richard a la mañana siguiente y Werner estuvo estudiando artículos recientes sobre el meningioma, pues estaba convencido de que era eso lo que le pasaba al periodista.

A las 7:00 del 1 de septiembre de 1939 Werner abrió la puerta de su apartamento. En el felpudo estaba *The New York Times*, que lo saludó con un titular histórico:

German Army Attacks Poland; Cities Bombed,
Port Blockaded; Danzig is Accepted Into Reich

Werner se estremeció, metió el diario y la carta de Giselle en la cartera, y se fue a trabajar. De la noche a la mañana, y muy especialmente para él, el mundo había cambiado.

20

El cónsul Hartman

Barcelona, 25 de agosto de 1939

$\mathcal{R}$osy había quedado con el cónsul alemán en el restaurante Siete Puertas. Estaba algo preocupada y se sentía insegura, de modo que le alegró comprobar que la recibía de manera calurosa:

—Soy Gerhard Hartman, encantado de conocerla. ¿Es usted Frau o Fräulein Dieckhoff?

—Fräulein, pero le agradeceré que me tutee, si yo también puedo hacerlo…

Rosy aprovechó para examinar al cónsul. Solía sacar un retrato completo de forma rápida, y de este modo se veía capaz de clasificar a la gente que por una razón u otra le interesaba. La primera impresión resultó satisfactoria. Llevaba un traje bueno que le sentaba bien. Debía de tener entre 40 y 45 años, y con bastante probabilidad era hanseático, aunque no de Hamburgo. Su sonrisa fácil denotaba una simpatía natural. Rosy pensó que podía haber apostado bastante dinero, y ganarlo, asegurando que no era del partido nazi.

—Bienvenida, Rosy. Por la carta que me enviaste, entiendo que acabas de comenzar a desarrollar las tareas que te han traído a Barcelona.

—Apenas llevo dos días en la ciudad.

—¿Qué te parece de momento?

—Aún no puedo juzgarla. Las heridas de la guerra son muy visibles. Pero esas avenidas anchas del centro, la visión de las colinas, las grandes plazas… me han gustado mucho. Me ha sorprendido mucho una cosa: las iglesias, parece que las hayan quemado o bombardeado todas. Lo peor es la tristeza que veo en todas las caras.

— No hemos vivido días «rosados», precisamente. Seguro que debe de ser bonito tener un nombre que sirva para adjetivar.

—A mí me gusta. El rosa está en muchas cosas: en las fragancias, en el futuro si es positivo, se puede ver todo de color de rosa… Creo que los españoles usan una expresión así, *nicht wahr?*

—Exacto.

—Volviendo a mis impresiones sobre la ciudad, ayer junto al puerto me crucé con gente no muy agradable que cocinaba un gato en plena calle. Iba camino de la playa de esa zona que se llama Barceloneta, cuando desde su hoguera me lanzaron silbidos, me asusté y decidí dar media vuelta.

—Entiendo el susto, pero en Barcelona ahora no hay violencia. Lo que abunda es el hambre. Este restaurante es como un oasis en el corazón del puerto. Vengo a menudo, aunque no está cerca del despacho. Jamás he tenido un solo incidente.

—La calle es bonita. En cierto modo recuerda los arcos y las farolas de la Rue de Rivoli.

—Así es, ¡pero falta tener el Louvre al lado! Esa similitud no es una coincidencia. El empresario que creó este lugar adoraba París, y al principio el restaurante también recordaba a París, pero con los años han ido cambiándolo. Picasso venía a tomar café aquí, me han contado, y no pagaba casi nunca.

El cónsul desenvolvió la servilleta y sin mirar el menú le propuso a Rosy que compartieran su plato favorito:

—Prueba conmigo una paella marinera, y pediré vino blanco local. No lejos de Barcelona hay varias bodegas importantes que llevan siglos haciendo espumosos excelentes. Verás qué bien combinan. Será una magnífica introducción a la gastronomía local.

—Adelante, me fío de ti.

Les sirvieron el vino, y el cónsul alzó la copa para brindar:

—Brindo por esta primera comida juntos, Rosy, que seguramente será nuestro último almuerzo en tiempos de paz. No tardará nada en cambiar todo. Pero confío en que esta amistad incipiente dure más que la guerra que se avecina.

—Gracias, señor cónsul. —dijo Rosy rozándole la mano—. ¿En serio crees que la guerra es inevitable?

—Todas las guerras se pueden evitar. Pero lo que no hay modo de refrenar son las ganas de librarlas. Sea como fuere, te gustará Barcelona si vas a trabajar aquí una temporada. Es un lugar interesante que presenta algunos retos complicados. España tiene una posición clave en el plan del Führer. Por su parte, el general Franco es un político sin escrúpulos y muy astuto. Mientras a él le convenga, será un buen socio para Alemania.

—¿Y si dejara de convenirle?

—Pues mi consulado dejaría de crecer y me irían quitando personal. Y tu misión en España terminaría de golpe. Pero de momento tengo mucho trabajo. Consiste en convencer a los españoles de que Alemania está de su parte. Y me imagino que a ti te han encargado que nadie sabotee lo que yo trato de conseguir: convencer con buenas palabras y con hechos.

Un camarero colocó una paella en el centro de la mesa. Venía acompañada del aroma inconfundible del marisco bien cocinado.

—Si me lo permites, te serviré yo —dijo Gerhard—. Sé que va a estar buenísima. Lo noto por su aspecto y por el olor. ¿Te gusta que hablemos de política o prefieres cambiar de tema?

—Esto es un almuerzo de trabajo, no necesito cambiar de tema. Y por cierto —añadió bajando la voz—, ¿qué es exactamente lo que pretendes conseguir de los españoles?

—Ya te lo imaginas. Lo que les decimos es que les beneficiará una entrada masiva de intereses alemanes en su país. Que deberían apoyar nuestro esfuerzo militar, que tendrían que echarnos una mano a la hora de destruir la coalición de judíos y masones que ha tratado de destrozar esta nación.

—¿Y no crees que esta gente, recién salida de una larga y terrible guerra civil, tiene cosas más interesantes que hacer que escucharte?

—El plan es más sutil de lo que parece, Rosy. No hace falta que los españoles nos escuchen. Ni siquiera que se enteren de que les estamos hablando. La prensa española ya les dice lo que queremos, porque está repleta de propaganda alemana escrita y editada en Berlín. Pronto comenzarán a distribuir en España de forma masiva la revista *Der Adler*, pero no se les va a explicar que es una publicación oficial de nuestras fuerzas aéreas. Y no es más que un ejemplo entre muchos, pero te aburriría que te diera la lista completa.

—Todo lo contrario, sigue, por favor. Me resulta muy útil. Aprendo.

—Se ha conseguido que en los cines dejen de poner el noticiario americano Fox Movietone, y ahora se proyectará el noticiario UFA. En la emisora Radio Nacional de España, creada recientemente, se repiten traducciones literales de la Rundfunk del Reich. Y muy pronto van a empezar a producir películas típicamente españolas, con estrellas españolas, en los estudios de Berlín. La ideología alemana se está filtrando aquí de forma subrepticia, pero con efectividad. Joseph Goebbels es un maestro en estas cosas.

— Cuando me dirigía de regreso al hotel me crucé ayer con unos jóvenes uniformados con un estilo que me recordó al de las Juventudes Hitlerianas, y cantaban canciones alemanas. Era como estar de nuevo en Berlín. Pero lo que no sabía es que existe un complot judeomasónico que lucha en contra del Gobierno español… ¿En qué consiste exactamente?

—Si he de ser honesto, soy incapaz de explicártelo. Porque no creo que eso exista. Hellerman, el jefe de la Gestapo aquí, se pasa el día insistiendo al Gobierno español que no permita que los judíos utilicen su país como refugio o como lugar de paso en su huida hacia Sudamérica. Para lo cual Alemania necesita que los españoles crean que los judíos están tramando un complot contra ellos. Si quieres convencer a alguien de algo, no hay nada mejor que repetir un mensaje hasta la extenuación, y así meterle el miedo en el cuerpo. Nada más efectivo y fácil que inventar enemigos. ¿Me sigues?

—No del todo —dijo Rosy.

—Alemania está embarcándose en aventuras de una complejidad enorme. El Führer tiene objetivos claros, pero no se transmiten bien a la gente. Y creo que nos esperan conflictos internos entre los departamentos que tratan asuntos muy similares.

»Tú representas al espionaje, la Abwehr, que está bajo el

mando de Canaris. Hellerman representa a la Policía, la Gestapo, que controla Himmler. Hay además otra gente a la que dirige Goebbels y que se dedica a la propaganda y la cultura. Pronto van a infiltrar mi despacho consular… Además de todo lo anterior, existe lo que yo represento aquí: los servicios exteriores tradicionales, con sus embajadas y consulados, que dirige Von Ribbentrop. Y lo que ya vamos viendo y creo que empeorará es la competencia de unos con otros, la superposición de responsabilidades, todo lo cual va a repercutir en la aparición de una rivalidad que podría llegar a ser fatal.

—Y dime, suponiendo que esa rivalidad estalle —dijo Rosy llenado de nuevo la copa del cónsul—, ¿cuál de esos equipos acabará ganando la partida?

—Seguro que Goebbels. Políticamente es un intocable, apoya al Führer con fanatismo, es un gran propagandista y un antisemita furioso. Ahora mismo es omnipotente. Por otro lado, como Hitler pretende que el Mediterráneo se convierta en un lago alemán, el control del estrecho de Gibraltar será clave, y por eso entre otras cosas Alemania necesita el apoyo de España. Franco tiene varias opciones. Puede mantenerse, cuando estalle la guerra, en la neutralidad y no entrar en combate. Podría aliarse bélicamente a Alemania. O aliarse con sus enemigos. Esto último es impensable. Hemos de convencer a los españoles de que han de entrar en la guerra de nuestro lado.

—¿Y qué crees que va a decidir Franco?

—No hay modo de saber lo que piensa… —dijo el cónsul—. Según los rumores que circulan por ahí, el Führer ha decidido reunirse con él. Y parece que Himmler también visitará España. Y no vienen a disfrutar de una paella marinera tan buena como esta… Ya veo que te está gustando. Vienen para conseguir acceso a Gibraltar.

—¿Y qué va a pasar con la amenaza judía en España?

—Aquí viven algunos judíos, pero pocos y bien vigilados. No son ninguna amenaza, pero el Führer tiene al respecto una política muy clara.

—¿Y tú la apruebas?

—¿Qué importa lo que yo piense al respecto? Lo que sí puedo decirte es que si yo fuera judío y viviera en Alemania o en cualquier lado donde ondeen las esvásticas, saldría corriendo hacia cualquier otro país.

Rosy, que estaba pensando en Max todo el tiempo, no pudo impedir que se le escapara el tenedor de la mano. Cayó el suelo, y un camarero le ofreció otro y luego se agachó a recoger el que había caído.

—¿Adónde irías? —preguntó Rosy mirando a Gerhard como si esperase de él algún tipo de revelación.

—Canadá y los Estados Unidos son países seguros. Y también lo son Argentina, Chile, Australia… Puede que te sorprenda, pero la Wehrmacht está aceptando que los *mischlings*, judíos de origen mixto, se alisten en sus filas.

—¿El Ejército alemán admitiendo a judíos? —dijo Rosy sin dar crédito.

—Necesitan más soldados jóvenes. Ante lo cual surgen dos preguntas: ¿querría un joven judío combatir en las filas alemanas? y ¿cuánto tardarán en la Wehrmacht en suprimir esta opción?

—Querido Gerhard, te doy las gracias por este almuerzo magnífico y muy informativo. ¡Pero si son casi las cuatro de la tarde! He disfrutado mucho de la conversación y de la paella, que es un plato buenísimo. Pero he de irme. Le pedí a la telefonista del hotel que me concertara una llamada que he de hacer a Múnich. Ayer fue imposible. Me dijo que las cuatro es la mejor hora: la hora del almuerzo en España. No la creí, pero veo que es cierto…

—Por cierto, ¿dónde te alojas? —dijo Gerhard Hartman.

—En el Majestic.

—¡Qué coincidencia! Igual que Hellerman. Hans Hellerman, el hombre de la Gestapo del que te hablaba hace un rato. Ándate con cuidado, tiene fama de ser mujeriego.

—No es algo que me suela preocupar, pero gracias por el aviso. Me mantendré en contacto, Gerhard.

Rosy pensó que el cónsul alemán podía servirle de gran ayuda. Y la comida había sido muy útil además de agradable. Lo que comentó sobre los judíos no la sorprendió, pero acabó intranquilizándola. De hecho, no podía quitarse a Max de la cabeza.

Al salir no había taxis. Porque todo el mundo estaba aún

comiendo, le dijeron. Tuvo que sonreír amargamente. Otra lección aprendida. Llegó al hotel a las cinco. Fue directamente a la recepción e iba a preguntar por la telefonista, cuyo nombre no se había preocupado por conocer hasta ese momento. Pero el conserje lo mencionó en su respuesta:

—Fräulein Dieckhoff... Francisca preguntaba por usted desde hace un buen rato. Coja por favor ese teléfono.

—Hola, señorita Dieckhoff —dijo Francisca—, en todo el día no he conseguido una sola llamada con Alemania. ¿Desea usted hablar con Max?

—Con él, sí —dijo Rosy, como si una pregunta tan personal fuese aceptable para un cliente del hotel. Pero nada de eso le importaba a ella—. Haz todo lo posible, Francisca.

—Desde luego, señora, continuaré intentándolo.

Rosy necesitaba una copa y se fue al bar. Estaba vacío. Solo se encontraba allí la única persona que Rosy quería ver: Carlos, el barman. El joven no se fijó en su llegada porque estaba concentrado escuchando una radio que emitía más interferencias que voces inteligibles. Alzó la vista un momento y al identificar a Rosy le dijo en tono muy solemne:

—¡Las noticias empeoran, señora! Parece que se acerca el fin del mundo.

—Me temo mucho que es así. ¿Te importaría, antes de que se acabe, prepararme un té?

Rosy se sentó, encendió un cigarrillo y volvió a pensar en su conversación con Hartman. Se le quedaron grabadas cuatro afirmaciones del cónsul: que si él hubiera sido judío estaría ya huyendo de Alemania; que tarde o temprano la rivalidad entre los diversos servicios alemanes en España estallaría; que en ese enfrentamiento Goebbels saldría vencedor, y que todavía era posible alistarse en el Ejército alemán siendo judío de origen mixto.

Tenía que sacar a Max de Alemania. Como fuese.

¿Por qué la vida sin él dejaba de interesarle? Rosy no había estado enamorada nunca, jamás había dependido de nadie, por mucho que un hombre le gustara. «Todo el mundo se enamora una vez en la vida —pensó—. Incluso yo.» Y sonrió con ironía. Porque lo que sentía por Max era muy intenso, muy existencial.

Por mucho que lo intentara, no era capaz de explicárselo ni a sí misma. Siempre había estado convencida de ser afortunada por no haber tenido esa clase de emociones. Porque Max era para ella el Valhalla, Shangri-La y el paraíso, todo junto. Eso no se podía explicar.

—Francisca, ¿qué te pasa? ¿Te has vuelto loca? —exclamó Carlos.

Sin casi aliento, Francisca ni lo miró.

—Señora, he conseguido que me den un minuto para que pueda hablar con Max… Venga conmigo a centralita. ¡Corra!

Ya al aparato, la voz de Rosy temblaba, le costaba mucho articular palabras.

—Max, ¿cómo estás? Apenas tengo unos segundos para decirte algo que exigiría una eternidad. Pero he de ser breve. No puedo vivir sin ti. Cancela inmediatamente el contrato con el circo. Y alístate en el Ejército. Si hace falta, le pediré a Von Tech que te envíen lo más lejos posible de Múnich. ¡Lo primero es que sobrevivas! Podrás servir a nuestro país en las filas de su Ejército, no te preocupes. Dime que harás todo lo que te digo. Dime que me amas. Di lo que sea, necesito oír tu maravillosa voz. Ojalá pudiera mordisquear tu oreja y deslizar mis dedos por tu cabello, Max. Ojalá, ojalá…

—¡Sí! ¡Sí! ¡Sí…! ¡Te digo sí a todo! —dijo Max, y ahí terminaron los sesenta segundos más breves de la historia.

Rosy estaba emocionalmente exhausta. Se dejó caer en una silla de la pequeña centralita, junto a Francisca. Fue esta última quien rompió el silencio:

—¡Qué precioso ha sido todo, señora!

21

Tenía que ocurrir

Múnich, 1 de septiembre de 1939

$\mathcal{M}$ax llevaba unos días muy inquieto, angustiado. Desde la llamada de Rosy y la repentina huida de Von Tech en Garmisch. Esa noche, como las anteriores, no pudo dormir.

Se tomó dos cafés seguidos, algo que jamás hacía. Tenía que alistarse. La idea le martilleaba el cerebro pero también lo paralizaba. No sabía qué hacer exactamente. Para empezar, debía reunir fuerzas para avisar a los Cóndores Voladores de que iba a suspender su participación en la función. No, eso no podía hacerlo. Sin él, no podrían hacer el número de trapecio. No iban a poder estrenarlo. Herr Dieckhoff y el director del circo iban a ponerse hechos una furia. Y Arthur y Shalimar llorarían de pena. En cuanto se imaginaba ese panorama, oía de nuevo el tono perentorio con el que Rosy le dijo lo que debía hacer si quería salvar su vida.

Para aumentar su confusión, las imágenes de su estancia en Garmisch regresaban para torturarlo. No podía dejar de preguntarse dos cosas: ¿echó Herbert alguna sustancia al whisky que se tomó Max antes de irse a dormir? y ¿cómo habría reaccionado de haber estado despierto cuando Herbert invadió su cama?

Puso la BBC, como de costumbre, y sus temores se confirmaron. Heinrich había *traducido* bien la nota que Herbert le dejó al partir: el locutor anunció que Hitler había atacado Polonia. Con la invasión de ese país vecino, Alemania entraba en guerra. Max necesitaba hablar con alguien. No era un momento para vivirlo solo. Sobre todo, quería hablar con Rosy. Pero ni siquiera ella, a la que suponía grandes influencias, había conseguido comunicar con él más que un breve minuto días atrás.

Cuando ella estaba cumpliendo una misión en el extranjero no quería recibir llamadas. «Ya te llamaré yo», era la rutinaria respuesta. Pero Max necesitaba escuchar una voz amiga, y decidió llamar a Josh.

La voz que respondió a su llamada no le resultó conocida.

—¿Con quién hablo?

—Soy Alfred. El compañero de piso de Joshua.

—No sabía que Joshua tuviera un compañero de piso.

—Es una cosa reciente, y de hecho ya terminó. Tú debes de ser Max…

—Lo soy.

—Joshua trató de hablar contigo. Quería que estuvieras informado de que se ha ido a Suiza a visitar a tu madre. No quería seguir trabajando en el Metropol, ni tampoco quedarse en Berlín. Según me contó, había llamado varias veces a tu casa, pero no estabas. Es todo lo que sé.

—¿Cuándo se ha ido?

—Se fue ayer.

—Muchas gracias.

A todo lo largo de su vida Joshua siempre había alardeado de su capacidad para sorprender a sus amigos… ¡y había vuelto a conseguirlo! Había buscado un compañero de piso, se había ido de viaje y cruzado la frontera para visitar a Greta… Y entretanto no se había tomado la molestia de avisar al amigo del alma que había estado dispuesto a un enorme sacrificio para salvarle la vida. Por otro lado, si Joshua ya estaba a salvo, ¿de qué había servido su sacrificio, suponiendo que se hubiera sacrificado de verdad durante la noche en Garmisch? En cualquier caso, ese problema estaba resuelto. Lo mejor era salir a la calle, acercarse al Krone y explicar al entrenador Herr Dieckhoff que había decidido alistarse en la Wehrmacht y disculparse con sus compañeros por las consecuencias que tendría su decisión para los Cóndores.

Se suponía que al día siguiente iban a hacer el último ensayo antes de estrenar los nuevos números. ¡Qué poco le gustaba estar solo! Rosy siempre tenía algún tema interesante de conversación, pero lo que más echaba de menos eran los *tours de force* amorosos con ella. ¿Era verdad que él era una «máquina sexual», como Rosy dijo más de una vez?

¡Qué elocuente llegaba a ser cuando se lanzaba a describir a Max! «¡Mi Adonis! ¡Eres estelar, colosal, incomparable!», y así podía seguir un buen rato. Siempre cambiando los adjetivos. Unas veces en voz alta, otras en susurros al oído cuando yacían, exhaustos, y Rosy solía encender un pitillo para prologar el momento de dulzura.

«Fumar es un invento hecho justamente para momentos así —dijo Rosy una noche soplándole aros de humo a la cara—. Te sorprendería saber dónde puedo colocar uno de estos aros si me lo propongo…

Y a modo de demostración, lanzó uno hacia el lugar donde confluían los muslos de Adonis y el aro aterrizó rodeando justo el blanco donde había ella insinuado que podía colocarlo.

Enseguida esos recuerdos felices se disolvían en su maremoto de dudas. ¿Cómo decirles a Arthur y a Shalimar que los abandonaba? Sabía que su fuerza física no era equivalente a su poder mental. Se arrugaría. 187

Iba a doblar la esquina de Marsstrasse cuando, con un aullido de sirena y el parpadeo de una luz roja, una ambulancia pegó un frenazo justo en la puerta de la entrada lateral del Krone. Max se acercó al grupo de curiosos y la incertidumbre terminó enseguida: dos empleados del circo salieron empujando a la carrera una camilla hacia la ambulancia.

Arthur, con un albornoz blanco desabrochado encima del maillot de gimnasio, salió corriendo a la acera seguido del entrenador.

A Max se le cayó el corazón a los pies.

Corrió hacia Arthur, que ya estaba subiendo a la ambulancia con Herr Dieckhoff, se llevó por delante a dos de los curiosos y, cuando ya cerraban las puertas alcanzó a gritarle:

—¿Qué ha pasado?

—Corre, ¡salta dentro! —dijo Arthur. Tenía el semblante blanco—. Shalimar se ha caído del trapecio.

—¿Cómo está? ¿Ha caído mal? ¿Cómo ha sido? Es nuestro día libre… —Max disparó todas las preguntas a ritmo de metralleta.

—Casi ha perdido la consciencia, ha caído de ocho metros —respondió con voz temblorosa Arthur—. No habíamos venido a entrenarnos. Pensábamos ir al cine pero ella ha querido coger algo que se había dejado en el camerino. Aquí nos hemos encontrado con Herr Dieckhoff, que estaba viendo cómo iba la venta anticipada de entradas para el estreno, que iba muy despacio. La noticia del comienzo de la guerra ha desanimado a la gente.

Max no podía más. La cabeza le iba a reventar. ¡Tenía que alistarse antes de que ya no lo admitieran!

—Les dije que estaba encantado de verlos dispuestos a trabajar incluso en su día libre y con el circo a oscuras —intervino Dieckhoff—. Y que iba a hacer falta una actuación brillantísima el día del estreno y lograr que la prensa se deshiciera en elogios, pues de lo contrario podía ocurrir que acabáramos cerrando por falta de público. Le he preguntado por su mono negro con los pompones en los pechos descubiertos... «¿Te lo pondrás? Necesitamos dar espectáculo», eso le he dicho.

—Shalimar dijo que se lo iba a probar en ese mismo momento —explicó Arthur— y enseguida reapareció con él. Nunca había estado tan guapa.

—¿La amas, Arthur? —dijo Max llorando.

—Sí, la amo. Hace tiempo que quería decírtelo, pero no encontraba nunca el momento.

—Y yo sin enterarme...

—Tampoco hace tanto. Aquella noche en la que vino a ver el espectáculo tu primo de Nueva York... Tú y Rosy fuiste a cenar con él. Shalimar y yo nos fuimos por nuestra cuenta y esa velada fue inolvidable. Cambió nuestra relación. Estoy loco por ella, y esa noche se lo dije. Admitió que yo le gustaba, pero que necesitaba pensárselo un poco...

La sirena cesó. Habían llegado a la entrada de urgencias del Hospital Universitario de Múnich.

Arthur, Max y Herr Dieckhoff siguieron a los enfermeros que llevaban la camilla de Shalimar, pero un médico interno les ordenó que fueran a la sala de espera.

—Tan pronto como sea posible iré a informarles del estado de su pariente. Mientras, la persona más próxima tiene que rellenar este formulario de ingreso —dijo entregándole unos papeles a Arthur.

Una vez solos y sentados en la sala de espera, Max intentó informarse mejor:

—¿Qué le ha pasado?

—Ella estaba entusiasmada, reía y jugueteaba con los pompones. Me guiñó un ojo y me dijo: «Venga, Arthur, cámbiate y vamos a ensayar un poco ahí arriba. Max estará encantado cuando le digamos que hemos trabajado hoy, aunque no tocara. Debemos afinar este espectáculo».

»A los pocos momentos estábamos cada uno en nuestro trapecio del nivel más bajo. Shalimar, como hace a veces, fingió perder el equilibrio, pero esta vez lo perdió de verdad, y cuando le llegó el trapecio no consiguió agarrarlo y cayó al suelo. El impacto ha sido brutal, el ruido me ha puesto los pelos de punta, ha sido aterrador. He bajado deprisa, pero ya estaba inmóvil. Me daba miedo moverla, claro. He comprobado que seguía respirando. Ha abierto los ojos e incluso ha intentado dirigirme una sonrisa… Estaba a punto de abrazarla cuando Herr Dieckhoff me lo ha impedido: «¡Ni se te ocurra! Hay que trasladarla en camilla. No hagamos nada hasta que llegue la ambulancia». Y lo que me ha pasado entonces me ha sorprendido incluso a mí. Me he quedado sentado en el suelo, a su lado, y me he puesto a llorar y a rezar. Hacía años que ni lloraba ni rezaba…

Max no se atrevió a decirles que había decidido alistarse. Ahora eso ya no importaba. Con el accidente de Shalimar, los Cóndores Voladores habían dejado de existir. En esa tesitura, ir a la guerra casi le parecía un alivio. No tendría que decidir nada. Obedecer órdenes y tratar de salvar la vida en combate. Tal vez incluso no fuera tan grave morir en la guerra. No tener que pensar nunca, no tener que desesperarse porque no podía ver a Rosy. No llorar por Shalimar, o por su madre. Sí, ir a la guerra, olvidarlo todo. No pensar, no pensar.

Llevaban una hora interminable esperando cuando apareció un médico y les pidió que lo acompañaran a su consulta.

—La joven ha tenido la suerte de tener un cuerpo que es a la vez fortísimo y muy flexible. Tiene un hombro dislocado y una fractura en la tibia izquierda, justo por encima del tobillo. Y también parece fracturado uno de los huesos de la mano derecha. Hemos de sacar nuevas placas de rayos X. Está consciente y

189

estable. El pronóstico es reservado, pero de momento su vida no corre peligro. Pueden estar tranquilos. Simplemente por precaución, vamos a tenerla en la unidad de emergencia. Uno de ustedes debería quedarse en el hospital. No se permite el paso a la zona de recuperación. Si no hay ningún cambio significativo, ya no volveremos a darles ninguna información sobre su estado hasta mañana a las nueve en punto de la mañana.

»Me gustaría añadir que he visto su actuación en el circo. Me quedé admirado de su habilidad y agilidad. Dado que asumen ustedes grandes riesgos, no me sorprende que haya ocurrido este percance. Tenía que ocurrir… Lo siento mucho, pero podría haber sido mucho más grave.

—Vete tú a casa, Max —dijo Arthur cuando salieron de la consulta—, y usted también, Herr Dieckhoff. Mañana os llamo cuando haya noticias.

—Voy a avisar ya de que el nuevo espectáculo ha quedado suspendido —dijo Herr Dieckhoff.

Dio media vuelta y se encaminó a la salida. Parecía, por su manera de llevar el cuerpo encorvado, que en dos horas hubiese envejecido diez años.

—Quiero darte un abrazo, Max —dijo Arthur.

Y se abalanzó sobre su compañero y lo estrujó con sus brazos. Ninguno dijo una sola palabra. Los dos sabían que allí mismo había terminado la historia de los Cóndores Voladores.

Un periodo fascinante de sus aún cortas vidas se cerraba de forma abrupta y trágica.

Max no tuvo arrestos para decirle a Arthur adónde se iba en ese momento. Caminó como un sonámbulo durante media hora. Vio a unos soldados. Les preguntó dónde podía alistarse.

22

Un balazo

Chicago, 4 de septiembre de 1939

Los tres primeros días de septiembre dejaron muy maltrecho el legendario equilibrio emocional de Werner. La noticia de la invasión de Polonia había sido un batacazo, por mucho que todo el mundo diera por descontado que iba a estallar la guerra.

Se alegró de llegar a Chicago. Una ciudad «de anchos hombros» que siempre le había gustado. Y donde era corriente que se celebrasen convenciones como a la que asistía él en esa ocasión. Bajaba andando por Michigan Avenue camino del Palmer House Hotel, donde iba a celebrarse la convención anual del Colegio de Neurólogos estadounidenses. Él prefería alojarse en el Drake, un hotel más pequeño, tranquilo y con vistas al lago. Y, sobre todo, un sitio ajeno a la politiquería de las asociaciones de médicos, de los rumores habituales, que solían quedarse encerrados en el mismo hotel donde se iban a reunir los asociados. Y estar aislado era esencial ese año ya que era el último de su presidencia, y varios de los candidatos a sucederlo querían obtener su respaldo.

Tenía además ganas de escuchar la presentación que iba a hacer su amigo y colega de Columbia John Wild, el coautor del artículo que había sido motivo de curiosidad por parte de la Gestapo durante su estancia en Múnich. En el programa, aparecía como título de la intervención de su amigo: «Rayos infrarrojos. Su potencial». A Werner le interesaba escuchar los avances obtenidos por John en esa investigación en la que era pionero y toda una autoridad. Wild era un magnífico conferenciante capaz de hacer presentaciones breves, informativas, provocadoras y siempre con toques humorísticos que provocaban al final acaloradas discusiones y numerosas preguntas de los asistentes. Ya le habría gustado aparecer con John como copresentador, imposible en este caso porque el tema no tenía apenas que ver con la neurología, a diferencia de lo que pasó el año anterior con su texto trabajado en común.

Cuando llegó, y debido a que uno de los ponentes no se había presentado, Wild ya había dado su conferencia y Werner se perdió su intervención. Pero entró en el auditorio a tiempo para escuchar el aplauso entusiasta de sus colegas. Se quedó al fondo, esperando a que John bajara del escenario. Pero antes se levantaron varias manos de personas que querían hacer preguntas. Un joven ayudante de cátedra de Iowa pidió aclaraciones:

—Me ha parecido entender que los que se llaman «casi infrarrojos» tienen una onda que nuestro ojo puede reconocer como luz visible.

—Lo ha entendido usted bien.

192

—Por otro lado, las aplicaciones que en potencia tienen los rayos infrarrojos en el campo militar podrían ser muy importantes, ¿no es cierto?

—En efecto.

—Y ¿sabe usted si se están diseñando ya instrumentos capaces de aplicar sus observaciones a usos militares?

—Si nadie lo está haciendo, alguien debería empezar. No puedo hablar de cosas de las que no tengo información.

Otra mano alzada era de alguien que se identificó como un neurólogo de Emory, Georgia.

—Según lo que usted ha averiguado, los rayos más alejados de nuestro espectro, dentro de los infrarrojos, ¿podrían ser procesados por el sistema nervioso en forma de estímulos térmicos?

—Sí —dijo Wild, que enseguida aplicó su máxima de transformar los conceptos más complejos en términos muy sencillos—, los infrarrojos próximos podrían mejorar nuestra visión en la oscuridad. Los lejanos podrían freír un huevo…

Un hombre de aspecto distinguido se acercó a Werner, leyó sin disimulo su nombre en la cartulina que lo identificaba y le dijo en tono de alivio:

—Doctor Applefeld, ¡qué alegría! ¡Por fin le encuentro!

—¿Nos conocemos? —preguntó Werner.

—No. Pero he oído decir cosas muy buenas acerca de usted. De hecho, hay una persona a la que usted conoce muy bien que me pidió que le buscara en la convención.

—¿Ah sí? ¿Quién es esa persona?

—Rosy Dieckhoff.

Werner no salía de su asombro.

—Conozco a Rosy Dieckhoff, pero no diría que la conozco muy bien. Nuestra relación fue muy breve. Y usted, ¿la conoce bien?

—De hecho, no, no la conozco personalmente. Me llamo Robert Eggert y trabajo en la embajada alemana de Washington.

—¿Y qué puedo hacer por usted?

—¿Qué le parece si salimos del hotel un momento, nos tomamos un café y charlamos en un lugar más discreto?

—Ahora mismo he de responder que no —dijo Werner—. Quiero escuchar la siguiente intervención, que trata de un asunto que me interesa mucho. Luego hay un descanso. Quizá podamos vernos entonces.

—Lo comprendo. Perfecto, le esperaré junto a la recepción cuando comience ese descanso.

Werner permaneció como hipnotizado durante la siguiente ponencia, cuyo título era: «Edema cerebral posoperatorio. Tratamiento». Solo por esa disertación valía la pena el viaje a Chicago. Fue a reunirse con el grupo de asistentes que felicitaba al conferenciante. Entre ellos se encontraba John Wild.

—Necesito un café. Salgamos al bar un momento —le pidió su amigo John.

—No puedo. Me espera alguien de la embajada alemana en Washington.

—¿De la embajada? Ya veremos cuánto tiempo puede conservar ese empleo…

—¿Por qué lo dices?

—Hitler está haciendo cuanto está en su mano por pegarle un revolcón al orden mundial. Tarde o temprano Roosevelt va a reaccionar, y si Estados Unidos entra en guerra, Alemania ya no va a necesitar una embajada en Washington.

—¿Crees que Estados Unidos entraría en una guerra europea otra vez?

—Estoy convencido. Francia y Gran Bretaña solas no podrán frenar a Hitler, van a necesitar la ayuda de Estados Unidos. Ya se lo puedes decir a ese amigo tuyo de la embajada.

—No es amigo mío. Acaba de presentarse y ya ni me acuerdo de cómo se llama.

—Nos vemos luego. ¿Qué te parece que almorcemos juntos después de la elección del nuevo presidente? Por cierto, ¿te duele que termine tu periodo presidencial?

—Nada, no me duele nada. Y eso que lo he disfrutado… ¡Vaya, ahí viene el alemán a por mí!

—Entonces, te dejo.

El joven llevaba en la mano un café que ofreció educadamente a Werner mientras le decía:

—La cola para el café es larguísima, he pensado que lo aceptaría y así ahorraríamos tiempo.

—Muchísimas gracias —dijo Werner y tomó un sorbo—. ¡Humm! Delicioso. En Chicago hacen muy buen café.

—Sé que está usted muy ocupado. No le entretendré demasiado. Tenga…, mi tarjeta.

Werner leyó en silencio: «R. Eggert. Servicios especiales. Embajada de Alemania. Washington D. C.».

—Los mensajes que Rosy Dieckhoff me pide que le transmita son muy sencillos. Quiere que sepa usted que Fräulein Shalimar, compañera de trabajo de su primo Max, tuvo un accidente en una función y quedó malherida.

—Vaya, cuánto lo siento. ¿Ha sido grave?

—Lo suficiente para que las actuaciones de los Cóndores Voladores hayan sido suspendidas por tiempo indefinido. Y la otra información tiene que ver con Max. Se ha alistado en el Ejército alemán.

—Le ruego que transmita a Fräulein Dieckhoff mi gratitud por las noticias. No estaba enterado de nada.

—Así lo haré. También me dijo que tenía que pedirle a usted un favor. Que me presente al doctor John Wild.

—¿Y me podría usted decir por qué motivo quiere ella que se lo presente?

—Preferiría no contárselo, es un asunto privado. Pero si el doctor Wild quisiera, después de hablar conmigo, contarle a usted de qué se trata, él podrá hacerlo sin que yo pudiera impedírselo.

—Venga conmigo, se lo presentaré. Es sencillo, porque ha venido a la convención.

—Solo voy a robarle unos minutos —quiso tranquilizarle Eggert.

—Les dejo solos —dijo Werner tras las presentaciones, subrayando que prefería no estar con ellos mientras hablaban.

—Comemos juntos. A las 12:30 en el salón Empire, Werner. ¿Ok? —dijo John.

—Me ha parecido que el doctor Applefeld estaba algo molesto conmigo —dijo Eggert cuando Werner ya había aceptado la cita y se había alejado.

—No lo creo. Jamás lo he visto molesto.

—Mi misión es solo hacerle una pregunta: ¿conoce usted a Hans Hellerman?

—Vagamente. Lo vi un par de veces en Londres, cuando fui a visitar a mi hermano. ¿Por qué?

—Me gustaría poder decirle el porqué, pero es algo que ni yo mismo sé. Solo hago lo que me han dicho que haga. Le agradezco su amabilidad —dijo Eggert tendiéndole la mano para despedirse.

John se unió a un grupo de colegas, aún perplejo ante la extraña misión del misterioso Eggert, pero le duró poco tiempo. Enseguida apareció un botones que voceaba su apellido.

Lo recogió y leyó:

John: las maniobras políticas se complican. Mi reunión va a durar más de lo que yo esperaba. A este paso me voy a perder nuestro almuerzo, y me temo que hasta mi tren. Querría saber qué quería Eggert. Telefonéame mañana, Werner.

No llegó a tiempo para comer con John, pero sí pudo coger el tren de regreso. El reluciente 20th Century Limited entró en la terminal Grand Central, en el mismísimo corazón de Nueva York, justo a la hora prevista y con él a bordo. Werner descansó todo lo que necesitaba durmiendo a pierna suelta durante el viaje, de modo que, en lugar de pasar por su apartamento, se fue directamente a Columbia.

Υ

—Todo tranquilo por aquí, hasta esta mañana, cuando nos llegaron las noticias sobre el doctor Wild —dijo Thelma a modo de saludo cuando entró en el despacho de Werner.

—¿Qué noticia?

—¿No se ha enterado? —dijo Thelma levantando las gafas, que llevaba siempre colgando de un cordoncillo dorado. Se las colocó exactamente en el punto medio de la nariz, a mitad de camino entre las cejas y los orificios nasales. Estaba convencida de que este ademán subrayaba la importancia de lo que estaba a punto de decir:

—Ayer le pegaron un tiro, en Chicago.

—¿Qué? ¿Cómo? ¿Dónde? ¿Está bien? ¡Pero si ayer lo dejé allí perfectamente, poco después de su intervención!

—Parece ser que salió del hotel de la convención por la puerta que da a Monroe Street y se dirigió hacia el parque, caminando, acompañado por un amigo, el doctor Woodward. Y cuando cruzaban Wabash Street, mientras el metro elevado avanzaba por encima de sus cabezas, el doctor Wild cayó al suelo, alcanzado por un disparo. «¡Me han dado!», gritó. Tenía la manga de la chaqueta rasgada, la trayectoria de una bala le hizo una herida muy superficial en el tríceps del brazo derecho.

—Qué alivio. ¿Han detenido al autor del disparo?

—No hubo un solo testigo que lo viese. Ni vieron ninguna pistola humeante —dijo Thelma—. La gente corrió a ver si podía ayudarlo. Y por suerte, había cerca un coche patrulla. El doctor Wild les dijo a los agentes que no necesitaba ambulancia, pero que quería que lo llevasen al Northwestern Memorial Hospital.

—¡Qué extraño es todo esto, Thelma! Estuve con John y, hasta que lo dejé con un empleado de la embajada alemana, estaba bien… Thelma, llama ahora mismo al Northwestern y averigua cuál es el parte médico de John Wild. Mientras, intentaré localizar a ese tal Eggert. Veo que no tiré su tarjeta.

Cuando Werner seguía tratando inútilmente de comunicarse con Eggert, Thelma regresó con buenas noticias:

—El doctor Wild se encuentra bien. El proyectil avanzó en

dirección lateral y le erosionó la piel. No se encontró la bala. Y parece que el doctor Wild no estaba tan preocupado por la herida como por su maletín, que había desaparecido.

—¿Qué maletín?

—Cuando se produjo el incidente, el doctor Wild llevaba una cartera con documentos. Hubo tal confusión tras el disparo que nadie le prestó atención. Pero cuando todo se calmó, había desaparecido.

—¿Y qué llevaba?

—Papeles relacionados con el tema de su ponencia.

—¡Qué poco me gusta todo esto, Thelma! ¿Te importaría prepararme un café? Y llama a la embajada alemana de Washington. Di que quiero hablar con Míster Eggert.

Al cabo de un par de minutos reapareció Thelma.

—En esa embajada no trabaja nadie que se apellide Eggert.

Werner se llevó las manos a la cabeza, se inclinó sobre la mesa y la apoyó en ella.

—Thelma, por favor, quiero que canceles toda mi actividad para el resto del día. Necesito hacer algunas llamadas, revisar mis notas de la convención de Chicago y luego iré a ver al decano, a ver qué sabe él sobre el incidente de John.

—Ha telefoneado un amigo suyo, un europeo. Ha pedido hora para verle…. Y le he dicho que podría quizás ser a última hora de hoy. Es el doctor Óscar Prat, coincidió con usted en el Normandie.

—De acuerdo. Lo veré. Me servirá para pensar en otras cosas.

—Antes de retirarme, he de confesarle algo… —la voz de Thelma se quebró y enseguida rompió a llorar.

—Pero…, Thelma. ¿Qué te pasa?

—El día que se fue a Chicago… salió tan deprisa —dijo entre sollozos Thelma— … que olvidó esto en la mesa.

Y le entregó un sobre del hotel Plaza con su nombre escrito a mano. Contenía la nota de Giselle.

—Déjeme darle un abrazo, doctor —dijo Thelma con los brazos abiertos—. ¡No diga nada ahora! Por terrible que sea, esto pasará. Quizás algún día Giselle volverá. Si estuviera en su lugar, ¡yo lo haría!

23

Opus Dei

Nueva York, 7 de septiembre de 1939

—¡ Q ué amable viniendo hasta aquí, Óscar! Esto queda muy lejos del centro de Manhattan. Espero que no te haya sido complicado llegar…

—Nada nada. Todo muy fácil. Y no voy a ocuparte mucho tiempo, te lo prometo. Quería verte. Hace una semana que terminó ese sueño que fue el viaje en el Normandie ¡y han pasado muchas cosas desde que desembarcamos!

—¿También a ti? Porque, lo que es a mí, a montones y más de una sorpresa. Lo que ha pasado esta semana va a cambiar el mundo. Puede que tengas problemas para regresar a Alemania, según los planes que me contaste.

—Los viejos planes han sido cancelados, Werner, eso te lo aseguro. Pero no tengo nada claro qué es lo que voy a hacer. La posibilidad de quedarme en Estados Unidos es remota y complicada. Tampoco es fácil volver a España. De repente, Europa parece un lugar mucho más inhóspito y remoto que hace unos días… Pero cuéntame tú, Werner, ¿cómo ha ido tu regreso a la vida normal? Porque estarás de acuerdo en que la vida en el Normandie no era normal… Allí estábamos como niños malcriados, flotando en una fantasía. ¿Le has podido enseñar Nueva York a la bellísima Mademoiselle Boulanger?

—A riesgo de desilusionarte, he de admitir que cometí un gravísimo error con ella. Porque Mademoiselle Boulanger finalmente resultó ser Madame Boulanger, y de este modo la fantasía murió de repente.

—¡No me digas eso! ¡Es increíble! ¡Parecía que estabais maravillosamente unidos!

—¡Es que lo estábamos! Tampoco yo me lo podía creer. Fue horrible, me enteré en mitad de una cena, nada más llegar. —Y le resumió la escena—. No sabes cuánto lamento que terminase así una historia tan bonita. No sé por qué, pero a mi Madame Dubois no me caía nada bien. No me sorprendería que sacase a colación el hecho de que Giselle estaba casada de manera nada fortuita. Todo lo contrario, fue intencionado.

—¿Tú crees?

—Quería a Giselle para ella sola. Piensa que la mantuvo encerrada en la enfermería del barco durante casi toda la travesía.

Werner terminó de desahogarse, explicando incluso la nota de Giselle, cuya promesa de estar un día juntos no se creyó.

—Caí en la trampa. Las cosas nunca son lo que parecen ser.

—¡Qué desilusión te has llevado! Se te nota mucho en la voz.

—Lo estoy —dijo Werner—. Pero cuéntame tú. No has venido para escuchar mis cuitas.

—Es verdad. He venido a contarte las mías. No sé qué hacer con mi vida. Estoy bastante confundido. Y me bastaron nuestras conversaciones a bordo para pensar que me haría bien confiarte mi situación. ¡Si en tu estado puedes soportarlo!

Aunque nadie la había llamado, Thelma apareció de repente con una bandeja grande en la que había dispuesto todo lo necesario para un magnífico té vespertino.

—No he querido molestar para preguntar si querían algo especial, de manera que he traído lo de siempre.

A duras penas, Werner contuvo una carcajada. Jamás en la vida había pedido una merienda…

—Doctor, imagino que se acuerda de que esta tarde tengo hora con mi médico. Tendré que irme más temprano que de costumbre —dijo Thelma.

—Por supuesto, Thelma. Vete cuando haga falta. Y muchas gracias por el té. —Werner esperó a que la secretaria saliera y se dirigió a su invitado—: Ahora que nos han dejado solos, Óscar, estoy dispuesto a escucharte. Suelo ser bastante eficaz a la hora de resolver problemas... ¡Sobre todo si son los de los demás!

—Y bien, no sé por dónde empezar... En el Normandie te hablé de mis sobrinos, Isabel y Rafa, los hijos que le quedaron a mi cuñada cuando quedó viuda.

—Recuerdo que me hablaste de esa situación, sí.

—Es una mujer fuerte, pero las responsabilidades que ahora pesan sobre sus hombros la abruman. Trata de reconstruir las propiedades de mi hermano. Además de asesinarlo, le incautaron casi todo. Mercedes procura ser una buena madre, y además dirigir una de las mayores oficinas de Auxilio Social, una organización del Gobierno que ayuda a los necesitados. Cree que la gente privilegiada debe ayudar a todos esos españoles, miles y miles, que luchan por sobrevivir. Pues bien, mi cuñada me ha dicho que sola no puede con todo, que la ayudaría mucho si pudiera regresar a Barcelona.

—Me parece una buena idea y eso era lo que pensabas hacer —dijo Werner.

—Sí, pero no quería irme tan pronto. Y mi idea no era volver para ayudar a mi cuñada. De hecho, no simpatizo mucho con ella, pero por mis sobrinos haría cualquier cosa. Están en un momento crucial de su crecimiento. Ella no tiene apenas tiempo para sus hijos, y cuando ella está en casa crea mucha tensión. Es una mujer inteligente y guapa, disciplinada, con una magnífica ética del trabajo. Le encanta el general Franco y cree que gracias a él desaparecerán del país los anarquistas que mataron a su marido...

—Me temo que no me gustaría vivir con ella —dijo Werner.

—Tampoco les gusta a Isabel ni a Rafa. De ahí el dilema que yo siento. Me encantaría ser para ellos el padre que perdieron.

—Una intención muy loable, Óscar. Pero a la vez no deseabas vivir en familia, rodeado de niños. Lo recuerdo bien porque es algo que me llamó mucho la atención.

—Y sigo teniendo la misma idea. No deseo ser padre de unos niños. Y esta es la razón de que haya abusado de tu amabilidad y venga a pedirte consejo. Tengo otro problema, tampoco sencillo. Actualmente la logística del regreso a España es compleja. Según he leído en la prensa, las fronteras españolas, que estuvieron cerradas durante la Guerra Civil, fueron abiertas hace algunas semanas y ahora las han vuelto a cerrar.

—Es evidente que la guerra lo complica todo —admitió Werner—. Hitler va a abrirse paso por Europa a base de bombardeos. Trata de dominar Europa entera, o una buena parte de ella. No te será fácil viajar a España.

—Pero podría superar las dificultades en pocos días si aprovechara una puerta que se ha abierto de manera inesperada.

—¿De qué manera?

—Gracias a mi fe religiosa.

—¿Cómo dices?

—La religión puede ayudarme, has oído bien.

—¿La religión? Óscar, ¿quieres otra taza de té? —preguntó Werner, que no podía seguir ocultando su incredulidad.

—Gracias, ponme otra taza.

—Cuéntame. Me intriga esa alternativa.

—La semana pasada cené con el señor Valls, un diplomático español que me habló con entusiasmo del crecimiento espectacular de un nuevo movimiento religioso en España que se llama Opus Dei, la obra de Dios. El Opus es el proyecto de un joven sacerdote que en cierto modo trata de seguir los pasos de Ignacio de Loyola. Pero no es una orden religiosa. Por ahora se limita a reclutar a jóvenes intelectuales para formar un «ejército de cerebros», al estilo de los jesuitas.

—¿Con qué intención?

—Educar, ir colocando a jóvenes bien formados y muy católicos en puestos relevantes: las finanzas, la ciencia, la filosofía, el Ejército… Y desde esas posiciones tratar de adquirir poder político.

—¡Qué ambicioso! ¿Quién es ese sacerdote que lo ha iniciado? Y, sobre todo, ¿cómo puede lograr esa organización que vuelvas a España? —dijo Werner.

—El sacerdote se llama José María Escrivá. En apenas once años, el Opus Dei ha reunido ya a un numeroso grupo de seguidores de familias notables, que lo han introducido en los pasillos del poder. Te voy a dar un ejemplo. La mayor parte de líneas marítimas transatlánticas han dejado de operar, pero hay una que sigue haciéndolo, la Italian Line. Uno de sus buques, el Saturnia, sigue navegando por el Atlántico, entra en el Mediterráneo, hace escala en Barcelona y acaba su singladura en Génova. Y, claro, no hay una sola plaza libre en muchos meses. El señor Valls me dijo en la cena que podría conseguir que mi regreso inmediato a España si, y subrayó mucho este «si», el interés que manifesté hace algún tiempo por el Opus Dei fuera tan fuerte que me decidiese ahora a ingresar.

—¿Y qué le respondiste?

—Le dije que sí, que así de fuerte es mi interés.

—Óscar, te aprecio mucho. Y como hace muy poco que nos conocemos, no me atrevo a meterme en tu vida personal —dijo Werner despacio, pensando a medida que iba hablando—. Pero has venido aquí porque quieres que alguien te dé la distancia que tú no tienes sobre las cosas que te planteas con esta urgencia. Y eso me da derecho a decirte lo que pienso. Primero querría saber qué tiene que ver el entrar en el Opus Dei con tu idea de no ser padre, de no tener hijos.

—El fundador prefiere que quienes entren en la organización estén dispuestos a hacer voto de celibato.

—¿Hablas en serio?

—Por completo —respondió Óscar—. Hace años ya pensé en hacerme sacerdote. Pero no di el paso porque no quería abandonar la medicina como profesión. Pero el Opus Dei ofrece a sus miembros la posibilidad de seguir llevando su vida secular.

—Te veo convencido, pero estás también preocupado —dijo Werner—. Una de las cosas que me sorprende es que, si bien es cierto que muchas órdenes religiosas han acabado conquistando un grado notable de poder político, esta propone esa conquista como uno de sus objetivos.

— El Opus Dei no es una orden religiosa, al menos no lo es todavía. Y su principal objetivo es que sus miembros vivan la vida muy cerca de Dios. El poder político deriva de sus miembros, de su posición social y de sus actividades seculares. De hecho, ni siquiera se hablará públicamente de las actividades de sus miembros ni de su pertenencia a lo que ellos llaman «la Obra». Y el poder político que se consiga será obtenido de forma lenta y callada…

—Por decirlo más claramente, ¿de forma secreta? —insistió Werner.

—Sin publicidad.

A Werner no le gustó esa parte de la explicación. —Si esto es así, me gustaría que habláramos otra vez de todas estas cuestiones, y con tiempo por delante. ¿Podrías cenar conmigo esta noche, no demasiado tarde?

—Me encantaría, pero tengo ya un compromiso.

— Entonces, ya que has venido a pedirme consejo, me voy a tomar la libertad de decirte cuál es mi primera reacción. Yo en tu lugar avanzaría con mucha precaución por esas arenas que me parecen bastante movedizas. Cuando esta noche cenes con el señor Valls, no te comprometas todavía.

—¡No te he dicho que fuera a cenar con el señor Valls!

—Lo sé, pero cenas con él, ¿no es así?

—Sí.

—¿Y qué piensas decirle?

—A no ser que me des un motivo poderoso para no hacerlo, le diré que tengo intención de solicitar mi ingreso en el Opus Dei.

— Antes de dar ese paso asegúrate de investigar a fondo cuáles son las motivaciones y los objetivos de esa organización…

—Ya lo he investigado —replicó Óscar—. Conozco muy bien a dos personas muy próximas al padre Escrivá. Aunque es cierto que hace tiempo que no veo a ninguno. Son médicos, como nosotros. El doctor Balcells, un brillante internista, y el doctor Jiménez Vargas, un fisiólogo. Ambos, catedráticos en la facultad de Medicina de Barcelona.

—Dime, Óscar, ¿qué edad tienes exactamente?

—Cumplo treinta y dos años la semana que viene.

—A esa edad deberías saber muy bien con rumbo a qué puerto estás navegando… Pero hablas de un grupo semisecreto, con una base religiosa, formado por hombres castos, inteligentes y de buena familia, que están organizados a la manera de un ejército… Lo encuentro todo algo perturbador. Los ejércitos sirven para la guerra. ¿Quién es el enemigo?

—La ignorancia.

—Mira, Óscar. Parece que sabes lo que quieres, y deseo

que todo te vaya bien. Antes de verme, tu decisión ya estaba tomada. No es que estés confundido, lo tienes muy claro. En cualquier caso, no quiero que por mi culpa mantengas en vilo al señor Valls. Él puede conseguir algo que no está a mi alcance. Lograr que vuelvas pronto a España.

—Gracias de verdad por haberme escuchado —dijo Óscar, que se sentía ahora muy incómodo—. Te mantendré informado. Sigamos en contacto.

Se estrecharon la mano sin la firmeza con que lo habían hecho antes. A Werner le entristeció saber que Óscar se iba a hacer miembro del Opus Dei. Y esa tristeza lo devolvió a la suya propia. Al dolor que significaba la pérdida y el engaño de Giselle.

Tres años después

24

Vida plácida en el suburbio

Scarsdale, 4 de febrero de 1942

John Wild había invitado a Werner a cenar en Scarsdale. Tenía, según le dijo, dos motivos para hacerlo: celebrar el décimo aniversario de su boda y mostrarle su nueva casa. Werner estuvo encantado de aceptar la invitación, pero exigió algunas condiciones: que la velada no terminara muy tarde; que no se hablara acerca de las nuevas teorías sobre la tecnología de los infrarrojos, aún no demostradas en la práctica, y que no se mencionara siquiera el intento fallido de asesinar a John ocurrido en Chicago en septiembre de 1939. Sandy, la esposa de su colega, aún tenía pesadillas de vez en cuando tras aquel incidente. Werner jamás tuvo dudas respecto a por qué se había producido o quién lo había planeado, pero no se lo contó a nadie.

Un comité de Harvard había manifestado su interés por conversar con Werner para que estudiara la posibilidad de aceptar el puesto de profesor y director de Neurología en el Massachussets General Hospital. La reunión fue acordada para el día siguiente de su visita a Scarsdale en el Harvard Club de Manhattan. Si bien Werner no deseaba irse de Columbia, decidió ser cortés y, de paso, averiguar qué motivos los inducían a interesarse por su persona para un puesto de tanta relevancia.

—No lo vamos a alargar más de la cuenta —prometió John—, pero te va a resultar más cómodo quedarte a dormir en casa. Te subo a Scarsdale en coche cuando salgamos del trabajo, y por la mañana regresas en tren. Grand Central te queda a solo dos manzanas del Harvard Club.

—Me parece muy sensato.

—También sería sensato que empezaras a pensar en la idea de comprarte un coche en cuanto la guerra termine. Un *new-yorker* de tu categoría social debería poder moverse en coche propio por la ciudad.

—No me convence la idea —replicó Werner—. En las ciudades los coches suponen más inconvenientes que ventajas. Además, es peligroso, sobre todo cuando llegan las heladas y los coches patinan. Esta misma noche va a helar. No, gracias. No necesito coche.

En cuanto salieron de la Bronx River Parkway, Werner comprendió que la elección de John de irse de Manhattan se debía a que había encontrado un lugar precioso.

—Había olvidado por completo lo bellos que son estos enclaves del norte —comentó.

—Duncan, nuestro hijo, ya tiene nueve años, y esto es un paraíso para él. No lo verás, es una pena. Pero no podía perderse su primera noche en casa de un amigo. ¡Es toda una aventura!

Fue una agradable velada. Sandy había realizado un auténtico esfuerzo por servirles un rosbif soberbio acompañado por, según su expresión, «un sorbo» de una botella de borgoña que habían guardado para esa ocasión.

—¡Cualquiera diría que es una cena en tiempos de guerra, Sandy! —exclamó Werner, que estaba de muy buen humor y relajado—. Es la comida más deliciosa que he tomado desde hace mucho tiempo, gracias. ¡Feliz décimo aniversario de bodas!

—Ojalá nos visites a menudo, no esperes a que se cumpla ningún aniversario. Y ya has visto que sobra espacio. Pero hubiese preferido que no mencionaras la guerra. Estoy tan obsesionada con ella que no consigo pensar en otra cosa.

—Ni tú ni nadie puede pensar en otra cosa. Hace casi dos meses que los japoneses bombardearon Pearl Harbor. Los problemas apenas acaban de empezar. Será una guerra larga y cara, tanto en vidas humanas como en dinero.

—Para los que vivimos aquí parece algo remoto, pero esa sensación de seguridad es falsa. Tarde o temprano la guerra nos alcanzará, es lo que yo pienso —insistió Sandy.

—Por fortuna, la geografía está de nuestro lado —comentó Werner.

—Pero nuestros soldados de infantería, nuestros marinos y nuestros aviadores morirán igual —dijo Sandy sin mostrar el menor alivio—. Y mi hermano acepta ese riesgo. Me dijo ayer que piensa alistarse. Solo tengo ganas de llorar.

—¡Voy a ver si levantamos todos los ánimos! ¡Venid al bar!

John llamaba «bar» a un rincón de su enorme sala de estar. Anunciando que ya estaba abierto, sacó una botella de oporto y sirvió tres copas generosas.

—¡Por Werner! —declaró—. Por el amigo, admirado colega, magnífico maestro y auténtico rey del arte de sortear a las bellezas más atractivas de la ciudad, por mucho que traten de echarle el lazo.

—Piensa eso si quieres —dijo Werner—, pero me encantaría ser cazado por una de ellas, y cuanto antes, mejor. Envidio tu suerte, John.

—Procura no interrumpir los brindis, colega. Sobre todo, cuando aún no he dicho lo más importante. Deseo fervientemente, quería añadir, que se frustre el intento que mañana va a hacer Harvard por alejarte de nosotros. Tanto Columbia como un servidor solo deseamos que te quedes donde estás.

—No te preocupes. No tengo intención de irme a ninguna parte. Pero tengo curiosidad por escuchar lo que me quieren proponer. Ahora mismo solo pienso en ir a un sitio, y pronto. A la cama. Mañana quiero estar despierto y parecer inteligente. Los de Boston son muy listos.

Estuvieron de acuerdo los tres en retirarse enseguida. Entre otras cosas, porque las restricciones impuestas por la guerra impedían poner la calefacción a la temperatura adecuada para combatir los casi 9 grados bajo cero que soportaban en esos momentos.

El tren de la mañana hacia Manhattan era una novedad para Werner. El vagón de no fumadores estaba lleno, casi todos sus ocupantes eran hombres que leían el diario, parecían tranquilos y poco habladores. Si entre ellos hubiese habido un negro, se habría notado muchísimo.

Werner no se había comprado ningún periódico, y eso le permitió observar los rostros y, sobre todo, las manos de aquellos pasajeros de actitud y modales tan semejantes. Cuando bajó la vista hacia sus propias manos, detectó algo diferente: faltaba una alianza. Su soltería se había convertido en una preocupación constante.

Desde que surgió el conflicto con Giselle, sus relaciones estables con mujeres habían sido infrecuentes, breves y tediosas. Sus responsabilidades cada vez mayores en la facultad, la preocupación por la guerra y la rutina previsible de su jornada laboral sumaban fuerzas para quitarle la *joie* a su *vivre*. Por eso se había decidido a escuchar a los profesores de Harvard. Un cambio podía hacerle bien.

«¡Grand Central!», anunció el revisor interrumpiendo los pensamientos de Werner. John tenía razón, desplazarse en tren desde Scarsdale al centro de Manhattan no estaba nada mal.

Salió por la calle 43, caminó una manzana hacia arriba para dirigirse a la 44, y en el corto trecho notó la gran diferencia del aire que respiraba. El aire frío de Scarsdale parecía renovar el vigor. En Manhattan también hacía mucho frío, olía a humo ácido, parecía pegársele a la garganta. Por suerte, el Harvard Club estaba muy cerca.

En la recepción le dijeron que dos señores de Boston lo esperaban en una sala del entresuelo abierta al comedor principal. Se alegró, ahí el ambiente sería bastante informal. De hecho, no había nadie más que dos hombres de aspecto profesoral que se habían sentado cerca de la barandilla sobre el gran salón. Estaban estudiando unos documentos que ocupaban casi por completo una mesa baja.

—Buenos días, soy el doctor Applefeld —dijo Werner, seguro de que eran ellos los enviados desde Massachussets.

—Gracias por venir. Él es el doctor Share y yo soy el doctor Cook. Virgil y Carleton.

—Soy Werner —correspondió usando solo su nombre de pila, como equivalente al tuteo en inglés.

Los bostonianos le estrecharon la mano y apilaron sus documentos.

—En el club no quieren ver papeles por ahí —explicó Carleton.

—Hemos pedido café y cruasanes, ¿prefieres otra cosa?

—Me va bien lo mismo, acabo de desayunar en Scarsdale.

—Vaya, de haber sabido que estabas en Westchester te habríamos propuesto una cita para algo más tarde. Según nuestros datos, vives en Manhattan.

—Y así es, pero ayer cené con unos amigos que acaban de mudarse allí y me quedé a dormir. Qué sitio tan bello. Y qué aire tan puro.

—Hoy seguro que se nota mucho más la diferencia, claro. Parece que el incendio es muy grande y aún no han podido controlarlo.

—¿Hay un incendio? ¿Dónde?

—Es el transatlántico Normandie, está ardiendo en el puerto.

—¿Cómo? —Werner parecía que hubiera sido alcanzado por un relámpago.

Y se quedó tan aturdido que por unos momentos solo escuchó una voz interior que repetía una y otra vez: «Giselle, lo que yo siento por ti es tan sólido y duradero como este buque». Y esas palabras se duplicaban en la respuesta de ella. Aquel buque estaba envuelto en llamas que lo iban a destruir y que se iban a llevar al fondo del puerto las promesas que se hicieron mutuamente.

—Werner, ¿te ocurre algo? ¿Estás bien? —preguntó muy solícito el doctor Virgil Share.

—Sí sí… Disculpadme, lo lamento. Viví una travesía inolvidable en ese transatlántico, hace años, y de repente me han venido unos recuerdos muy intensos.

—Lo comprendo —dijo Virgil—. Hemos seguido con mucho interés el desarrollo de tus actividades en Columbia. Hemos leído tus artículos, hablado con algunos de tus alumnos y con colegas de tu especialidad en todo el país. Eres un neurólogo muy respetado y admirado, y además sabemos que te interesa mucho el campo cada vez más importante de la psiquiatría.

—Gracias, pero creo que exageras, Virgil.

—En absoluto, Werner —dijo Carleton—. Triunfar en el trabajo clínico, recibir premios de tus alumnos por la calidad de tus clases y al mismo tiempo publicar resultados de investigaciones que abren campos nuevos de estudio es algo que no está al alcance de todo el mundo.

—Como tampoco lo está ser unánimemente muy bien valorado por los colegas. De hecho, esto último es una auténtica rareza —concluyó Virgil.

—De manera que no debería sorprenderte que otras facultades de Medicina se interesen por ti —añadió Carleton—. Y Harvard es una de esas facultades. ¿te interesaría una oferta de Harvard?

Werner estuvo fingiendo interés hasta que rompió su silencio:

—Mirad, creo que hoy no es un buen día para pensar con claridad sobre lo que me estáis proponiendo. Formo parte del equipo de Columbia que lleva los casos de emergencia en Manhattan, y ese incendio me preocupa. Es posible que se necesiten mis servicios y debo estar disponible. Si me lo permitís, llamaré a mi despacho.

Se puso en pie y se acercó a la barra para coger el teléfono situado en una cabina justo al lado. Antes de abrir la puerta comprendió que lo primero que quería hacer no era telefonear sino utilizar cualquier excusa para poner fin a la conversación con los profesores de Harvard e ir rápidamente al muelle.

Tras un par de tópicos y formalidades amables, Werner se despidió de los dos colegas:

—Ya habéis podido ver cómo soy en mis peores momentos. Así que todo lo que observéis en adelante será algo mejor. Espero que me perdonéis.

Y con una sonrisa, se fue.

Cuando por fin llegó al muelle, el incendio estaba avanzando rápidamente por las cubiertas superiores del Normandie. Ya había causado estragos en la bodega y cubiertas inferiores, y el buque comenzaba a hundirse porque su casco había sido inundado por las toneladas de agua lanzadas por los bomberos.

¿Qué podemos hacer ahora?, debían de preguntarse los que habían tratado de salvar la nave. El Normandie, como si los estuviera escuchando, respondió con un gemido agónico y el espantoso ruido del acero retorciéndose en crujidos disonantes. De repente, su gigantesca mole se volcó hacia un costado y quedó parcialmente sumergida, en un coma mortal. Werner, inmóvil e impotente, observaba el *Götterdämmerung* náutico tratando de ignorar su propio dolor.

Finalmente, dio media vuelta y se fue a la facultad andando, separándose lo menos posible del río Hudson y de sus pequeños icebergs, que desfilaban lentamente en el atardecer gris y gélido.

Cuando finalmente llegó a Columbia, en la puerta de su despacho había una nota escrita a lápiz rojo: «¿Dónde ha estado todo el día? En realidad, algo me imagino. Hasta mañana, Thelma».

Sacó la estilográfica y escribió debajo: «Mañana llegaré más tarde que de costumbre. He tenido un día muy ocupado. Lamento no haber podido ni siquiera llamarte. Dr. A.».

A pesar de que unos cuantos informes importantes requerían su atención, Werner decidió que ninguno era de verdad urgente. No tenía humor para leer aquellos documentos y prefirió dejarlos sobre la mesa para otro momento.

Salió a la calle y le costó encontrar un taxi. John Wild tenía razón, necesitaba un coche. Cuando cogió el taxi y ya había dado la dirección de su casa, se dirigió al conductor para anunciarle: «Vamos a cambiar, lléveme a Le Veau D'Or en la 60 entre Park y Lexington. Gracias». Era su restaurante favorito.

—*Bonjour, Hervé!*—dijo nada más llegar, antes incluso de sentarse a su mesa de siempre—. Lenguado a la plancha con salsa de mostaza, una *remoulade* de apio y un manhattan, sin cereza, sin hielo y sin batir. Solo mezclado con una cucharilla.

—O sea, como siempre, pero sin prisa —dijo el camarero mientras lo ayudaba a quitarse el abrigo—. Tenemos un día bastante tranquilo, seguro que es por el frío, y por la maldita guerra, que no solo va a matar a nuestros jóvenes en el frente sino también los negocios.

Werner comprobó que en todo el restaurante, aparte de la suya, solo había dos mesas ocupadas. A él no le molestaba, le aturdían los sitios muy llenos y ruidosos. Su cóctel llegó con el color, olor y sabor perfectos.

Notó con agrado que Hervé había sido generoso con el *sour mash whiskey*. Y le invadió una cierta languidez que lo devolvió al casco humeante de su querido Normandie, volcado en las aguas heladas del Hudson, y esa imagen dio paso a una extraña ensoñación. Un desfile de rostros reconocibles iba apareciendo por los diversos ojos de buey, huyendo del buque, mientras otras figuras emergían incluso a través de las chimeneas. El desfile era fantasmagórico. En primera fila iba una radiante Marlene Dietrich, envuelta en una elegante capa de marta cibelina, blanca y larga. Detrás de ella vio a Madame Dubois, con expresión preocupada y un traje clásico de Chanel, pero... sin la compañía de Giselle. Sonriente y mostrando su eterna juventud, Cary Grant llevaba pajarita blanca y, como si imitara a Fred Astaire, bailaba con agilidad, dando vueltas que levantaban las colas de su frac en la primera cubierta. Óscar Prat parecía en cambio fuera de lugar, con la Biblia en la mano izquierda y ofreciendo su brazo a Miriam Lang, que seguía parloteando indignada por haber tenido que abandonar su mesa favorita desde la que podía ver y ser vista. Su pobre marido asomó la cabeza furtivamente a través de la tercera chimenea del transatlántico, esa falsa chimenea que pusieron para que diera una imagen más simétrica al navío. El pobre Robert llevaba un elegante blazer negro y hacía señas a Werner indicándole que fuera con él, pero Werner, que iba de esmoquin con la pajarita negra desabrochada, danzaba solo el *Night and day* de Cole Porter, y no lo oyó...

Por mucho que esperó a que hiciera su aparición, hubo un fantasma que no se dejó ver. ¿Podía ser que el espectro de Giselle hubiese quedado atrapado entre las vigas de acero que se estaban hundiendo en el Hudson? Werner no podía ni pensar que fuese así. Seguro que saltó del barco mucho antes de que él llegara al muelle. Aunque... ¿y si Giselle fuera solo un sueño, una fantasía, un espíritu incorpóreo que cambió su vida y desapareció, tras aquellos breves e inolvidables días de agosto de 1939?

—¿Pasa algo, *docteur*? ¿Se ha quedado dormido? —preguntó Hervé.

—Creo que sí... Habrá sido ese cóctel delicioso que me has preparado. Pero me has hecho un favor grande. He podido pensar en un caso bastante grave que me espera mañana en el hospital. ¿Falta mucho para ese lenguado?

—¡Lo tiene en la mesa, y se le está enfriando!

Era un lenguado de Dover y estaba excelente. Mientras lo saboreaba, Werner tuvo una repentina idea. Tal vez no fuese mala cosa irse a ejercer la medicina lejos del ambiente de Columbia. Harvard era también muy competitivo, pero sería distinto.

Romper la rutina era clave para él. Y tal vez ese objetivo pudiese conseguirlo, mejor que en ningún otro lado, en Europa. Además, sería una satisfacción sumar fuerzas a todos los que estaban combatiendo a Hitler y su diabólico régimen. Al igual que le había ocurrido al hermano pequeño de Sandy, la esposa de John Wild, estaba empezando a sentirse dominado por un espíritu beligerante cuya intensidad lo pilló por sorpresa. Y que estaba mostrándole una posibilidad de que su vida volviera a tener un sentido. ¡Sí, lo mejor era alistarse en el Ejército!

215

—Hervé, ¿tienes una botella de Grand Marnier escondida por ahí? ¡Sírveme una copa, con hielo, por favor!

—¡Caramba, *docteur*! Hace un minuto parecía estar usted muerto de preocupación, ¡y le noto ahora tan alegre como si tuviera que ir de fiesta!

—¿Sabes qué pasa, Hervé? ¡He resuelto el problema! ¡Me voy de fiesta!

25

Solo en Provenza

Zúrich, 10 de abril de 1942

Cada una de las más de doce entrevistas a las que Joshua se presentó, y lo hacía siempre que algún hotel, cafetería e incluso el teatro de la Ópera anunciaba que necesitaba un pianista, terminaron de igual manera: «Vuelva usted dentro de un par de meses. Por culpa de la guerra este año no podemos confirmar todavía los planes del próximo invierno. Todo está en el aire».

Por vez primera en su vida, aparte de sentirse rechazado, no tenía casi ni un céntimo. Su último empleo remunerado terminó seis meses atrás. De sus ahorros, no le quedaban más que trescientos francos suizos. Aunque Greta le garantizó que no le causaba molestia alguna que se alojase con ella todo el tiempo que considerase necesario, el joven no quiso aceptar la oferta. Ya había abusado mucho de la amabilidad de la madre de Max.

«Si en realidad debería pagar por tu compañía —llegó a decirle Greta en más de una ocasión—. Es como tener conmigo, al menos, a un hermano de mi hijo. Otro hijo, algo que siempre pensé que me gustaría llegar a tener.»

Aunque Joshua sabía que era sincera, tenía la convicción de que no podía seguir imponiendo su presencia.

Caminaba por la Paradeplatz, en el centro mismo de Zúrich, disfrutando de la brisa fresca que parecía darle energías. Paradójicamente, se sentía mejor que durante los últimos meses. Decidió permitirse un capricho y compró una cajita de bombones en Sprüngli, tomó además un café, leyó un diario y pensó en su futuro inmediato, en su carrera de músico y, sobre todo, en lo más apremiante: cómo sobrevivir.

En portada, el *Neue Zürcher Zeitung* anunciaba que Pierre Laval, que hasta ese momento había sido el segundo del mariscal Pétain, había sido nombrado primer ministro del Gobierno francés de Vichy. ¡Pobre Francia, bajo un Gobierno colaboracionista con el invasor nazi! «Seguro que Laval no aguanta mucho», pensó Joshua. En la misma portada vio un mapa de Europa que ilustraba las partes que ya controlaba Hitler. Desde Suiza, si quería evitar territorios controlados por la esvástica, no había más que un camino que llevaba hacia el sudoeste, pasaba por Italia (un país fascista que, por mucho que dijera ser autónomo, estaba aliado con Alemania) y alcanzaba la Costa Azul francesa. Más al sudoeste quedaba, inaccesible, España.

Si en la Costa Azul se mantenía aún algo de actividad turística, cosa dudosa, los mejores lugares donde encontrar trabajo eran Montecarlo, Niza y Cannes. Cuando iba a pedir otra taza de café, Joshua recordó que la austeridad que había tenido que imponerse a sí mismo le aconsejaba que resistiera como pudiese semejante impulso derrochador. Se dirigió a los servicios y, mientras se lavaba las manos, se miró al espejo. Había adelgazado mucho, iba mal afeitado y tenía unas ojeras profundas, de un enfermizo tono violeta.

Y mirándose fijamente a los ojos que el espejo reflejaba dijo en alta voz:

—Joshua, tienes que irte de Suiza.

—¿Disculpe? ¿Qué decía? —le preguntó un señor que estaba en el lavabo contiguo.

—Nada. Nada. Perdone, hablaba conmigo mismo.

Se fue a la Hauptbanhof y cruzó su gran vestíbulo hasta el puesto de información para comprobar que, aunque normalmente había muchísimos trenes para elegir, aquel día no anunciaban ninguna partida.

—¿Puedo ver unos horarios? —preguntó al empleado.

—¿Con qué destino?

—A cualquier parte que no sea Alemania —dijo, y enseguida rectificó—: A la Costa Azul.

Υ

La conversación con Greta no fue tan dolorosa como había temido. Aunque ella hubiese preferido que Joshua se quedara a su lado, comprendió que el joven quería irse mientras pudiera hacerlo. Ambos sabían que se iba a embarcar en una aventura bastante peligrosa, y evitaron comentarlo siquiera. Joshua se lo contó como si se tratara de unas vacaciones improvisadas y breves.

—Tomaré el tren de Ginebra. La frontera francesa está allí a un paseo de distancia. Gracias a Max y a Herbert, mi pasaporte todavía es válido, y allí hay trenes a Grenoble y a Valence con bastante frecuencia. Y desde cualquiera de esas ciudades a Niza hay muy poca distancia.

—¿Herbert? ¿Qué Herbert? —dijo Greta.

—Su nombre completo es Herbert von Tech, y es un exoficial de la Gestapo que iba a menudo a ver las actuaciones de Max. Se hicieron amigos. Von Tech está ahora en el Afrikakorps de Rommel. A menudo pienso que seguramente Max debe de estar allí con él.

—¡Cuantísimo tiempo sin noticias de Max! —se quejó Greta—. Me resulta increíble que Max se hiciera amigo de un oficial de la Gestapo. ¡Pero si fue la Gestapo la que provocó la muerte de su padre! Me pregunto a veces muy en serio qué hice mal cuando crie a Max, en qué me equivoqué. Era un chico maravilloso… hasta que empezó con la gimnasia primero, luego el circo y, para colmo, esa espantosa mujer: Rosy.

—Mira, Greta, estoy seguro de que Max sigue siendo un chico maravilloso. Y tengo sospechas de que le debo a él la vida, que de una manera algo peculiar fue él quien consiguió que yo saliera de Alemania sin que me ocurriese nada grave.

—¿Qué quieres decir?

—Algún día te lo contaré, es solo una sospecha pero me parece que sé lo que hizo por mí. Pero ahora he de irme. A las siete sale mi tren. Menos mal que no he de cargar con mucho equipaje…

—Tienes razón. Anda, prepara lo que te quieras llevar. De hecho, cuanto más lo pienso, más me alegro de que sigas alejándote de Alemania. Aunque los suizos saben qué hacer para proteger sus fronteras, si Hitler se decidiese, podría conquistar este país en una tarde.

No habían pasado ni diez minutos cuando Joshua reapareció con una bolsa de viaje.

—¿No te llevas nada más? —se extrañó Greta.

—No tengo nada más.

—Entonces, toma —dijo Greta entregándole un sobre—. No pesa, no ocupará apenas espacio, no hará que vayas más lento. Ven y dame un beso de despedida, Joshua, y prométeme que me escribirás tan pronto sepas en qué lugar vas a quedarte. Anda, vete ya. No me gusta que la gente a la que quiero me vea llorar.

—Greta… No llorarías sola…

Tras darle un beso, Joshua dio media vuelta para que ella no pudiera verle los ojos lagrimeantes. Era un momento muy doloroso para los dos, y no había que prolongarlo innecesariamente.

Una vez en el tranvía abrió el sobre que le había dado Greta. Había dentro una breve carta:

Querido Joshua:

Ojalá hubiese podido darte algo más. Considéralo como el primer plazo de todo lo mucho que les debo a tus padres. Debes estar orgulloso de llevar su apellido.

No sientas pena por mí. No voy a sentirme sola, tengo amigos aquí y Suiza es un país al que amo. Te echaré de menos a ti como echo de menos a Max. Escríbeme, por favor. No hagas como mi hijo. Y procura no correr riesgos y cuidarte muchísimo. Esta pesadilla, aunque no lo parezca, no durará eternamente. Espero volver a verte algún día,

Greta

Cuidadosamente doblados, había cinco billetes de cien francos suizos. Era un buen presagio. Qué dulce era aquella mujer. Joshua calculó que en veinticuatro horas estaría a la orilla del Mediterráneo. Y esa idea levantó sus ánimos.

26

Una coincidencia inexplicable

Nueva York, febrero de 1943

*T*helma entró en su despacho con aire misterioso.

—Parece ser —dijo entregándole un paquete dirigido al «Doctor Applefeld»— que cada día que pasa somos más importantes. Esto nos los envían desde la embajada de los Estados Unidos en España.

—¡Y no es más que el comienzo! —se burló Werner.

—Seguro que sí. Desde que el *New York Times* publicó ese artículo sobre su último trabajo, se ha convertido en un famoso con bata blanca. No sabe lo orgullosa que me siento.

—Se lo debemos casi todo a mi amigo Richard y a su enorme influencia en el periódico. Lo cual me recuerda que tengo que llamarlo hoy mismo.

—Sé que es un amigo de los de verdad —dijo Thelma, que no podía aguantar la curiosidad por saber qué le enviaban desde un lugar tan lejano e inesperado—. ¿Quiere que abra este paquete?

—Ya lo hago yo. Extraño, ¿no?

—Confío en que traiga buenos augurios… Tendré que volver a mi mesa. Con la cantidad de correo que llega ahora, estoy un poco agobiada. Necesito una ayudante.

—Sabía que esto iba a ocurrir algún día, Thelma. Tenemos que hablarlo.

—Ahora mismo tendría tiempo…

—¿Ahora mismo? Y toda esa cantidad de correo que te abruma, ¿se ha esfumado de golpe?

—Doctor, ¡no hay quien pueda con usted! —rio abiertamente Thelma, a la que le encantaba que pudiesen tomarse mutuamente el pelo.

Dentro del paquete había un par de sobres. Uno de ellos se lo enviaba a Werner Carlton Hayes, el embajador de los Estados Unidos en España. Y el otro lo mandaba Óscar Prat, profesor adjunto de la facultad de Medicina y miembro de la Real Academia de Medicina de Barcelona. Werner decidió abrir primero el de Óscar. Contenía una nota escrita a mano.

Querido Werner:

Espero que estés bien cuando te lleguen estas líneas. No trataré siquiera de disculparme por este larguísimo silencio. Esta guerra lo complica todo.

Cuando *nuestro* Normandie se incendió te escribí una carta. Por increíble que parezca, acaba de llegarme de vuelta con un timbre de color rojo que dice que no se ha podido entregar. Esta que te remito por medio del departamento de Estado, estoy seguro de que te llegará.

Desde aquel día en que estuvimos hablando en tu despacho, y debido en buena parte a que el Opus Dei ha sabido guiar muy bien mis pasos, he conseguido alcanzar una posición destacada en el departamento de Medicina Interna del Hospital Universitario de Barcelona.

Sigo siendo un hombre soltero, y mi vinculación al Opus Dei (que por regla general no divulgo) está resultándome muy positiva ya que me da consuelo espiritual y apoyo en mi carrera profesional. No me lo merezco, pero estoy muy agradecido por todo.

Mi familia está bien. Isabel, mi sobrina, trabaja como interna en la clínica del doctor Barraquer. Su hermano Rafa cursa primero de Derecho y está hecho todo un *playboy*. Le gusta escalar: montañas y posición social. En ambos campos tiene buenos resultados.

Volviendo la vista atrás, sé que hice bien regresando a mi España. He podido actuar como un padre para ambos, y eso es lo que yo quería. Incluso mi cuñada, una mujer difícil que parece algo menos complicada que antaño, está de acuerdo en que ha sido beneficioso para todos.

La situación aquí mejora, pero muy lentamente. Franco está *reorganizando* sus alianzas. Hitler ya no le sirve. Roosevelt, sí. No se trata de un acto de valor por su parte, sino de pragmatismo. Suele captar muy bien de qué lado soplan los vientos…

Confío en que todo te vaya bien y que estés orgulloso del reconocimiento internacional que está obteniendo tu trabajo. Incluso en estos tiempos convulsos, aquí se leen y se admiran tus logros.

La Real Academia de Medicina ha decidido honrar al doctor Ramón y Cajal, premio Nobel de Medicina, cuando se cumpla el décimo aniversario de su muerte. Parte de su obra seminal sobre las neuronas la realizó aquí, cuando era catedrático de Histología en nuestra facultad. España le debe un reconocimiento que, por culpa de la Guerra Civil, no tuvo en su momento. Lo que estamos planeando es organizar un simposio en el que nos gustaría que participasen algunos de los principales neurólogos de todo el mundo. Si pudiésemos contar con una figura tan prestigiosa como la tuya como miembro del comité organizador, otros grandes especialistas se animarían a venir. Para las instituciones, tu presencia sería impactante dentro y fuera de España. No se han decidido aún las fechas pues todo depende del rumbo que tome esta guerra trágica que sufrimos.

El embajador Hayes está muy a favor de que un neurólogo americano forme parte del comité organizador. Personalmente, me sentiría muy orgulloso de poder trabajar a tu lado.

Y, para terminar, permíteme una curiosidad. ¿Has tenido noticias de Giselle Boulanger? A menudo pienso en ella… y en ti.

Con mi gratitud más profunda,

Óscar Prat

Werner leyó la carta con sentimientos encontrados: placer y embarazo, ya que le parecía una exageración enorme poner juntos su nombre y el de la gigantesca figura de Ramón y Cajal. Se preguntó cómo podía haberse mezclado el embajador Hayes en un proyecto así. Sospechó que la idea del simposio era de Óscar, que sin duda contaba con el beneplácito o algo más del Opus Dei. Y si era tal como Werner se imaginaba, ¿se organizaba en honor de Ramón y Cajal, o se trataba de honrar a otras personas u organizaciones?

No le cabía la menor duda, Óscar estaba sabiendo nadar con la corriente a favor en las procelosas aguas políticas de la España franquista. Cogió un lápiz rojo y anotó en su carta: «Para volver a estudiar a su debido tiempo».

Hacía apenas un mes que el *New York Times* había publicado un artículo sobre las investigaciones que Werner Applefeld estaba llevando a cabo con éxito notable en Columbia. Después varios medios le habían hecho entrevistas. Cuando ya estaba publicada una de ellas, Werner comprendió que había caído en la trampa que le tendió un joven reportero de un diario sensacionalista, que trató de conseguir declaraciones de impacto.

Pregunta.- ¿Sería posible que se lograse regenerar la espina dorsal de un paciente y que la parálisis causada desapareciera?

Respuesta.- No tenemos ninguna prueba de que pueda conseguirse, pero no lo descartaría por completo.

P.- ¿Se puede afirmar que la parálisis provocada por un trauma en la espina dorsal y la que causa la polio son distintas?

R.- En la parálisis provocada por la polio cabe un mayor grado de esperanza.

El titular no podía ser más engañoso:

El presidente Roosevelt podría abandonar pronto la silla de ruedas

Era una clase de periodismo que Werner detestaba. Tenía que hablar con su amigo Richard para saber si se estaban recibiendo comentarios de los lectores en relación a ese injustificado tratamiento. Porque eso lo obligaría a dar explicaciones.

Cuando el teléfono sonó por cuarta vez, Richard descolgó.

—¿Qué tal, Richard? Hace muchos días que no hablamos…

—Aquí nos tienes, ocupados con cuestiones de poca monta, como la caída de Stalingrado… ¡Werner, esta guerra no tardará mucho en terminar! Piénsalo bien: medio año de combates, 70.000 soldados alemanes muertos, más de 90.000 prisioneros capturados por los rusos, y después de todo eso Hitler ha perdido Stalingrado. ¡Adiós, Volga! Y además, en noviembre Rommel perdió la batalla de El Alamein. ¡El Führer debe de estar de muy mal humor! Finalmente, ¿cuánto tardará la bandera de las barras y las estrellas en ondear en Guadalcanal?

—Richard, eres mejor que tu periódico. Lo que me acabas de resumir necesitaría diez páginas del *Times*…

—Entre otras cosas, porque nadie me censura cuando hablo contigo, mientras que en todos los diarios… Es increíble, pero nadie podía imaginar, hasta esta guerra, que en Estados Unidos hubiera censura. El *Times* ya no decide por su cuenta cuáles son «las noticias que merece la pena imprimir». ¡Escandaloso!

—Richard, recuerda que si no controlas tus emociones podrías volver a sufrir esos dolores de cabeza tan terribles.

—¿Sabes que no he vuelto a tener dolor de cabeza desde que tus colegas me operaron ese tumor cerebral…, como quiera que se llame?

—Era un meningioma.

—No logro recordar nunca esa palabra. Pues lo que te decía, ya no me duele nunca…

—Ya lo sé.

—¿Y cómo es que lo sabes?

—Porque si te siguiera doliendo ya me lo habrías dicho. Estoy muy contento de que estés tan recuperado pero hoy te llamo por otra cosa. Tengo que darte las gracias porque tu periódico ha dado una gran publicidad a mi trabajo, gracias a lo cual está teniendo mucha repercusión. En el *Times*, ¿recibís cartas de los lectores con algún tipo de comentarios negativos sobre esa información?

—Ni una sola. De lo contrario, ya te lo habría dicho.

Werner aprovechó para hacerle otra pregunta:

—¿Qué sabes tú del Opus Dei?

—No gran cosa. Comenzaron sus actividades en España hace unos quince años. Es una organización religiosa que atrae a hombres educados, bien relacionados, inteligentes y con mucha fe religiosa. Odian a los masones y a los judíos, y no te ayudarán a encontrar a Giselle, tu amiga desaparecida. Las mujeres no parece que les interesan mucho. Según me cuentan, el Opus Dei está obteniendo mucho poder político en España. Nadie sabe gran cosa sobre ellos. Lo llaman «Opus», a secas. Sus miembros son muy discretos y la mayoría hace voto de castidad… Oye, ¿y por qué me lo preguntas?

—Porque alguien del Opus me pide que participe en la organización de un simposio neurológico en España.

—¿Ahora? ¿Mientras llueven bombas por toda Europa?

—No. Sería cuando terminara la guerra.

—Como te decía antes, puede que la guerra ya no se alargue muchísimo. Pero no va a terminar mañana mismo. Avísame cuando tengas que ir, me gustaría acompañarte. Hemingway ha conseguido que España me apasione.

Justo entonces Thelma entró en su despacho sin llamar.

—¡Doctor! —anunció en voz bien alta para asegurarse de que Werner le prestaba atención aunque estuviera interrumpiéndolo—. ¡No se lo va a creer! Acaba de llegar otro paquete, también desde España. Este lo mandan desde un hotel de Barcelona. ¿Se puede saber qué ocurre? ¡Se ha convertido en un espía internacional?

—¡Claro que lo soy! ¿Hasta ahora no lo habías sospechado? ¿Quién lo manda?

—Pone «R. Dieckhoff».

Werner se quedó estupefacto.

—Disculpa la interrupción, Richard. Te llamaré más tarde.

—Ok. Pero quiero que nos veamos, y no dejes pasar muchos días. Pronto nos toca la copa en tu querido Harmonie Club.

—Me apetece mucho. Te llamo.

¿Rosy Dieckhoff? Werner se preguntó si también ella estaba interesada en sus investigaciones neurológicas, pero lo que más deseaba era que en el sobre hubiese carta de Max.

—Thelma, no me pases ni una sola llamada, y déjame solo. Si te necesito, te avisaré.

Lleno de curiosidad, Werner abrió el paquete que le remitía Rosy. Era un cartón grueso y cilíndrico, envuelto en papel encerado. Contenía un tubo plateado y, dentro, descubrió un documento enrollado y un pedazo de tejido de color gris.

—¿Se puede saber qué diablos pretende Rosy…? —se dijo Werner en alta voz.

La tela emitía un intenso aroma, muy femenino, muy sexi, y que le recordaba algo. Werner estaba persuadido de la conexión directa de los aromas con el circuito emocional del cerebro, y siempre se había interesado por el modo en que la conexión se establecía y la capacidad que tenían los olores de evocar recuerdos. El pedazo de tela perfumada que le mandaba Rosy era una prueba de ello. Era la fragancia que usaba Rosy, y le trasladó a cierto hotel de Múnich donde cenaron la noche después de una memorable función de circo.

Logró recordar incluso el vestido que ella llevaba, de un color similar al de la tela que ahora tenía Werner en sus manos.

¿Habría sido Rosy capaz de haber cortado un trozo de aquel vestido y enviárselo?

Llevándose el pedazo de tela a la nariz, Werner cerró los ojos, inspiró profundamente y el aroma le produjo un cierto placer. «Algún día, y puede que ese día no tarde mucho en llegar —le comentó un neurólogo una vez—, los olores podrán ser utilizados para mejorar los recuerdos e incluso para tratar ciertos casos de pérdida de memoria.»

En ese momento podía literalmente sentir la presencia de Rosy a su lado, la rodilla de aquella mujer apretada contra la suya durante el trayecto desde el circo hasta el restaurante. El recuerdo y las sensaciones que había traído consigo el aroma eran tan poderosos e intensos como si todo eso hubiera ocurrido hacía apenas unas horas. Es más, también sus aletargados instintos se despertaron súbitamente. ¡Seguro! Ese pedazo de tela era del vestido gris que Rosy llevaba aquella noche de hacía... ¡cuatro años!

¡Qué mujer!

Empezó a leer la carta:

Querido doctor Applefeld:

Ya sabes que la guerra no va bien para Alemania. ¿Por qué decidieron ustedes, los norteamericanos (ya ve que le considero uno de ellos) intervenir en el conflicto? Si no fuera por ustedes, Alemania dominaría ya toda Europa y todo el norte de África. Montgomery no hubiera aplastado al Afrikakorps de Rommel y Max estaría seguramente vivo y libre de todo peligro, cosa que actualmente es muy improbable.

Hace apenas una semana me hubiera limitado a pensar «¡Malditos sean los norteamericanos!». Pero recientemente, cosas que ya sabía, pero que me había negado a creer, han venido a quedar por completo confirmadas, y su trágica realidad está ya fuera de toda duda para mí. Ya no puedo seguir fingiendo que son falsedades que yo descartaba como mentiras fabricadas por los enemigos de mi país. Esas cosas aterradoras están ocurriendo de verdad.

Hace un par de días, y por pura casualidad, tropecé con una persona que tú conociste hace años, el doctor Óscar Prat. Estaba con un amigo mío que estudió en la Universidad de Tubinga. Y hablaban de los estudios que tú estás desarrollando acerca de la posible regeneración de la espina dorsal. No es que el mundo sea un pañuelo, ¡sino que tu reputación es grandísima!

Werner dejó el rollo de papel en la mesa. ¿Qué clase de alineamientos astrales podían explicar que en un mismo día le hubiesen llegado dos cartas enviadas por sendos conocidos a los que hacía muchísimo tiempo que no veía y que se habían encontrado gracias a él? La vida es a veces más extraña que la ficción, como se suele decir. Hay coincidencias inexplicables y que, sin embargo, ocurren.

Siguió leyendo:

> Ahora voy a hacerte un cumplido. Hablando de ti con el doctor Prat, ambos estuvimos de acuerdo en hacer grandes alabanzas de tu persona. Consigues inspirar confianza a la gente que te conoce, y es frecuente que se te abran con facilidad. Lo cual es un don precioso y necesario en los médicos. Y como yo misma estoy ahora sometiendo mi vida a un examen profundo, como decimos en alemán, *von Kopf bis Fuss*, necesito tus consejos.

«De la cabeza a los pies», repitió interiormente Werner y captó la importancia que tenía esa confesión íntima de Rosy. Pero lo que no era capaz de adivinar era por qué se la hacía a él. ¿Formaba Rosy parte también del operativo del Opus Dei que el doctor Prat estaba tejiendo para atraparlo y conseguir que participara en la organización del congreso de neurología?

Por fin la carta iba a ir al grano:

> He llegado a la conclusión de que es muy probable que Max, tu primo, que es mi amante, mi novio y el objeto permanente de mis preocupaciones, en estos momentos sea un prisioneros ingleses tras los combates en el norte de África. No he encontrado su nombre en las listas de víctimas de El Alamein, ni aparece tampoco en la lista de los soldados que fueron repatriados tras la derrota. De manera que es probable que se encuentre entre los doscientos cincuenta mil prisioneros que Rommel dejó atrás. Algunos de estos soldados están bien, y otros heridos, pero no sabemos cuántos se encuentran en cada uno de esos dos grupos.
>
> Los británicos han propuesto a Alemania hacer un intercambio de prisioneros. Al principio Alemania no quería ceder, pero la presión de la Cruz Roja Internacional hizo que finalmente aceptara.

La lectura de la carta de Rosy le imantaba más a medida que avanzaba el relato. ¿Qué plan retorcido había concebido su extraña mente?

> Según rumores bastante fiables, el intercambio de prisioneros se empieza a negociar y es bastante probable que no tarde en producirse, y que se haga en Barcelona. Lo que quiero que pase es…

«Bueno, ahora Rosy ya habla como siempre ha hablado Rosy», pensó Werner.

> … suponiendo que Max esté vivo, suponiendo que forme parte del grupo de prisioneros que van a ser intercambiados y suponiendo que el intercambio tenga lugar en Barcelona, donde yo resido ahora, no quiero que Max regrese a Alemania para que lo manden a un campo de concentración y lo asesinen.
>
> Voy a decirte de qué manera nos puedes ayudar.

228

«Ah, ¿conque yo formo parte del plan? Menuda sorpresa.» Werner estaba fascinado y lleno de curiosidad. Su primo Max…, ¡cuántos confusos recuerdos suscitados ahora por la sola lectura de su nombre! Dedujo que Max se había alistado en algún momento, que fue destinado al Afrikakorps y que cabía la posibilidad de que hubiera sobrevivido a todas las batallas y estuviera pendiente de un traslado con vistas al intercambio. ¿Por qué no? ¿Y qué hacía Rosy todavía en España? Recordó que ese fue el destino de su misión cuando Max y Werner todavía discutían en Alemania sobre la conveniencia de que el joven dejara el circo y se fuera a Suiza con su madre. ¿Y el circo? Recordó la visita del misterioso Eggert durante el Congreso de Neurología en Chicago y que ese hombre le contó que Shalimar había sufrido un accidente y que Max tenía intención de alistarse en la Wehrmacht…

La larga carta continuaba:

> Max me dijo muchísimas veces que tú le quieres, tanto como él te quiere a ti. También me dijo a menudo que te quería más de lo que nunca había querido a su propio padre. Por eso te pido que, hazlo por Max, consigas que el doctor Prat lo ayude. No le costaría

nada al doctor Prat usar su influencia desde el Opus Dei para conseguir que, si Max llega a Barcelona, se le pueda retener en esa ciudad provisionalmente, con alguna excusa médica, como paciente de algún hospital local. Se podría pedir oficialmente, porque eso es lo que la Convención de Ginebra exige.

El doctor Prat te admira y respeta muchísimo. Lo único que tienes que hacer es pedirle que le haga ese favor a Max. Y estoy convencida de que si se lo pides tú, lo hará.

Mi propio papel en todo esto es algo complicado. Yo seré quien tendrá que convencer al embajador alemán en España de que acepte el plan y pida a las autoridades españolas un permiso especial para que Max pueda ser atendido de urgencia en Barcelona.

Por favor, Werner, acepta lo que te propongo. Ayuda a tu primo Max… ¡y ayúdame a mí!

Con gratitud y cariño,

Rosy

Werner se quedó sentado, pensando, mientras dejaba que el papel volviera a enrollarse solo sobre la mesa. Justo al lado del pedazo de tela gris cuyo aroma volvió a llegarle con intensidad.

Thelma llamó esa vez con los nudillos pero, sin esperar respuesta, abrió y entró en el despacho.

—Me parece que se le ha olvidado. La reunión de Patología Clínica empieza dentro de un cuarto de hora, y tiene que presentar usted un caso…

—Gracias, Thelma. Se me había olvidado, pero estoy preparado.

Werner recogió una carpeta y con la otra mano tomó unas cartas de la bandeja de salida para dárselas a Thelma.

Su secretaria lo miró severamente y dijo olisqueando el aire:

—¿Se puede saber qué se ha puesto? Espero que no vaya a la reunión oliendo a ese perfume…

—¡También se me había olvidado! —exclamó Werner algo traspuesto.

Sacó del bolsillo donde lo había guardado el trozo de tela gris y lo dejó en la mesa de la sorprendida Thelma mientras él salía corriendo hacia la reunión.

27

El gran día de Greta

Zúrich, 10 de febrero de 1943

Hacía diez meses que Joshua se había ido de Zúrich, y Greta no había recibido la carta que el joven prometió escribirle. Cuando lo recordaba, temía que esa falta de noticias no fuera una buena noticia y se resignó a que hubiese otra desaparición más, sin ninguna explicación, de una persona a la que quería. Durante lo que ella llamaba «los días buenos» pensaba que se trataba de desapariciones temporales. En «los días malos» estaba convencida de que nadie reaparecería jamás.

De modo que el día en que el cartero le entregó una carta, una verdadera rareza en los últimos meses, el corazón de Greta pegó un salto de alegría.

Era un sobre elegante que llevaba grabado un sello azul oscuro que decía: «Hotel Ritz Barcelona».

Se preguntó si era de Max o de Joshua. Solo uno de los dos podía escribirle desde un sitio tan inesperado. Buscó las gafas y al cogerlas se dio cuenta de que temblaba.

Estaban donde siempre, en una mesa redonda al lado de una foto de Max, fuerte y radiante, subido a un trapecio que iluminaban dos focos que se cruzaban desde la pista en su figura. Quiso saborear el momento, de manera que procuró tranquilizarse, se instaló cómodamente en el sillón que estaba junto a la ventana, abrió el sobre y sonrió. ¡Era de Joshua, aquel joven tan especial y cariñoso! Se preguntó qué podía estar haciendo él en un hotel lujoso de un país como España.

Queridísima Greta:

Aunque seguramente hayas llegado a pensar lo contrario, aún estoy vivo, y en este momento me encuentro además muy bien, cosa que hasta hace pocas semanas no hubiese podido decir.

En cuanto salí de Zúrich comprendí qué gran equivocación había cometido al irme. Todo lo que podía ir mal fue mal. En Francia fue imposible encontrar trabajo de ninguna clase, y los franceses, aunque sean educados siempre, se mostraban reticentes y recelosos con un extranjero. Nadie podía echarles la culpa. Un alemán joven cansado y desaliñado que caminaba sin rumbo por las calles de lugares extraños… Habrían podido llamar a los gendarmes, pero no lo hicieron.

Gracias a ti, Greta, pude comprar *baguettes*, queso y algo de fruta de vez en cuando. Sobrevivir en la Provenza no es difícil. El clima es amable y abundan las pensiones modestas. Poco a poco he ido adquiriendo experiencia en lavar platos, cuidar jardines e incluso cuidar perros, pero estaba siempre deprimido. ¡Imagina cómo estaba que llegué incluso a sentir nostalgia de Alemania! Seguro que no puedes creer que yo diga una cosa así…

231

Greta alzó los ojos de la carta y pensó en lo mal que debía de haberlo pasado el pobre Joshua.

Las cosas mejoraron cuando llegué a Cannes. Al cabo de un par de semanas tuve la suerte de entrar en un cabaret que se llama Le Relais. Ya me imagino preguntándote: «¿Y qué hacía Joshua en un cabaret? En esos sitios solo pasan cosas malas». Pero te hubieras equivocado. Le Relais no tiene nada que ver con el Metropol de Berlín. ¡Allí sí que pasaban cosas malas! Fui a ese cabaret porque estaba anunciada la actuación de una pequeña orquesta dirigida por Bernard Hilda, un violinista. Actuaban para animar el intermedio, entre dos actuaciones de humoristas. No se bailaba, pero enseguida me di cuenta de que allí se bebía mucho…. ¡Me contrataron de barman!

Trabé pronto amistad con uno de los músicos, que además era compositor. Fue él quien me contó que el director no se apellidaba Hilda, sino Levitzky, que siempre estaba dispuesto a ayudar a los músicos que trataban de ganarse la vida con su arte. Y, efectivamente, Hilda me ayudó. Y me puso a tocar el piano en esos intermedios, junto con su orquesta.

Cierta noche, un cliente borracho y violento entró en el cabaret con la intención de armar gresca. Y vaya si la armó. Los gendarmes acudieron a restablecer el orden, pero aquel borracho seguía gritando al resto de la clientela, les decía que no volvieran jamás a ese local, que estaban contribuyendo a financiar lo que él llamo «un nido de judíos». Al día siguiente, por orden policial, cerró sus puertas.

Greta soltó un profundo suspiro y detuvo un momento la lectura para sumergirse en sus pensamientos. Sabía que eso iba a ocurrir, sabía que Europa entera se acabaría volviendo loca. Sin saber cómo, pero lo sabía. Fue esa premonición, que tuvo muchos años atrás, lo que la impulsó a impedir que Max fuese circuncidado, y eso que Franz quería hacerlo. Es posible que esto hubiera ayudado a su hijo, esto y que siempre hubiese usado el apellido del padre de ella en lugar del de sus abuelos paternos. Pero concluyó la reflexión temiendo que tal vez jamás llegara a saber si lo había ayudado o no con todo eso. «Mi pobre Max, ¿dónde debes de estar ahora, hijo mío?» Siguió leyendo:

Con la orquesta de Bernard Hilda, me trasladé a Niza y encontramos trabajo en un sitio elegante, *Le Perroquet*, un club nocturno. Lo frecuentaba gente tan conocida como Édith Piaf y Danielle Darrieux. Tres nuevos músicos se unieron a la orquesta, nuestra música gustó mucho y tuvimos un éxito muy notable. Pero tampoco esta vez duró la alegría. De nuevo tuvimos problemas con la Policía. Un prefecto de la comisaría de Niza citó al dueño del club para decirle que nuestro repertorio era un instrumento de la propaganda judía norteamericana. ¡Solo porque tocábamos temas de Cole Porter! Es irónico que lo mencionaran, pues Porter es casi el único de los principales músicos de Broadway que no es judío… En cualquier caso, la Policía conminó al dueño de *Le Perroquet* a que cambiáramos de repertorio, o nos iban a prohibir que siguiéramos tocando.

Como no podíamos cambiar los temas de un día para otro, nos vimos obligados a seguir buscando otro lugar donde ganarnos la vida. Fuimos a Montecarlo y allí estuvimos trabajando en el Knickerbocker. La noche de nuestro debut Bernard supo que su padre había sido detenido por la Gestapo en Lyon. Pese a todo, completamos nuestra actuación y cosechamos muchos aplausos… Y alguien envió a Bernard una nota rarísima amenazándolo con estas palabras: «Aunque toques el violín con una cruz gamada, vamos a ir a por ti».

Bernard era un auténtico profesional y trató de fingir que no le importaba, pero había sido la gota que colmaba el vaso. La tensión que soportábamos era tan grande que a la noche siguiente, cuando estaba interpretando *Si tu vas à Paris*, la emoción fue tanta que rompió a llorar y no pudo terminar la canción. Y en ese mismo momento decidió huir de Francia. La única salida para la orquesta era España. Pero ¿adónde ir y cómo?

Greta volvió a suspirar. Aquella carta de Joshua, tan largamente esperada, le estaba provocando una profunda tristeza. La leía sin casi respirar, la narración de Joshua la tenía agarrada por el cuello. ¿Por qué aquellos músicos que solo trataban de vivir practicando un oficio que conocían bien tenían que ser acosados por perros rabiosos fueran a donde fuesen? ¡Y que todo eso pasara en Francia, el país que siempre abría los brazos a los artistas y la cultura!

Cuando nos volvamos a ver te contaré la odisea que fue para todo el grupo cruzar la frontera entre Francia y España. Hubo algún problema, pero de poca gravedad, con la Guardia Civil, porque estaban superados por la enorme cantidad de refugiados que la cruzaban huyendo del avance nazi en Francia. Todos, al igual que nosotros, solo querían coger el tren que llevaba a Barcelona.

Sin que los demás nos enterásemos, un vecino de Niza, admirador de Bernard Hilda, a quien advirtió de que lo hacía, había escrito una carta a Ramón Tarragó, el director del hotel Ritz de Barcelona, pidiéndole que nos diese una oportunidad como músicos.

Cuando llegamos finalmente a la estación de Francia, en Barcelona, estábamos destrozados. Teníamos hambre, cansancio mucha suciedad encima. El otro pianista, Albert Lasry, se llevó un sobresalto cuando, al bajar al andén, vio que un hombre se le acercaba y le preguntaba si él era Bernard Hilda. Lo primero que se le pasó a Albert por la cabeza fue que aquello confirmaba los rumores según los cuales el Gobierno de Franco no tenía ninguna simpatía por los judíos. Bernard, que estaba justo detrás de Albert, se adelantó y se identificó. Aquel hombre dijo que era el secretario del señor Tarragó, que le había dado instrucciones para que fuera a recibirnos y nos llevara al Ritz. Bernard le explicó que, por no crearnos falsas expectativas, no nos había dicho nada a los demás. Todos respiramos aliviados, sobre todo Albert, que se había llevado un buen susto. Por fin había buenas noticias para toda la orquesta.

Greta, he de concluir esta carta, que ya se está haciendo larguísima. Solo añadiré que estamos tocando a la hora de cenar en La Parrilla, uno de los salones de este lujoso hotel. Cada noche llenamos. Los españoles nos adoran. El señor Tarragó le dijo a Bernard Hilda: «Si las cosas siguen así, y creo que seguirán así, tenéis trabajo para mucho tiempo». Yo estoy tocando mejor que nunca. Ojalá pudieras escucharnos. Hacemos una música preciosa y, aunque pueda parecer ridículo, tengo la sensación de que la gente es feliz escuchándonos. Los barceloneses han tenido que pasar por un infierno durante largos años, y creo que sienten que nosotros también y simpatizan con nuestra tragedia. Nos tratan muy bien. Prometo escribir pronto,

Josh

Greta dobló las hojas y las apoyó sobre su regazo. Ese había sido uno de sus «días buenos». Aún necesitaba tener otro igual, pero solo ocurriría cuando llegara una carta de Max. Entonces podría morir en paz.

28

Con el almirante Canaris

Madrid, 10 de octubre de 1943

El jefe de la Abwehr, el almirante Canaris, había viajado a Madrid y convocó a Rosy para una «breve charla informal». Viniendo de una persona tan seria y estricta, a Rosy le sorprendió esa denominación. Y enseguida la sorpresa se convirtió en preocupación. Su historial al servicio del espionaje militar alemán era, hasta esa fecha, impecable. Pero el modo en que le transmitieron la orden de su jefe le pareció sospechoso.

Le bastó, sin embargo, entrar en el despacho de Canaris y que la saludara con la cordialidad que siempre tenía con ella para tranquilizarse.

—Fräulein Dieckhoff, no nos vemos desde hace mucho, ya era hora de que tuviéramos un encuentro personal. Estoy muy bien informado y sé que sigue haciendo un gran trabajo.

—Siempre es un placer verle, señor.

—Gracias. La pena es que estemos viviendo unos días poco agradables. Desde que Estados Unidos entró en el conflicto, las cosas no nos van tan bien como antes. En El Alamein no solo perdimos hombres y material, también perdimos la psicología de la victoria, el ansia de ganar.

Rosy se quedó perpleja. Canaris le hablaba siempre con sinceridad, pero en las actuales circunstancias parecía muy arriesgado por su parte manifestar cosas que la cúpula nazi no consentía e incluso perseguía.

—Aquella idea maravillosa de que Alemania es invencible ha desaparecido de repente —prosiguió Canaris en la misma

línea y el mismo tono de voz, convencido y convincente—.
Montgomery demostró en Tobruk que pueden ser más listos
que nosotros. Otro golpe muy duro... Dígame, Rosy, usted
que viaja, habla y escucha, ¿se mantiene alta la moral entre
nuestros agentes?

—Señor, la verdad es que la moral está bastante por los
suelos, aunque nosotros hayamos hecho en general un buen
trabajo. Nadie puede quejarse de la Abwehr.

—Si algo aprecio en usted, Rosy, es que se empeña siempre
en ver el lado bueno de las cosas. Y que me dice la verdad. Estoy de acuerdo en que la Abwehr ha trabajado correctamente,
pero cuando se espera una victoria y lo que ocurre es lo contrario, la responsabilidad es siempre compartida por todos. Por
cierto, ¿cómo es que hace tantos viajes a Barcelona?

La pregunta pilló a Rosy por sorpresa. Pero ella era famosa
por su capacidad de responder con cosas inesperadas a preguntas inesperadas.

—Me encanta la ópera. ¿Sabe usted que en Barcelona funciona el único teatro de ópera que hay en España?

—¿Ah sí? No, no lo sabía —dijo Canaris algo confundido—. Siendo así, ¡tal vez debería acompañarla alguna vez
cuando vaya a Barcelona para sufrir y ver sufrir a una Isolda
española!

—No se lo tome a risa. En Barcelona adoran a Wagner.
Cuando terminó su *Parsifal,* Wagner convenció al rey Luis II
de Baviera de que jamás permitiera que esa ópera fuese inter-
pretada fuera de Bayreuth hasta treinta años después de su
muerte. Un grupo de barceloneses amantes de la música de
Wagner, conocedores de este deseo del compositor, se dieron
cuenta de algo que, inexplicablemente nadie más en el mundo
de la ópera europea se preocupó por averiguar siquiera. En silencio, los wagnerianos barceloneses contaron los días y los
meses hasta que, llegado el momento, solicitaron y obtuvieron
la autorización para que, en la fecha en que la prohibición ex-
piraba, el 31 de diciembre de 1913, se les autorizara a represen-
tar *Parsifal* en el Liceo. La obra se pudo estrenar en Barcelona
el 31 de diciembre de 1913.

—Caramba, esto tampoco lo sabía —dijo Canaris algo
avergonzado de su ignorancia.

—Y no es lo único que me ofrece Barcelona. Además de la ópera, allí tengo más facilidad para obtener informaciones que, según voy comprobando, suelen ser valiosas.

—¿Por ejemplo…?

—He conocido y conversado largamente con un hombre bien informado. Es corresponsal en Londres de uno de los principales diarios españoles, *La Vanguardia*.

—¿El que firma Augusto Assía pero se llama Fernández Armesto? Leo a veces sus crónicas porque he podido ver que sus fuentes son buenas. ¿Le contó algo que no sepamos ya?

—No, de momento. Aunque pienso que algún día sabré cosas importantes gracias a él, voy ganándome su confianza. No solo está bien informado de lo que pasa en Londres, también sobre España, y me dijo algo que me preocupó. Opina que los días de la luna de miel entre Alemania y España están a punto de terminar. ¿Qué ha ocurrido para que terminen aquellos días felices en los que el Führer concedió a Franco la Gran Cruz de Oro del Águila Alemana?

—Muchas cosas, Rosy. Han ocurrido muchas cosas. En 1941 convencimos a Franco de que permitiera aprovisionar a nuestros submarinos en los puertos españoles, y nuestros aviones usaban sus aeropuertos, y España envió voluntarios para ayudar a nuestra infantería en el frente ruso… Todo eso sería ahora impensable. Hay una razón muy sencilla: antes Alemania parecía invencible; ahora ya no. ¿Le dijo algo más ese corresponsal?

—Sí, que el Gobierno español, según sus fuentes, había decidido cambiar su política de apoyo al Eje para pasar a mostrarse más favorable a los aliados. Que España dejará de definirse como un país «no beligerante» para llamarse «neutral». Y la prueba de que ese cambio empieza a producirse es que Franco ha ordenado que su División Azul regrese del frente ruso.

—Pero no creo que a usted le resultara una decisión sorprendente…

—Me llama la atención que una decisión tan radical, que era apenas una conjetura hace un par de semanas, haya pasado a ser una cosa conocida de la que se puede hablar abiertamente cenando en el Círculo del Liceo.

—Pocos de nuestros secretos mantienen ese estatus mucho tiempo. Así es nuestro oficio —admitió Canaris—. Nosotros nos matamos por obtener confidencias supuestamente sagradas, y en pocos días pasan a ser de dominio público. La eficacia de nuestro trabajo está en relación directa con el tiempo que la información permanece secreta.

—También me ha llegado un rumor que parece serio. Al parecer, va a producirse un intercambio de prisioneros de guerra en Barcelona.

—Y… ¿cuál es su fuente?

—No se ría… Un barman.

—No me río, me alarmo, Rosy. Acabo de recibir un comunicado oficial: lo que ese barman le ha dicho es cierto. Se va a producir un intercambio, aún está por decidir el lugar y el momento. ¿Conoce esos dos datos el barman? —preguntó Canaris aparentemente bromeando.

—Tal vez. Como mínimo, me aseguró en qué puerto se haría: el de Barcelona. Pero no la fecha.

—¡Increíble! ¡Un barman! Mire, Rosy, desde que nos conocemos y trabaja para mí, he aprendido que sus métodos no son ortodoxos, pero que dan buenos resultados. No voy a preguntarle el nombre de ese barman. Pero quiero que le sonsaque todo, sobre todo cuál es su fuente, y que le informe con el máximo detalle.

—Yo siempre le he agradecido que me dé esa libertad. ¿Le importaría decirme qué otros datos hay en ese comunicado oficial?

—Solo confirma que habrá discusiones preliminares en la Cruz Roja Internacional en Ginebra. Participarán el embajador británico en España, O'Hare, y nuestro embajador, Dieckhoff. Por cierto, ¿tienen ustedes alguna conexión familiar?

—Ninguna, es una mera coincidencia de apellido. ¿Y no dice nada el comunicado de dónde se hará el intercambio?

—Está pendiente de confirmación, pero si la reunión de Ginebra la van a celebrar O'Hare y Dieckhoff, parece obvio que será en España. Y si fuese en España, el lugar será probablemente Barcelona. En Port Said van a preparar un par de buques británicos para llevar a un contingente de unos 2.000 soldados alemanes presos y heridos en esa zona. Y sé que de nuestro lado van a preparar también un par de buques que transportarán un número igual de prisioneros de guerra aliados, también heridos.

—Y nosotros como Abwehr, ¿vamos a tener algún papel oficial en este intercambio? —quiso saber Rosy.

—Efectivamente. La Abwehr tiene que dar el visto bueno a los nombres de los soldados alemanes susceptibles de participar en el intercambio. Todos ellos serán militares capturados por los británicos en Tobruk.

—Entonces, veo que esto nos da una gran oportunidad para que brille el nombre de la Abwehr, en detrimento del Grupo G —dijo Rosy.

—¿A qué se refiere con el Grupo G? Jamás había oído hablar de eso. ¿Es alguna nueva organización? Ya no me fío de que en Berlín me lo cuenten todo.

—El nombre me lo he inventado yo —dijo Rosy observando que el rostro de Canaris, que había mostrado auténtica preocupación, se distendía—. El Grupo G, Goering y Goebbels: GGG.

—Menuda pareja. Y, ciertamente, trabajan unidos en muchas cosas. ¿Sabe algo que yo debería saber del Grupo G?

—Cualquier día le llamaré, señor, en mitad de la noche, para explicarle cosas… Tal vez no sea más que una paranoia mía.

—Pues le agradeceré que comparta con su jefe sus paranoias, Rosy. Podrían ser interesantes. Nada comparable a su imaginación ni a su intuición. Esto me recuerda que, hace unos años, empezó a hablarme de unas cosas rarísimas… Bolómetros…, ¿era esa la palabra? ¡Nuestras antiguas jornadas de gloria! Aquel informe que me pasó sobre una tecnología punta de esa época, la de los infrarrojos aplicados al espionaje nocturno… ¡Me dieron muchos golpecitos en la espalda y felicitaciones muy efusivas, Rosy! Y creo que hasta hoy no he tenido oportunidad de agradecerle que se dejara guiar por su intuición. Y ya que estamos en ello, ¿sabe lo que siempre me he preguntado? ¿Cómo era posible que una mujer como usted, que aparentemente no está en absoluto interesada por la ciencia, comprendiera que eso podía tener importancia? ¿De dónde le llegó la primera información? No me diga que se lo contó un barman…

—La primera vez que oí hablar de eso fue en Múnich, y no lo comentó un barman, sino un médico. Un neurólogo de Nueva York llamado Werner Applefeld.

—Pues no tiene un nombre nada estadounidense, me parece.

—Es judío, nacido en Hamburgo, y emigró a Estados Unidos, donde estudió Medicina y ya se quedó allí. Tiene muy buena reputación internacional.

—¿Sigue en contacto con él?

—Es curioso que me lo pregunte.

—¿Por qué?

—El mes pasado…, ¡tengo que volver a hablar de Barcelona y su ópera!, el mes pasado conocí en el Liceo a un cardiólogo que conoció a bordo del Normandie a un neurólogo llamado Applefeld.

—El mundo es un pañuelo, sin duda —admitió Canaris—. Volviendo al asunto del intercambio de prisioneros. Si se organiza en Barcelona, me gustaría que Klaus Hess, de nuestra oficina de Múnich, y usted desde Barcelona, participen en la logística. Suponiendo que vayamos a tener alguna participación en el intercambio.

—Y la podemos tener… ¡aunque no nos asignen ninguna!

—Eso estaba pensando, precisamente. Porque puede que el Grupo G no quiera que metamos las narices, pero somos el espionaje militar, aunque no les guste. Y téngame sobre aviso de cualquier cosa que considere interesante acerca de las maniobras encubiertas que detecte por parte del Grupo G. Por cierto, ¿tuvieron algo que ver Goering y Goebbels en el asunto de la tecnología de los infrarrojos?

—Como mínimo, metieron las narices. Fue poco antes de que empezara la guerra. Me extrañó cuando lo supe, porque era un tema estrictamente militar. No era territorio de la Gestapo.

—Compruebo una y otra vez, Rosy, que es usted un animal con mucho sentido de la propiedad de su territorio…

—Siempre que me parece necesario. Aparte de esa visita en Londres, el Grupo G envió a otro agente de la Gestapo a un congreso de médicos que se celebró en Chicago con la intención de ver al doctor John Wild, pero este se negó a hablar siquiera con él. Y ahí vino el problema. Tras pronunciar su conferencia, le dispararon un tiro. El sicario estaba bien entrenado: apretó el gastillo justo cuando pasaba por encima el metro. Alguien le robó al doctor Wild la documentación sobre las posibles aplicaciones militares, aún poco difundidas entonces, de la tecnología de los infrarrojos. Desde entonces tengo muchas paranoias. Creo que la Gestapo trata de hacernos la competencia, de fastidiar lo que hacemos. Los vigilo como si fuera un espía británico. ¿No es horrible?

—Lo es —respondió el almirante—. Usted siga vigilando al Grupo G y téngame al corriente de lo que le parezca sospechoso. Pero actúe con mucha prudencia, sus actividades no son juegos de niños.

—Lo sé, señor. Iré con cuidado —dijo Rosy poniéndose en pie al comprobar que Canaris daba la breve charla informal por concluida.

Tras la calurosa despedida, Rosy salió muy animada. El jefe del espionaje alemán seguía confiando en ella. Le había servido en bandeja de plata la posibilidad de investigar si, gracias a algún portentoso milagro, Max estaba en la lista de los prisioneros de guerra que iban a ser objeto del intercambio. Los años desde la última vez que se vieron se le hacían larguísimos. En verano de 1939... Recordó la angustia con la que habló con él aquella última vez, cuando la telefonista del Majestic le consiguió apenas sesenta segundos de comunicación. Lo principal es que llegó a decirle que lo amaba. No volvió a saber de él. Estaba convencida de que le había hecho caso y se había alistado. No dudaba de que Max había aceptado su amor y lo que casi fueron unas órdenes dictadas por puro miedo. Solo deseaba que lo hubieran enviado al frente africano. Si era así, las probabilidades de que lo capturasen en las sucesivas derrotas alemanas en el Mediterráneo eran bastante altas. Trataba de contener ese optimismo que sabía exagerado, pero la ilusión de que fuese real le impedía razonar. Quería que ocurriese con tanta fuerza que casi consideraba que ya estaba ocurriendo. ¿Para qué temer una decepción calamitosa?

Era soñar, de acuerdo. Pero qué delicia de sueño, qué emoción pensar que tal vez pudiera verlo y abrazarlo.

En cuanto a Werner Applefeld, tal vez podía restablecer

contacto con él a través del doctor Óscar Prat. Decidió tratar de encontrarse con él en el Círculo del Liceo tan pronto como le fuera posible.

Finalmente, Carlos, el barman del Majestic, sin duda susceptible de ser animado a seguir contándole muchas cosas mediante un ataque combinado de sexo y dinero, ingredientes que sabiamente combinados nunca fallaban. Al fin y al cabo, Hellerman, el hombre de la Gestapo, aún se alojaba en el Majestic, y Carlos tendría amplias oportunidades de enterarse de cosas. Ese agente iba a ser una buena fuente de información sobre los planes del Grupo G. Todo encajaba.

El Cataluña Express iba a salir de la estación de Atocha en cuestión de un par de horas. Rosy tuvo la suerte de conseguir en el último minuto un *single* en su coche cama. Decidió refrescarse un poco, ir al vagón restaurante, acostarse y despertarse al cabo de unas trece horas en el apeadero de Gracia, situado a doscientos metros de su hotel.

Estaba segura de que iba a ser una magnífica noche. Esa convicción duró poco tiempo. Al volver a su cabina, abrió la cartera de trabajo y sacó uno de los informes que iba a tener que leer o al menos ojear. Y empezó por el que más le llamó la atención. «Conferencia Wannsee», se titulaba.

Sus ojos no daban crédito a lo que decía. Escrito con estilo neutral, con infinita atención a los detalles más triviales, con algunas tablas acompañando el texto, comprobó que se trataba de un análisis de las mejores opciones para llevar a cabo, con diligencia y eficacia, la tarea de matar al mayor número de judíos al menor coste. El informe resumía las opiniones de quince altos funcionarios del partido nazi y del Gobierno que se habían reunido para estudiar el tema en la bucólica ciudad de Wannsee, bajo la presidencia del general Heydrich, el primer lugarteniente de Heinrich Himmler.

Se mencionaba que Heydrich, un gran violinista según Rosy recordaba, había deleitado a los congresistas interpretando unas cuantas melodías, les había luego informado de los cálculos que había hecho acerca del número de judíos que la Gestapo había matado desde mediados de 1940. Una cifra que se calculaba en un millón de personas, y que parecía pequeña frente al objetivo de Himmler. Era un avance lento y además muy caro. Las técnicas utilizadas eran las tradicionales, y no parecía discutible que era necesario mejorarlas mucho en todos los sentidos.

Rosy quiso dejar de leer, pero no pudo. Jamás había visto un documento más siniestro que aquel. Con todo detalle daba cuenta de la eficacia en relación al coste y estudiaba las necesidades financieras a las que habría que hacer frente a fin de matar aproximadamente a diez millones de seres humanos. Así como la mejor manera de coordinar la utilización de diversas técnicas que se iban a emplear para llegar a lo que tenía un nombre clave: la solución final.

El Führer pidió que le llevaran a su despacho las conclusiones del grupo de especialistas antes de que tuviera que pronunciar un discurso programado para una reunión masiva que se iba a celebrar en el Berliner Sportpalast.

Rosy se quedó escandalizada, avergonzada, con ganas de vomitar… Tomó un vaso de agua, cerró los ojos y pudo inmediatamente «ver» el nuevo y principal objetivo de su nueva misión en España: salvar a Max de esos monstruos.

Si el intercambio se producía en Barcelona y Max formaba parte de él… Se prometió a sí misma que Max se quedaría en España aunque para conseguirlo tuviese que matar. Había matado varias veces y por motivos menos justificados.

El tren llegó al apeadero de Gracia. Subió a la calle y se fue andando hacia su hotel. El conserje, al darle la llave de su habitación, le puso también en la mano un papel de color azul. Era un telegrama.

> Intercambio seguro en Barcelona.
> Daré fecha cuando pueda.
> Canaris.

29

El Grupo G

Barcelona, 11 de octubre de 1943

Rosy repasó mentalmente la entrevista del día anterior con el almirante Canaris. Estaba satisfecha. La creación de la red Bodden, formada por Rosy con agentes alemanes que vigilaban toda la costa mediterránea de España, era un trabajo que la llenaba de orgullo, al igual que el hecho de que su idea de equiparlos con tecnología de rayos infrarrojos y bolómetros hubiera sido aprobada y aplicada. En la Abwehr solían decir: «Si una sardina británica cruzase ahora por el estrecho de Gibraltar, ¡nos enteraríamos!». Aunque fuese bastante hiperbólico, era un galón para los hombros de Canaris y de Rosy.

La pregunta era: ¿por qué tanto empeño de Hellerman en robarle ese galón?

Rosy había trabajado también en averiguar qué hacían en España las demás agencias alemanas. Y sus investigaciones secretas habían dado frutos: ya poseía datos que podían incriminar a altos miembros del Partido Nacionalsocialista Alemán. Sus hallazgos comenzaban a ser tan graves y afectaban situaciones y a personas tan importantes que había dejado de pasar informaciones. Ni el propio Canaris sabía cuánto ni qué había llegado a saber Rosy. Era una bomba que podía estallar en su propia cara y poner fin instantáneamente a su carrera en la Abwehr.

No era posible que Hellerman supiera nada. Pero lo imposible comenzaba a parecer factible. Decidió pedir el desayuno en la habitación para que se lo subiera Carlos, como siempre. Y aprovecharía para hacerle algunas preguntas. Aquel hombre eficaz era bueno en todo y husmeaba mejor que un sabueso. Hasta el último momento Rosy no estuvo segura de que a esas horas hubiese empezado el turno de Carlos.

Una voz al otro lado de la puerta la sacó de dudas:

—¿Con permiso…?

Era él.

—¡Adelante!.—dijo Rosy muy animada. Y añadió—: ¡Qué rapidez! ¿Tenías preparado ya el desayuno?

—Casi. Cisca me ha dicho que había usted llegado, y me imaginaba que le iba a sentar bien un café con leche y un cruasán.

—Has acertado, Carlos. ¡Qué elegante! ¿Es el nuevo uniforme?

—Sí, señora —dijo Carlos, al que Rosy había explicado que siempre, excepto en la cama, tenía que llamarla «señora»—. Están arreglando el hotel para que quede más lujoso. Han empezado a pintar habitaciones, están cambiando el mobiliario, las alfombras y cortinas, y nos han dado estos uniformes… ¡Y espere a verme en el bar! ¡Llevo esmoquin! Esta noche me toca turno de servicio de habitaciones, no me podrá ver en el bar. Pero ya sabe, si necesita cualquier cosa, sea la hora que sea, estaré disponible. Toda la noche… —Sonrió Carlos con amabilidad y tal vez algún matiz más. Como comprendió que se podía interpretar sus palabras como una propuesta, cambió de tema—: Tenemos el hotel completo, hay mucha gente de Alemania. Pobre Cisca. Ayer se llevó una regañina tremenda por equivocarse al decir el nombre de un cliente alemán muy importante.

—¿Quién era ese cliente?

—No estoy seguro. Pero recuerdo el nombre, se llama Lázaro.

—Pues Lázaro no es un nombre alemán… ¿Estás seguro?

—No, pero se lo preguntaré a Cisca.

Las sinapsis de Rosy funcionaban.

—¡Lazar! ¡Claro! Se llama Hans Lazar. ¿Sabes por qué vino?

—Sí, a ver a un cliente, que es el que se puso hecho una fiera con Cisca.

—¿Recuerdas quién era el cliente?

—No, lo siento. Pero seguro que Cisca se acordará. Cisca lo ve todo y lo oye todo y jamás olvida nada.

—Muchas gracias Carlos. Por cierto, qué bien te sienta el nuevo uniforme. Estás muy guapo. Si Herr Lazar vuelve al hotel y va al bar con su amigo, fíjate mucho en ellos, qué hacen y en qué idioma hablan.

—Sí, señora.

Cuando se quedó sola, Rosy buscó en sus notas todo lo relacionado con Hans Lazar. Su llegada a España se remontaba a 1940, cuando se instaló en la embajada de Madrid como agregado de prensa. Según los datos que tenía Rosy, nació en Estambul, de padres austríacos. Su primer cargo como diplomático lo tuvo en Berlín como miembro del personal de la embajada de Austria. Pronto se afilió al Partido Nacionalsocialista, y siempre destacó como uno de sus miembros más fanáticos. Gracias a eso consiguió hacerse amigo de Joseph Goebbels, el ministro de Información y hombre muy próximo a Hitler, que lo envió a España.

Y había hecho bien su trabajo: una red de unos cuatrocientos periodistas y articulistas repartidos por España y América Latina que cobraban de Berlín a cambio de implementar la política propagandística de Goebbels. Lazar se había convertido en el cerebro que puso en marcha una maquinaria compleja que pretendía difundir la ideología nazi en todo el mundo de habla española, y lo hacía con un presupuesto muy superior a todo el de la Abwehr en España.

Su fama de hombre frío y misterioso, al parecer justificada, le impedía tener amigos. Y los pocos que decían serlo, eran mantenidos por Lazar a distancia. Solía utilizar un monóculo de cristal a través del cual parecía someter a quienes se le acercaban a un examen microscópico. Era, también, un apasionado coleccionista, experto en arte bizantino y de los territorios orientales del continente europeo. Un amigo de Rosy le dijo que se podía describir a Lazar diciendo que era omnipotente, omnipresente y *omniodiado*.

Hablando en una ocasión con Augusto Assía, el corresponsal de *La Vanguardia* en Londres, Rosy le preguntó si por casualidad conocía a Hans Lazar.

«Sé quién es, pero no lo conozco personalmente. Tengo un bueno amigo que lo admira mucho, pero lo considera un hombre misterioso que infunde respeto en todas partes. ¡Incluso en Londres, por extraño que pueda parecer! Parece que conoce a todos los marchantes londinenses.

Esa era la nota más reciente que tenía sobre Hans Lazar. Cerró el cuaderno y se preguntó qué motivo podía tener ese hombre tan poderoso dentro del nazismo para verse con alguien alojado en el Majestic. Bajó a ver a Cisca, que se alegró de verla en su pequeño cuartito de telefonista y se levantó para mostrarle el uniforme nuevo.

—¡Qué bien te sienta la blusa, el blanco le va de maravilla a tu piel! Y Carlos también está guapísimo.

—¿Verdad? Es que Carlos es muy apuesto.

—Y que lo digas. Eres una mujer afortunada. —Sonrió Rosy.

—También usted lo es —dijo Cisca.

—¿Por qué lo dices?

—Porque me lo ha dicho Carlos.

Rosy se quedó algo traspuesta, pero recuperó su aplomo enseguida:

—Parece que no te cuesta aceptar algo que generalmente se considera inaceptable.

—Es por la guerra.

—¿Cómo? ¿Qué tiene que ver la guerra con eso?

—Hemos pasado mucha hambre durante tres años seguidos. Con el hambre, lo que es bueno y lo que es malo dejan de parecer cosas muy definidas, todo se confunde y se mezcla. ¿Ha pasado usted hambre de verdad alguna vez, señora?

—Nunca —admitió Rosy.

—Solo quienes han sufrido esa experiencia lo pueden entender. Mire, usted le da a Carlos propinas muy generosas. No hay nadie como usted en todo el hotel. Y me trae siempre regalitos a mí. Siempre tiene esos detalles que hacen más soportable nuestra situación de miseria. ¿Se da cuenta, señora, de que bastaría una sola palabra suya a la dirección del Majestic para que Carlos y yo fuésemos puestos de patitas en la calle en un segundo?

Cisca se quedó mirando muy seria a Rosy, pero al cabo de

247

unos instantes puso otra expresión y, sin dejar de mirarla, ahora con aire de picardía, como si estuviera confesando una maldad, continuó:

—Además…, dice Carlos que la experiencia que está adquiriendo será beneficiosa para nuestro futuro como pareja… —Y le guiñó un ojo.

—No lo dudo —dijo Rosy tratando de disimular una carcajada que le salía de muy adentro—. Entonces, mejor que no cambiemos nada.

—Mejor que no —dijo Cisca—. Dígame, señora, ¿necesita alguna cosa?

Y Rosy disparó su pregunta de forma muy directa:

—¿Te acuerdas de quién fue el cliente del hotel al que visitó Herr Lazar?

—Por supuesto, señora. Se llama Hellerman, es huésped del hotel desde hace mucho tiempo, tres años si no me equivoco.

—¡Parece que el Majestic le gusta!

—Así es. Vino a vivir aquí mientras hacían reformas en el piso que tiene en Barcelona. Las obras llevaron mucho tiempo, más de lo que se le había dicho, como ocurre en España con todo… Y decidió vender el piso y quedarse a vivir aquí. Es un hombre muy amable, en cierto modo se parece a usted. Siempre habla conmigo, y cada año me trae regalos en Navidad y por mi cumpleaños.

—Es amable contigo porque tú lo tratas bien. De todos modos, necesito saber más sobre él. ¿A qué se dedica?

—Trabaja para el Gobierno de Alemania… En algo que tiene que ver con el puerto. De hecho, ayer dijo que va a tener muy pronto un trabajo bastante complicado que le absorberá todo el día. Entendí que va a pasar algo en el puerto, algún acontecimiento muy importante.

—¡Qué interesante! Tengo que conocerlo. Probablemente tengamos amigos comunes.

—Señora, si quiere hablar con Herr Hellerman no tiene más que bajar al bar hacia las ocho de la tarde. Siempre se reúne allí con su ayudante, un español, joven y guapo. Dice Carlos que cenan juntos y que antes se toman un par de dry martinis en el bar.

—Gracias por la información, Cisca.

Rosy decidió salir a caminar un rato. Subió por el paseo de Gracia. Pensar mientras andaba sin rumbo fijo solía ser un buen método para aclarar las ideas. Recordó su primer encuentro con el cónsul Hartman. Era su segundo día en España. El cónsul mencionó que un amigo suyo estaba alojado en el Majestic, y que había sido elegido para dirigir la Gestapo en Barcelona. Hartman añadió que debía ir con cuidado porque era un mujeriego. ¡Cómo se le podía haber olvidado un detalle así!

Decidió que su máxima prioridad era provocar un encuentro con Hellerman. Sería interesante, e incluso divertido, si además su ayudante español era tan guapo como decía Cisca. Había gato encerrado en todo lo que estaba sabiendo. Lazar, un protegido de Goebbels y Goering, yendo a reunirse en Barcelona con Hellerman, que también era protegido de Goering. Tenía que investigar y saber qué se estaba cociendo.

Cuando llegó a la avenida del Generalísimo Franco giró a mano izquierda y se dirigió a Sacha, donde tenían los mejores bombones de chocolate de toda la ciudad. Compró una cajita para Cisca. Esa mujer valía su peso en oro.

Hans Hellerman no tenía aún ni idea, pero esa misma noche iba a tener una cita con Rosy.

Ella sintió cierta inquietud porque iba a ser la primera vez que iba a espiar a supuestos aliados suyos y parte del mismo Gobierno. Esa novedad podía resultar interesante también.

A las ocho menos cuarto Rosy fue al bar del hotel y se sorprendió al ver que el barman era Carlos.

—No me tocaba, pero el hotel está lleno y me han pedido que atendiera yo el bar. Esto se llena todas las noches antes de cenar.

—¡Qué bien te sienta el esmoquin!

—Gracias.

—He de pedirte un favor. Ponme una mesa lo más cerca posible de la de Herr Hellerman. Tengo entendido que viene todas las noches a tomar una copa.

—Es así. Suele instalarse en la primera mesa que hay a la derecha nada más entrar. Casi cada noche lo acompaña Antonio, su ayudante.

Rosy dio media vuelta, dijo «Perfecto» y se dirigió a la segunda mesa a la derecha de la entrada. A medio camino se volvió hacia Carlos y le dijo:

—Tráeme un dry martini con *gin* y unas almendras saladas. Voy a leer un rato.

Se sentó y desplegó el último número de *Der Adler*.

Carlos le llevó el cóctel a la mesa y le explicó:

—La ginebra no es inglesa. Es Larios, una ginebra española. Espero que le guste.

Justo en ese momento llegaba al bar un cuarentón muy bien vestido, acompañado por un tipo joven de aspecto deportivo. Se sentaron a la mesa contigua.

Ella los miró torciendo el gesto, como si su presencia la estorbara. Fue tan patente su actitud que los recién llegados no pudieron ignorarla.

—¿Le molesta que nos sentemos al lado de su mesa? —preguntó el cuarentón.

—No es que me moleste, pero me sorprende que estando todas las otras mesas desocupadas hayan tenido que ponerse aquí, entre la puerta y mi mesa.

Carlos no podía creer lo que oía.

—Es solamente un tributo que rendimos a su belleza —dijo el recién llegado—. Además, es la mesa que ocupo casi todas las noches. Mejor no discutamos, ¿le parece? Por cierto, es usted alemana, ¿no?

—Creo que es evidente. Como lo es que usted también.

—Cierto, pero no leo *Der Adler* en público.

—Me gustan los aviones.

—¿Puedo preguntarle cómo es que está usted en Barcelona?

—Trabajo para el Gobierno de Alemania.

—¡Ah, para la Abwehr…!

—No he dicho que sea la Abwehr.

—Por eso sé que es para la Abwehr. Ustedes no dicen nunca para qué organismo trabajan. ¿Tiene usted intención de espiarnos?

—¡Naturalmente! Pero para decidir si debo hacerlo o no, dígame antes, ¿y usted, a qué se dedica? —dijo Rosy acompañando sus palabras de una de aquellas sonrisas capaces de desarmar al más pintado—. Permítame que me presente, soy Rosy Dieckhoff.

—¿Algún parentesco con el embajador?

—Ninguno.

—Yo soy Hellerman, Hans Hellerman. Llevo siete años en Barcelona como jefe local del partido. Trabajo sobre todo en temas portuarios, tráfico marítimo, qué entra y qué sale… Y él es mi ayudante, socio, secretario, intérprete y mano derecha, todo en uno, Antonio Aguirre. Sin él sería incapaz de hacer nada…

Antonio la saludó con una inclinación de cabeza. Rosy respondió con una mirada de aprobación. Cisca tenía buen gusto, una vez más: el joven era muy guapo.

La conversación que siguió fue animada. Antonio apenas intervino, pero en varios momentos se rio con discreción. El bar se estaba llenando y Carlos no podía prestarles atención.

Tras el segundo cóctel Rosy anunció:

—Ayer pasé la noche en el tren y estoy fatigada. Una buena noche durmiendo otra vez en mi cama me dejará como nueva. Discúlpenme. Ha sido un placer. Espero que haya otras ocasiones para charlar.

Los dos hombres se pusieron en pie y ella estrechó sus manos, dio media vuelta y se fue. Hellerman vio que Rosy se había dejado el bolso. Y sin dudarlo le dijo a su ayudante que averiguara cuál era la habitación de la dama y que subiera personalmente a llevárselo.

—Me parece que yo voy a retirarme también, Antonio. Pediré que me suban una cena ligera a la habitación —dijo Hellerman—. Mañana tenemos visita a primera hora. Nos vemos en la oficina a las ocho y media.

—Tendrá que ser un poco antes —le corrigió su ayudante—. Recuerde que tiene una cita en la oficina con Herr Lazar a las ocho en punto.

—Es cierto. Gracias. Hasta mañana.

Antonio cogió el bolso y salió del bar. Eran las nueve de la noche, tal vez muy tarde para llamar a la puerta de la habitación de Rosy, pero decidió intentarlo. Esas eran las órdenes que le habían dado, y además le apetecía ver otra vez a aquella alemana. Le gustaban las mujeres mayores que él, señoras interesantes como Rosy. Antonio tuvo que esperar muy poco. Rosy abrió la puerta y aparentemente se alegró mucho de ver al joven español.

—Lo más importante es que llevo en él mis gafas. De noche no leo bien si estoy cansada, y por cansada que esté, para coger el sueño necesito leer al menos una hora. Lo mío son las noches…

—Lo mismo me pasa a mí —dijo Antonio—. Los españoles solemos irnos a dormir muy tarde. Seguro que es porque la noche es mágica, por la noche pasan las cosas más interesantes.

—Entonces, pase y le ofreceré una copa, si le parece.

—Se la acepto si usted me acompaña con otra.

—Adelante. Hecho, pediré un par.

Dos pares de ojos hablaban en un lenguaje más alto y más claro que el diálogo meramente educado que mantenían sus voces.

—Me ha llamado también la atención que estuviera leyendo *Der Adler*. ¿Le interesa la aviación? —dijo Antonio.

—Me gusta volar —dijo Rosy acercándose al teléfono para llamar al servicio de habitaciones.

—A mí también —dijo Antonio apoyando levemente la mano sobre la de Rosy, cuando ella iba a descolgar. Y añadió—: Por mí, no hace falta que llame al servicio de habitaciones. Mi jefe aguanta mejor los martinis que yo. Esta noche ya he llegado a mi máximo, y mañana tenemos una reunión bastante temprano en la oficina.

La mano de Rosy se quedó apoyada en el teléfono, sin descolgarlo, notando el tacto cálido de la de Antonio. En los encuentros de tipo «profesional», como el de aquella noche, no solía tener Rosy esa clase de sensaciones turbadoras. Sin romper el silencio, Antonio se inclinó sobre la mano que seguía apoyada en el teléfono y con suavidad depositó en ella un beso prolongado que fue aceptado sin la menor resistencia.

Rosy volvió a mirarlo. Aunque su cuerpo no fuese tan espectacular como el de Max, Antonio era también un adonis, un ejemplar sureño de cuerpo fibroso que, además, podía convertirse en una interesante fuente de información.

—Pensándolo mejor, pediré algo que nos refresque —anunció Rosy—. Tómese algo conmigo. Y me cuenta cuáles son sus responsabilidades en las oficinas alemanas…

Sin esperar su respuesta, Rosy pidió dos gin-tónics. Antonio aprovechó para mirarla mejor y satisfacer su curiosidad. Era guapa, sofisticada, y sin duda le llevaba unos cuantos años. Se le notaba la experiencia, sabía desenvolverse en situaciones que para otras mujeres resultarían incómodas. Antonio no tuvo ninguna duda al respecto.

Cuando se retiró el camarero del servicio de habitaciones, Antonio, con el vaso en la mano, se acercó a Rosy tan directamente y sin disimulo que ella no recordaba nada parecido en su ya larga carrera. Con una sonrisa seductora, le dijo:

—Seguro que le han dicho muchas veces que se parece a Marlene Dietrich…

—Muchas… Pero no soy rubia.

—Marlene tienes otras cualidades, aparte del color de su cabello.

—¿Por ejemplo?

—Lo sabes muy bien, Rosy —dijo Antonio tuteándola por primera vez—. Esas cejas finísimas, que me recuerdan a una foto de Brassaï, la blancura de tu piel, la forma de mirar, de caminar…, esas piernas… No tienes nada que envidiarle.

La chispa provocó un primer abrazo tumultuoso y el fuego ardió de repente. Sus cuerpos estaban hambrientos de contacto físico a sabiendas de que iban a encontrar en el otro una respuesta acogedora y también apasionada, y la complicidad reinó y avanzó sin límites, estalló la tormenta y el reloj se paró.

A la una de la madrugada Rosy dio un beso de despedida a Antonio y le dijo sonriente:

—A veces nuestro oficio nos proporciona unos beneficios marginales notables, ¿no te parece?

—Sí. Pero lo de esta noche ha sido excepcional.

—Buenas noches —dijo Rosy, y le sopló un beso.

Para ella aún quedaba trabajo por delante. Canaris trasnochaba siempre, solía incluso quedarse en la oficina hasta altas horas. Tenía que llamarlo, pero no podía hacerlo desde el hotel.

Después de esas horas de pasión, necesitaba aire fresco, un pitillo y el silencio y quietud de la calle. El pobre Antonio, encantador e ingenuo, no había podido librarse de la telaraña que ella había tejido a su alrededor.

Había un teléfono público en la calle Provenza, cerca del

hotel. Y la compañía telefónica española le puso con la línea privada de Canaris en muy poco tiempo.

—Disculpe si le llamo tan tarde, señor. Ya le advertí que en caso necesario…

—Hola, Rosy, ningún problema.

—Si le parece bien, tengo unas entradas para el *Otelo* que se representa mañana en Barcelona. Sin duda, la mejor expresión operística de la envidia y la traición. ¿Le interesa?

—Sí.

—Habrá una habitación reservada a su nombre en el hotel Ritz. Nos vemos allí a las siete en punto. Buenas noches.

Tras la breve conversación desde el anonimato del teléfono público, Rosy comenzó a preguntarse si su osadía había sido excesiva. Tal vez se había extralimitado. Seguramente, Canaris había entendido que no se representaba *Otelo* en el Liceo, pero lo más probable es que hubiese captado qué significaban las palabras de Rosy acerca de la «envidia» y la «traición». No iba a ser fácil explicarle que la sorprendente información que había obtenido procedía de una fuente a la que acababa de conocer y era el resultado de unas horas de erotismo intenso. No podía confirmar los datos ni la fiabilidad de su fuente. Pero tampoco podía llamar de nuevo para suspender el viaje de su jefe.

Faltaban menos de veinticuatro horas para que se convirtiese en una heroína o en una mujer buscando empleo.

CUARTA PARTE

Un plan perfecto

30

El barco hospital Cuba

Mediterráneo occidental, 26 de octubre de 1943

*E*l SS Cuba navegaba por las aguas más azules del mundo, pero Max las veía solo con su ojo izquierdo. Llevaba el derecho cubierto por un aparatoso vendaje. Desde la popa, donde se encontraba la sala de espera de la enfermería, contemplaba la estela blanca que partía el mar en dos.

Dentro de poco terminarían sus aventuras como soldado voluntario, después de cuatro años. No estaba contento de su vida. En cuanto se enroló, sus opiniones sobre muchas cosas habían ido cambiando. Mirando atrás, solo veía una interminable sucesión de jornadas de riesgo e incertidumbre. Lo peor habían sido las noches, pues en la soledad se acumulaban los miedos, la nostalgia y las preguntas sobre sus seres más queridos.

Imaginaba que su madre seguía en Suiza y Rosy en Barcelona. También recordaba el accidente de Shalimar, que puso fin al grupo de trapecistas más famoso de Alemania. La última vez que vio a su compañera, ya recobrada parcialmente de su caída, él le preguntó:

«¿Qué vas a hacer Shalimar? ¿Adónde irás?».

«No lo sé. He cogido miedo, estoy cansada, necesito una nueva vida, que probablemente sea con Arthur. Lo que sí sé es que por el momento Arthur no está en mis cartas…

Max no le preguntó ni logró entender qué significaba esa última frase.

En cuanto a su amigo Joshua, al menos había podido salir

de Alemania y encontrar refugio en Suiza al lado de Greta, justo donde él, Max, tendría que haber estado de haberse dado cuenta antes del peligro que corría. ¿Por qué no hizo caso a su madre cuando le decía que se fuera a Suiza? También se lo había dicho muchas veces su primo Werner. ¿Por qué no hizo caso a nadie?

En cuanto a Rosy, seguía vivo el recuerdo de la última vez que hablaron, aunque él apenas pudo decir «Sí» a todo lo que ella preguntaba. Por eso se alistó, porque ella le dijo que era la única forma que tenía de sobrevivir.

Sabía, aunque sin querer pensarlo mucho, que los judíos eran perseguidos por los mismos nazis que lo ensalzaban a él como modelo para la juventud. Pero se había negado a saberlo del todo, como se había negado a pensar que su padre había muerto presa de la angustia por el asedio al que los nazis lo estaban sometiendo. Su mala relación con su padre seguramente lo convirtió en un ciego para aquellas circunstancias terribles que sufría la gente de su raza. El atleta circense, el Adonis al que adoraba el público, el joven cuya imagen fue utilizada en la propaganda hitleriana, había vivido de espaldas a las verdaderas causas del fallecimiento súbito de su padre.

Joshua estaba en lo cierto cuando lo acusaba de llevar una vida inconsciente.

Solo tras el accidente de Shalimar comenzó a darse cuenta de que su vida iba a cambiar irremisiblemente. Y vaya si cambió. Adonis, el ejemplo supremo del joven alemán, había muerto para siempre. No lo mató un oso, como en el mito griego. A aquel Adonis lo había matado su origen, el accidente de Shalimar, la ausencia de Rosy, la guerra y una larga conversación en una cálida noche en el desierto de Libia, bebiendo whisky con Herbert von Tech.

En 1941 fue informado de que, completada su formación, se le había asignado al Afrikakorps, que en ese momento estaba desplegado en Libia bajo las órdenes del mariscal Rommel. Herbert von Tech seguía siendo uno de los lugartenientes del mariscal, y Max dedujo que había intervenido para conseguir que lo enviaran allí. Sospecha que quedó confirmada cuando llegó al puerto el buque de transporte militar en el que viajó. Herbert estaba en el muelle.

Durante la breve conversación de bienvenida, le dijo con claridad que no esperase ningún trato de favor debido a la amistad que los unía. Pero Herbert añadió inmediatamente que haría todo lo posible por mantenerse en contacto con él y que trataría de que tuvieran de vez en cuando algunos encuentros discretos.

—No nos veremos con tanta frecuencia como me gustaría —añadió Herbert.

A Max le gustó el clima del desierto. Y también la enorme exigencia física de la vida militar en campaña. Al cabo de pocas semanas lo enviaron al frente. Justo el día antes de la partida hacia posiciones de combate en primera línea, Herbert fue a verlo por sorpresa.

—¡Caramba! ¡No me habías dicho nada! —exclamó Max cuando Herbert frenó el coche justo delante de la tienda.

—He pensado que sería una buena idea tomarnos una copa antes de que te vayas al frente —dijo Herbert—. ¡Quién sabe lo que nos puede ocurrir, a ti o a mí, en estos días! He traído una botella de *scotch*, de la misma marca que nos sirvieron cuando nos vimos en el Club de Oficiales, en Múnich. ¿Te acuerdas?

—Perfectamente. ¿Cómo iba a olvidarlo?

—Sabemos que Montgomery está comenzando a preparar una ofensiva contra Tobruk, y vamos a tener unas horas de tranquilidad. La calma antes de la tormenta... ¿Tienes que hacer guardia o alguna tarea esta noche?

—No. Estoy libre hasta las 6:00. A esa hora tenemos que partir hacia nuestra posición. He oído decir que ocuparemos trincheras defensivas a las afueras de Tobruk, precisamente.

—Entonces, si te apetece, sube al coche y vamos a tomarnos unas copas por ahí.

—No he tomado una copa desde que nos vimos tú y yo la última vez. Debe de hacer dos meses... O más.

—Demasiado tiempo... También he traído cigarrillos, mi última cajetilla.

—Gracias, pero sabes que no fumo —dijo Max.

—Pero yo sí. ¿Sabes que tienes un problema, Max? Siempre piensas solo en ti mismo.

Hacía una noche perfecta para una conversación con un amigo. Poco a poco, la furia que sentía Max contra Herbert desde el fin de semana en Garmisch se había ido suavizando, sobre todo desde su llegada a África.

Herbert se había comportado como un protector que cuidaba discretamente de él. Debido quizás a la diferencia de edad, Herbert había insistido varias veces en que se sentía casi como un padre para Max, aunque una vez se apresuró a añadir: «Pero los sentimientos que me inspiras tú no deberían ser tolerados por ningún padre».

La puesta de sol doraba el cielo a poniente, pero el cielo que se oscurecía por el lado oriental del desierto era transparente y todavía luminoso. La arena parecía invitarlos a tenderse sobre su cálida superficie.

Los dos tenían ganas de celebrar algo, no sabían muy bien qué. Ninguno lo mencionó, ninguno lo preguntó. No hacía falta. Sentían ambos la necesidad existencial de estar cerca de otro ser humano en unos momentos en los cuales solo había una cosa segura: el peligro, la amenaza de la muerte en combate. El sentimiento era potente.

Herbert sacó la botella, le quitó el tapón y comentó:

—Aquí no tenemos vasos de cristal… Toma un sorbo.

—Tú primero —dijo Max.

—Yo invito, empieza tú.

El whisky era excelente, como el de Múnich.

—Magnífico —dijo Max tras haberlo probado—. Me parece que no me gusta especialmente el sabor del whisky, pero me da una sensación especial. Parece que te transporte a un lugar más hermoso, que te permita escapar lejos de la realidad.

—Entonces, aprovecha y disfrútalo. La vida es frágil, sobre todo las nuestras, y muy tacaña a la hora de regalar grandes momentos. Pásame la botella, por favor.

Permanecieron en silencio un buen rato. Hasta que Herbert comenzó a hablar:

—De pequeño crecí en un ambiente estrictamente militar. Recuerdo el día en que el Reichstag aprobó la Constitución en 1919. Yo tenía dieciocho años. Mi padre estaba furioso. En su opinión, la izquierda radical le había asestado al Ejército alemán una *Dolchstoss*, una puñalada por la espalda, que significaría el final de Alemania. Inesperadamente, en la nueva República de Weimar los izquierdistas comenzaron a enfrentarse entre ellos y perdieron las elecciones. Según la visión conservadora, el Tratado de Versalles había llevado a Alemania a la ruina. Tenían razón... Disculpa, Max, seguramente te aburren estas viejas historias...

—Todo lo contrario. Sigue —dijo Max con firmeza.

—El káiser estaba exiliado en Holanda. El vacío que él dejó lo llenó la burguesía de Baviera y otros *länder*. Esa burguesía fue gravitando hacia el movimiento nacionalista que tenía a Hitler como líder. Yo creí en él, lo admiraba y lo respetaba. Puede que en cierto sentido aún lo admire y respete. Pero a diferencia de antes, ahora tengo muchas y serias dudas. No veo las cosas de la misma manera. Y, sin embargo, ya es tarde para cambiar. En cambio, Max, tú aún estás a tiempo.

—Mañana podría morir.

—O no —replicó Herbert.

Max cogió la botella que Herbert seguía sosteniendo en su mano y comentó:

—Este Johnnie Walker de la etiqueta parece ser un hombre feliz. Y cuanto más lo conoces, más te gusta. —Tras dar un trago, se secó los labios con el dorso de la mano.

El momento parecía invitarlos a seguir con las confidencias. Era un momento de sinceridad, de verdad. Herbert, tendido a su lado, siguió sincerándose:

—Mi vida ha sido una broma cruel. A los catorce años me obsesioné con el deporte, el remo, la fuerza física, la disciplina de los atletas, el desarrollo de mi cuerpo. Quería llegar a ser un campeón olímpico. Quería ser deseado. Quería ser lo que tú llegaste a ser y todavía eres. Nuestro equipo de remo olímpico, al que había dedicado muy largas horas de intenso esfuerzo, acabó siendo invencible en los torneos alemanes. Formábamos un grupo de jóvenes estrechamente unidos, con la vista puesta en un mismo ideal. Queríamos, por encima de todo, ganar la medalla de oro en las Olimpiadas de Berlín. Éramos como hermanos, leales los unos a los otros, fieles siempre. De hecho, nos queríamos. Y llegaron las Olimpiadas y no ganamos. Un equipo de muchachos estadounidenses salidos de ninguna parte nos ganó en la última carrera... Los odié. Quería ganar: por

EL INTERCAMBIO

261

Alemania, por Hitler, por mí mismo. Y todo el mundo quedó decepcionado por nuestro fracaso.

—Pero ¿no te bastó saber que te habías esforzado al máximo, que lo habías dado todo? —preguntó Max tratando de reanimar a Herbert, y le cogió de la mano.

—Así fue, pero no bastó para ganar... Luego comencé a interesarme por la política. Estaba convencido de que la Gestapo luchaba contra los enemigos de Alemania. Entré a formar parte de ese cuerpo y cumplí las tareas que me encomendaron con entusiasmo. Después de mi fracaso en las Olimpiadas, quería demostrar lo mucho que amaba a mi país. Pero tardé poco en ver la realidad. Me permitieron utilizar un poder ilimitado, pero no me sentí capaz de emplearlo de la manera que la Gestapo me pedía.

Max lo escuchaba con enorme atención. Herbert le apretó la mano.

—Utilicé mis conexiones familiares para conseguir algo que no estaba al alcance de casi nadie: fui transferido de la Gestapo al Ejército. La Wehrmacht fue un alivio. Yo sentía un inmenso respeto por el mariscal Rommel y me sentí orgulloso de formar parte del círculo de los oficiales más próximos a él. También allí me convertí en alguien que tenía poder, pero era de otra clase. Un poder más tradicional, gobernado por unas reglas que me parecían perfectamente aceptables.

Werner inspiró con fuerza el aire que empezaba a refrescar mientras el sol desaparecía por completo y el firmamento se llenada de miles de estrellas.

—Y entonces apareciste tú en mi vida, Max. Recuerdo bien la primera vez que te vi. Era el mes de julio de 1939, estaba en Múnich y fui al circo. Había luces en la oscuridad, sonaba la música y se mezclaba con los aplausos... Todo era impresionante, y todo desapareció de repente para mí en cuanto te vi salir a la arena. El público quedó magnetizado por tu presencia. Eras el hombre más bello que había visto en mi vida... Luego te vi volar sobre mi cabeza, saltar de un trapecio al otro, desafiando la gravedad, combinando belleza, virilidad, fuerza atlética... Aquellos momentos abrieron la puerta a un deseo incontenible, insoportable. Eras lo que yo había querido ser. Y también eras lo que yo deseaba. Esa puerta ha permanecido abierta desde entonces, y jamás la he podido cerrar. Tampoco ahora.

—¿No sería mejor regresar al campamento? —insinuó Max.

—Sí, pero déjame que termine de contártelo todo —respondió Herbert. Yo había planificado la noche en Garmisch de otra manera. Heinrich se encargó de organizar la rifa, sin seguir mis instrucciones. Yo quería que me tocara la misma habitación que a ti, pero Heinrich manipuló el sorteo para que le tocase esa suerte a Reinhardt. Sentí furia, pero sobre todo una terrible frustración. Sin pensarlo, y dejándome llevar por un impulso, metí una pastilla de Seconal en tu copa de whisky. Ni siquiera me paré a pensar en el riesgo que suponía tomarte eso con whisky. Había improvisado un plan. El deseo me había cegado. Me fui a la cama pero no conseguí dormir. No solo porque Heinrich roncaba ruidosamente sino porque de repente me asusté por la mezcla del barbitúrico con el alcohol. ¿Y si te sentaba mal? Me levanté y fui a vuestra habitación. Dormíais los dos. Tú no estabas tapado ni siquiera por una sábana. No pude resistir la tentación y me tendí en la cama, a tu lado, y te cogí la mano, igual que ahora. Respirabas lenta y rítmicamente, estabas muy dormido y tranquilo. Inmóvil, sin conciencia alguna de lo que pasaba, y con tu cuerpo mostrándose en todo su generoso esplendor. Hubiese podido quedarme allí toda la noche. Nunca he estado tan cerca del paraíso como en los breves momentos en los que compartí contigo la cama. Pero salí del paraíso. Me levanté y regresé a mi cuarto. Te dejé allí, sin haberte tocado nada que no fuera la mano. No fue fácil resistir. Pero no hacerlo hubiera sido injusto.

Su voz era emocionada, y Max notó que se enronquecía la suya al decir:

—Gracias, Herbert. Gracias por decírmelo.

—A menudo me he preguntado cómo habrías reaccionado de haber estado despierto…

—Ni yo mismo lo sé —dijo Max.

—Será mejor que nos vayamos. Mañana tienes que madrugar.

Hicieron el recorrido de regreso en silencio. Antes de una curva desde la que ya se iba a divisar el campamento, Herbert

263

quitó el pie del acelerador, frenó suavemente y, por sorpresa, se volvió hacia Max, lo cogió por la nuca y lo besó. Max, en silencio, miró a los ojos de Herbert con la misma intensidad con la que lo hizo en Múnich cuatro años atrás. Y lo besó. Dos veces.

Nunca volvieron a verse.

En la sala de espera de la enfermería, Max seguía haciendo cola ante el médico británico que los iba atendiendo de uno en uno. La herida de su ojo derecho se había complicado con una infección muy fuerte. Sus recuerdos de aquella escena en el desierto de Libia fueron interrumpidos bruscamente por una voz:

—¡El siguiente!

—¿Qué tal se encuentra? —preguntó el médico.

—Solo tengo ganas de quitarme el ojo de la cara y rascármelo —dijo Max.

—La metralla y la arena que le hirieron la frente no consiguieron penetrar en el ojo. La órbita ocular tiene un diseño anatómico perfecto, y a eso debe el haber conservado la vista —dijo el médico—. Se le ha bajado la inflamación desde que zarpamos de Port Said, pero todavía tiene que bajar bastante más. El dolor y ese escozor que menciona durarán algún tiempo. No padece usted una reacción aguda sino un problema crónico. Aunque durará, debe usted considerarse afortunado, es un precio no muy elevado teniendo en cuenta que corrió el riesgo de perder la vista. Estoy convencido de que no peligra su visión, la penicilina le ha ayudado a que las complicaciones no fueran graves. Y eso se lo debe a que viajamos en un buque británico. ¿Qué le parece su buena estrella?

Max no tuvo otro remedio que reflexionar sobre aquella situación tan irónica: estaban cuidándolo de maravilla unos representantes del país a cuyos soldados, hasta hacía poco, él trataba de matar en combate. «¿Hay algo más absurdo que una guerra?», se preguntó.

El médico le dio unas gafas de sol y le ordenó que cerrase el ojo bueno y abriese el que estaba infectado:

—¡Ábralo, sin miedo!

Max lo intentó con mucha cautela. El ojo lagrimeaba pero notó que veía luz.

—¿Llora usted de alegría o de dolor? —dijo el médico—. Dígame qué ve.

—Veo una sombra. ¿Es un dedo?

—Le voy a poner un cero. ¿No sabe contar? ¡Son tres dedos!

Aquel médico sabía dar un tono ligero a un momento de enorme trascendencia. Max supuso que se trataba del humor inglés, algo de lo que había oído hablar. Estaba emocionado y aliviado al comprobar que comenzaba a recuperar la visión del ojo derecho.

—Las lágrimas les van muy bien a los ojos —comentó el médico.

—No lo sabía.

—Es más, creo que no tiene usted mucha experiencia en eso de llorar. ¿Acierto? Dentro de poco pasará a estar bajo el mando del Ejército alemán. No deje de cuidarse el ojo. La infección sigue ahí. Y ha durado demasiado tiempo. Lo mejor para su vista sería que, en lugar de subir a bordo de otro barco y continuar viaje hacia Alemania, fuese usted enseguida a una buena clínica oftalmológica donde le proporcionarán los cuidados específicos que necesita con urgencia. Tengo la sospecha de que podrían habérsele colado debajo de los párpados algunas partículas minúsculas… Tal vez se trate de granos de arena. Sea lo que sea, eso es lo que produce la irritación del ojo y lo que impide que se cure del todo la inflamación. Tiene que llevar el parche puesto todo el día, póngase la pomada, no se frote los ojos y lleve gafas oscuras para aumentar la protección. ¡El siguiente!

—Gracias, doctor.

Max comprendió que había tenido mucha suerte. En su cerebro escuchaba todavía los ecos de la granada que estalló cerca de él y que mató a dos camaradas. También resonaban en su cabeza los gritos y la espantosa algarabía de unas voces angustiadas que sonaban en medio de una cegadora nube de polvo que, instantáneamente, había transformado el día en noche. El enjambre de tanques Sherman que disparaban esos proyectiles había aparecido en el horizonte, y era, aunque ya no hiciera falta, una señal más que confirmaba lo evidente: Montgomery estaba derrotando al Afrikakorps de Rommel, y Tobruk estaba a punto de caer en manos británicas. Las batallas de El Alamein iban a terminar con una tremenda victoria británica en Libia.

Tras el brutal impacto, la cara de Max estaba llena de arena mezclada con sangre. Se sentía muy débil y no paraba de temblar. Veía borroso, y cuando trató de caminar lo hacía con torpeza. Hasta que tropezó y cayó sobre el cuerpo tendido de un soldado. Las manos palparon la viscosidad de una sangre que no supo bien si era suya o del otro. Se estaba mareando y su mente mostraba una indiferencia que lo aliviaba dulcemente, cada vez más, hasta que se desvaneció. Cuando recobró el conocimiento, era un prisionero de guerra.

Pero la mañana resplandeciente en la que lo atendió el médico militar británico ayudaba a mejorar sus perspectivas.

Pocas horas después, el Cuba se acercó muy despacio al muelle de España del puerto barcelonés y quedó enseguida amarrado. Tendieron un par de pasarelas pero, como el permiso de las autoridades españolas para que desembarcaran los prisioneros alemanes no había sido aún recibida por el capitán, todo el mundo seguía a bordo viviendo unos momentos de nerviosismo. Le dijeron a Max que un médico español lo examinaría cuando desembarcara y que después de esa valoración de su estado sería entregado al Ejército alemán, que lo embarcaría con el resto de prisioneros en un buque germano atracado al otro lado del mismo muelle.

En lugar de euforia ante la idea de ser devuelto a su país, sentía más bien mucho recelo, incluso miedo. ¿De qué?, se preguntaba. ¿De encontrarse solo y sin ningún amigo cerca de él? ¿De que lo trataran mal? ¿De ser una persona muy diferente de aquel joven inexperto que se había alistado hacía cuatro años?

Todo era incertidumbre. Se abría un nuevo capítulo de su vida. Los únicos elementos de contacto con su vida anterior a la guerra eran un par de pequeños pompones de seda y dos notas escritas en unos papeles arrugados y manchados de sangre.

En uno de esos papeles, Herbert le había escrito:

Max:

La batalla no está yendo bien para nosotros. He dado órdenes a mis ayudantes de que destruyan los archivos que dejé a buen recaudo en Berlín, y entre los que se encontraba el historial de Joshua.

El mariscal Rommel sabe que no podremos mantener nuestras posiciones. Ha mantenido contacto con Berlín para pedirle al Führer permiso para iniciar la retirada.

La respuesta de Hitler ha sido: «No debe señalar a sus tropas otro camino que no sea el que conduce a la victoria, o a la muerte».

Como la victoria es imposible, tomaré el otro camino. He vuelto a fracasar en mi ahora ya último intento de servir a mi patria.

Sé que no me has amado, pero yo sí te amé, y más de lo que pensé que sería capaz de amar a nadie. Algo que tú no podrás comprender jamás.

Escribir algo así en este momento es el colmo del ridículo. Te deseo lo mejor, para siempre.

Herbert

La otra nota era de Shalimar, que la acompañó con los pompones de su traje de gala.

Max:

No quiero que mi silencio sea motivo de dolor para ti. Mi recuperación ha sido más lenta de lo que yo esperaba, pero ahora ya puedo caminar otra vez. Arthur y yo no nos llevamos bien. Solo estamos de acuerdo cuando hablamos de ti. Los dos te queremos. Los tiempos de los Cóndores fueron los mejores de nuestras vidas. Hay algo que Arthur no sabe y que tampoco sabes tú. Siempre he estado enamorada de ti. Y siempre lo estaré. Algunas veces creí que tú también me amabas, pero Rosy se interpuso siempre entre nosotros. No puedo decir que ella me gustara...

Espero que te trate bien. Mereces lo mejor. Y temo que ella no sepa darte eso, precisamente.

Te mando un beso muy grande. Juega con los pompones. Sé lo mucho que te gustaban. Ahora ya no me sirven de nada.

Shalimar

Max dobló también esa otra misiva de amor. «Solo vive el que ama», escribió una vez Werner en una de sus cartas. Rosy,

Shalimar, Herbert... ¿Los había amado o solo ellos lo habían amado a él? No estaba seguro de la repuesta. Max no estaba seguro de nada.

Llamó su atención la febril actividad que comenzaba a desarrollarse abajo, en el muelle. Vio enfermeras, doctores con bata blanca, muchos militares, ambulancias y camillas. Ondeaban banderas de la Cruz Roja por todas partes, y también había numerosos coches de aspecto lujoso. Unos con la Union Jack, otros con la esvástica y unos terceros con una bandera roja y amarilla que le parecía recordar que era la bandera de España.

Se preguntó si Rosy estaría en el muelle, pero estaba seguro de que eso no era posible. Porque nadie podía saber que él se encontraba en el buque británico. Ni siquiera había nadie que supiera si estaba vivo o muerto.

Se moría de ganas de ver a Rosy aun a sabiendas de que tal vez no sería capaz de mirarla cara a cara. La relación con Herbert había sido en su vida mucho más significativa de lo que él había imaginado o sabido. En más de una ocasión Rosy le había advertido que se anduviera con cuidado con Herbert. «Vigila, va a por ti», le dijo. Aunque también admitió: «¡Herbert te ayudará!». Rosy había acertado en las dos cosas, pero lo que no pudo predecir fue que Herbert iba a ser tan exquisito con él.

En el largo paréntesis transcurrido desde sus *actuaciones estelares* en la cama con Rosy, habían pasado muchas cosas, y Max se preguntaba de qué manera podían haberle afectado a ella y qué influencia podían haber tenido en las emociones y sensaciones que habían hecho posible aquellos encuentros volcánicos, aquella pasión compartida. También se preguntaba si el recuerdo de alguna noche en el desierto podía interferir en él y su capacidad amatoria cuando estaba con ella.

Con veinticuatro años, Max sabía que era más reflexivo que antes y, sobre todo, que era más viejo, más irrelevante, menos capaz de volver a ser lo que había sido. La guerra, con su inagotable surtido de desgracias y luego con la permanente angustia de su profunda soledad, lo había cambiado. Mucho. Todos estos pensamientos le hacían temer lo que pudiera pasar en el reencuentro con Rosy. Tenía miedo. Miedo a no ser el que había sido. Necesitaba, por encima de todo, intimidad, una nueva vida y un sitio al que pudiera llamar su hogar.

Werner le había dicho una vez que tenía que aprender a cuestionar las cosas, a hacer preguntas, en lugar de aceptarlo todo. «Hazte preguntas. Si no eres capaz de hacer preguntas provocativas, jamás obtendrás respuestas interesantes. Y llegará un momento en que te cuestionarás incluso a ti mismo.»

Ese momento ya había llegado.

A su lado, en la barandilla y contemplando el puerto, un grupo de soldados escuchaban las explicaciones de otro compañero:

—Esa figura que está en lo alto de la columna y extiende el brazo es Colón, y señala al Nuevo Mundo.

—Un nuevo mundo, eso es lo que me hace falta —dijo otro soldado—. Un nuevo mundo, una nueva mujer y un hogar. Tampoco hace falta que la mujer sea completamente nueva. Me iría igual de bien si estuviera un poco usada…

—¡¡¡Eso, eso!!! —gritaron todos a coro.

Max sonrió. No era tan diferente a todos los demás.

—*Achtung! Attention!* —oyó a través de unos altavoces—. Que todo el mundo vaya al lugar que se le asignó para preparar el desembarco. Lleven consigo todos sus efectos personales y estén a punto para obedecer las órdenes. Primero deben desembarcar los soldados ambulatorios. El desembarco comenzará dentro de una hora. Cuando lleguen al muelle pasarán todos a estar bajo la custodia de las autoridades españolas, la Cruz Roja Internacional y los médicos españoles, que los van a examinar a todos. La Policía española les indicará en tierra lo que deben hacer. Buena suerte.

31

Hacer algo por tu país

Nueva York, finales de septiembre de 1943

Cuando terminó la Conferencia de Patología Clínica, aquel infame evento donde se fabricaban o destruían las reputaciones de los médicos, el doctor Nelson, decano de la facultad de Medicina de la Universidad de Columbia, hizo una seña a Werner indicándole que se fuera con él y con el hombre de uniforme militar con el que estaba charlando.

El doctor Nelson hizo las presentaciones. El hombre uniformado era el comandante médico McCormack. Del doctor Applefeld y su carrera en Columbia hizo una descripción tan elogiosa que Werner estuvo a punto de ruborizarse.

—Mejor vayamos a mi despacho —dijo el decano—, hablaremos más tranquilamente. ¿Puedes dedicarnos unos minutos, Werner?

—Naturalmente.

Tan pronto como cerraron la puerta, el comandante Mc-Cormack fue directamente al grano:

—La guerra nos está yendo bien a los aliados. Aún no hemos vencido, pero nos vamos acercando al objetivo. Ya tenemos una cabeza de puente en Sicilia y no me sorprendería que Italia aceptara rendirse dentro de no mucho tiempo. Y en el Pacífico, las fuerzas estadounidenses han tomado Guadalcanal y el futuro de la campaña empieza a ser prometedor. Por lo tanto, ha llegado la coyuntura de lo que los aliados consideran el momento decisivo: la invasión del continente. Una verdadera invasión, nada que ver con lo que se hizo tan mal en 1941.

—¿Se refiere a Dunkerque? —preguntó el decano.

—En efecto. No tenemos fechas todavía para el inicio de lo que será el último acto de la guerra en Europa, pero parece que la primavera de 1944 podría ser el momento más propicio. Y esto me permite explicarles el porqué de mi visita. Las Fuerzas Armadas están mucho mejor preparadas para esa operación de gran envergadura que los equipos médicos que tienen que cuidar de ellas. Necesitamos más médicos, sobre todo cirujanos y personal médico para unidades de emergencia sobre el terreno.

—Lo cual me excluye por completo —dijo Werner.

—Acierta solo en parte, doctor Applefeld. Debido a que se espera un elevadísimo número de heridos, se ha decidido que la estrategia médica tiene que consistir en una actitud de cautela antes de pasar a las unidades quirúrgicas. Habrá que retrasar y, siempre que sea posible, evitar la cirugía si no hay riesgo grave. Y eso hará que las necesidades emocionales de los heridos requieran un grado de atención muy superior al que jamás se les ha ofrecido.

—Habla usted con un defensor convencido de la necesidad de ser muy conservadores en la aplicación de los cuidados médicos —declaró Werner—. Soy además muy consciente de la importancia de la actitud mental del paciente en el avance del proceso curativo.

—Y justamente por estos motivos el ejército estadounidense ha pensado en usted —dijo McCormack.

—Mira, Werner —intervino el decano Nelson—, las Fuerzas Armadas se han dirigido a Columbia solicitando que les prestemos a los miembros del claustro que puedan hacer una contribución decisiva al esfuerzo militar. La facultad ha tomado la decisión de animar a aquellos profesores que, como tú, puedan ser útiles para estudiar la propuesta que el comandante McCormack te va a hacer. Para ti dar el paso que te pedimos podría tener un doble objetivo. No solo será un acto de patriotismo, sino que desde el punto de vista de tu carrera médica vas a obtener beneficios adicionales. Imagina lo que supondría conseguir esa misma experiencia en tiempo de paz y desde una medicina civil.

—Hace algún tiempo que me dijeron algo parecido unos

representantes de Harvard que también querían reclutar mis servicios —dijo Werner.

—¿Se puede saber por qué has de tener entrevistas con gente de Harvard? No se te habrá ocurrido la idea de irte de Columbia, ¿no?

—No te preocupes, decano, estoy muy bien en Columbia. Pero me gustaría saber por qué has decidido que yo soy un buen candidato para este programa del Ejército.

—Tengo varios motivos. Primero, porque se te acerca un año sabático…

—No tenía intención de pedirlo —dijo Werner.

—Eres soltero y, que yo sepa, no tienes hijos, pero sobre todo eres un gran maestro, un líder capaz de motivar a tus equipos, y defiendes desde siempre un uso conservador de la medicina. Y si me permites que invente una expresión, eres también un maestro del «control de las emociones». Has demostrado algunas de estas cualidades en la conferencia que acaba de concluir. Por cierto, en mi opinión has estado muy brillante.

—Es usted muy persuasivo, decano —comentó McCormack.

—No se precipite, comandante. Werner es muy duro de roer…

—No estoy seguro, pero la posibilidad de unirme a las Fuerzas Armadas llega en un momento propicio de mi vida. La entrevista con los de Harvard no me convenció de la idea de irme a otra universidad, pero me hizo pensar seriamente en una cosa: que ya estaba empezando a sentir la necesidad de un cambio en mi vida, algo que me obligara a combatir, aunque pueda parecer extraño que use esa palabra en este nuevo contexto. La vida en la facultad ya es demasiado predecible para mí. Además, no me importaría pasar un tiempo en Europa. Y, sobre todo, contribuir personal y más directamente en el esfuerzo bélico de mi país.

En el rostro de McCormack se dibujó una sonrisa como la del vendedor que ya está a un paso de conseguir que se firme un contrato.

—Dígame específicamente cuándo empezaría mi ingreso en el cuerpo médico, dónde me destinarían, qué impacto tendría este paso en mi carrera dentro del claustro de profesores de Columbia, quién sería mi superior y cuáles serían mis funciones. Necesito estas respuestas. Pero no hace ninguna falta que me mande folletos de propaganda. Haría cualquier cosa por contribuir a la derrota de Hitler. Está usted predicando a un converso.

—De acuerdo, no le mandaremos propaganda de ninguna clase —dijo el comandante—. Para empezar, aquí mismo en Manhattan le pediremos que vaya a un par de sesiones orientativas en las que le darán la respuesta precisa a estas y cualesquiera otras preguntas que se le ocurran. Después de estas sesiones será informado con detalle de cuál será su destino y qué necesitaremos que haga. En ese momento, y si decide entonces seguir adelante, tendrá que comprometerse a permanecer integrado en el Ejército durante un periodo mínimo de un año, que comenzará el primero de noviembre de 1943.

—¿De verdad creen que la guerra habrá terminado en noviembre de 1944?

No hubo respuesta del militar para esa pregunta. Quien rompió el silencio fue el decano:

—Tenía la impresión de que ibas a reaccionar así, Werner. Me siento orgulloso de ti. Como representante de la Universidad de Columbia, puedo garantizarte que se respetará tu antigüedad como profesor, que tu generosa incorporación al Ejército mejorará mucho tu historial universitario y que, como agradecimiento por este servicio al interés nacional, te ofreceremos un mes de estancia en Europa, donde tú desees, para que así te puedas ir aclimatando antes de tu incorporación.

Werner se levantó y fue lentamente hacia el gran ventanal del despacho del decano. Había una impresionante vista del Hudson, los acantilados de New Jersey al otro lado del río y un crepúsculo espectacular. Werner estaba contento. Era el prólogo a un montón de cosas buenas que el destino le estaba preparando.

—Les doy las gracias a los dos —dijo en tono reflexivo y optimista. Luego se volvió otra vez hacia el exterior, abrió los brazos como para abarcar las espectaculares vistas y añadió con solemnidad—: ¡Vale la pena luchar por todo esto!

—No me dirá que quiere que le aplaudamos... —dijo el decano.

—Sería prematuro —respondió Werner.

—¿Se está arrepintiendo? —preguntó nervioso McCormack, que no acababa de entender la respuesta del doctor Applefeld.

—Antes de firmar ningún papel, he de consultarlo con Thelma, mi secretaria. Sin su *nihil obstat* no puede haber ningún *imprimatur*. Ella es mi principal confidente y asesora, hasta cierto punto la madre que sustituye a la que perdí hace muchos años.

De regreso a su despacho, Werner notó la leve taquicardia que solía sentir siempre que alguna cosa le producía una gran excitación. Si el Ejército lo aceptaba finalmente, quería informar a Greta, a Óscar y a Rosy del compromiso que iba a adquirir. También hubiese querido añadir a la lista a otros como Max y Giselle. Pero en terminología militar ambos estaban «desaparecidos en combate». Y se preguntó si era una locura pensar que una vez en Europa podía tratar de localizarlos…

También quería informar a Richard. Era muy improbable, pero había pensado sugerirle que pidiera a su periódico que lo enviara en alguna clase de corresponsalía extranjera especial, para tenerlo cerca, en Europa.

Cuando llegó al despacho, tenía la cabeza en plena ebullición. Se le habían ocurrido docenas de cosas que debía hacer. Antes de abrir la puerta, Thelma, que había oído sus pasos, dijo en voz muy alta:

—¡Bienvenido, soldado! ¡Qué contenta estoy, doctor! ¡El ejército le sentará de maravilla!

—¿Se puede saber de qué estás hablando, Thelma?

—Me lo ha contado todo Helen, la secretaria del decano. Este país le ha tratado muy bien. Y ha llegado el momento de que pueda devolverle el favor.

Dicho lo cual, con su característica mezcla de energía y cariño, se abalanzó sobre él, le dio un abrazo y dos sonoros besos, confirmando que, incluso antes de que él le pidiera su opinión, su secretaria le había dado ya el *nihil obstat* para que se procediera al *imprimatur*.

Werner se sorprendió cuando le cruzó la mente una idea francamente vanidosa: ¿qué tal le sentaría el uniforme?

Luego, ya en casa, se dio cuenta de que, aunque McCormack le había dicho que se incorporaría, después de todos los trámites, el primero de noviembre de 1943, y que al principio pasaría dos meses de formación en Inglaterra, no había mencionado cuál era el país al que iban a destinarlo.

El avión de transporte Lockheed de la US Air Force estaba haciendo la maniobra final de aproximación a la gran base británica situada en la isla Santa Maria, en las Azores. El presidente portugués, Oliveira Salazar, había firmado un convenio que les permitía a los británicos usar ese aeropuerto para escalas militares, y estaba a punto de firmar otro con los Estados Unidos, ya que a medida que este país aumentaba su implicación en la guerra, las Azores se iban convirtiendo en una plataforma estratégica como escala para el transporte de material y personal militar cuyo destino final era el norte de África o Europa.

Werner comenzaba sus *vacaciones* de un mes pagadas por la Universidad de Columbia. La última vez que estuvo en Europa era cuando embarcó en El Havre para que el Normandie lo devolviera a Nueva York. La isla era preciosa vista desde el aire, pero el aeropuerto era solo un aeropuerto.

En los cuatro años transcurridos desde su salida del puerto francés, dejando a un lado su notable carrera como neurólogo y psiquiatra, la vida no le había ofrecido grandes alicientes. Quería vivir nuevas emociones, y esta era su oportunidad. Lo que antes de su encuentro con el comandante McCormack y el decano Nelson le hubiese parecido un auténtico disparate ya se le antojaba muy razonable.

De momento, los militares ya le habían proporcionado algo que sin ello habría sido casi imposible: un billete para ir a Europa. Aunque no lo había hablado con nadie y ni siquiera lo admitía ante sí mismo, tenía muchas ganas de volver. No sabía si lo que sentía era la «nostalgia de las raíces», por sus años de infancia en Hamburgo, o si se trataba de algo más reciente y doloroso, la frustración que le produjo el modo en que terminó la historia de Giselle, en torno a la cual seguía teniendo en la cabeza un auténtico embrollo de fantasías, celos, ensoñaciones y enfados. En cambio, había olvidado lo desagradable que fue ser perseguido por los nazis en las calles de Múnich. Ya solo le quedaban muy vivos los mejores recuerdos de su anterior viaje.

El vuelo Baltimore-Halifax-Azores había transcurrido sin incidentes, y aún le quedaba otro trayecto aéreo hasta Lisboa. Incluso en tiempos de guerra, todo había sido mejor que lo que Richard, el periodista, se temía: le anunció que iba a ser dificilísimo acercarse a un continente en donde había bombardeos diarios.

Portugal era un país neutral y lo más complicado iba a ser cruzar la península Ibérica y poder disponer de tiempo en Barcelona en los días en que estuviera a punto de producirse el intercambio de prisioneros, si llegaba a ocurrir. La esperanza de que el azar hiciera el milagro y esa operación se produjera y además Max estuviera entre los prisioneros intercambiados seguía tan viva como la primera vez que la soñó. Richard también había ironizado acerca de aquella desesperada esperanza. Soñar era gratis, sin duda.

276

En cuanto al viaje a través de España, si bien la oficina de Columbia le dijo que en tiempos normales era un periplo normal, como los nuevos tiempos para ese país no eran normales, no sabía muy bien cómo irían las cosas. Los bombardeos de las batallas de la larga Guerra Civil habían dejado un rastro de puentes destruidos, carreteras cortadas y vías férreas con daños graves, todo lo cual no había sido resuelto. Finalmente siguió los consejos que le dieron y en Lisboa tomó el Lusitania Expreso que lo llevó a Madrid, y desde esa ciudad el Cataluña Express, que lo condujo a Barcelona. Ese itinerario se produjo con rodeos, trenes detenidos en mitad de ninguna parte y velocidades medias de 45 kilómetros por hora. Por fortuna, pudo ir en vagones bastante confortables, porque duró treinta y seis horas inacabables. Y podría haber sido peor. La gente de Columbia le recomendó alojarse en el hotel Colón, pero se había incendiado durante la guerra y todavía no había podido reabrir sus puertas. Le sugirió al taxista probar si había sitio en el Oriente, el otro nombre que le habían dado en la universidad.

El taxi subió por las Ramblas muy despacio. Había tantos viandantes que muchos caminaban tranquilamente por la calzada, impidiendo que el taxi avanzara. Eran centenares. No parecía una manifestación, todos iban charlando animadamente. Como si se estuvieran divirtiendo. Llegó un momento en que el taxi tuvo que pararse.

—¿Es normal esto? —preguntó Werner.

El taxista se encogió de hombros. No hablaba una palabra de inglés, pero algo parecía entender. Sacó la cabeza por la ventanilla y dijo en español a uno de los que estaban amontonados junto al vehículo:

—¡Eh!, ¿qué pasa aquí?

—¡Acaba de llegar Manolete al Oriente! —contestó un joven.

Werner solo entendió la palabra «Oriente».

—No entiendo. ¿«Manolete»? —preguntó en un español vagamente aceptable.

—¡Manolete! ¡Torero! ¡¡Famoso!! —dijo el taxista—. ¡El más famoso del mundo!

A duras penas, Werner comprendió la causa del gentío. Y que era imposible llegar al hotel elegido. Propuso otro de la lista que llevaba escrita en una agenda, el Suizo. Pero el taxista negó con vehemencia.

—¡Pequeño! ¡Lleno siempre! ¿Tiene reserva? —E insistió, como si repitiendo las palabras, un extranjero pudiese entender mejor—. ¿Reserva?

—No, no tengo ninguna reserva.

—¿Usted, dinero? —preguntó el taxista haciendo un extraño movimiento con los dedos, frotando el pulgar y el índice—. ¿Dinero? ¿Mucho?

Werner pensó que tal vez pretendía robarle. La gente seguía alrededor del taxi parado.

—¿Por qué? —dijo.

—Hotel caro, ¿sí?

—Sí —dijo Werner. «Qué remedio», pensó.

—Le llevaré al Ritz.

Ritz sonaba a caro, pero sonaba bien. Asintió. Estaba agotado, necesitaba darse una ducha, tener una buena habitación, desayunar de verdad por vez primera en dos días.

32

Hotel Ritz

Barcelona, 13 de octubre de 1943

Tenía la elegancia clásica característica de los grandes hoteles europeos más tradicionales. No encontró problemas para conseguir una habitación, quedaban algunas libres y la documentación de Werner estaba en orden. El recepcionista llamó a un botones y le dijo que acompañara al doctor Applefeld a su habitación. Cerca de la recepción había un joven hablando con una mujer. Cuando el joven oyó pronunciar su nombre, abandonó de repente la conversación, se le acercó, lo miró y finalmente dijo:

—Disculpe, señor. Casi no doy crédito a mis oídos. He reconocido su nombre y le he mirado así para asegurarme. Usted y yo nos conocimos, muy brevemente, en Múnich, hace años, en el verano del 39. ¿Me recuerda? Soy Joshua Scheinberg.

Ahora era Werner quien no daba crédito a lo que le decía:

—Pero... ¡Claro que sí! Joshua... ¡Josh! El amigo de Max... ¿Se puede saber qué haces aquí? ¡Qué alegría verte!

—Yo también me alegro, Werner. Era Werner, ¿verdad? Pues aquí hago lo mismo que hacía en Berlín, tocar el piano.

—Estás bien..., cuánto me alegro.

—En cambio, tú pareces muy fatigado. Sobre qué hago aquí es una historia larga de contar.

—Pues buscaremos un momento para que me la cuentes. Yo parezco fatigado porque lo estoy. Completamente rendido tras el vuelo desde Estados Unidos a Lisboa y luego el viaje interminable en tren. Acabo de llegar. También tengo mucho que contarte. ¿Cuándo podríamos vernos sin prisas?

—Lo mejor será esta noche, cuando terminemos de tocar. Lo verás anunciado, formo parte de la orquesta de Bernard Hilda y animamos las cenas del salón La Parrilla. Soy uno de los pianistas de la orquesta.

—Perfecto. Esta noche después del espectáculo de La Parrilla.

Aunque Werner no tenía previsto un encuentro con Joshua, la idea de poder charlar con él le encantó. Su máxima prioridad era hablar con Óscar Prat. Antes de ducharse y desayunar, telefoneó a la facultad de Medicina, lo localizó y quedaron para tomar un desayuno americano al día siguiente.

Rosy entró por la puerta giratoria del Ritz unas horas después de que lo hiciera Werner. Se estaba jugando su carrera y era consciente del riesgo. Temía lo que pudiera pasar a partir de ese momento.

—He venido a ver al almirante Canaris —dijo al conserje.

—¿Es usted Fräulein Dieckhoff?

—Sí.

—Sígame, por favor, señora.

Aunque hacía cuatro años del final de la Guerra Civil, y pese a que la reconstrucción de la ciudad estaba en marcha, Rosy aún no había visto nada que se pudiera calificar de opulento en Barcelona.

Sus tacones se sumergían en la gruesa alfombra, su figura elegante era reflejada por unos grandes espejos, brillaban gruesos candelabros de cristales tallados y en las puertas había cortinajes de terciopelo azul y grandes tapices antiguos en las paredes.

Era la hora de té y el sonido del piano de cola se mezclaba con el de unas voces educadas. El lujo combinaba muy bien con un ambiente acogedor.

La distinguida figura del almirante Canaris fue fácil de localizar. Rosy vio que estaba leyendo muy concentrado un cuaderno de piel de gran tamaño.

La primera vez ni siquiera la oyó, pero a su segundo «Buenas tardes, almirante», su jefe alzó la mirada y la saludó calurosamente.

—Estoy bastante preocupada por mi atrevimiento, no sé si debí pedirle que viniera.

—Hace tiempo que quería venir a esta ciudad, donde tengo amigos a los que no veo apenas. Además, ardo en deseos de ver el momento en que se levante el telón para ese prometedor *Otelo*…

—¡Compruebo que fue eficaz esa sencilla metáfora operística! Le llamé desde una cabina pública y no sabía quién podía estar escuchándonos. En el hotel, en cambio, ¡sé con seguridad que me escucha siempre la telefonista!

—De acuerdo. Pero vamos a ver el porqué de la elección de una obra que me hizo pensar enseguida en alguna clase de advertencia seria acerca de algo que tiene que ver con la envidia, los subterfugios y la presencia de un enemigo potencial. Supongo que hice bien al entender que ronda por aquí un misterioso Yago con sombrías intenciones de destruir a un Otelo cuya identidad se me escapa.

—Exactamente —dijo Rosy—. Y estoy segura de que ya sabe usted quiénes son cada uno de esos dos personajes.

—Otelo soy yo —dijo Canaris—, pero tengo dudas sobre Yago. Puedo hacer una larga lista de Yagos… ¿De cuál de ellos se trata?

—Eso lo decidirá usted —dijo Rosy—. Le resumo lo que sé. Hans Hellerman, que lleva en Barcelona desde 1936 como jefe de la Gestapo y, como ya le dije en nuestra última conversación, controla los movimientos del puerto de Barcelona, tiene a sus órdenes a 45 agentes y a un centenar de espías por toda España, sobre todo en la costa. No hay nada que entre o salga de los puertos españoles sin que él se entere. Y es amigo personal de Goering. Pues bien, Hellerman se entrevista a menudo con Josef Lazar, responsable en España de Propaganda y subordinado por tanto de Goebbels, de cuyas amistades en Berlín está usted también enterado.

—Conozco bien a Hellerman y a Lazar —dijo secamente Canaris—, y veo que por ahí aparecen las sombras de un par de letras que conocemos bien. ¿Nos estamos enfrentando al Grupo G?

—¡Exactamente lo que yo pienso! Hellerman vive en el Majestic desde hace unos cuatro años. Suele recibir visitas en el bar del hotel. Recientemente lo visitó Lazar, que llegó acompañado de su asistente español. La conversación que mantuvieron, en español, fue escuchada por el barman, el mismo del que le hablé la otra vez. Lo que sé me lo contó él, y es lo que quería contarle.

El almirante puso un gesto de preocupación y miró atentamente a Rosy.

—Me imagino lo que estará usted pensando, señor. Le aseguro que Carlos, el barman, es totalmente de fiar. Según me contó, Lazar quiere enviar por vía marítima a Buenos Aires una colección de obras de arte suyas y del mariscal Goering. Tras revisar las fotos de esas obras, Hellerman dijo que, teniendo en cuenta que eran muy valiosas y que su tamaño era enorme, lo mejor sería utilizar el Cabo de Hornos porque es el mayor de los transatlánticos que hacen la línea Barcelona-Buenos Aires. Zarpa para su nueva travesía dentro de unos pocos días. Hellerman le hizo entender a Lazar que hay un grave riesgo político si se descubriera el envío. Son obras que han llegado a Barcelona procedentes de Praga, Viena y Ámsterdam. Y añadió que era evidente lo que había dicho el Führer respecto a esta clase de actividades, que se había manifestado totalmente en contra de ellas, y que por lo tanto era más importante que nunca actuar con la máxima cautela y en el más completo secreto.

Rosy hizo una pausa y estudió el semblante de Canaris. La actitud seguía siendo atenta, pero inescrutable.

—Luego añadió Hellerman que lo esencial era tomar todas las precauciones necesarias para que «el pájaro» no supiera absolutamente nada. Entonces Lazar dijo estar de acuerdo, pero añadió que según sus informaciones el pájaro ya no tiene muchos amigos en Berlín, y que se le está acabando el vuelo. Y que, por lo tanto, si se enterase de una operación de tantísima importancia, se apuntaría un éxito que le llegaría en el momento más oportuno. Y Hellerman comentó escuetamente que eso sería «un verdadero desastre para nosotros».

—Entiendo, por lo tanto, que lo que su fuente nos está diciendo es que Hellerman está colaborando en la exportación desde España de un número importante de grandes obras de arte incautadas por Goering y Lazar, y que, no sabemos cómo,

281

esas obras han llegado a España, ni tenemos tampoco idea de quiénes eran sus verdaderos propietarios. Hace tiempo que me llegan rumores acerca de la existencia de lo que se suele llamar «transferencias de propiedades».

—También se suelen llamar «robos» —dijo Rosy.

—Así es —dijo Canaris—. Y lo que les preocupa es impedir que el pájaro, es decir que yo, me entere porque mi actitud sería delatar y desmantelar toda esta clase de operaciones.

—Exacto.

—Su fuente, Rosy, hizo también esa misma deducción. En español, Canaris suena igual que «canario». Tengo que felicitarla de nuevo, por haber identificado a los Yagos de esta conspiración. Lo que me impresiona, porque habla a las claras de su lealtad a mi persona, es que haya usted corrido el riesgo de alertarme pese a que eso podía poner su carrera en peligro. Goering es poderoso, sin escrúpulos, y está encantado de utilizar su enorme poder. Si él llegase a enterarse de lo que acaba de hacer, puede estar segura de que su carrera terminaría al instante, y que además habría otra clase de consecuencias gravísimas para su persona.

—¿Sugiere que podría ser yo la Desdémona de esta versión de la tragedia?

—Sí. Pero hay que evitarlo. Su denuncia debería ser premiada. Por otro lado, puede que eso que oyó su fuente respecto a mi futuro, o a que el vuelo del pájaro está a punto de terminar, sea completamente cierto. Lazar está bien informado. Estoy teniendo serios problemas en Berlín. Himmler y Goering han tratado de convencer al Führer de que si España no llegó a sumarse a los países del Eje y participar en la guerra fue porque yo convencí a Franco de que se negara, cosa que es totalmente falsa. Himmler también quiere convencer al Führer de que tiene que suspender el funcionamiento de la Abwehr. Lo que pretende es que toda nuestra organización se fusione con la Gestapo y de este modo esté bajo su mando. Si eso ocurriera, el pájaro sería enviado a casa. Pero de momento, este pájaro sigue piando. No hace falta que añada, Rosy, que lo que acabo de decir es total y absolutamente confidencial —terminó el almirante Canaris.

Rosy asintió con la cabeza.

—No puedo decirle ahora mismo cuál es la mejor manera de proceder, pero tomaré la decisión lo antes posible. Imagino que usted sería partidaria de lanzar una operación para entrar en el almacén donde están guardadas esas obras de arte y confiscarlas, por ser presuntamente robadas. ¿Acierto?

—Sí, es lo que iba a proponer, y quería pedir que se hiciera inmediatamente —reconoció Rosy—. El barco zarpa dentro de cuatro días.

—Siento decepcionarla, pero no es el mejor momento para llevar a cabo una operación de esa naturaleza. Me han confirmado que el intercambio de prisioneros se va a llevar a cabo el 26 de octubre. Y eso supondrá que habrá prensa internacional en la ciudad. España tratará de proteger su imagen de país que mantiene una neutralidad estricta. Si en torno a esa fecha hubiese una actuación de nuestros equipos para confiscar unas obras robadas por algunas de las figuras más importantes del Gobierno alemán, sería un escándalo de grandes proporciones. Y en este momento eso tendría repercusiones incontrolables. No puedo autorizarlo.

283

—Y todas esas obras…, ¿no vamos a hacer nada?

—Así es. Nada de nada. —Y, como si fuera el punto final del asunto, el almirante cambió de tercio—: Me han entregado hoy la lista de la Cruz Roja con los nombres de los soldados alemanes que serán objeto del intercambio de prisioneros.

—¡Qué buena noticia!

—Lo es, sin duda. Pero eso supone que vamos a tener un trabajo extra. Tenemos que revisar la lista porque nos han dado órdenes de seleccionar a aquellos soldados que no deben ser repatriados a Alemania.

—¿Podría aclararme esto último?

—Es fácil de deducir. Supongo que ha leído los informes sobre la Conferencia de Wannsee…

—Sí, claro. Pero ¿adónde habrá que enviar a esos soldados afectados por lo que se acordó allí? ¿Han de permanecer en España?

—Desde luego que no. Irán a Francia todos aquellos participantes en el intercambio que tengan ficha de la Gestapo o que hubieran sido reclutados sin el mínimo control necesario al comienzo de la guerra. No sabemos cuántos pueden ser. Todos

ellos, como le digo, tienen que ser enviados a Francia, y allí se
los reenviará a su destino final. La lista que me han enviado
hoy es larga, son más de dos mil nombres. Si no tiene nada que
no se pueda cancelar, espero que usted personalmente dedique
esta noche, el tiempo que sea necesario a hacer una primera
lectura. Es una tarea pesada, lo sé. Marque con lápiz rojo todos
los nombres que, por la razón que sea, tienen que ser revisa-
dos. Otros dos agentes nuestros harán ese mismo repaso. Tras
esta primera inspección, comprobaremos qué sabemos de los
nombres que se hayan marcado en rojo y estudiaremos cuáles
coinciden con la lista que nos van a enviar desde Berlín. Tendremos dos o tres días para hacerlo.

Canaris entregó a Rosy el gran cuaderno encuadernado en
piel que él estaba mirando cuando ella llegó.

—Como imaginé que había un solo Otelo y que en la ópera
no había función, he invitado a cenar conmigo a unos amigos.
Saldré y no regresaré hasta poco antes de medianoche. Quédese a cenar aquí en el hotel y aproveche para revisar esa lista.
No es lo más entretenido que puede hacer una mujer atractiva,
pero la diversión no está garantizada para todas las tareas que
solemos asignar a los agentes de la Abwehr. Estúdielo y guarde
este cuaderno hasta que yo regrese de cenar.

—Gracias, señor. Trataré de comprobar todos los nombres.

—Sé que mi decisión de abstenernos en todo lo que sea
tratar de recuperar las obras de arte robadas —dijo el almirante subrayando la última palabra—, la ha decepcionado. En otro
momento a mí también me hubiera gustado recuperarlas, y
eso habría sido un gran triunfo para la Abwehr. Ahora es impensable, pues la gran perdedora sería Alemania. Rosy, nuestra misión ha incluido siempre sacrificios por Alemania. Nada
ha cambiado. Hasta luego, regresaré pronto.

Efectivamente a Rosy le supo muy mal que Canaris no quisiera lanzar una operación contra el Grupo G. Solo confió en
que cambiara de opinión a tiempo, aunque, conociendo a Canaris, Alemania siempre estaría por delante de su posible
triunfo personal.

Se instaló cómodamente, pidió una copa de champán, encendió un cigarrillo y escuchó la música que interpretaba el
pianista en la Rotonda. Tocaba melodías de cabaret berlinés, y

de vez en cuando canciones de Broadway, que en secreto a Rosy le gustaban mucho. Al menos, tenía un buen acompañamiento mientras iba leyendo despacio y de uno en uno los nombres de una lista.

Ninguno le decía nada. Al cabo de media hora aburrida, su corazón pegó un brinco.

¡Estaba en la lista! Lanzó una voluta de humo que aterrizó suavemente en la hoja de papel, y en su centro volvió a leer: «Max Liniger».

Con mano temblorosa, dejó el pitillo en el cenicero y cerró los ojos. Tenía miedo de volver a abrirlos.

¿Era real lo que había leído, o un espejismo creado por el deseo? Dejó pasar unos segundos y volvió a mirar. Con claridad absoluta leyó otra vez el nombre que había lanzado su corazón a un galope desenfrenado. Era el número 239 de la lista.

No sabía si eso que sentía era felicidad u otra cosa, pero no le cabía la menor duda de que jamás había tenido una sensación como la que en esos momentos la embargaba.

Pidió que le sirvieran salmón ahumado, ensalada y un vaso de riesling, y siguió leyendo la lista. Pero no podía pensar en nada que no fuera que dentro de pocos días Max iba a estar en Barcelona. Y enseguida surgieron los miedos. ¿La amaba Max todavía? ¿Sería posible encontrar la manera de verlo? Y, sobre todo, ¿qué podía hacer para conseguir que no regresara a Alemania? ¿Cómo conseguir que se quedara en España?

Una turbulenta cascada de preguntas para las que no tenía respuesta. Y todavía se encontraba así cuando al almirante Canaris, acompañado de sus amigos, regresó al gran salón.

—Pero… Rosy. Sigue sentada donde la dejé hace horas. ¿Ha cenado algo?

—He cenado, señor. Y he escuchado muy buena música y además he tenido una gran sorpresa.

—¡Magnífico! En tal caso, acompáñenos. Vamos a tomar la última copa. Mis amigos quieren bajar a La Parrilla, dicen que hay una orquesta francesa muy buena y hemos reservado una mesa. Herta, ¿cómo se llama esa orquesta que querías que escucháramos?

—Bernard Hilda et Son Rythme à Douze —dijo la señora.

—Anda, Rosy, ven con nosotros, por favor —insistió Canaris.

—Me encantaría, gracias. Pero no quiero molestar…

—No molestas, Rosy —le dijo Canaris con firmeza.

Luego hizo las presentaciones. Adolf y Herta Fuchs, y otros cuatro conocidos, más el almirante Canaris y Rosy bajaron a lo que, según el jefe de Rosy, era «el club nocturno más de moda en Barcelona».

—Qué bien informado está usted, almirante. Menuda sorpresa —dijo Rosy.

Se habían retrasado un poco del grupo. Y Canaris lo aprovechó para bromear con su subordinada:

—¡Tengo mis fuentes! ¡Un camarero! Tendréis que disculparme, pero he de subir a mi habitación para guardar este cuaderno. Por cierto, Rosy, necesito averiguar cuál es el motivo de esa gran sorpresa… ¿Había en la lista un nombre interesante?

—Ninguno que le interese a la Abwehr, pero sí hay uno que me interesa muchísimo a mí. He visto el nombre de un hombre al que he amado.

—¡Increíble!, qué conmoción y que casualidad. ¿Fue una relación seria?

—Ese hombre fue mi pasión —confesó Rosy—. Era la figura estelar de un circo, donde trabajaba con el nombre de Adonis.

—No eres la primera mujer que se enamora de un hombre llamado Adonis. Me gusta ese mito. Un joven al que aman dos mujeres, al que adoran muchas más y al que mata un oso. ¿Tuviste celos?

—No, tomé mis precauciones. Le dije que si me era infiel lo mataría. ¡No hubo necesidad de ningún oso!

—¡Qué intensidad, Rosy! ¿Todavía lo amas?

—Más que amarlo…, ¡lo necesito!

—¿No es lo mismo?

—Para mí, necesitarlo significa muchísimo más.

—Si es así, tendremos que organizarlo de manera que lo puedas ver cuando pase por Barcelona…

Rosy se precipitó y no le dejó ni terminar:

—¿Sería posible?

—La Abwehr va a estar representada por algunos de sus agentes en el muelle. No veo motivos para que no seas tú uno de esos agentes.

—Esa sería una respuesta maravillosa para mis plegarias.

—No se me hubiera jamás ocurrido que eras una persona con sentimientos religiosos.

Canaris advirtió a sus amigos que enseguida se reincorporaría al grupo, y Rosy siguió con los demás hacia La Parrilla.

Su mesa estaba en primera fila, y en el centro del club había una pequeña pista de baile. En el estrado de la orquesta solo vio al pianista, el mismo que había estado tocando en el gran salón mientras ella revisaba la lista de nombres.

La mayoría de clientes cenaban apresuradamente para poder escuchar la orquesta y bailar en cuanto comenzara la música. Era un ambiente de fiesta. Habían llegado a los postres, y los camareros flambeaban aquí y allá sus crepes Suzette. Sin duda, solo los privilegiados podían en Barcelona permitirse el lujo de cenar y bailar en La Parrilla del Ritz.

—¿Puedo preguntarle qué hace una mujer tan atractiva como usted en España? —preguntó Herr Fuchs a Rosy, que parecía tener la cabeza en otras cosas.

—Hago lo que el almirante Canaris me pide que haga —respondió Rosy.

—Y eso ¿qué supone exactamente? —insistió Herr Fuchs.

En ese momento bajaron la intensidad de las luces y unos músicos subieron al escenario y fueron ocupando su sitio.

«Después de su gran éxito en la Côte d'Azur, el Ritz tiene el placer de presentarles a Bernard Hilda et Son Rythme à Douze», anunciaron por los altavoces.

Un hombre guapo vestido de esmoquin, con un violín en la mano izquierda, salió al escenario.

—*Merci*, bienvenidos. Espero que tengamos esta noche en el auditorio a alguna pareja de enamorados. Nuestro primer número para todos ustedes se lo dedicamos especialmente a ellos. Lleva por título *Musique pour amoureux*. Escuchen pues, esta ¡música para enamorados!

Comenzaron a sonar cálidamente dos pianos junto con los violines y un acordeón. El ritmo y la melodía invitaban a bailar.

—¿Todavía se nos puede clasificar como enamorados? —preguntó Frau Fuchs a su marido.

—Desde luego, qué pregunta tan tonta —respondió él.

—Hace mucho que no bailamos —dijo ella—, pero oyendo esta música me dan ganas de probar...

Adolf se puso en pie y tendió la mano a su mujer.

—Yo estaba pensando lo mismo.

Y el matrimonio salió a la pista.

Justo entonces regresaba de su habitación el almirante Canaris, que les vio dar los primeros pasos.

—¡Qué bonito es verlos así! Llevan casados toda la vida...

Terminados los aplausos, Bernard Hilda tomó de nuevo el micro para anunciar:

—Y ahora, el gran éxito del verano, *Insensiblement.*

—Disculpe una pregunta frívola —dijo Rosy mirando al almirante—, ¿conoce esta canción? Llevo escuchándola desde hace tres meses, y no me la quito de la cabeza. Me encanta la melodía, pero creo que me parece muy especial sobre todo por la letra. ¿Qué tal está de francés, almirante?

—No muy bien, pero suficiente para entender la letra. ¿Se la sabe de memoria?

—Toda... Es mi canción favorita de este verano —reconoció Rosy, que, sin esperar a que se lo pidieran, sumó su voz, algo grave y ronca a la suave voz de tenor de Bernard Hilda—: *Insensiblement vous vous êtes logée dans mon coeur...* Se me pega la canción sin darme cuenta.

—Preciosa... Ojalá supiera bailar.

—Si no le parece inadecuado, permítame que le enseñe a dar algunos pasos.

—¿Y por qué podría ser inadecuado?

—Por... R y R...

—¿Me lo traduce?

—*Rang und Respekt.*

—Lleva usted razón —dijo Canaris.

Justo entonces volvían a la mesa los Fuchs, cuya reaparición interrumpió aquel momento relajado entre el jefe y su agente. Los recién llegados estaban animadísimos y no lo ocultaban.

—Y ahora —anunció Bernard Hilda— tenemos el placer de ofrecerles una composición de nuestro más joven pianista, el berlinés Joshua. Su título, *Solo en la Provenza*.

Rosy, sin darse cuenta, alzó la voz para hablar con el director y cantante:

—¿Cómo ha dicho?

Desde el escenario, Hilda, miró hacia esa mesa sorprendido y respondió con amabilidad:

—*Solo en Provenza*, compuesta por Joshua. El compositor, Herr Scheinberg, desea que lo llamen así.

Rosy era incapaz de dar crédito: Joshua, aquel arrogante aguafiestas que a punto estuvo de destrozar el futuro de Max, ¡llevaba tocando el piano para ella toda la tarde y ahora estaba allí, a unos pocos metros!

Cuando Canaris y sus amigos decidieron irse, Rosy optó por quedarse, toda la noche si fuera preciso. No se iba a mover hasta poder hablar con Josh.

Una noche en la ópera

Barcelona, 14 de octubre de 1943

$Ó$scar se presentó en el Ritz a la hora exacta de la cita.

—Tenía ganas de verte —saludó a Werner.

—Me alegro de que hayas hecho el esfuerzo de venir. Nuestro último encuentro fue agridulce, ¿no te parece?

—Cierto. Cuando me fui de la universidad estaba enfadado conmigo mismo. No fui honesto contigo. Te dije que iba a verte para pedir consejo, pero tú comprendiste que mi decisión ya estaba tomada.

—Tampoco fue un diagnóstico tan complicado…

—¡Qué bien desayunar contigo! Es una costumbre que me gusta de vosotros, los estadounidenses. Aquí no la practica nadie.

—La gente funciona mejor si desayuna bien.

—¿Es una apreciación o hablas como médico?

—¡Todos los médicos deberían compartir ese dato!

Los huevos revueltos con jamón estaban deliciosos, y también la ensaimada de Mallorca. Mantuvieron una conversación relajada, con la calidez de una vieja amistad, sobre sus respectivas carreras profesionales y los cambios políticos en España.

—Me ha sorprendido la rapidez con la que, en apenas unos meses, España ha pasado de ser un país que estaba a favor del Eje a mantener una actitud casi amistosa con los aliados —dijo Óscar—. Han decidido que ha llegado la hora de establecer lazos firmes con los casi seguros vencedores, sobre todo con Estados Unidos. Gran Bretaña nunca gustará mucho aquí, por culpa de Gibraltar, esa presencia británica en la Península es dolorosa. Pero con vosotros es diferente. Os adoramos. Quizás sea por el modo en que el cine muestra vuestro país.

—Tal vez —dijo Werner—. Hollywood es capaz de persuadir a cualquiera. Son grandes fabricantes de mitos y sueños…

Luego charlaron acerca de los sobrinos y la cuñada de Óscar, hasta que este preguntó:

—¿Has sabido algo de Giselle?

—No, pero tengo intención de ponerme en contacto con ella durante mi estancia en Europa. Me han dicho que la casa Chanel está muy bien relacionada. ¿Es eso cierto?

—Corre ese rumor. Mademoiselle Chanel no es tonta. *Il faut s'adapter!*

—¿Y tú? ¿Sigues enamorado del Opus Dei? Supongo que sí, por lo que pude deducir de tu última carta.

—El Opus llena mi vida. Ahora ya soy numerario. Me ha abierto un montón de puertas que de otro modo aún permanecerían cerradas. Y satisface mis necesidades espirituales. En cuanto al celibato, para mí no resulta un problema.

Ya estaban tomando la segunda taza de café y ninguno de los dos estaba mirando el reloj.

—Quiero hablarte de mi primo Max.

—¿Te refieres a Adonis?

—Sí. El que hacía latir los corazones de las jovencitas alemanas se alistó y fue a la guerra, ha combatido en El Alamein, parece que resultó herido y capturado y puede que sea ahora un prisionero de guerra. Existe una pequeña probabilidad de que esté de camino hacia Barcelona para ser intercambiado por un soldado británico y enviado a Alemania. Esta es una de las principales razones por las que he pedido un tiempo de descanso. Me encantaría verlo y, si puedo, ayudarlo.

—Estoy informado del intercambio de prisioneros —dijo Óscar—. España quiere jugar con esa operación una carta importante. Será el reconocimiento internacional de nuestra neutralidad en la guerra, algo que nos ayudaría mucho.

—No quiero que lo devuelvan a Alemania. ¿Me ayudarías a retenerlo aquí? Max es judío. No lleva como yo un apellido judío, ni tiene aspecto de judío, suponiendo que exista un aspecto específico, pero el antisemitismo del Gobierno alemán está creciendo en virulencia y crueldad, y ahora no hay forma de salvarse: todos los judíos deben ser exterminados, según la nueva ley que impone Hitler.

—Comprendo esa preocupación, pero sobrestimas mi poder e influencia. No podré ayudarte. Imposible. Legalmente no se puede hacer.

—¿Crees que ilegalmente sí sería posible?

—No habrá manera de conseguir nada. Por lo que he oído decir, las medidas de seguridad van a convertir el puerto en una fortaleza.

—No dudo de que la seguridad sea muy fuerte, pero siempre hay maneras, legales o no, de eludirla. ¿Te hablé en alguna ocasión de Rosy Dieckhoff?

—Sí.

—Fue, o todavía es, la amante de Max. Está obsesionada con él. Y aunque ella sea una agente de la Abwehr y a pesar de tener carné del partido nazi, está decidida a que Max se quede en España y ha trazado un plan para conseguirlo.

—La he visto aquí, nos encontramos un día en el Círculo del Liceo. Nos presentó el cónsul italiano. Me pareció una mujer inteligente, agresiva, muy atractiva a su modo. Pero mentiría si dijera que me gusta.

—Pues entonces no cabe duda de que estamos hablando de la misma mujer —dijo Werner—. Sea como fuere, ella está decidida a *secuestrar* a Max durante el intercambio.

—¿Y cómo piensa conseguirlo?

—No tengo ni idea. ¿Querrías saber en qué consiste su plan, de primera mano? Se pondrá en contacto conmigo en cuanto sepa que he llegado. Y entonces la invitaré a cenar. ¿Quieres estar tú en esa cena?

—Lo siento, pero no. ¿Pretendes que cene con una agente de la Abwehr que tiene un plan para actuar en contra de las leyes españolas?

—¿Te plantea eso alguna reticencia por tus creencias políticas?

—Sí. Y espero que lo entiendas.

—Tengo que hablarte con la mayor honestidad, Óscar. Ella me pidió que te convenciera para que participases en su plan. Yo haré todo lo que me pida a fin de que salga bien. Volver a Alemania sería el final para Max.

—Te respondo también con toda mi honestidad, Werner. No puedo ayudarte en este asunto.

La cordialidad entre ambos se había esfumado. Werner estaba visiblemente molesto. Óscar se sentía incómodo, pero trató de desatascar la situación.

—La próxima semana representan *La Bohème* en el Liceo, y no pensaba ir porque tengo otro compromiso. Pero es probable que Rosy esté. Uno de los patrocinadores de la función es el cónsul italiano. ¿Te importa acompañarme? Llegaré seguramente un poco tarde, pero podría ser una velada interesante.

El rostro de Werner se destensó.

—Me encantará. Me gusta la ópera italiana. Puccini siempre me emociona con su bella sencillez. Y *La Bohème* es una de mis óperas preferidas.

—Siempre he pensado que eras un neurólogo romántico. Cosa que me encanta —dijo Óscar ya recuperado de la tensión que había provocado con su negativa—. Nos encontraremos en la entrada del Círculo. Es una puerta pequeña situada a la derecha de la principal del teatro. Procuraré llegar a las nueve menos cuarto. Durante el descanso podemos tomar algo ligero para cenar. Y si por casualidad está Rosy por allí y tiene ganas de contarnos algo, la escucharemos.

—No sabes cuánto te lo agradezco, Óscar.

Gran Teatro del Liceo, 22 de octubre de 1943

Werner llevaba quince minutos esperando y aún no había señales de Óscar. No le importó. Su amigo había avisado de que seguramente se retrasaría, y el espectáculo era magnífico: la gente llegaba al teatro vestida de etiqueta, algo que le sorprendió y le produjo cierta admiración, pues la mayoría de ellos había pasado largos años de penuria y muchos de ellos tenían que padecer todavía las limitaciones de una ciudad que estaba siendo reconstruida despacio.

—Discúlpeme, señor. ¿Es usted el doctor Applefeld? —le dijo un hombre uniformado.

—Lo soy.

—Le traigo un mensaje del doctor Óscar Prat. Quiere presentarle sus disculpas por el retraso y me ha pedido que le lleve a su palco. Dentro de media hora, aproximadamente, calcula que llegara él. ¿Le importa acompañarme?

—Con placer.

Subieron un tramo de escaleras y llegaron a un *foyer* íntimo de estilo modernista. Según le explicó su acompañante, aquello era el Círculo, el club privado fundado en 1847 por un grupo de amantes de la ópera. Sus socios tenían acceso exclusivo y directo al teatro a través del Salón de los Espejos, que estaba situado en el mismo nivel que el palco de la familia Prat.

—Doctor, vendrá un acomodador para atenderle. Nosotros no estamos autorizados a entrar por aquí. Le deseo una buena velada.

Enseguida llegó otro hombre con un uniforme diferente, que lo acompañó y le abrió la puerta del palco. Su antesala era un espacio forrado de terciopelo rojo donde había un pequeño sofá, una mesita y dos sillas. Una puerta de palo santo daba acceso al palco y la cruzó justo cuando ya bajaba la intensidad de las luces y la orquesta comenzaba a interpretar el lento y maravilloso preludio sinfónico.

Cuando Rodolfo le decía a Mimi: «*Chi son? Sono un poeta*», una mano le tocó el hombro.

—¿Te habías dormido? —susurró Óscar.

—En absoluto. Pero había entrado en el trance que siempre me produce Puccini.

—Pues abre bien los ojos, quiero presentarte a Isabel, mi sobrina. Es posible que la sola experiencia de conocerla añada todavía más dulzura a ese trance.

Y así fue. Cuando Isabel Prat llegó a su lado y las luces del escenario iluminaron su rostro, la admiración que sintió Werner fue inmensa.

—¡Qué joven tan bella! —dijo sin poder contenerse.

Óscar y su sobrina se sentaron junto a la barandilla, delante de Werner, y el médico español se volvió para decirle:

—Espera al entreacto…

Óscar tenía razón. Cayó el telón mientras sonaban atronadores «¡Bravo!» y «¡Brava!» y las luces del teatro mostraron por fin su clásica arquitectura de cinco pisos, ornada en rojo y oro. Werner vio por fin claramente iluminado el rostro de la sobrina de Óscar y, más que la emoción de la música, aquella visión le arrancó de muy adentro un «¡Brava!» adicional en honor a Isabel Prat.

—¡Este amigo tuyo me encanta, Óscar! —dijo Isabel riendo ante el entusiasmo que Werner manifestaba—. Mi tío se ha deshecho en elogios hablando de usted y me ha contado tantas cosas que no he podido resistir la tentación de venir a conocerle. Yo estoy con otro grupo y ahora debo reunirme con ellos, pero tenía muchísimas ganas de saludarle.

—Ha sido muy gentil por su parte —dijo Werner.

—¿Es usted siempre tan agradable? —preguntó Isabel con una sonrisa muy amplia.

—¡Siempre! —contestó Werner mientras ella se iba.

—¿No te parece maravillosa? —preguntó, orgulloso, el tío—. Me recuerda mucho a mi madre.

Y enseguida cambió de tema para poner a Werner en antecedentes, contándole los preparativos del intercambio mientras se dirigían al Círculo para tomar allí un refrigerio:

—Hemos tenido una reunión con el general Moscardó, que ha sido más larga de lo esperado, por eso he llegado tarde. Se trataba de estudiar la logística de ese próximo intercambio de prisioneros que tanto te interesa. He participado en representación de la facultad de Medicina.

—¿Han dicho algo que no supieras ya? —preguntó Werner, ya centrado en su objetivo.

—Sí, y es algo que me concierne personalmente. El Hospital Universitario va a estar presente en la zona neutral. Habrá profesores de tres departamentos: medicina interna, cirugía y neurología. El doctor Balcells, mi jefe y miembro del Opus Dei, estará al frente del equipo de Medicina Interna para actuar en caso necesario. Habrá cuatro mil prisioneros, heridos de muy diversa consideración, y podría ser necesaria la intervención de especialistas…

Cuando entraron en el Círculo, Óscar quería mostrarle a Werner la colección de pinturas de Ramon Casas, pero admitió que era difícil hacerlo en el poco tiempo del entreacto.

Ambos pidieron un pepito y un vino espumoso.

—¡Gracias por invitarme! —dijo Werner alzando su vaso.

—¿Me permiten ustedes participar de la fiesta? —Una voz femenina los interrumpió desde atrás.

Como Óscar había previsto, Rosy parecía haber surgido allí como por arte de magia.

—Precisamente deseaba verte y pensé que quizás estarías hoy aquí —dijo Werner a modo de saludo.

—¿Lo deseabas o lo temías? Disculpad la interrupción, pero en cuanto te he visto, Werner, he venido al momento. Sabía que estabas en Barcelona, y este sitio es perfecto para hacerse la encontradiza con una persona como tú. Y veo que compartes la velada con el doctor Prat. ¿Cómo está usted, doctor? —Y, volviéndose de nuevo a Werner, añadió—: He venido con el cónsul Rizzoli, que me ha invitado. ¿Te parece que nos veamos después de la muerte de Mimi?

—¡Vaya forma macabra de decirlo!

—Tienes razón, no sé por qué he empleado esa expresión. Pero sigo interesada en que nos veamos. ¿Podemos tomar una copa cuando termine la función?

A Óscar le estaba sorprendiendo el trato lleno de bromas y sobreentendidos entre Werner y Rosy.

—¿Qué te parecería venir a mi hotel, al Ritz? —propuso Werner—. Espero, doctor Prat, que quieras acompañarnos. Tengo que empezar a devolverle la abrumadora amabilidad con la que me trata siempre, y tampoco voy a poder quedarme mucho tiempo en Barcelona. El primero de noviembre tengo que estar en Londres, ¡listo para empezar a combatir contra los alemanes!

—¡Oh, qué simpático por tu parte! —replicó Rosy—. Puede que te resulte un objetivo más difícil de conseguir de lo que supones. Somos duros de pelar… Pero sí, acepto tu invitación. Al cónsul Rizzoli no le gusta eso de tomar copas a la salida de la ópera. Por cierto, en tu hotel actúa una orquesta francesa. Y tú recordarás bien a uno de los músicos.

—¿En serio? —preguntó Werner fingiendo curiosidad.

—No pienso estropearte la sorpresa. ¿Y usted, doctor Prat? ¿Va a venir con nosotros?

—Creo que me dejaré tentar. ¡Siempre me ha gustado la compañía de las mujeres tímidas! —repuso Óscar entrando en la conversación con el mismo tono amistoso e irónico que ellos estaban empleando.

—Pues nos vemos allí. Por cierto, Óscar, le prometimos a Isabel que tomaríamos con ella una copa al salir.

—¿Qué Isabel? —preguntó Rosy.

—La otra mujer más bella del mundo —siguió provocándola Werner—. Es la sobrina de Óscar.

—No debería preocuparle mi sobrina, Rosy. De hecho, esta noche anda por ahí con su hermano y un grupo de amigos de su edad —dijo Óscar, tal vez con más picardía de lo que él mismo hubiera deseado.

Habían acudido esa noche a La Parrilla muchos amantes de la ópera que también habían decidido recuperarse de la tristeza de *La Bohème* yendo a tomar copas y charlar y bailar.

—Anoche estuve aquí y me encantó —dijo Rosy—. Werner, tengo una magnífica noticia para ti. Me han confirmado que dentro de muy pocos días Max estará en Barcelona.

—¿Tan segura estás ya? ¿Cómo lo sabes?

—Falta confirmar la fecha, pero sé que el nombre de Max se encuentra en la lista que ha preparado la Cruz Roja Internacional. ¡Yo misma lo he visto! Tengo preparada la mitad de un plan pero necesito la ayuda de varias personas. ¿Quieres que te lo cuente? Y a usted, doctor Prat, ¿le gustaría quedarse a oírlo?

—Pidamos antes esas copas —dijo Werner.

—De acuerdo. Yo necesito algo fuerte. ¿Os va bien un *scotch*? —dijo Rosy.

—Creo que será mejor que yo me retire si para escuchar los detalles de este plan hay que beber cosas fuertes…

—¿Por qué lo dice?

—Esta tarde he participado en una reunión que trataba precisamente de un único tema: cómo evitar que se produzca ningún incidente como el que usted acaba de mencionar. Mejor que yo no sepa absolutamente nada de sus planes.

—Ya me temía yo algo así, Óscar —dijo Werner—. Pero podrías quedarte *ex officio* y escuchar en qué consiste lo que Rosy ha pensado. Yo siento mucha curiosidad. Anda, quédate y toma algo con nosotros.

—Y si quieres irte, quedas excusado, Óscar. ¿No crees que a estas alturas y teniendo amigos comunes deberíamos tutearnos?
—dijo Rosy—. Además, no te perdono si te vas sin haber bailado conmigo. Acaban de anunciar mi canción favorita y podría bailar

esa música día y noche. ¿No me vas a conceder el capricho? —terminó Rosy lanzándole una de sus miradas imantadoras.

—Yo bailo muy mal —dijo Óscar, que se sentía obviamente embarazado por la situación—. ¿Cuál es esa canción que tanto te gusta?

—El éxito de este pasado verano. *Insensiblement*. Cuenta eso que pasa a veces… Cómo, sin que nos demos cuenta, el amor se cuela secretamente en nuestras vidas hasta alojarse en nuestro corazón …

—Pues a mí me parece bastante cursi y algo impreciso. El amor no se cuela secretamente en nuestras vidas, lo hace de forma ruidosa y a veces espectacular, el amor no es secreto.

—¿Hablas por experiencia? ¿Has amado muchas veces, Óscar?

—No.

—¿Y tú, Werner?

—Yo sí, he amado algunas veces y opino igual que Óscar. Por mi experiencia personal, debo decir que el amor ha sido siempre un terremoto estruendoso.

—Acepto ese *scotch* que me ofrecéis —dijo inesperadamente Óscar—. ¡Pero seré un convidado de piedra!

—¡Ya veremos si eres de piedra! —dijo Rosy tomando suavemente la mano de Óscar y llevándolo hacia la pista de baile.

Werner se divirtió de lo lindo viendo bailar a tan extraña pareja. Cuando llegó el camarero con los whiskies, alzó el vaso hacia la orquesta y le lanzó un guiño a Joshua… «¡Qué muchacho, cuánto talento y cuantos recursos está demostrando tener en medio de esta horrible guerra!», pensó Werner.

Cuando la pareja regresó de la pista, Rosy declaró exultante:

—¡Menudo mentiroso es Óscar! Miente de maravilla, y baila todavía mejor.

—El foxtrot es fácil —se defendió Óscar, que no parecía la misma persona que hacía unos minutos se resistía a bailar.

—¿Habéis podido llegar a una decisión sobre el amor? ¿Es silencioso o ruidoso? —quiso saber Werner.

—Sí. Estamos de acuerdo en que es silenciosamente ruidoso —dijo Rosy—, y hemos llegado a una conclusión: los dos tenemos mucha sed. Y lo más sorprendente de todo: Óscar quiere conocer los detalles de mi plan.

Y sin esperar ni un segundo, Rosy tomó un sorbo de whisky y comenzó a enumerarlos con todo detalle:

—Empezaré explicando cuál es el *delito* que pienso cometer. Mi delito consiste en salvar a Max, evitar que sea ex-ter-mi-na-do, cosa que ocurrirá si regresa a Alemania. Porque, para empezar, ¿a quién se le puede ocurrir la idea de matar a esta maravilla de ser humano?

Abrió el bolso, sacó una foto de Max y se la dio a Óscar.

—¿No es guapísimo?

—Un joven realmente apuesto —dijo Óscar.

Rosy cogió una inmaculada servilleta blanca y se puso a dibujar encima.

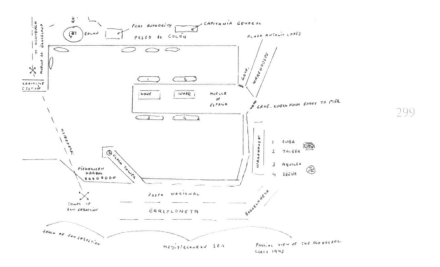

—Yo dibujo mal, pero esta es la parte del puerto de Barcelona donde se va a producir el intercambio. He aprendido a hablar de cosas complicadas de forma sencilla, y los dibujos ayudan.

Werner y Óscar estaban concentrados en las palabras y los movimientos de los dedos de Rosy, que iba señalando posiciones en el dibujo esquemático sobre la servilleta. Casi se olvidaron de la música que seguía sonando en La Parrilla.

—Max está aquí, a bordo del Cuba, el buque hospital británico, que atracará en el lado sur del muelle de España. —En el dibujo Rosy señaló un barco con el número 1—. Si Max puede desplazarse sin ayuda, bajará por la pasarela por su propio pie.

En caso contrario, lo bajarán en camilla. Los primeros en desembarcar serán los que puedan caminar. Los harán entrar en uno de los dos recintos situados en el centro del muelle que funcionarán como zonas neutrales, en grupos de veinte. Allí habrá personal de la Cruz Roja Internacional que comprobarán sus datos personales a partir de las listas elaboradas por ambos bandos. Hecho el control, los soldados serán examinados por los equipos médicos españoles, que los clasificarán según su estado. Los más graves serán trasladados al buque hospital alemán, el Djene, que aparece en el dibujo aquí, con el número 4. Los menos graves subirán a bordo del barco número 3, el Aquilea. Antes de embarcar en ellos, serán sometidos a un nuevo examen médico por parte de los equipos sanitarios alemanes. Entretanto, los prisioneros aliados irán pasando por estos mismos pasos, pero en sentido contrario. Cuando hayan desembarcado todos los prisioneros, los dos buques que los han traído serán los primeros en zarpar. El Cuba saldrá rumbo a Port Said. El Djene, más tarde a Marsella. Y los dos buques de transporte, el Tairea, que está en el dibujo aquí, con el número 2, y el Aquilea, que es el número 3, zarparán los últimos. Este último, rumbo también a Marsella.

Rosy alzó la vista de la servilleta y miró a los dos.

—Un poco complicado, ¿verdad? Pero este es el protocolo que han acordado los Gobiernos británico y alemán con las autoridades españolas y con la Cruz Roja Internacional.

»Mi plan consiste en que, sea cual sea el estado de Max, sea seleccionado para embarcar en el Aquilea. De acuerdo con estos protocolos aprobados por todas las partes, los médicos españoles, tras comprobar la veracidad del informe que les proporcionarán los médicos de uno y otro país, clasificarán a los prisioneros en tres grupos: en el grupo A incluirán a los que pueden caminar; en el grupo B, a los que, incluso encontrándose razonablemente bien, necesitan ser llevados en camilla, y en el grupo C a los que se encuentren en mal estado. A pesar de la Convención de Ginebra, Alemania ya ha dicho que no permitirá que permanezcan en España los del grupo C. Y como los buques de transporte tienen mucha más capacidad que los buques hospital, los médicos alemanes no van a tratar de rectificar las clasificaciones que hayan establecido los médicos españoles. Si un soldado viene en el grupo A, no habrá comprobaciones ulteriores, sino que lo enviarán directamente al buque de transporte de tropas.

—Me dejas sin palabras —murmuró Werner.

—Bien, permitidme ahora los dos que vaya al grano y no dé ningún rodeo respecto a lo que necesito —dijo Rosy—. Mi plan necesita de la colaboración y la complicidad de dos médicos a los que, esquemáticamente, llamo doctor A y doctor P.

—No hay dos como tú —dijo Werner.

—El doctor A es un médico del equipo británico que va a escribir en el historial clínico de Max Liniger que es un soldado que sufre en raras ocasiones ataques convulsivos de origen no determinado, pero que se han controlado adecuadamente mediante fenobarbital.

»El doctor P es un médico que tiene acceso a la zona neutral del muelle. Su papel consiste en adjuntar el informe firmado por el doctor A en la historia clínica con la que ese soldado saldrá del control médico español.

»Mi papel consiste en encontrarme en el muelle durante el intercambio. La Abwehr me conseguirá ese permiso. Así podré hablar con Max antes de que entre en la zona neutral, para darle instrucciones sobre lo que tiene que hacer una vez lo suban a bordo del Aquilea. También le proporcionaré un sobre con unas pastillas de fenobarbital, que bajo ningún concepto tiene que tomar sino que ha de guardarlas en el bolsillo. Si no logro hablar con él, Max terminará sus días en una cámara de gas.

El final de su relato no habría podido ser más tremendo. Rosy encendió un pitillo. No se entretuvo en formar volutas. Expulsó el humo de forma violenta y miró a los dos hombres.

—Supongamos que todo ocurre como lo has planeado —dijo Werner con gesto ceñudo—. Es decir, supongamos que consigues que Max embarque rumbo a Marsella. ¿Se puede saber cómo vas a conseguir que se quede en Barcelona? Tu plan es muy detallado, pero yo entendí que no querías que llegase a Alemania, y si sube a un barco alemán....

—Eso forma parte de la segunda mitad del plan, pero me falta redondear algunos detalles. En un par de días tendré todos los cabos atados.

—Tengo que felicitarte, Rosy —comentó Óscar—. Esta

primera parte del plan encaja exactamente con todo lo que el general Moscardó nos ha dicho en la reunión de esta tarde. Podría funcionar y al menos está bien preparado. Pero no veo cómo te las vas a arreglar para, en apenas dos días, preparar la segunda parte. Es muy poco tiempo.

—En mi oficio, dos días son una eternidad.

Werner sonrió. Y quien se llevó una sorpresa fue Rosy cuando le dijo:

—¿Quieres bailar conmigo?

—Desde luego, pero no te sientas obligado. No tienes por qué sacarme.

—Tengo ganas de bailar contigo, a no ser que toquen *Insensiblement*.

—Mejor que sea con otra pieza, ¡porque bailar esa canción contigo sería muy complicado!

Rosy se levantó de la mesa y se dirigió al escenario. Habló con el director de la orquesta y le preguntó cuál era la siguiente canción que iban a interpretar.

—*Vous ne direz pas toujours non*, Madame.

Rosy soltó una carcajada mientras regresaba a la mesa con un semblante luminoso.

—¿Se puede saber qué es lo que encuentras tan gracioso? —dijo Werner.

—Sabes algo de francés, ¿verdad?

—Un poco, pero no he llegado a entender lo que Hilda ha dicho.

—Da igual, bailemos.

Esta vez le tocó a Óscar el turno de observar a los otros dos. Trató de deducir si Rosy trabajaba o se distraía, y no supo llegar a ninguna conclusión. Solo tenía una cosa clara: aquella era una mujer extraordinaria. Ya había comenzado a preguntarse si estaría dispuesto a hacer el papel que ella le había asignado en la primera parte de su plan, y cada vez sentía más curiosidad por saber qué iba a suponer la puesta en marcha de la segunda parte.

En cuanto a su intervención, ni era fácil ni sabía si exponerse al riesgo, pero solo suponer que algo tan simple como añadir un documento a un historial podía ayudar a salvar la vida de un joven lo obligaba a valorar qué bonito sería aquel acto de caridad cristiana. En cambio, que la neutralidad española fuese puesta en entredicho por culpa suya, al ayudar a huir a un prisionero, era más peliagudo. No le torturaba la idea como antes de escuchar a Rosy, pero debía analizarlo con calma.

Como mínimo, pensó que sería buena idea invitar a Rosy y a Werner a tomar el té en casa de su cuñada. Sería una tarde interesante y quizás informativa.

La noche en la ópera había ido muy bien. Cuando Óscar se ofreció a llevar a Rosy al Majestic, Werner subió a su habitación.

Una vez en el Majestic, Rosy descubrió que después de tantas emociones no tenía ganas de dormir. Si Óscar, al que había adjudicado un papel esencial en su plan, los había invitado a tomar el té en casa de su cuñada a la tarde siguiente, significaba que por lo menos no se negaba de plano a participar.

Se instaló en la cama y comenzó a revisar sus notas de los últimos días. Era una buena y vieja costumbre. «Cuando vas tan deprisa, no tienes tiempo de ver el paisaje —solía decirle Klaus cuando eran novios en Múnich—. ¡Por eso tienes que apuntarlo todo!»

Así encontró algo que había escrito la noche en que el almirante Canaris le pidió que bajara a La Parrilla con sus amigos alemanes. Cuando todos se fueron, ella se quedó un rato hablando con Joshua. Y ahora leyó aquel diálogo que transcribió al poco de haber dejado a Josh:

Tanto Josh como yo queremos a Max. Tenemos algo en común. Josh dijo que haría por Max cualquier cosa. «No lo digo por decir, he dicho que cualquier cosa, lo que fuese». «¿Matarías a alguien por ayudarlo?» «Sí.» «¿A qué se deben estos sentimientos tan fuertes?» «Porque me salvó la vida.» «¿Cómo ocurrió?» «Es muy complicado, y no pienso contarlo.»

«Conclusión —pensó Rosy—: puedo contar también con Josh.»

Y Werner también quería mucho a Max. Le había gustado volver a verlo. Un hombre atractivo, equilibrado y bastante enigmático. Magnético también. «Enigmático tiene las mismas letras que magnético —pensó—. Qué curioso.»

Werner le gustaba, sin duda. Pero no de la misma forma en que le gustaba Max. El joven Max era una catarata espectacular. Werner era un río ancho cuyas aguas fluían lentamente. En ambas imágenes, los hombres eran representados por el agua. ¡Y cómo le gustaba el agua a Rosy!

Eran las dos de la madrugada y sin dejar de pensar en cataratas, ríos y hombres, Rosy se desnudó por fin, desdobló uno de sus pijamas de color rosa, dispuso las tres almohadas de siempre en forma de nido protector. Sobre una cuarta almohada colocó un archivador y apuntó el nombre de una nueva carpeta: «Salvamento de Max. Segunda parte».

Justo entonces sonó el teléfono. Era la línea interior del hotel y la voz era de Carlos:

—Señora, lamento molestarla. Ha llegado desde Alemania una nota urgente. El conserje y yo hemos creído que valía la pena llamarla a su habitación a estas horas.

—Bien, aún estoy trabajando. Sube esa nota, por favor.

Al oír el segundo golpecito en su puerta, Rosy la abrió.

—Acaban de traerlo. Es raro, no llegan nunca pasada la medianoche —dijo Carlos, y aunque había hablado con la mirada baja, en ese momento la alzó y añadió en un susurro—: ¡Qué guapa estás con ese pijama!

Rosy lo miró con severidad y, con un tono que no encajaba con sus palabras, dijo:

—¡Trátame de usted!

—Por supuesto, señora. Buenas noches tenga usted.

—Gracias, Carlos.

La nota era de la Abwehr, oficina de Múnich. No estaba codificada sino escrita en un registro casi coloquial:

Rosy: Se ha retrasado el intercambio. Será el día 27 de octubre.
Que vaya todo bien, Klaus

Aunque fueron amantes poco tiempo y nunca muy en serio, Rosy siempre había guardado un recuerdo cálido de Klaus. Era un hombre amable y aún sentía algo por ella. Y ese aplazamiento no podía ser más bienvenido. Tras una jornada larguísima, necesitaba algo refrescante. Llamó al servicio de habitaciones.

—Carlos, ¿podrías subirme un gin-tónic?

—Por supuesto, señora.

—Puedes tutearme…

34

Una dama distinguida

Barcelona, 25 de octubre de 1943

A Werner lo animó mucho que Óscar los hubiese invitado a visitar a su cuñada, la aristócrata Mercedes Prat. Era señal de que quería saber más detalles acerca del plan de rescate de Max ideado por Rosy y tal vez incluso de discutir sus dudas con aquella mujer tan bien conectada social y políticamente.

No se le había olvidado que Óscar dijo de su cuñada que era imperiosa y autoritaria, que no solía usar casi nunca su título nobiliario, que correspondía a una Grande de España, aunque algunos que poseían ese preciado honor solían ponerlo de manifiesto a las primeras de cambio.

Rosy, Werner y Óscar quedaron en reunirse en el Majestic un poco antes de subir a casa de Mercedes.

—Óscar, dinos qué debemos esperar de tu cuñada, estoy algo nerviosa —confesó Rosy.

—¿Por qué? —preguntó Werner—. Nos ha invitado a tomar el té una persona de un cierto relieve social que hará todo lo necesario para que pasemos una tarde agradable. Lo único que debemos hacer es abstenernos de toda clase de indiscreciones en relación con tu plan. Creo que lo mejor será no hablar de nada que tenga que ver con la situación de Max, a no ser que la conversación nos lleve a ello.

—¿Y para qué vamos a verla si no podremos hablar de Max? —preguntó Rosy.

Armándose de paciencia al verla tan inquieta, Werner trató de explicarle:

—Vamos a verla precisamente porque ella conoce muy a fondo este país, su sociedad, su política, y porque tenemos la suerte de que sea la cuñada de nuestro amigo Óscar. Dejemos que Max entre en la conversación con naturalidad.

—Estoy de acuerdo con Werner —dijo Óscar—. Con Mercedes es mucho mejor usar las armas de la sutileza que ir por la vía directa. Creo que lo mejor es dejar que sea Werner el que lleve la conversación.

—¿Por qué? ¿Porque es un hombre o porque es un astuto judío?

El aludido fingió no haber escuchado aquellas palabras, se volvió hacia Óscar y cambió completamente de tema:

—Me dijiste que el piso de los Prat está cerca de ese edificio que llaman La Pedrera, ¿no?

—Está justo al lado.

—Desde que supe que vendría, pensé en visitar alguna de las obras de Gaudí. He visto fotos, y siempre me ha fascinado, aunque en realidad no acaba de gustarme. Una de las cosas que me llaman más la atención de esa casa son las chimeneas, pero se me escapa su función.

—Si llego a saber que uno de los temas de conversación iban a ser las chimeneas de la Casa Milà, me habría ahorrado venir —los interrumpió Rosy con brusquedad.

—¿Adónde preferirías haber ido? ¿A un curso acelerado de exabruptos? —dijo Werner molesto—. Estás muy nerviosa, Rosy. Tranquilízate.

—No estoy nerviosa, lo que estoy es preocupada. La verdad es que temo que mi plan fracase. Cuanto más nos acercamos al día del intercambio, más miedo tengo. Perdóname.

—No tengo que perdonarte nada. Ser judío es algo de lo que me enorgullezco, y comprendo muy bien que no sientas ningún interés por las chimeneas. Ni Óscar ni yo tenemos problemas con las chimeneas.

Caminaron en silencio hasta que el esplendor excéntrico de La Pedrera apareció ante sus ojos.

—Es verdaderamente singular, ¿no os parece? —comentó Óscar—. Mi hermano quiso comprar uno de los pisos pero, como estaban todos ocupados, se conformó con la casa de al lado. Ahí encontró un sitio más cómodo, más grande y con líneas rectas en lugar de curvas. No vale la pena coger el ascensor, Mercedes vive en el piso principal, lo que en Estados Unidos llamáis el segundo.

—Buenas tardes, doctor Prat —dijo el conserje—, doña Mercedes les está esperando.

Cuando subieron, ya habían abierto la puerta y Mercedes se encontraba justo detrás de la doncella.

Óscar hizo las presentaciones de forma rápida. Rosy se calmó en cuanto vio a aquella mujer de mediana edad que se había vestido de forma impecable para recibirlos. Desprendía una cordialidad auténtica y cálida.

—Imagino que lo mejor será que hablemos en inglés. En España está de moda ahora el alemán, cosa que me parece ridícula porque aquí nadie sabe hablar ni entiende ese idioma. No estamos hechos para el alemán. Bienvenidos, gracias por haber venido. Doctor Applefeld, es casi como si ya nos conociéramos. Hace mucho tiempo que Óscar me habla de usted, y siempre en los términos más encomiásticos. Espero que mi inglés no sea muy incorrecto... Ah, Fräulein Dieckhoff, el otro día conocí al embajador alemán, doctor Dieckhoff. ¿Son ustedes parientes?

—No, pero todo el mundo me lo pregunta... —dijo Rosy, que dudó con el tratamiento.

Pero Mercedes se anticipó:

—Para ti soy Mercedes a secas, y espero que me permitas tutearte, Rosy.

—Muchas gracias. ¡Qué nombre tan bonito, Mercedes!

—A mí me gusta mucho el tuyo, Rosy.

—Mercedes, ¿quieres que sigamos escuchando esa música? —preguntó Óscar.

—Ni siquiera me fijaba que está sonando... Mi hijo Rafa acaba de regresar de Perpiñán, al otro lado de los Pirineos. Compramos allí cosas que en España no hay modo de conseguir. Se ha traído este disco de Édith Piaf y otro del *Concierto de Varsovia*, que para mí ha sido un maravilloso descubrimiento. Jamás había oído mencionar a Richard Addinsell.

—Estuve escuchando a Piaf en París —anunció Rosy, a la que le pareció muy bien que hablaran de música—. Esa mujer es magnífica, me entraron ganas de llorar al oírla.

—No sé por qué, pero no te imagino llorando —dijo Werner.

—Tendrás la oportunidad de verme llorar muy pronto si no consigo ver, aunque sea un instante, a Max. Y si puedo verlo, también lloraré, pero esas lágrimas serán de alegría.

—¿Quién es Max? —preguntó Mercedes.

Y Rosy, siempre única, siempre inimitable, contestó:

—Fue mi amante.

«Viva la sutileza», pensó Werner.

—Entiendo —dijo Mercedes—. Pero llorar por él si ahora ya no es tu amante…, ¿por qué?

—Porque tal vez aún lo sea. Y si todavía me quiere, mis lágrimas serán de agradecimiento. Mira, Mercedes, hace cuatro años que no veo a Max. Se fue a la guerra, resultó herido y fue hecho prisionero por los británicos. Y ahora viaja hacia Barcelona.

—¡Oh! —interrumpió doña Mercedes—, ¿quieres decir que será uno de los soldados que van a ser intercambiados?

—Sí, y no tengo ni idea de si todavía siente por mí lo mismo que sentía… ¡Los años cambian los sentimientos! Incluso suponiendo que logre verlo, será un momento triste, porque lo veré por última vez.

A partir de ese momento quedó claro para todos que aquella iba a ser una conversación interesante.

—En ese caso —afirmó Mercedes—, tus lágrimas serán de desesperación. Pero dime, por favor, ¿qué te induce a creer que será la última vez?

—Admitirás, Óscar —dijo Werner—, que no hay seres tan maravillosos como las mujeres. Se conocen de hace apenas diez minutos, y ya hablan de sus alegrías, sus amores, su desesperación y de las diferentes clases de lágrimas que pueden acompañar a cada estado emocional. Jamás seremos capaces los hombres de nada parecido…

—Los hombres, en cambio, sois muy capaces de no interesaros por el verdadero tema de conversación ni por saber hacia dónde nos está llevando —dijo Mercedes de una forma que sonó a reprimenda.

Justo en ese momento, el mayordomo hacía acto de presencia en el salón cargado con una gran bandeja con sándwiches y una tarta. Y así dejó inservible el detonador que hubiera podido poner en marcha una pequeña batalla de sexos.

Doña Mercedes insistió:

—Explícame, Rosy, ¿por qué estás tan segura de que no volverás a ver a tu amante nunca más?

—Rosy está hoy un poco nerviosa —trató de justificarla Werner—. Siempre necesita estar segura de todo, y ahora mismo hay demasiadas cosas que le resultan vitales y acerca de las cuales no tiene ninguna seguridad. ¿Es así, Rosy?

—Exacto. Has hablado como solo podría hacerlo el psiquiatra que eres, Werner.

—Pero ¿no eres neurólogo? —preguntó Mercedes.

—Es neurólogo y psiquiatra —aclaró Óscar.

—¡Cuántos talentos a la vez! Pero mi pregunta sigue sin respuesta, Rosy.

Rosy pareció dudar y miró a Werner, como si lo invitara a dar la respuesta en su lugar.

—Mercedes, me vas a permitir que sea yo el que responda por ella. Max es judío. Y es primo hermano mío. Se alistó en el Ejército alemán por fidelidad a su país y al Führer. Y también, a decir verdad, porque en aquel momento todo el mundo creía que para un judío de sangre mestiza el Ejército era un lugar seguro.

—¿Judío y leal a Hitler? Me sorprende —declaró Mercedes.

Werner continuó explicando a su anfitriona las circunstancias del periplo de Max.

—¡Qué interesante ironía que un judío fuera la imagen del joven ario!

—El hecho de que su padre fuese judío era una circunstancia que el gran público ignoraba. Todos lo admiraban, todos lo deseaban.

—Entonces, la idea de llamarle Adonis fue un acierto —observó Mercedes.

—¡Sin duda! Pero hoy Max corre el grave peligro de padecer la histeria antijudía que reina en Alemania. Las posibilidades de que acabe en un campo de exterminio son enormes. Yo creí que conocía bien el carácter de los alemanes, pues nací allí, pero ahora soy totalmente incapaz de aceptar la escandalosa complicidad colectiva que parece dominar a ese gran país. Por eso Rosy dice que si Max regresa a Alemania no volverá a verlo nunca más.

El mayordomo retiró el servicio del té.

—Dime, Rosy, ¿cómo conociste a Max? —preguntó Mercedes.

—Mi hermano era su entrenador en el gimnasio y más adelante acabó siendo su agente. Max era un joven fuerte y hermoso, un modelo de masculinidad, que me atrajo de una manera que no pude resistir. Quedé imantada por él. No fue amor, en el sentido corriente de la palabra. Era más bien una droga. Una droga potente y adictiva que me elevaba a un éxtasis difícil de describir, pero que como experiencia era sublime. Por primera vez en mi vida entendí lo que era la pasión.

—¡Qué manera tan bella de describirlo! —dijo Mercedes, que estaba prendada de la historia.

—No se puede describir de otra manera, la experiencia fue muy bella, aunque siempre teñida de un cierto temor…, el temor de perder a Max. Nos llevamos muchos años. Demasiados. —Era la primera vez que Rosy lo reconocía.

—¿Qué edad tiene Max ahora?

—Veinticuatro años.

—No te voy a preguntar la tuya, pero entiendo muy bien cómo te sientes. Eso solo lo entienden las mujeres —afirmó Mercedes.

—Es un sentimiento difícil de sobrellevar —confesó Rosy—. La primera arruga, la primera cana, esa venita que aparece donde antes no estaba…, todo eso anuncia el inicio de una decadencia que es no solo irreversible, es inevitable.

Ellos eran testigos mudos y reverentes de aquellas francas confesiones femeninas. Óscar interrumpió el casi litúrgico silencio que siguió a las últimas palabras de Rosy con una inesperada sugerencia:

—Rosy, cierra la ventana de tu corazón. ¡Va a coger un resfriado! —Y sin dar opción a que los presentes comentaran la horterada que acababa de pronunciar, se dirigió a Mercedes y añadió—: Tengo entendido que Auxilio Social va a tener un papel importante durante el intercambio de prisioneros. ¿Es así?

—Sí. Nos vamos a encargar del servicio de enfermería en la zona neutral del muelle. Para mí es un honor y estoy muy contenta de poder ayudar. El Auxilio Social está realizando una buena labor.

—Ojalá pudiera estar a tu lado —dijo Rosy.

—Estar en la zona neutral será imposible, pero no habrá ningún problema para que estés al menos en el muelle.

—Depende. Puedo pedir que me faciliten un pase.

—Seguro que enviarán algunos pases a la embajada alemana, ¡y tu apellido es el mismo que el del embajador! Si la Abwehr te fallase, quizás las autoridades españolas podrían echarte una mano. Casualmente, conozco a una monja alemana, la madre Alma, que es profesora de la escuela alemana, y a ella le han prometido que tendrá un pase para que pueda ver a su hermano, que fue capturado en El Alamein. El hermano se llama Josef Petz y su nombre ya ha aparecido en los listados. Y digo yo, si Josef puede ver a su hermana, ¿por qué no podría Max ver a su amante? —Mercedes hablaba con esa capacidad de dar órdenes y utilizar su autoridad de la que Óscar les había hablado—. Dime, Rosy, ¿qué haces mañana?

—Tengo una reunión a las ocho de la mañana, y no sé cuánto durará. Por lo general, a mi superior no le gustan las reuniones muy largas, pero es probable que mañana sea una excepción. Va a llegar de Berlín una gran cantidad de gente para organizar la logística del intercambio.

—Entonces, veámonos a las doce del mediodía, calcula que vamos a necesitar una hora más o menos. Si aún no estuvieras libre, ya encontraremos otro momento. Tengo un almuerzo a las dos. ¿Dónde te puedo localizar?

—Me alojo en el Majestic.

—¡Prácticamente aquí al lado!

Rosy dejó la taza en una mesita auxiliar, se puso en pie y con pasos firmes se acercó a Mercedes para darle las gracias. Mercedes se levantó y Rosy le dio un abrazo. Fue un momento conmovedor.

Mercedes se volvió hacia Werner:

—Mi apellido de soltera es Gironella. Un viejo apellido catalán que se remonta al siglo XIII y que probablemente sea de origen judío. Estoy destrozada pensando en todo lo que los judíos están teniendo que soportar en Alemania. Leí hace poco que Albert Einstein calificó lo que está pasando como lo más escandaloso que haya ocurrido jamás en la historia de la humanidad. Y estoy de acuerdo con él. Si puedes, no dejes de visitar el barrio del Call. Los judíos se dedicaban sobre todo al comercio, a prestar dinero y a la medicina. En el que fue su barrio había sinagogas, baños rituales y una escuela talmúdica. Hay algunas estructuras que siguen en pie después de ocho siglos, no muchas. Barcelona tiene un pasado judío importante. El otro día fui a visitar a una amiga, que durante dos años tuvo como vecino a Arnold Schönberg. Eso fue a comienzos de los años treinta. Me contó que Schönberg había compuesto allí el segundo acto de *Moses und Aaron*. Históricamente, Barcelona ha sido siempre una ciudad abierta y hospitalaria. Espero que no cambie.

Óscar no había oído jamás a su cuñada mencionar el origen judío de su apellido. Cuando bajaban las escaleras para salir a la calle, Rosy le dijo a Werner:

—La conversación ha sido muy poco sutil…

—Cierto, pero también honesta y emocionante. Mercedes Prat es una mujer extraordinaria, y tú también lo eres.

—Me gustaría verte mañana, Werner. Las revelaciones del almirante Canaris en la reunión y la gestión posterior con Mercedes podrían proporcionar propuestas para mi plan.

—Quiero ver a Joshua, pero por lo demás estoy completamente libre. Recuerda, ¡estoy de vacaciones!

—Me gustaría llevarte al primer restaurante que conocí en Barcelona —le propuso Rosy—. Está a unos doscientos metros del muelle de España, se llama Las Siete Puertas. Si no te digo nada en contra antes, nos reuniremos allí a las dos de la tarde. ¿Te parece?

Dio un beso a Werner y llamó a un taxi.

35

Un paseo con Joshua

Barcelona, 26 de octubre de 1943

Werner quería disculparse con Joshua por no haberse presentado tras haber quedado con él la noche anterior. Lo localizó por teléfono.

—Todavía estoy esperándote —se quejó enseguida Josh—. ¿Qué pasó?

—La verdad es que me quedé dormido. ¿Tienes algo que hacer esta mañana?

—Nada… Me gustaría verte.

—¿Tomamos un café y damos un paseo?

—De acuerdo. Nos encontramos en el vestíbulo a las diez.

Mientras lo esperaba, Werner se puso a ojear los periódicos que encontró bien ordenados sobre una mesa. Todos los titulares hablaban de una misma noticia: el próximo intercambio de prisioneros en Barcelona. La lista de dignatarios que iban a estar presentes resultaba impresionante. Habría un gran contingente representando al Ministerio británico de Asuntos Exteriores, junto a sir Samuel O'Hare, el embajador. Y un contingente alemán todavía más numeroso, con personal de la Abwehr, del departamento de Prensa y Propaganda, del Ministerio de Asuntos Exteriores y un gran número de miembros de la Gestapo. La delegación alemana en pleno iba a alojarse en el Ritz.

«No tendré más remedio —pensó Werner— que comer, beber y respirar cruces gamadas durante unos días.» En los diarios también había fotos de los cuatro buques que iban a participar en la compleja operación. Y en uno de ellos, el Cuba, estaba Max. La sola idea lo emocionó.

Algo después de las diez y media se presentó por fin Joshua acompañado por un hombre que vestía chaqué y pantalón milrayas.

—Disculpa el retraso, Werner, pero he tenido que presentarme en la oficina del director del hotel. ¡Los españoles se están volviendo tan locos como los franceses! El señor Tarragó me ha dicho que durante unos días debe cambiar los nombres de los músicos que tocamos en la orquesta de Bernard Hilda.

Tras las presentaciones, el hombre del chaqué, que era el subdirector del hotel, explicó en tono de disculpa:

—A partir de mañana, una parte importante de los clientes que se alojarán en el hotel serán de nacionalidad alemana. La dirección ha creído oportuno, debido a que abundan los apellidos judíos entre los músicos, tomar medidas. Para evitar que pasen cosas desagradables, se ha decidido que de la misma manera que hace ya años Bernard Hilda cambió su nombre real por este seudónimo, también podían hacerlo sus músicos. De forma solo temporal, claro.

—¿Podía negarme? —dijo Joshua mirando a Werner—. Nadie podría decir que el señor Tarragó es antisemita. Gracias a él la orquesta pudo venir a trabajar a España.

—Y los clientes que estamos alojados aquí... ¿también tendremos que cambiar de apellido? —preguntó en tono irónico Werner.

—Naturalmente que no, doctor —dijo el subdirector haciéndole una cortés reverencia y despidiéndose de ellos.

—De manera que, a partir de mañana, querido Werner, y durante unos tres días, desaparecerá de este mundo mi nombre y me llamaré ¡Frank Spear! ¡Menuda ridiculez! A nadie le importará, pero me parece vomitivo. Estoy harto de todo esto, muy harto, pero me temo que lo más probable es que vaya a peor.

—Estoy de acuerdo contigo —dijo Werner—. Mira, tengo ganas de fastidiar al director. Mañana me voy a presentar vestido con el uniforme del Ejército estadounidense. Más que harto, yo estoy furioso, cabreado, con ganas de contraatacar... Siempre he pensado que las guerras eran una pérdida de tiempo y dinero, un ejercicio de simple crueldad. Pero esta es diferente. Jamás pensé que diría algo así, pero esta guerra es necesaria. ¿Tomamos un café?

—Prefiero salir. Esto del cambio de nombre me ha puesto de los nervios, y quiero disfrutar del día. Está todo precioso. ¿Has subido al Tibidabo?

—No. ¿Qué sitio es?

—Esa colina que está detrás de la ciudad. Se puede pasear y hay unas vistas preciosas. Los días muy despejados, como hoy, puedes incluso ver al otro lado del mar los picos más altos de Mallorca.

—Buena idea. Pero querría haber regresado a las dos. He quedado a comer con Rosy, en el Siete Puertas.

—Hablé con ella hace algunas noches. Dijo que tenía que informarme de una cosa muy importante, pero no me dijo qué. Y estuvo haciéndome muchas preguntas sobre mi amistad con Max.

—Lleva algunos años aquí, trabaja en la Abwehr. Y quiere conseguir, como sea, que Max pueda quedarse en España —explicó Werner.

—¿Qué dices? ¿Max en España? ¿De qué me estás hablando? ¿Lo dices en serio?

—Llega mañana. Como prisionero de guerra de los británicos. No toques campanas de alegría aún, porque estará unas horas y luego saldrá hacia Alemania.

—¿Y por qué tiene que regresar a Alemania? ¿Está loco? ¿No sabe lo que nos están haciendo allí?

—Nadie dice que quiera volver, será repatriado por su Gobierno. Rosy quiere conseguir que Max no salga de aquí. Probablemente quiere contarte su plan.

—Puede pedirme lo que quiera, haré lo que sea —dijo Josh con vehemencia—. ¿Van a matarnos a todos? ¿Se puede saber qué le pasa a esa gente? Estoy harto de tener que huir. Ya ni siquiera lloro, no me quedan lágrimas. Lo único que he querido hacer en la vida es tocar el piano y escribir música. Los compositores somos gente pacífica. ¿Qué peligro suponemos para el mundo? No sabes la envidia que te tengo. Porque... tú tienes pasaporte estadounidense, ¿verdad?

—Sí. Llevo ya más años viviendo en Estados Unidos que

de joven en Alemania. Por cierto, deberías saber que estás hablando con un capitán del cuerpo médico del Ejército estadounidense.

—¿En serio? ¿Tienes idea de lo afortunado que eres?

—Lo sé… Uno de los motivos por los que me alisté es para que puedas hacer música en paz.

—¡Ojalá pudiese agradecértelo como mereces! Mira, olvidemos el Tibidabo, sería imposible estar de regreso a las dos. Vamos al puerto, estarás cerca del restaurante.

—¿Está lejos?

—Cogeremos el tranvía y en veinte minutos llegaremos, es más rápido que esperar a que pase un taxi.

Se apearon en la Barceloneta, un barrio habitado por pescadores enfrente del muelle de España. Werner se acordó de lo que Rosy había dibujado en una servilleta.

—¡Qué bien huelen los puertos y los barcos! —dijo Joshua—. Me recuerdan mi infancia en Hamburgo. Mira, ahí a la derecha está el muelle con el reloj de las cuatro caras, el Big Ben en miniatura del puerto de Barcelona.

—Podemos ir caminando hasta el final del muelle —sugirió Werner.

—Claro. Habrá pescadores reparando las redes y preparándose para salir a pescar. En esta costa pescan de noche, no lejos de tierra, y utilizan luces para atraer a los peces.

Cuando pasaban junto a los pescadores, uno de ellos los saludó:

—Buenos días. ¿Qué tal, Josh?

—Hola, Pepe.

Siguieron caminando y Werner sintió curiosidad:

—¿Cómo es que lo conoces?

—Coincidí con él una noche en El Charco de la Pava, un local donde hay espectáculo flamenco y el público puede participar libremente, cantando, bailando o tocando la guitarra. Me encanta. A Pepe le gusta el flamenco y va siempre que puede. A mí me ha empezado a gustar.

—Y veo que ya hablas algo de español. ¿Qué quiere decir el nombre del local?

—En inglés sería The Turkey's Puddle.

Werner asintió con la cabeza aunque le pareció que ese

nombre carecía completamente de sentido. Siguieron hasta llegar a la torre del reloj. Josh dio toda clase de explicaciones, como un auténtico cicerone. Señaló hacia Montjuic, la montaña de los judíos, coronada por un castillo del siglo XVII. Contó a Werner que, si bien tenía que servir para defender el puerto, también había sido utilizado como prisión. Cuando Werner preguntó por el nombre de la montaña, la sirena estruendosa de un gran transatlántico impidió que se oyese su voz. Era el Cabo de Hornos, que se acercaba despacio a su muelle de atraque. Pepe había dejado sus redes y se les había acercado.

—Viene de Buenos Aires —comentó el pescador señalando el buque con el mentón y tendiendo la mano a Werner mientras Joshua los presentaba.

Pepe era un veinteañero nervudo y flaco. Se quedó de piedra cuando su mano tendida quedó en el aire: Werner parecía abstraído, como si estuviera a miles de kilómetros de ahí, con la mirada perdida, e incluso se diría por su expresión crispada, con su mente sumida en la angustia. Volvió en sí, pero parecía muy triste. No dio explicaciones, como si esa fugaz ausencia no hubiese ocurrido.

Pepe les explicó su técnica de pesca, que Joshua fue traduciendo a Werner. El barco de Pepe se llamaba Cachonda y llevaba unas grandes farolas colgadas hacia el exterior del casco. Con su luz aumentaba mucho la cantidad de pesca.

—Vendemos todo lo que pescamos… —comentó Pepe—. Pero mañana no saldré a pescar. Voy a ir al Charco y pienso cantar. Actúan unos artistas muy importantes. ¿Por qué no vienes, Joshua?

—Porque yo sí que trabajo. Cuando termine, me acerco, a ver si aún estás. ¡Me encanta escuchar tus lamentos flamencos!

—¿Has dicho «lamentos»? —intervino Werner—. Yo había oído decir que el flamenco es una expresión musical de alegría…

—¡Todo lo contrario! Alguien dijo que era el canto de la humanidad arrastrando sus cadenas —dijo Josh.

Se despidieron del pescador y se encaminaron al restaurante.

—Te acompaño hasta allí, pero no quiero ver a Rosy

—dijo Joshua—. Nunca me ha caído bien. Pero si quiere ayudar a Max, acabará gustándome. Bueno, le diré hola, pero no me quedaré.

—No quiero parecer maleducado, Joshua, pero no creo haberte invitado a comer…

—¡Disculpa! Me dice todo el mundo que no sea tan directo. Por cierto, cuando estábamos con Pepe te ha pasado algo muy raro. Como si te hubieras ido. Ni siquiera has estrechado la mano que te tendía…

—¡Ah, claro! Sí, ha sido al oír la sirena del transatlántico.

—¿Te has sobresaltado?

—No. Pero es que me ha sonado exactamente igual que la sirena de un buque francés en el que crucé el Atlántico y en esa travesía conocí a una mujer a la que no he podido olvidar.

—¿Quién?

—Giselle. «Mi sueño», la llamaba yo.

—¿Y os seguís viendo?

—No hemos vuelto a vernos desde entonces. Vive en Francia… —Werner cambió de tema—: Qué razón tienes con lo del olor de los puertos. Me gusta mucho, y me recuerda al Hudson y a los muelles de su desembocadura.

Aunque a Joshua le hubiese encantado escuchar a Werner contando la historia de Giselle, aquel «sueño» de mujer, Werner solo quería hablar de Nueva York. De Giselle no dijo absolutamente nada más.

Llegaron al Siete Puertas, que era tal como Rosy le había contado. Werner preguntó por Fräulein Dieckhoff y el *maitre* le dijo que habían cambiado la reserva, ahora estaba a nombre del doctor Applefeld.

—Yo soy el doctor Applefeld.

—En ese caso, tengo un mensaje para usted.

La nota manuscrita decía:

> Werner: la reunión está siendo más larga de lo que imaginaba. Podemos encontrarnos luego, a partir de las cinco. Llámame al hotel para quedar. R.

—Muy bien, Josh. Ahora sí, ahora puedo invitarte a comer conmigo. ¿Te apetece?

—Supongo que sabes que te voy a decir que sí…

—Entonces —dijo el maitre—, ¿preparo una mesa para tres?

—No. Estaremos solo este señor y yo. Fräulein Dieckhoff dice que no puede venir.

—Disculpe, señor, pero es que en su mesa ya hay una persona esperando, y no es una dama.

Los acompañó y enseguida Werner descubrió a Óscar.

—Perdona que haya invadido tu mesa y tu almuerzo, pero tengo necesidad urgente de hablar contigo. Y Rosy me ha dicho que podía encontrarte aquí —dijo y miró incómodo a Joshua.

—Hola, Óscar, me he llevado tal sorpresa que ni siquiera te he presentado a este buen amigo. Es Joshua Scheinberg.

—Encantado, soy Óscar Prat. ¿Es usted también de Nueva York?

—Un placer. Y no, yo vengo de Berlín.

Óscar se había puesto en pie y se sentía muy fuera de lugar.

—¿Qué te parece si hablamos cuando termines el almuerzo con tu amigo? Tengo que comentarte algo referente a Max, pero puedo esperar. Luego nos vemos, Werner. Y disculpa.

—No tienes por qué disculparte. Además, quiero que sepas que no hay en el mundo entero nadie que sea tan amigo de Max como este joven. Crecieron juntos, fueron a la misma escuela y sus familias se han ayudado mutuamente en los momentos difíciles. Puedes decir delante de Joshua todo lo que quieras decir.

—No sé si es cierto que yo soy el mejor amigo de Max, pero él es mi mejor amigo —dijo Joshua dándose cuenta de que era él quien estaba de más—. Espero que me disculpéis, prefiero que podáis hablar solos.

—Déjate de tonterías, Josh. Quédate. Escuchemos los dos lo que Óscar quiere contar. Anda, siéntate a comer con nosotros.

Werner podía ser un gran seductor. Se fundió el hielo, se sentaron los tres, pidieron una paella, a sugerencia de Óscar, y Werner preguntó muy serio:

—Dinos, Óscar.

—Hoy estaba en casa de Mercedes cuando llegó Rosy. Estaba sobreexcitada. Su plan para salvar a Max está cada vez

319

mejor organizado. Está convencida de que saldrá todo bien. Yo, sin embargo, creo justamente lo contrario. Cada vez que lo repaso, acabo temiendo el fracaso. A pesar de eso, he logrado superar la oposición que manifesté en el primer momento. Quiero ayudaros. He decidido participar contigo y con Rosy en esta aventura para ayudar a Max. El problema es que tengo ese mal presentimiento …

—Sabes que te necesitamos, Óscar, y agradezco que quieras ayudarnos. Y es cierto que puede acabar siendo más complicado de lo que parece sobre el papel.

—Lo que me preocupa más —dijo Óscar— es que Rosy, que ha avanzado mucho en la segunda parte del plan, y tiene ya un par de opciones, no ve más salida que hacer que Max acabe en las aguas del puerto como vía de escape. Y el puerto estará sometido a unas medidas de seguridad excepcionales. Suponiendo que los militares no lo vean y lo maten de un tiro, tendrá que nadar una buena distancia hasta otro muelle, escalar un muro de cemento resbaladizo de más de un metro y medio, y enfrentarse luego a los controles de salida del puerto, en donde si cabe habrá todavía más vigilancia… ¡Y tendrá que hacer todo esto vestido con el uniforme de la Wehrmacht!

—No sabía eso de que Max va a tener que nadar. ¿Hacia dónde? —dijo Werner.

—Eso nos lo dirá Rosy, que da por descontado que Max estará en buena forma física, la suficiente como para nadar una distancia que no será corta, y que habrá alguien preparado en algún lugar para pescarlo, sacarlo del agua y luego fuera del recinto del puerto, a pesar de esa vigilancia máxima.

—¿Pescarlo? ¡Los pescadores saben pescar! —dijo escuetamente Joshua.

Óscar le pidió que lo aclarase.

—Me parece que yo sé a qué se refiere —dijo Werner—. Joshua, ¿estás pensando en Pepe, tu amigo el pescador?

—Exacto —dijo Josh—. El barco de Pepe podría pescar a Max y llevarlo al muelle de los pescadores, que estará abierto toda la noche porque los barcos saldrán a faenar y luego regresarán cargados de pesca. En cuanto a si Max podrá nadar, no me preocuparía demasiado. Es un nadador extraordinario —dijo Joshua.

—Es necesario revisar el plan de Rosy —dijo Werner—. No se nos ha de escapar nada. Yo sigo sin verlo del todo y no conozco la segunda parte. Como en la nota que me ha enviado, dice que a partir de las cinco de la tarde estará disponible, deberíamos ir a su hotel.

—No creo que sea buen sitio —dijo Óscar—. Analizar planes secretos en lugares concurridos no es buena idea. Deberíamos vernos en algún lugar privado. En el Majestic podría haber oídos y ojos nada amistosos. Propongo que nos reunamos en el piso de Rafa. Mi sobrino tiene un pequeñísimo apartamento en el mismo edificio de su madre y seguro que no le importará prestárnoslo. Rafa no está hoy en Barcelona, pero yo tengo llave. Quedemos allí, está en la azotea del edificio, a las cinco y media.

La paella era buenísima. Habían terminado de comer y Joshua sugirió que tomaran unos carajillos, una palabra española que en sus labios parecía muy difícil de entender.

—¿Qué es eso? —preguntó Werner.

—Un carajillo es una tacita de café muy fuerte y espeso, al que le echan un chorro generoso de brandy o ron. ¡Va muy bien para aclarar todo tipo de planes complicados! —bromeó Joshua.

—De acuerdo, pidamos unos carajillos. Y como nos queda tiempo, vamos a estudiar primero nosotros el plan de Rosy. Por cierto, Óscar, ¿te contó a ti con detalle la segunda parte?

Óscar admitió que no, en su opinión no se la había contado a nadie porque Rosy aún no lo tenía claro.

Werner pidió papel y lápiz. Utilizando su experiencia como profesor, comenzó a escribir en una hoja, al tiempo que lo explicaba en voz alta:

Plan de salvación de Max. Primera parte (versión carajillo).

1. Durante el examen médico de Max, el doctor P. adjuntará a su historia clínica una nota que indica que Max sufre un trastorno que le produce algunos ataques convulsivos que están médicamente bien controlados.

2. Es esencial que, tras ese primer examen, Max quede clasificado como «ambulatorio», de forma que en lugar de asignarle al buque hospital Djene se le asigne al Aquilea.

3. Rosy, en la zona neutral, se acercará a Max para darle las instrucciones de lo que tiene que hacer cuando suba a bordo del Aquilea.

4. Aspectos pendientes de aclarar: ¿Se encuentra Max en buena forma y es capaz de nadar? Josh dice que sí.

¿Aceptará Pepe colaborar con su barco Cachonda en el rescate de un desertor alemán? Josh cree que sí.

Identificar un punto de encuentro para Max y el Cachonda.

5. Cuando llegue el momento adecuado, Max descenderá del Aquilea utilizando una de las cuerdas de amarre.

Cuando llegue al agua se sumergirá silenciosamente y luego irá a nado al punto de encuentro del Cachonda.

Óscar lo interrumpió:

—No me gusta esa idea. Max será muy visible. Un blanco fácil.

—Tampoco me gusta a mí —dijo Werner—. ¿Y si...?

Y volvió a escribir y leer en voz alta conforme lo anotaba:

6. Max bucea para permanecer oculto una vez abandona el buque. Y procurando nadar semisumergido, se dirige hacia donde lo espera el pesquero. Pepe y Josh ayudan a Max a embarcarse en él.

7. Como todas las noches, el Cachonda sale del puerto a pescar, pero con Max a bordo. No regresará a puerto hasta las siete de la mañana.

8. Joshua, Pepe y Max, ya rescatado, se reúnen en el muelle de pescadores con Werner y Óscar, que lo llevarán a un lugar pendiente de determinar.

Estuvieron todos de acuerdo en que la hoja de ruta preparada para Max, sobre todo desde el punto 6 hasta el punto 8 era muy arriesgada, pero parecía factible. Y por el momento no había opciones mejores.

—Me gustaría comunicaros algo de lo que me enteré por casualidad —dijo Josh—. Ayer, mientras tomaba una copa cuando terminó nuestra actuación, en La Parrilla escuché una conversación entre dos oficiales alemanes. Uno le preguntó al otro si iría a la cena que dará el embajador Dieckhoff en el Aquilea, para los militares y altos funcionarios españoles en agradecimiento por haber permitido que el intercambio se haga en su territorio. Ninguno de esos dos oficiales estaba invitado pero uno sabía que se celebrará cuando termine el intercambio, justo antes de que el Aquilea zarpe rumbo a Marsella.

»Conociendo a los alemanes como los conozco, seguro que se ponen a cantar al final, yo apostaría por el *Deutschland über Alles,* y esa podría ser la señal que necesita Max para comenzar a bajar por la cuerda. ¡Todos los alemanes estarán cantando en ese momento!

—¡Muy buena idea! —dijo Werner—. Añadiré aquí, en el punto 6: «Max sale a cubierta y baja por una de las cuerdas. Iniciará el descenso del buque cuando empiecen a cantar el *Deutschland über Alles*».

—¿Y si no cantasen? —preguntó Óscar.

—¡Imposible! —exclamó Werner muy animado—. A los alemanes les encanta hacerlo. ¡Vamos a ver a Rosy!

36

El intercambio de prisioneros

Puerto de Barcelona, 27 de octubre de 1943

Max caminó con paso poco firme por la estrecha pasarela que bajaba desde la cubierta del Cuba al muelle. Se tambaleaba mucho. Y su visión era bastante limitada. El médico de a bordo le había vuelto a poner, apretándolo muchísimo más, el vendaje sobre su ojo derecho, y Max tenía la sensación de que también afectaba ahora a la visión del ojo izquierdo. La luz le hacía daño aunque no era tan intensa como en la zona del Mediterráneo oriental donde había estado preso.

Una mujer joven vestida con uniforme blanco, zapatos blancos, medias blancas y gorro blanco le ofreció el brazo y lo condujo hacia la entrada de un espacio rotulado como «Zona neutral». La enfermera hablaba un alemán rudimentario pero comprensible. Max le dio las gracias y bromeó con ella:

—No sería usted fácil de localizar en medio de una gran nevada…

—Nada fácil. Celebro que conserve el sentido del humor, aunque en Barcelona no es normal que nieve. ¡Bienvenido! ¿Se encuentra bien?

—Muy bien, gracias.

—Por favor, tenga siempre a mano el historial clínico hasta que se lo pida uno de nuestros doctores. Vamos a dirigirnos ahora al ambulatorio, en ese edificio de ahí. Le dejaré en manos de la Cruz Roja Internacional, que tiene que hacerle algunas preguntas.

Tal como la enfermera española había anunciado, un

miembro de la Cruz Roja Internacional anotó su nombre, la fecha de nacimiento y su número de soldado de la Wehrmacht. Comprobó esos datos en un listado y le dijo que esperase en una camilla, la número doce. Max debía permanecer tendido allí hasta que anunciaran ese número. Entonces un médico español procedería a examinarlo. Max cerró los ojos y trató de concentrarse en las conversaciones que oía a su alrededor. Casi todas en español, un idioma que siempre quiso estudiar, pero que siempre estuvo lejos de dominar, aunque le sonaban algunas palabras.

La camilla fue un regalo del cielo después de la larga espera a bordo del Cuba, cuando parecía que jamás iban a desembarcar. Encogido en la lona de la camilla, se enroscó y «se metió dentro de su concha», pensó con una expresión que su madre usaba a menudo. Estaba en un país extraño, rodeado de extranjeros, y no tenía ni idea de lo que podía ocurrirle a partir de entonces. Quería estar solo, de espaldas al mundo, como había hecho su madre en las temibles largas noches de Berlín. Se preguntó qué sería de ella... ¡Cuánta razón tenía de querer llevárselo a Zúrich! Tardíamente admitió que se equivocó al no seguir su consejo.

En torno a Max se fue desplegando una compleja fuga musical. Voces, cuerpos, sonidos, olores y multitud de sensaciones iban apareciendo y desapareciendo, persiguiéndose con extrema rapidez, revoloteando sobre su cabeza.

Hasta que algo despertó en él un sexto sentido. No fue un sonido ni el tacto de una mano, tampoco dolor, frío o calor. Fue una sensación olfativa, un olor que desempolvó los archivos de sus recuerdos, evocó con extraordinaria claridad el añorado sonido de los aplausos mezclado con el son de la música, y hasta le pareció oír de nuevo la voz serena de Arthur que le gritaba con firmeza: «Listo», y enseguida él flexionaba las rodillas para sujetarse bien fuerte al trapecio, con el cuerpo boca abajo. Instantes después, recibía la sacudida del cuerpo de Shalimar, que llegaba volando hasta quedar anclada con sus manos a las muñecas de Max. Sacudió la cabeza, incapaz de creer en la realidad de esa avalancha que el aroma había despertado. Abrió los ojos y, más que oír, sintió una voz que, muy bajito, le decía:

325

—Max. Soy yo.

Y no era la voz de Shalimar sino la de Rosy. Se sobresaltó. No era posible. Tenía que estar soñando. Abrió un poco el ojo izquierdo. Notó mucho dolor. Al principio quedó deslumbrado, apenas vio una sombra. Sí, era Rosy. Estiró el brazo para cogerle la mano, pero ella se inclinó sobre él, le dio un beso en los labios, y se fundieron en un breve y callado abrazo.

—No puedo quedarme a tu lado, Max, querido. Pero quería verte y decirte que no sabes lo muchísimo que te he echado de menos. Te necesito y quiero que te quedes aquí, en España, ya sabrás cómo y por qué —susurró Rosy—. Lee con cuidado la nota que hay en este sobre. Tienes que memorizarlo y luego destruir el papel. Es esencial que lo hagas para que no te manden a Alemania, donde irías directo a un campo de concentración.

Rosy le dio otro beso muy apresurado y, tan cautelosa y súbitamente como había llegado, se fue.

—¡Número 12! ¿Puede levantarse solo o necesita ayuda? —dijo alguien.

—No necesito ayuda —respondió Max.

Dobló con cuidado el sobre que Rosy acababa de darle, lo metió en el bolsillo y cerró el botón. Llevando en la mano el historial clínico, se encaminó hacia la zona donde los médicos examinaban a cada uno de los presos.

—Soy el doctor Prat, amigo de Werner Applefeld. Tengo entendido que son ustedes parientes —le dijo un médico de porte distinguido y que hablaba muy despacio, confiando en que así le entendiera mejor.

—Sí, somos primos —dijo Max, cada vez más incapaz de comprender lo que ocurría a su alrededor. Al menos, parecía no estar tan lejos del mundo conocido, pero su desconcierto crecía.

Por segunda vez en pocos minutos, le dieron a Max un sobre. Las instrucciones fueron casi tan raras como las anteriores:

—Dentro de este sobre hay cuatro píldoras. No se las tome. Guárdelas en el bolsillo y, sobre todo, no las pierda.

—De acuerdo, doctor. ¿Cómo está Werner? ¿Dónde está, en Nueva York?

—No estoy autorizado para informarle —se limitó a decir el doctor Prat mientras concentraba la mirada en el historial de Max.

Este se quedó algo perplejo ante ese secretismo. Todo era incomprensible desde que bajó del barco.

Tras haber estudiado su historial, el doctor Prat alzó la vista.

—A no ser que el oftalmólogo diga lo contrario, por mi parte podrá dirigirse a la cola que está ahí al fondo, frente a la salida de la zona neutral. ¿Me ha entendido?

—Sí —dijo Max.

El doctor Prat selló el informe con un tampón que decía: «Aquilea», y se lo entregó a Max.

—¡Siguiente! —dijo el doctor por toda despedida.

Un enfermero se acercó a Max y le quitó el fuerte vendaje que cubría su ojo dolorido.

—Ahora van a examinarle el ojo.

Una vez libre del vendaje, notó que el párpado se le había hinchado muchísimo y que apenas podía abrirlo. Hacía sol. Con el ojo enfermo entrecerrado, miró a su alrededor, buscó a Rosy. No pudo localizarla.

Una mujer joven muy bella vestida con bata blanca se acercó y le preguntó en un buen alemán:

—¿Cuándo le han examinado la vista por última vez?

—Ayer mismo me vio el médico británico a bordo del Cuba. El problema es que a pesar de la cura que me hizo, hoy tengo el ojo derecho peor que antes. Casi no puedo abrirlo —dijo Max.

La doctora cogió algo que parecía una linterna negra y la colocó peligrosamente cerca del ojo. Max notó también la proximidad del rostro de la mujer, y de forma instintiva acercó su cara a la de ella.

—El ojo izquierdo está bien, pero el derecho…, justo lo contrario.

La oftalmóloga sostenía con delicadeza aquella especie de linterna, y el lado derecho de su cara quedaba a la distancia perfecta para que Max lo contemplara. «Qué guapa es», pensó.

—El tratamiento que le ha puesto el médico británico es correcto. Pero tendría que aumentar la dosis —dijo la oftalmóloga—. Voy a anotarlo en su historia clínica. Pero cuando le vea el médico alemán en el barco que los llevará a Marsella, no se olvide de comentárselo. Lo que tiene usted es una infección grave en el ojo derecho. Sobre todo, vaya con cuidado de no restregárselo. Lo peor sería que se le contagiara el izquierdo.

—¡El siguiente! —dijo un cura mirando a Max.

—Que Dios te bendiga y te proteja —dijo en español mientras le rociaba el pecho con agua bendita—. ¿Necesitas ayuda espiritual, muchacho?

—No, gracias.

—Soy el padre García. Te deseo mucha suerte. Si me necesitas, pide por mí. Estaré por aquí hasta que zarpe vuestro barco.

—Gracias, padre.

—Soldado, vaya hacia allá —le dijo un sargento español gesticulando mucho—. Puerta B. Hacia el muelle.

La puerta B no era una puerta propiamente dicha sino un hueco en la pared de la zona neutral que permitía cruzar al otro lado del mismo muelle, donde estaba amarrado el Aquilea. Frente al buque de transporte de tropas alemán, dos filas de soldados hacían cola para embarcar. Su avance era tan lento que el oficial al mando les ordenó que se dieran prisa en tono perentorio. Además, unas damas españolas que insistían en obsequiar a los soldados con galletas y fruta ralentizaban el embarque. Les explicaban a los soldados alemanes que eran de Auxilio Social.

Max volvió a mirar alrededor con la vana esperanza de encontrar a Rosy. Tras la sorpresa del reencuentro tan inesperado, volvía a sentirse solo, dolorido y, sobre todo, desesperado. Recordó las palabras que Rosy susurró a su oído. Si embarcaba hacia Alemania, se lo llevarían a un campo de concentración.

Le iba a tocar el turno de embarcar al grupo del que Max formaba parte. Pasaron debajo de una pancarta en donde decía *Wilkommen* en gruesas letras rojas. A ambos lados ondeaban sendas banderas con la esvástica. Todos los demás soldados sonreían, seguros por fin de haberse liberado de la prisión militar del enemigo, felices de regresar a casa. Alguno que otro mantenía una expresión seria, sobre todo los heridos. «Adiós España —pensó Max—. Una estancia muy breve. Demasiado breve. Adiós, Rosy.» A no ser que ella estuviera también a bordo del Aquilea. Pero entonces, ¿por qué le había advertido que no debía zarpar hacia Alemania? Le dolía demasiado el ojo como para pensar.

A bordo del transporte comprobó que la cubierta estaba impoluta, el latón refulgía como si acabaran de sacarle brillo. Olía a recién pintado. Entrevió la ciudad, gris a pesar del sol, grande y con una colina al fondo. ¿Quedarse en España? ¿Cómo y para qué?

Los dirigieron por unas escalerillas a la segunda cubierta, no tan reluciente como la principal, pero limpia y amplia. Muy ordenadamente dispuestas, había unas largas bancadas de campaña que se alternaban con filas de catres plegados. Un oficial les ordenó que se pusieran firmes y dijo que les iba a leer «unas informaciones importantes».

—Bienvenidos a Alemania y al Aquilea. El embarque habrá concluido a las 18:00 horas. Pueden sentarse en los bancos. Los catres son para aquellos soldados que tengan un sello azul en la historia clínica.

Max miró sus papeles. No había ninguna marca azul.

—A las 19:00 horas los soldados que estén en condiciones de caminar tienen orden de formar filas en la cubierta principal, para dar la bienvenida a los invitados de la cena que ofrecerá a bordo el embajador Dieckhoff.

A Max el corazón le dio un salto cuando oyó el apellido del diplomático. ¡Pero si era el apellido de Rosy!

—Todos los soldados tienen el deber de subir cuando los llamemos, excepto aquellos cuyo historial lleve el sello azul. A las 19:30 horas se distribuirá la comida en la tercera cubierta. A las 20:30 horas se apagarán las luces. Entretanto, sus órdenes a bordo son las siguientes: deben familiarizarse con las instalaciones del buque, sobre todo, la localización de los chalecos salvavidas, las lanchas y el hospital. Tienen a su disposición un manual de instrucciones que detalla dónde están todas las cosas importantes. Léanlo detenidamente. Si se produjera una emergencia, en cuanto suene la sirena diríjanse al punto que se les indica.

En cuanto ordenaron «Descanso», Max no pensó en otra cosa que comprobar el contenido de los sobres que le habían entregado en el muelle. El que le dio el doctor Prat contenía cuatro píldoras, que guardó en el bolsillo de la camisa, siguiendo sus indicaciones. Pero le urgía leer la nota de Rosy.

Estaba escrita a mano y desprendía una fragancia ligera y delicada. Cerró los ojos y permitió que su olfato se embriagara con aquel perfume. Vio con la imaginación a una Rosy de hacía años, la Rosy que lo visitaba en Múnich, que se sentía irresistiblemente atraída por él, que lo amaba, incluso que lo excitaba. Era la primera vez que sentía esa clase de excitación en muchísimo tiempo.

Abrió los ojos y leyó:

> Max, querido. NO regreses a Alemania. Por lo que más quieras. Nuestro país ha enloquecido. Millones de personas han sido asesinadas, y solo por una razón: por ser lo que tú eres. Haz todo lo que indico en esta lista de instrucciones.
>
> Te adoro, R.

El corazón le latía con tremenda fuerza. Max leyó dos y tres veces las instrucciones. Rosy le explicaba paso a paso todo lo que tenía que hacer. Repitió de memoria la lista. Muchas veces. Sin leerla. Una vez seguro de que no olvidaría ningún detalle, rompió el papel en pedacitos muy pequeños y se los tragó.

En el plan para rescatarlo estaba incluido Joshua. ¡Su amigo del alma! ¡Que también estaba en Barcelona! Era una confabulación de sus amigos, todos dispuestos a ayudarlo y salvar su vida.

Ya no necesitaba que nadie lo convenciera del peligro de regresar a Alemania. La excitación y el nerviosismo eran tan grandes que casi ni notaba el dolor del ojo. Por otro lado, nadie como él para manejarse bien con las cuerdas, aunque fuesen gruesas. Y nadar unos cientos de metros era sencillo, jamás se había cansado cuando participó en carreras de crol de hasta dos mil metros. Enseguida localizó la pequeña torre con la esfera de un reloj, al otro lado de la lámina de aguas oleosas del puerto.

Se dio cuenta de que su humor había cambiado. Su sombría visión del futuro acababa de transformarse de golpe. Caminó por las zonas del buque que tenía permiso para recorrer y pensó que era muy sencillo llevar a cabo todo lo que le pedían. Quien hubiera trazado el plan era una persona sensata y con sentido práctico. Subió para formar filas a la cubierta principal a la hora prevista y aplaudió a los invitados del embajador alemán junto a los otros soldados, miembros de la tripulación y exprisioneros liberados.

Desde esa cubierta aún se veía mejor la Torre del Reloj. En el muelle que se extendía al pie, estaban amarrados muchos barcos de pesca de varios tamaños. Uno de ellos era probablemente el Cachonda. Con el ojo izquierdo vio la hora. No faltaba mucho. El embajador Dieckhoff y sus invitados ya se habían dirigido a la zona donde iba a celebrarse la cena. Max repasó mentalmente las instrucciones y pensó que, en efecto, el mejor momento para abandonar el buque eran las 20:30, justo cuando apagaran las luces.

Recordó que, para maniobrar mejor, tenía que quitarse todo lo que entorpeciera sus movimientos. La tripulación del Aquilea estaría preparando todo lo necesario para la partida del buque y atendiendo al embajador y a sus invitados. Habría pocos marineros patrullando porque todos estarían bien en popa, bien junto a la cabina de mando, y del lado de estribor. El lado de babor estaría desatendido hasta que se acercaran los remolcadores.

Instintivamente, Max descartó la idea de bajar sujetándose a las cuerdas de amarre. No porque fueran excesivamente gruesas, pues era muy capaz de manejarse bien con cualquier tipo de cuerdas, sino porque lo dejaban expuesto a las miradas durante demasiado tiempo. Y si lo veían y daban la alarma, seguro que acabarían atrapándolo, y un soldado huyendo en tiempo de guerra dura lo que tarda un disparo en alcanzarlo.

Tras inspeccionar las diversas opciones llegó a la conclusión de que el mejor sitio para abandonar el buque era la segunda cubierta. Un salto de apenas siete metros. Visto y no visto. A bordo del buque, su desaparición tardaría mucho tiempo en ser percibida por nadie.

Eran las 20:15. El corazón le latía con fuerza. Pero no tenía miedo. Podía ver a Rosy, imaginar el beso larguísimo que se darían en el instante del reencuentro. El momento en que Joshua, por raro que pareciera, le tendería el brazo para auparlo al barco de pesca.

Buscó un lugar en sombra de la segunda cubierta. No había nadie a la vista. Se desnudó. Dejó el uniforme doblado debajo de un banco y puso las botas encima. También dobló la manta que le habían dado al embarcar. Se palpó el bolsillo de la camisa. Las cuatro pastillas seguían ahí. Se había quedado en calzoncillos.

Se asomó a una esquina y, seguro de que no lo podían ver, miró hacia donde se encontraban los demás soldados. Algunos charlaban, pero casi todos dormitaban tendidos en el catre o en el banco. Nadie había notado su ausencia. Se había fijado antes de que, si se metía en las duchas, podía pasar a los lavabos, que tenían una puerta que salía directamente a la segunda cubierta por el lugar que él había elegido para dar el salto.

En cuanto oyó a lo lejos las voces que entonaban el himno alemán, salió del lavabo, cruzó rápidamente la cubierta y se dirigió hacia una barandilla que quedaba en parte escondida por uno de los botes salvavidas.

Inspiró profundamente para sosegar su corazón. Comprobó que nadie lo veía, flexionó ligeramente las rodillas para saltar por encima de la barandilla y, de repente, notó que unas manos enormes y fuertes, surgidas de la nada, presionaban sus hombros hacia abajo suspendiendo su intento de tomar impulso. Se quedó helado. No tuvo fuerzas para darse la vuelta y ver quién lo sujetaba. Pero supo que era un hombre muy fuerte.

—¿Adónde crees que vas? —dijo. Una de las manos le había soltado para hacer presa con el brazo por debajo de su mandíbula. No podía casi respirar.

El cuerpo de su atacante permanecía pegado a su espalda. Solo podía hacer una cosa para tratar de soltarse. Con todas sus fuerzas, lanzó una coz y alcanzó al atacante en sus partes.

Un grito animal de dolor surcó el aire y, al mismo tiempo, el brazo que lo sujetaba por el cuello dejó de apretar. Max oyó un disparo, y una bala le rozó el hombro. Se volvió y comenzó a forcejear con su atacante, que era un guardiamarina. El arma cayó al suelo. Mientras peleaban, Max solo pensaba en aprovechar la menor ocasión para lanzarse al suelo y coger el arma de fuego. También el guardia se inclinó con el mismo propósito, pero antes de que su mano la alcanzara, Max le dio una patada y la alejó unos metros. El guardia tardó unos instantes en reaccionar. Justo lo que Max necesitaba para saltar por encima de la barandilla. Pero no se movió con suficiente velocidad y el guardia tuvo tiempo de agarrarle los dos muslos con ambos brazos y pegarle un mordisco propio de un lobo hambriento en el glúteo derecho.

El dolor estimuló una reacción brutal de Max, que empleó todas las fuerzas de su tremenda musculatura en soltarse, agarrar a su vez al guardia y tirarlo por encima de la barandilla. Los dos cuerpos salieron volando hacia las aguas negras del puerto.

El impacto de los dos cuerpos abriéndose paso en el agua coincidió con las últimas notas del *Deutschland über Alles* y el entusiasta *Heil Hitler!* que los invitados gritaron inmediatamente después. La cena de gala en el comedor de oficiales del Aquilea había terminado. Mientras, los cuerpos de Max y el guardiamarina habían salido de nuevo a la superficie y se habían enzarzado en una pelea violentísima, que ahora parecía un partido de waterpolo sangriento.

Ambos se encontraron pronto al borde del agotamiento. La libertad de movimientos del guardia se veía entorpecida por el uniforme, y su capacidad de combate en el agua estaba muy mermada. Al notarlo, Max pensó que era el momento de descargarle en plena nariz un directo de su puño derecho. El golpe fue certero y eficaz. Max notó un líquido caliente en su puño, la sangre que manaba en abundancia de la nariz de su contrincante. Eso mermaría aún más las fuerzas del hombre.

La agresividad de Max era la de un animal de presa luchando por su vida, y sintió que la victoria estaba cerca. Zambulló la cabeza, agarró por la cintura al guardamarina y lo arrastró con él hacia el fondo. El marinero se quedó sin fuerzas y siguió hundiéndose mientras Max regresaba a la superficie.

Trató de localizar la Torre del Reloj. Estaba temblando de frío y exhausto. Supuso que serían cerca de las 21:00 horas. Primero oyó los motores y enseguida vio unas luces verdes y rojas que se movían muy despacio hacia él. Eran las luces de posición de los remolcadores que debían tirar de la mole del Aquilea hasta alejarlo del muelle y embocar la salida del puerto.

Comenzó a nadar en diagonal respecto al rumbo de los remolcadores que se aproximaban. Y muy poco después de dar las primeras brazadas alcanzó por fin a ver la esfera iluminada del reloj que se alzaba en el muelle de los barcos de pesca.

Faltaba poco para que el Aquilea zarpara rumbo a Marsella. Y faltaba poco también para llegar junto al Cachonda, donde por fin se sentiría con amigos y a salvo. Prefirió esperar. Al cabo de unos diez minutos, los remolcadores comenzaron a tirar del Aquilea para separarlo del muelle. El buque pasó, deslizándose silenciosamente, a unos cien metros de donde Max flotaba. Poco después arrancaron las turbinas del buque y sus hélices giraron ruidosamente.

Arriba, en la segunda cubierta del buque se habían quedado su uniforme y su documentación, las de cierto soldado de la Wehrmacht llamado Max Liniger. Adonis, el Cóndor Volador, estaba sin fuerzas. Se dejó llevar, flotando en las aguas manchadas de aceite, negras y sucias, las mismas que se acababan de tragar el cuerpo de un buen guardiamarina alemán cuyo único crimen había sido cumplir con su deber.

Curiosamente, la visión del Aquilea cargado con cientos de sus viejos camaradas de armas, representación del espíritu de la Alemania del nacionalsocialismo, del país que había amado y por el que había combatido, no provocó en él ni rastro de nostalgia, melancolía ni culpa. En su alma no había lugar para ninguna clase de vacío emocional. Estaba por fin volviendo la vista hacia otro lado, hacia el amanecer de una nueva vida completamente desconocida para él. Pero incluso en mitad de su precaria situación, logró dibujar una media sonrisa de esperanza mientras una rata flotaba a un palmo de donde él se mantenía a flote.

El Aquilea rompió la quietud de la noche con un bramido de su sirena, que indicaba a los remolcadores que podían soltar los cabos con los que habían tirado del buque, que ahora se movía ya gracias a su propia propulsión. Los remolcadores respondieron con sendos bocinazos y todavía siguieron al buque unos minutos, hasta que dieron media vuelta y orientaron la proa al muelle.

Cada vez más helado, Max siguió atento, esperando que de un momento a otro se le acercara un barco de pesca provisto de una sola linterna iluminando su nombre en el casco. Pero no había ninguna embarcación a la vista. Reinaban a su alrededor el silencio y la oscuridad, con la sola excepción de la esfera iluminada del reloj de las cuatro caras en la torre del muelle de pescadores. Marcaba las 9:45.

Decidió ponerse a nadar hacia el muelle, que estaba a unos cuatrocientos metros de distancia. Le resultó más sencillo acercarse allí que tranquilizar su espíritu. Sentía cada vez más ansiedad. Vio que eran muchos los barcos de pesca que permanecían amarrados al muelle formando dos filas ordenadas en la oscuridad. No distinguía ni un alma. Ninguno de los barcos parecía estar a punto de zarpar. Temió que hubiese algún error en las indicaciones de Rosy, pero era una mujer amante de la precisión. Jamás habría podido cometer un error de tal magnitud.

Continuó deslizándose, dando brazadas lentas, sin hacer apenas ruido. De repente sus esperanzas renacieron. Vio algunas figuras humanas que se movían hacia el borde del muelle, casi enfrente de donde él se encontraba. Poco a poco las distinguió con más claridad y comenzó a oír voces. Pensó que eran unos pescadores que se dirigían a su barco. Pero la esperanza fue breve y se transformó en alarma. Aquellas figuras hablaban en español y no eran pescadores, sino policías.

Max se sumergió, estiró el brazo hasta tocar el cemento del muelle, se impulsó hacia fuera y hacia abajo, y con la velocidad de un nadador olímpico se alejó de allí a brazadas por debajo de la superficie del agua. Cuando emergió de nuevo, enfiló hacia el muelle del que acababa de zarpar el Aquilea.

Cambió de posición y siguió nadando de espalda, dándose impulso solo con un leve movimiento de los pies. Pero notó una molestia. En el impulso para alejarse del muelle, el calzoncillo se le había deslizado hasta los muslos entorpeciendo el movimiento de las piernas. Se lo quitó y continuó pataleando en silencio hasta ver que estaba lo suficientemente lejos de los policías, otra vez en un lugar seguro. Inspiró profundamente, recuperó el pulso, miró al reloj en lo alto de la torre y constató que llevaba ya dos horas en el agua. Estaba muy cansado, helado, desnudo, y acababa de matar a un compañero de armas.

37

Lejos de la acción

Barcelona, 27 de octubre de 1943

Werner solo podía pensar en Max y en la ordalía por la que el joven iba a tener que pasar a lo largo de aquel día. Se sentía culpable por no haber podido ir personalmente al puerto. Y muy preocupado. El plan de Rosy era bueno, pero podía fallar. Explicar la ausencia de un soldado suponiendo que se había caído del buque durante la noche, en un día tan complicado, y quizás a causa de una convulsión repentina, debida a la afección que aparecía en su historial clínico, era aceptable. El falso informe médico que él mismo había escrito apoyaría esa hipótesis, y también ayudarían a darle credibilidad las pastillas anticonvulsivas que Óscar le había proporcionado.

Era un día ideal para recorrer la ciudad, pero Werner no estaba para hacer turismo teniendo como tenía el alma en vilo, pendiente de lo que pudiera estar pasando en el puerto. Pensó que lo mejor sería subir a la «montaña judía», a Montjuic. La fortaleza situada en su cumbre, que se elevaba en la parte sur del puerto, le proporcionaría un punto de avistamiento ideal para dominar la disposición de los cuatro buques que recordaba del dibujo de Rosy en la servilleta de La Parrilla: el Cuba, el Djene, el Tairea y el Aquilea. Los cuatro estarían amarrados al muelle de España, y allí comenzaría la odisea de Max.

Llevaba tanto tiempo sin hablar con él que se preguntó por los efectos que podía haber tenido en su mente el haber participado como soldado en la guerra durante todos esos años. Solo confiaba en que hubiese madurado, que ya no fuese solo el *sex symbol* al que trató en 1939. Asumiendo que el plan de fuga funcionaría, Werner quería conversar con él durante muchas horas. Aprovechar, en caso de que Max pudiera permanecer en Barcelona algunos días, para conocerlo mejor. Pero Werner debía estar en Inglaterra y presentarse en los cuarteles estadounidenses el primero de noviembre. No sería sencillo.

Desde Montjuic, dolido por no poder prestar ninguna clase de ayuda, estuvo oteando el muelle de España, pero no tenía prismáticos y se perdía lo único interesante, los detalles. Bajó caminando, comió algo y luego cogió el metro para acercarse al Ritz. El conserje le dio la llave de su habitación junto con tres mensajes, todos con la palabra «Urgente» escrita en el sobre. Eran de Rosy, Óscar y Joshua.

Empezó por el de Rosy.

> Inesperadamente, el almirante Canaris se va mañana a Berlín. Es más que probable que tenga que ir con él.
> Otra mala noticia: el muelle de pescadores ha sido cerrado por la Guardia Costera. Los pesqueros no podrán salir a faenar hasta mañana. Suponiendo que Max esté vivo y libre, tendrá que pasar la noche flotando en el agua o escondido en alguna clase de refugio que pueda encontrar. Estoy muy preocupada. Rosy.

El cierre del muelle de pescadores era la noticia que le daban los otros dos mensajes. Pero Josh añadía una coletilla optimista: Max conocía el nombre del barco de Pepe y sabía que tenía que ir a la Torre del Reloj. «Es muy fuerte y podrá izar su propio cuerpo a pulso para salir del agua, subir al muelle, caminar hasta donde vea el Cachonda y esperar allí todo lo que haga falta».

Werner pidió que le dieran papel y lápiz y respondió a los tres con el mismo texto:

> He recibido tu mensaje. Ven al hotel a las 22 horas, si puedes. Te esperaré en el hall,
> Werner

Y pidió al conserje que los tres mensajes fuesen entregados con urgencia.

Y

Rosy llegó la primera.

—¿Tienes alguna noticia de Max? —preguntó Werner lleno de inquietud.

—Ninguna —dijo Rosy—. Y dejo que tú mismo decidas si en este caso no tener noticias es una buena noticia. Sabemos que el Aquilea zarpó a la hora prevista. Me ha llegado una información bastante confusa que dice que se oyó un disparo. Sonó cuando estaban cantando el *Deutschland über Alles*. La fuente de la información es un guardia civil español que a esa hora hacía guardia en el muelle de España.

—¿Alguien ha confirmado lo del disparo? —preguntó Werner.

—Nadie.

Werner observó que el semblante de Rosy era serio. En ese momento llegaron Óscar y Joshua.

—No parece que podamos hacer gran cosa en este momento, ¿verdad? —preguntó Óscar—. Nadie supo a tiempo que el muelle de pescadores estaría cerrado. No se mencionó en la reunión que presidió el general Moscardó. Sabemos que mañana a las 7:00 lo abrirán de nuevo.

—Tendremos que ir temprano —dijo Werner.

—Os diré lo que pienso —comentó Rosy ligeramente más animada—. Si hubo un disparo, sería una buena noticia. Porque si a consecuencia de ese disparo Max hubiese resultado herido o muerto, o si lo hubiesen detenido, esa noticia ya se habría sabido. Ese supuesto disparo se produjo hace una hora y media. Tiempo más que suficiente para que una noticia así se propague. La Abwehr lo sabría. En Alemania, las malas noticias en cambio se llevan actualmente en medio de un silencio sepulcral. Y como el intento de fuga de un soldado, en caso de tener éxito, sería visto como una mala noticia, no se publicaría nada hasta haber fabricado una contranoticia creíble, cosa de la que se suele encargar el departamento de Propaganda y que requiere algún tiempo. Por eso creo —concluyó Rosy—que Max está todavía en el agua. En cuanto a mi participación de mañana en la expedición de pesca…

—¿Podrías no ser tan literal? —sugirió Werner.

—¡Oh, qué falta de delicadeza por mi parte! Perdonad —ironizó Rosy—. Todo esto sería muy gracioso si no fuera porque se trata de algo muy serio. El pobre Max se está jugando la vida. Pero, como iba a decir, no podré acompañaros. Y no porque me parezca inapropiado o peligroso, y evidentemente será ambas cosas, sino porque he recibido órdenes de viajar con el almirante Canaris a Berlín mañana mismo. Hubo dos vuelos Berlín-Barcelona que trajeron al personal alemán asignado al intercambio, y mañana esos dos vuelos regresan. Despegamos a las 5:00.

—¿Te lo habían anunciado? —preguntó Werner.

—No, y por el factor sorpresa deduzco que no son buenas noticias para nosotros.

—¿A quién incluyes en ese «nosotros»?

—Me refiero a la Abwehr.

—Danos más detalles, te estás mostrando muy misteriosa —dijo Werner.

—Nada de misterio, es pura ignorancia. Cuando sepa algo, os lo diré.

—Estás preocupada de verdad, ¿no es así?

—Sí. Bastante —dijo Rosy—. Por otro lado, tengo una buena noticia para ti personalmente, Werner.

—¿De qué se trata?

—Me pediste que investigara acerca de tu compañera en la travesía del Normandie, esa Madame Giselle Boulanger… Mi amigo Klaus Hess, de nuestra oficina en Múnich, me ha pasado un breve informe.

—¡Gracias por tu amabilidad! ¿Y qué dice?

—Parece ser que Monsieur Boulanger, miembro de la Resistencia francesa, fue herido recientemente y arrestado por las fuerzas alemanas de ocupación. Una tal Madame Dubois, de la casa Chanel, medió a favor de Monsieur Boulanger y de esta manera logró evitar que lo juzgaran. Sin embargo, han ordenado a toda la familia, es decir al marido, la esposa y un hijo de dos años, que se trasladen a otra ciudad.

—Pobre Giselle, qué trance habrá tenido que pasar. ¿Dice el informe adónde los han desplazado?

—No, no lo menciona. Y ahora tendréis que disculparme, tengo que irme —dijo Rosy—. He de estar preparada a las 3:00

339

de la mañana. Esta noche será dura para mí. Estoy angustiada, aunque procure disimularlo. Confío en que Max se ponga a salvo. No he parado de pensar en él ni un solo momento. Trataré de mantenerme conectada, pero las comunicaciones no van muy bien. No sé si lo voy a conseguir.

Werner la miró fijamente y le preguntó de forma muy directa:

—¿Amas a Max?

—Creo que sí, lo amo. Durante los dos minutos que pude estar con él esta mañana, pensé una cosa que hasta hoy no había tenido en cuenta de verdad, aunque ya me rondaba la cabeza. Y es que Max es demasiado joven y demasiado atractivo para una mujer como yo. Mis sentimientos me decían que si yo lo deseaba, seguro que él me deseaba también. Creo que ahora las cosas serían de otra manera. Han pasado cuatro años y él no ha cambiado. Es tan atractivo como el último día que lo vi en Múnich, pero en este tiempo yo sí he cambiado, y mucho...

Rosy entrecerró los ojos. Cuando los abrió de nuevo, los tenía enrojecidos. Inspiró profundamente y prosiguió:

—Así que a tu pregunta de si lo amo te respondo: depende. Tal vez debería hacer un intento de seducirlo, cosa que quizá no sea tan fácil como fue antaño. Puede que lo mejor fuera amarlo, pero de otra manera, como una hermana mayor, como una amiga. La verdad es que no lo sé. Solo estoy convencida de que las cosas fueron de una manera, y que ahora serían de otra —terminó casi con un sollozo.

—¿Estás llorando, Rosy?

—Pues claro que no. ¿Me dejas tu pañuelo?

—Permíteme que te acompañe al coche.

—No hace falta. Ve y prepara con Óscar y Joshua la expedición de pesca. Y empezad a pensar qué vais a hacer con Max si lo encontráis vivo.

Con notable brusquedad, Rosy le dio a Werner un beso que a él le pareció apasionado, o casi, y luego salió literalmente corriendo hacia la salida, donde la esperaba su coche.

Werner se reunió de nuevo con Óscar mientras este decía:

—Intuyo que Rosy tiene razón, y que la falta de noticias es una buena noticia.

—Yo también… —dijo Joshua—. Apostaría mucho dinero a que si conseguimos llegar mañana al muelle de pescadores, comprobaremos que Max está en el Cachonda. Por cierto, Werner, esta noche no podré cenar contigo.

—Vaya, Josh, ¡tienes la costumbre de declinar invitaciones que no se te habían hecho!

Josh rio a carcajadas:

—¡Es verdad!

—Yo cenaré con Isabel y Rafa —anunció Óscar.

—Entendido —dijo Werner—. Tomaré una cena ligera por mi cuenta y luego espero dormir bien. Tengo que reconocer que no es que esté preocupado, sino que en realidad estoy asustado. Ni siquiera tenemos un plan para encontrar y rescatar a Max. Ni tampoco sabemos qué hacer con él si lo logramos.

—Encontrémonos los tres aquí, en el hotel, a las seis en punto de la mañana —dijo Óscar—. A esa hora veremos las cosas con más claridad. Iremos directamente al muelle de pescadores y, por si Joshua acierta, lo primero será echar una ojeada al Cachonda.

—Yo hablaré con Pepe y le pediré que nos acompañe —propuso Josh.

—Pues yo, por si necesitamos más gente fuerte para izarlo —dijo Óscar—, le pediré a Rafa que venga. Es un chicarrón muy musculoso.

Werner necesitó varias horas de dar vueltas en la cama antes de admitir que no sería capaz de dormir. Entonces decidió que lo mejor sería levantarse, darse una ducha, tomar un café y dar una de sus caminatas vigorizantes. Eran las cuatro de la mañana y probablemente Rosy ya estaría en el aeropuerto.

—Buenos días, doctor, sí que ha madrugado… —dijo el portero de noche—. Acabo de recoger este mensaje. Está dirigido a Fräulein Dieckhoff. Se le debió caer, porque estaba en la acera. ¿Sabe a qué señas se lo podríamos enviar?

—Ella sale ahora mismo en avión hacia Berlín. Démelo a mí, por favor.

—Algunos de nuestros clientes también tenían que volar esta mañana a Berlín, pero les han adelantado la hora de salida.

Ayer noche nos lo dijeron. Hace más de una hora que ya se han ido. Así que si Fräulein Dieckhoff iba en el mismo vuelo…

Llamaron al Majestic y, en efecto, Rosy se había ido del hotel a las tres de la madrugada. Werner se sintió decepcionado. Pero le quedaban un par de horas hasta la cita con Óscar, su sobrino Rafa y Joshua. Salió a la calle y empezó a caminar. Si encontraba un bar abierto, se tomaría un carajillo. Ese brebaje le había encantado.

No supo si fue la caminata o el carajillo, pero se sintió reconfortado, mucho mejor que cuando se tuvo que levantar de la cama. Cuando volvió al hotel cogió la prensa. Comenzaba a entender bastante español como para leer por encima. En portada, a toda página *La Vanguardia* titulaba: «Al amparo de la neutralidad española».

Publicaba muchas fotos del intercambio, pero por mucho que rebuscó, no aparecía ninguna noticia sobre el supuesto disparo. Ni tampoco nada acerca de la desaparición de ningún soldado.

Como el sobre dirigido a Rosy estaba abierto, Werner no pudo resistir la tentación de abrirlo y leer la nota que contenía. Era de Klaus Hess y estaba fechada en la oficina de la Abwehr en Múnich.

> Rosy. Esto es todo lo que tenemos sobre Giselle Boulanger. No es gran cosa.
>
> Es ciudadana francesa, y se supone que tiene una actitud amistosa con Alemania, pero su marido fue gravemente herido cuando combatía contra nuestras tropas con gente de la Resistencia francesa. Una tal Madame Dubois, que es persona con muy buenos contactos, aparentemente, consiguió que dejaran en libertad al marido. Ahora viven en Colombey-les-Deux-Églises con su hijo Werner, de cuatro años.
>
> Klaus

Werner se quedó conmocionado. ¿Qué mujer francesa en su sano juicio pondría a su hijo el nombre de Werner? Solo cabía una explicación…

Inspiró profundamente, exhaló despacio y leyó de nuevo la nota.

LA VANGUARDIA

BARCELONA
Jueves 28 de octubre de 1943

ESPAÑOLA

25 cénts. Precio de este ejemplar
REDACCION Y ADMINISTRACION:
Pelayo, 28. - Teléfono 14135

FUNDADORES: DON CARLOS Y DON BARTOLOMÉ GODÓ   Año LIX. - Número 24.073   DIRECTOR: LUIS DE GALINSOGA

Al amparo de la neutralidad española

En Barcelona:

I. He aquí una vista general del muelle de España, en donde se hallaban los barcos ingleses y alemanes dispuestos para el canje de prisioneros heridos y enfermos.

A la izquierda del lector, los barcos ingleses y a la derecha, los alemanes.

II. Prisioneros alemanes al descubierto.

III. Prisioneros ingleses que se trasladan al buque de su nacionalidad.

IV. Los heridos graves son trasladados en camillas por la Cruz Roja Española al barco de su país respectivo.

(REPORTE GRÁFICO DE PÉREZ DE ROZAS)

Era evidente que Rosy se había guardado información. Y había tergiversado otra, como la edad del hijo de Giselle. Había omitido el nombre del niño. Y había fingido desconocer el lugar al que se habían tenido que ir a vivir los Boulanger.

También se preguntó si el sobre se le había caído a Rosy inadvertidamente, o si ella lo había dejado caer en la acera confiando en que acabara llegando a manos de Werner.

Y la pregunta más importante de todas: ¿era él, el doctor Applefeld, el solterón neoyorquino, el padre de un niño de cuatro años que llevaba su nombre y corría por las calles de Colombey-les-Deux-Églises?

En el fondo de su corazón, Werner sabía la respuesta a esta última pregunta y esa respuesta era un «sí».

Su mente pareció convertirse en un proyector de cine que lanzaba imágenes a una gran pantalla. Los recuerdos de la cena del capitán a bordo del Normandie transformaron el enorme vestíbulo del Ritz en una sala de cine en tres dimensiones en la que se reproducía con vivísimos colores la escena del restaurante del transatlántico, sus lámparas Lalique, la música del *Night and Day* de Cole Porter y la imagen de Giselle, deslumbrante, sonriente, volviéndose hacia él, en la cubierta en semipenumbra y pidiéndole que bailaran. Las imágenes solo tenían un límite: no llegó a sentir el calor que el cuerpo de Giselle le transmitió a través de su precioso vestido de seda blanca, ni tampoco los fuertes estremecimientos de sus cuerpos en los momentos más apasionantes que pusieron fin a aquella larga noche.

Puede que las palabras de Giselle fueran verdaderas cuando dijo que el amor que sentía por él era tan sólido como aquel buque. Puede que fuese importante un detalle: que el Normandie acabó resistiendo al incendio sin hundirse del todo.

En un artículo científico publicado el año anterior, Werner defendió la hipótesis de que el cerebro humano es capaz de procesar simultáneamente dos acontecimientos emocionales con la misma intensidad, pero que uno de los dos siempre ganaba protagonismo sobre el otro. Y justo en ese momento, y en su propia persona, estaba comprobando que su hipótesis era cierta. En términos relativos, y durante un lapso de sesenta segundos, Max había desaparecido del centro de su pensamiento para permitir que ocupara ese punto privilegiado y único otro personaje: Werner Applefeld Jr., su hijo, sobre el que de repente se centraban todos los focos. «El cerebro —pensó— es incluso capaz de inventarse excusas para explicar el abandono de un interés para sustituirlo por otro.»

Era evidente que un oficial médico de las Fuerzas Armadas de los Estados Unidos no debía en modo alguno participar en la operación de rescate de un desertor del Ejército alemán que se había fugado en un puerto español. Cuando las relaciones hispano-estadounidenses comenzaban un lento deshielo, el Pentágono no aprobaría tal intervención.

A pesar de que quería a su primo Max tan intensamente como siempre, y aunque era el primero en desear que escapara de la Alemania nazi, tuvo que hacer caso omiso de estos sentimientos tan poderosos: no iba a participar en la expedición de pesca. Tampoco iría al puerto. Óscar, Josh, Rafa y Pepe podrían llevar a cabo la operación de búsqueda de Max. Ellos se bastarían para encontrarlo. Werner necesitaba estar solo. Necesitaba pensar.

Cuando llegaron todos a las seis en punto, Werner les explicó que, si algo salía mal y le pedían su identificación en el puerto, el hecho de que él fuera un oficial del Ejército estadounidense podía tener gravísimas consecuencias para él, para la política de su país y para ellos mismos.

Werner se llevó una sorpresa cuando los demás se mostraron de acuerdo. Incluso Óscar añadió:

—Yo había pensado lo mismo, ¡pero no me atrevía a decírtelo!

Mediterráneo occidental, a bordo del Aquilea, 27-28 de octubre de 1943

Eran las once de la noche y el Aquilea llevaba dos horas navegando rumbo a Marsella. Las aguas estaban muy tranquilas. Pero había de todo menos tranquilidad en la reunión que había improvisado el comandante Merkel, como capitán del barco, con sus dos primeros oficiales.

Tras haber procedido a inspeccionar minuciosamente el buque, se había confirmado la sospecha: dos hombres habían desaparecido y no se encontraban a bordo. Uno era un guardiamarina que había estado de servicio durante toda la jornada. Y el otro era uno de los soldados alemanes que estaban repatriando.

En la segunda cubierta, a babor, habían localizado la pistola del guardia, a la que le faltaba una bala. Y en esa misma cubierta, todo bien doblado y apilado, encontraron el uniforme, la documentación y el historial clínico del soldado Max Liniger. Entre sus pertenencias solo había algo llamativo: un sobre que contenía unas cuantas pastillas de un medicamento que el farmacéutico de a bordo identificó como fenobarbital, que en algunos casos se utiliza como anticonvulsivo.

La desaparición de los dos hombres no se descubrió hasta que el buque se encontraba a unas quince millas del faro que señala la entrada al puerto de Barcelona. Los tres oficiales admitieron que la situación era muy grave y que no podían silenciarla como si se tratase de un incidente menor y exclusivamente interno.

Se preguntaron si había sido un accidente, si se trataba de una huida, si ambas desapariciones estaban relacionadas o si carecían de vínculos. El comandante Merkel, hombre pragmático y con un historial militar distinguido, decidió escribir personalmente un informe inicial y remitirlo al embajador alemán en España, a la Deutsche Marine y al ministerio alemán de Asuntos Exteriores. Este último pasaría la información a la Cruz Roja Internacional. Decidió escribir un texto breve, una mera enumeración de los hechos y el anuncio de más informaciones a medida que avanzara la investigación que iba a ordenar en el buque.

El comandante sabía que eso iba a ser una mancha en su historial como oficial de la Marina. Incluso podía ser el punto final de su carrera militar.

A las 1:30 horas del 28 de octubre el primer informe confidencial acerca de este grave incidente partió hacia Berlín.

38

De pesca

Barcelona, 28 de octubre de 1943

—Han abierto el muelle antes de lo previsto —anunció Pepe—. Algunos ya se han hecho a la mar a las seis de la mañana.

Acompañado de Óscar, Rafa y Josh, el patrón del Cachonda partió hacia el muelle. Tenían grandes esperanzas.

Cuando llegaron, dos pescadores, con grandes ademanes de brazos y hablando a toda velocidad, excitadísimos, le contaron a Pepe la gran novedad:

—Te vas a llevar una sorpresa cuando subas a bordo del Cachonda. Encontrarás tendido en cubierta a un gigante rubio, en pelotas, empalmado, echando la siesta. ¡Tendrá cojones el tío!

Ni siquiera Óscar o Rafa entendieron todo lo que dijeron a gritos los pescadores de la Barceloneta. Pepe se tuvo que explicar.

—¡¡Seguro que es Max!! ¡Vamos corriendo! —exclamó Josh.

Y él mismo dio ejemplo porque no había terminado la frase cuando ya se había puesto a correr. Todos lo siguieron. Al llegar al barco lo que vieron era exactamente lo que con mucha precisión habían descrito los pescadores.

—¿Es Max? —preguntó Rafa.

—Sí —confirmó Josh.

—Más que Adonis parece que sea Príapo.

Aún medio dormido, Max abrió el ojo que no llevaba vendado, estiró los brazos y, en cuanto reconoció a Joshua, le preguntó:

—Pero... ¿qué haces tú aquí?

Nadie pudo decir nada más porque en ese mismo instante Pepe gritó:

—¡Ojo, que viene la poli!

Efectivamente, se acercaba al grupo una pareja de la Guardia Civil. Rafa saltó junto a Max, le tapó con una lona que había en el pañol y se levantó poniendo cara de indiferencia. Mientras, Óscar se dirigió a los guardias civiles, se identificó como médico y les felicitó por el magnífico trabajo de vigilancia que había realizado el Cuerpo durante el intercambio de prisioneros internacional. Los guardias civiles aceptaron el cumplido.

Y como se fijaron con envidia en el paquete de Lucky Strike que el doctor Prat llevaba en el bolsillo, Óscar sacó la cajetilla de colores verde, amarillo y rojo, y se la tendió. Los agentes cogieron cada uno un cigarrillo y le dieron las gracias, los encendieron y continuaron caminando hacia el final del muelle.

—¿Desde cuándo fumas, Óscar? —dijo su sobrino Rafa.

—Sigo sin fumar. Pero hoy en día es mejor ofrecer cigarrillos americanos que dinero en metálico. Bien, en marcha. Hay que vestir a Max y llevarlo a que lo atiendan debidamente. No me gusta el aspecto de su ojo —dijo Óscar—. Por cierto, no se nos ha ocurrido traerle ropa...

—Fallos y más fallos —dijo Joshua—. Y ¿alguien ha pensado ya en cómo sacar a Max del puerto?

—Veamos —dijo Óscar—. Tú, Rafa, eres de su estatura aproximadamente. Supongo que llevas calzoncillos... Préstale a Max tus pantalones y tu camisa. Pepe, ¿podrías prestarnos un gorro de lana? No creo que vayas a salir a la mar ahora mismo...

—No salgo, no. Voy a ver lo que encuentro en el barco de mi tío, el pesquero Campeona. Como es más grande que el mío y lleva cuatro tripulantes, puede que tenga por ahí algún jersey, algún gorro. Yo le prestaré a Max mis sandalias. Suelo caminar por ahí descalzo.

Joshua intervino también, deseoso de ayudar:

—Mientras buscáis ropa, yo iré al bar que está junto a la parada del tranvía y traeré un café. Tenemos que darle algo a este pobre hombre...

—¡Nada de cafeína! —advirtió Óscar—. Que te preparen una infusión de hierbas, en un tazón bien grande y con bastante miel. Si es que tienen todo eso.

—Pues yo diría que lo que Max necesita son dos carajillos seguidos —dijo Josh contradiciendo al médico—. Y es más probable que eso sí me lo puedan servir.

—Lo que Max también necesita, con urgencia, es que lo vea un oftalmólogo. Me preocupa mucho que tenga los ojos así. Lo vamos a llevar a la Clínica Barraquer. No soy amigo del doctor Barraquer, pero lo conozco. Mi sobrina está allí empezando como médico residente, pero carece de toda influencia. Estoy convencido de que no hará falta su ayuda y que conseguiremos que Barraquer acepte ingresarlo. Y tú, Josh, cuando estés en el bar trata de llamar a Werner y dile que Max estaba en el barco de Pepe. Dile también que tiene buen aspecto, excepto los ojos. Que Adonis parece haber descansado lo suficiente y que lo llevaremos a la clínica de la calle Muntaner esquina Laforja, pero que no sabemos ni cuándo ni cómo. Hay mucha policía por todas partes.

39

En la Clínica Barraquer

Barcelona, 28 de octubre de 1943

Werner cogió un taxi. Cuando llegó vio enseguida que no se trataba de una clínica cualquiera. El edificio, de líneas modernas inspiradas en el funcionalismo austero de la Bauhaus, le sorprendió: no esperaba nada parecido en la Barcelona de 1943. El vestíbulo, la escalinata principal, el mobiliario, las lámparas, todo denotaba el *gesamtkunstwerk,* el concepto matriz unitario que había sido lanzado mundialmente desde la famosa escuela alemana de diseño. En un folleto comprobó que su opinión era incorrecta porque se debía al propio doctor Barraquer, que lo había creado con la ayuda de un arquitecto.

Y enseguida se llevó una segunda sorpresa, porque cuando unos minutos después se acercó al mostrador y preguntó por el doctor Prat, la señorita le contestó:

—¿Es usted el doctor Applefeld?

—Lo soy —respondió pasmado Werner.

Le entregaron un sobre. La nota decía:

Estoy a punto de llegar a la clínica. Max llegará más tarde. Óscar

Saber que Max no iba a venir con Óscar le pareció preocupante. Josh le había dicho que estaba sano y salvo, pero algo debía de estar ocurriendo para que no fueran todos juntos. Levantó la vista y vio un cartel con una frase que le gustó. En ella el director de la clínica le decía al personal: «Trata a tus pacientes como te gustaría que te tratasen a ti».

Y muy cerca de allí, el emblema de la clínica lucía en un lugar destacado. Una imagen curiosa representando el Ojo de Udjat. Era una referencia a la antigua leyenda egipcia según la cual un ojo que había sufrido una herida muy grave, al final se curó. Era evidente que para Max no había ningún sitio más adecuado que aquella clínica. Solo faltaba que llegase. ¡Lo antes posible!

Tres horas más tarde se presentó por fin Óscar acompañado de una mujer joven que llevaba una bata blanca.

—¿Qué ha ocurrido, dónde estabais, dónde está Max? —preguntó Werner—. No sabía qué hacer. ¡Incluso he llegado a temer que estuvierais todos en la cárcel!

—Permíteme antes que te presente de nuevo a Isabel Prat. La misma Isabel que conociste fugazmente en la ópera la otra noche, aunque ahora vestida de un modo muy diferente.

—La misma belleza inconfundible —dijo Werner muy halagador y sonriendo—. ¿Qué tal estás, Isabel?

—Muy bien, gracias. Y con ganas de dar la bienvenida a tu primo Max. Óscar me ha pedido que le concierte una visita con el doctor Barraquer. Afortunadamente hoy es un día apropiado. Os acompañaré a su consulta, pero no me quedaré. —Y, como si no tuviera importancia, añadió—: Óscar dice que hay algunas cuestiones privadas que «no son de mi incumbencia».

—Así es. Pero gracias por conseguir que el doctor Barraquer quiera examinar a Max —dijo Óscar.

Isabel los acompañó a la sala de espera.

—¿Y Max? ¿Cómo está, dónde está? —preguntó Werner con ansiedad.

—Está bien, pero la infección es muy fuerte y ahora ya le afecta los dos ojos. Las sucias aguas del puerto no le hicieron ningún bien. Pero por lo demás parece estar en buena forma.

—¿Y dónde está, por favor, no me lo puedes decir? Pregunto y no contestas...

—Honestamente, no contesto porque no tengo respuesta, pero estoy seguro de que vamos a verlo muy pronto. Pero sí te puedo dar una noticia, y es que Pepe, el pescador amigo de Joshua, se ha convertido hoy en un nuevo protagonista de la obra *El rescate de Max. Segundo acto.*

—¡Cuéntame!, ¿qué ha hecho? —pidió Werner.

—Pronto comprendimos que no podíamos sacar a Max del

351

muelle de pescadores sin un gran riesgo. Había Policía por todas partes, sobre todo en las salidas del puerto. Pero tuvimos la suerte de que, una vez más, la religión viniera en nuestra ayuda…

—Habla en serio, Óscar ¿no ves que estoy angustiado? Ve al grano y dime cómo se ha salvado.

—Realmente eres hombre de poca fe —dijo Óscar disfrutando del suspense—. Pepe le contó la situación de Max a su tío Simón y este se ofreció a ayudar. Propuso que trasladasen a Max a su barco Campeona, de más potencia y velocidad que el Cachonda, y salir con él a la mar. Hoy no iba a trabajar porque era el día de su santo, y añadió: «Si puedo salvar a este chico de que Hitler lo mate, honraré la memoria de san Simón, el muy milagroso». Su idea era que cuando ya estuvieran fuera del puerto, virarían a babor para poner rumbo a la playa de la Barceloneta, en la que no habría vigilancia alguna, y allí podía desembarcar Max con Josh y Pepe. Mientras, Rafa buscaría un taxi e iría a esperarlos lo más cerca posible de la playa para traerlos hasta aquí. De hecho, como han zarpado hace mucho, ya no pueden tardar demasiado en llegar.

—¿Estás seguro de que todo habrá salido bien? —preguntó Werner, que seguía muy inquieto.

—Como mínimo, es bastante menos arriesgado que tratar de sacarlo a pie del puerto. —Y con cierta sorna añadió—: ¡Los santos siempre ayudan!

—Evidente —concedió Werner.

—Pero ahora —continuó Óscar— mi preocupación es otra. Una vez esté curado, ¿qué vamos a hacer con Max? ¿Dónde lo vamos a meter? Tú te irás a cumplir tu misión de médico militar. Rosy está en Berlín y no sabemos si va a regresar. Josh se aloja en un hotel muy conocido y allí no podrá ocultarlo. Yo vivo en una residencia del Opus. Y Rafa e Isabel viven con su madre. En el *palomar* de Rafa no lo veo factible porque no podría entrar y salir del edificio. Y tampoco vamos a dejarlo que ande por las calles de Barcelona sin documentación, sin saber apenas español y sin domicilio legal ni contactos personales. De hecho, no tiene ni ropa suya. ¡Es como si acabara de aterrizar procedente de un planeta todavía por descubrir!

—¿Se podría tratar de conseguirle un permiso de residencia temporal en España?

—Eso llevaría muchísimo tiempo, y además habría que mover hilos políticos de nivel muy elevado. No es sencillo ni rápido.

—¿Y la religión, no podría ayudarlo? —dijo Werner ahora con sarcasmo.

—Es una opción, claro. La política de nivel elevado y la religión son casi lo mismo en la España actual —dijo Óscar—. Podría ser de gran ayuda.

—¿Y si se pudiese quedar en esta clínica no solo el tiempo necesario para curarle las infecciones de los ojos, sino el que haga falta hasta encontrar una solución, gracias a la ayuda de la religión y de la política de alto nivel?

—Cabe esa posibilidad, pero hay que ver si la clínica está de acuerdo en aceptar ese riesgo. Por otro lado, eso tendría un coste prohibitivo.

—Yo me haría cargo de ese coste —dijo Werner.

—Se lo preguntaré al doctor Barraquer. Ya te dije que no somos amigos, aunque lo conozca. Pero mi padre sí lo trató mucho. Lo admiraba, decía de él que era un genio, un hombre excepcional.

—No sé cómo expresar mi gratitud hacia ti, Óscar. Primero te costó un poco dar el paso y ayudarme en esa aventura, pero luego… Sin tu ayuda no lo habríamos conseguido. No hace falta decir que apoyaré plenamente todo lo que decidas hacer. Ojalá el doctor Barraquer pueda echarnos también una mano.

Justo entonces llegó una secretaria.

—Señores, el doctor les recibirá ahora mismo.

Al salir de la reunión Óscar no daba crédito. Habían pasado dos horas con el eminente doctor Barraquer, una persona que disponía de todo, menos de tiempo.

—Ahora entiendo —dijo Werner— por qué tu padre decía que era un hombre excepcional… Me ha cautivado. Y qué bien explica las cosas complejas. Me ha gustado escucharle contar con detalle su técnica para extraer las cataratas.

Werner se refería a la innovación médica introducida por Barraquer: para evitar los problemas que provocaba sacar la lente del cristalino con un fórceps metálico, decidió usar una técnica de succión mediante el erisífaco, un aparato de su invención, que él comparaba con los labios de una mujer. A raíz de esa mejora, recibía pacientes del mundo entero; entre otros, había operado a la emperatriz Eugenia de Francia, esposa de Napoleón III.

—Por cierto, me ha sorprendido que abandonaras esa reunión de repente. ¿Por qué te has ido así, Óscar?

—Porque la secretaria del doctor Barraquer me ha pasado una nota pidiendo que saliera. Y lo ha hecho para comunicarme que un paciente nuevo e indocumentado, que decía llamarse Max, acababa de ser ingresado. No quise interrumpir la conversación para anunciar: Adonis el Cóndor acaba de aterrizar en su nuevo nido.

—Celebro que hayas descubierto que tienes mucho sentido del humor. Vamos a ver a Max. ¡¡Corriendo!!

Cuatro semanas después

—Ya ha pasado lo peor, Max —dijo Isabel Prat—. Pronto volverás a tener una vista de halcón.

—Algo ocurre conmigo y las aves. En Múnich me llamaban Cóndor y ahora me anuncias que veré con un halcón… ¿Tengo cara de pájaro, Isabel…, perdona, casi doctora Prat?

—En absoluto. Tienes una cara preciosa, eres un hombre muy guapo. Prefiero que me llames simplemente Isabel.

—Cuando llevaba el vendaje puesto, identificaba a muchas personas por el timbre de su voz.

—Suele ocurrir, no es difícil —respondió Isabel.

—No creas, tardas algún tiempo en ir identificándolas. Y, encima, los nombres españoles son difíciles de recordar para mí. Me suenan raros. También he aprendido otra cosa que hace innecesarios los ojos. Quiero decir que, por ejemplo, el segundo día de estar ingresado, yo sabía cuándo eras tú quien se me acercaba, aunque no te viera y antes de que hablaras, porque lograba captar tu estela.

—No sabía que dejara una estela…

—Sí, la de tu aroma, tu fragancia…

—Imposible. No uso ningún perfume —dijo Isabel.

—A eso me refiero. Emanas un aroma que es único, y adorable. Me encanta. Hueles a ti, nadie más tiene este olor.

—Vaya vaya, ¡un ave que habla como un poeta! —rio Isabel—. Sigue sigue, quiero oír más…

—Pues no he dicho todavía nada de tu tacto…

—¿Qué le pasa a mi tacto?

—Durante este mes habrán entrado a verme al menos una docena de enfermeras diferentes. Todas ellas me han cogido del brazo, tomado el pulso en la muñeca… Algunas han aplicado la oreja a mi pecho o me han colocado aparatos de los que sirven para medir la presión. Tú también has hecho todo eso, Isabel. Pero mientras que a ellas no las distinguía por el modo de cogerme, tocarme, siempre he notado que eras tú quien lo hacía. Era como si me tocasen con terciopelo, como si me envolvieran en seda.

—Es sorprendente, y bonito. Así que conoces mi voz, mi aroma, el tacto de mi piel… ¿Hay algo más que conozcas de mí cuando no me veías?

—Sí. Algo más, pero no te lo puedo contar.

—¿Por qué?

—Porque te parecerá ridículo. A lo mejor te lo explico más adelante, cuando nos conozcamos mejor.

—Me dejas en ascuas… Hablando del tacto, he de tomarte el pulso. —Cogió la muñeca de Max, se concentró un ratito y cuando se la soltó prosiguió—: La infección se ha curado del todo. Ha bajado la temperatura, el pulso es normal y… ¿sabes una cosa? Yo también podría identificar tu muñeca con los ojos cerrados.

—¿En serio?

—Sí. Se nota la fuerza, la solidez. Es cálida. Me gusta cogerte la muñeca, me gusta lo que noto al cogerla.

—Pues puedes cogerla siempre que quieras.

—Por cierto, Max. Tienes visita —dijo Isabel—. Hace días que trata de verte. Es un amigo tuyo que se llama Joshua. Dijo que hoy vendría a las cuatro, dentro de nada. Yo te veré mañana de nuevo. Estoy muy contenta del gran progreso que has hecho. Con ojos de halcón y alas de cóndor podrías echarte a volar…

Isabel Prat salió de la habitación de Max sonriendo y casi tropezó con Joshua, que acababa de abrir la puerta.

—¡Max! Parece mentira. ¡Hay que ver lo que has mejorado, tienes mejor aspecto hoy del que tenías en Múnich, y eras cuatro años menos viejo!

—¿Quieres decir cuatro años más joven?

—Eso eso —asintió Josh.

—Pero sí, me encuentro bien, muy bien. No sabes cómo me cuidan en este sitio. Y tú, Josh, ¿qué tal estás?

—Hoy estoy animadísimo, cosa que ayer no habría podido decir. ¡Por fin me autorizan a verte! Qué alegría, Max. No hay nada como volver a ver a un viejo amigo. Tenemos tantas cosas que contarnos… No bastará con una hora.

—Pues quédate más tiempo, me encantará.

—No me lo permiten. Solo tenemos una hora. Max, no te imaginas lo que fue verte por vez primera en tanto tiempo cuando estabas rendido, durmiendo, en el Cachonda.

—¿Qué significa «cachonda»?

—Es una palabra vulgar que se usa para referirse a una mujer que tiene un gran apetito sexual… ¡Y parece que, incluso dormido, notabas eso y respondías adecuadamente! Los españoles ponen a los barcos nombre de mujer, porque cuando son pequeños, los llaman barcas, en femenino.

—Me gusta este idioma, lo encuentro musical. Dice Isabel que le sorprende ver cuántas palabras estoy aprendiendo, y que tengo un acento bastante bueno. Mira, creo que voy a decirle a Isabel que me parece muy cachonda, a ver cómo responde —bromeó Max.

—Ni se te ocurra. Te echarían a patadas de la clínica y a los cinco minutos te habría detenido la Policía. No sabes la suerte que has tenido de poder quedarte aquí, estás del todo seguro. Por cierto, ¿quién paga la cuenta?

—Werner.

—¿En serio? ¡Qué generoso! Seguro que sale carísimo —observó Joshua.

—No tengo ni idea, Werner no quiso ni hablar del asunto.

La tranquilidad y la intimidad de aquella habitación les permitió intercambiar confidencias. Los dos parecían necesitarlo. A Max le sorprendió Joshua cuando le dijo:

—Tienes una suerte enorme, Max. ¡No debes olvidarlo jamás! No creas nunca que fue fácil que tantísima gente se sacrificara por ti. Son muchos, y han hecho mucho. Piénsalo: Rosy, Werner, Óscar, Rafa, Pepe, la tripulación del Campeona, el personal de la clínica…

Tras unos momentos de silencio, como si los necesitara para valorar plenamente tantísima generosidad incluso de personas que no lo conocían, Max comentó:

—Y te has olvidado de un nombre importante: el tuyo, Josh. Tú me has ayudado mucho.

—La verdad, Max, es que la gente te quiere. No sé cómo te las arreglas para conseguirlo. Yo no tengo esa capacidad…

—¡Ni eres tampoco tan hermoso! —dijo Max riendo y tomando el pelo a su viejo amigo—. Hablando en serio, tienes razón. Soy una persona afortunada. No doy crédito a lo que pasa. Cuando pienso que en lugar de estar aquí ahora mismo podría encontrarme en un campo de concentración con un número tatuado en el brazo, el corazón me da un brinco. Werner me dijo que fue idea tuya lo de que los pescadores colaborasen en mi rescate. Josh, sé muy bien que sin ti no habría llegado hasta esta clínica. Gracias, amigo. De corazón.

—Tampoco yo estaría aquí si no hubiera sido por ti —replicó Joshua.

—¿De qué estás hablando?

—Estoy seguro de que sabes muy bien de qué estoy hablando. Pero que yo lo sepa es parte de una historia que quizás debería contarte. Así te ayudaría a refrescar la memoria. ¿Recuerdas a un agente de la Gestapo que se llama Reinhardt? Lo conociste en la villa de Von Tech en Garmisch.

—Sí, me acuerdo de él aunque ha pasado mucho tiempo. Fue un día inolvidable. Alemania invadió Polonia, fue el inicio de la guerra, y sucedió el accidente de Shalimar. ¿Por qué me lo preguntas?

—Poco después de que pasaras ese fin de semana en Garmisch, fui a un bar de Berlín parecido al viejo *Cascade* por su clientela: músicos, actores, artistas de todo tipo, homosexuales…

—Hay que ver lo mucho que te gusta el peligro, Josh. Tanto como a los toreros, según me cuentan, les gustan los toros.

—Cada uno es como es. Fui a tomar allí una cerveza con mi amigo Gerd, que trabajaba entonces conmigo en el Metropol. Y poco después llegó tu amigo Reinhardt.

—Nunca ha sido amigo mío.

—Como quieras. Pues llegó un amigo de Gerd que se llama Reinhardt. Después de pedirse una cerveza le dijo a Gerd que continuara la conversación que su llegada había interrumpido. Y Gerd le explicó que estaba a punto de preguntarme si mi amigo Max, el Adonis de los Cóndores Voladores, había resultado herido cuando se produjo el accidente. «¿Qué accidente?», preguntó Reinhardt. Entonces Gerd cogió un ejemplar del *Berliner Zeitung* y le mostró un titular que se refería a la suspensión de la actuación en el circo Krone debido al accidente sufrido por uno de los miembros de la *troupe*.

—¿Por qué me vienes ahora a recordar aquel día tan triste?

—Porque acabas de decirme que no entiendes qué quería decir yo cuando he dicho que tú me salvaste la vida.

—Y sigo sin entenderlo —dijo Max.

—Reinhardt, que no había conocido la noticia hasta ese momento, exclamó en una reacción espontánea: «¡Espero que no fuese Adonis el que tuvo el accidente! ¡Es un grandísimo atleta!». Y entonces, señalándome a mí, Gerd dijo: «Pregúntaselo a Josh, que es muy amigo de Adonis». «¿Eres amigo de Adonis?», preguntó Reinhardt. Le dije que sí, que te conocía desde que éramos pequeños.

Joshua se interrumpió. Ahora Max estaba escuchándolo con verdadera atención. Incluso algo tenso.

—¿Y qué más dijo Reinhardt de mí?

—No gran cosa. Que te admiraba mucho y que te llevó en coche de Garmisch a Múnich. Un fin de semana.

—Es cierto. ¿Y no dijo nada más?

—No. Yo terminé mi cerveza y, como el bar estaba atestado, decidí irme a casa.

—Pues sí que es una historia interesante —dijo Max con cierta ironía—. ¿Por qué no vas al grano?

—Cuando ya me había metido en la cama sonó el teléfono. Era mi amigo Gerd. Me sorprendió su llamada. Me dijo que justo cuando me fui del bar, Reinhardt le preguntó de forma muy directa: «Max y ese amigo Joshua, ¿son pareja?».

—¿Y por qué tuvo que preguntar una cosa así? —preguntó Max, que ahora se mostraba muy incómodo con el giro que empezaba a tomar la historia.

—Gerd le dijo que no, que tú estabas enamorado de una mujer y que no tenías relaciones de la clase que Reinhardt había insinuado. «¿Ah, no?», dijo Reinhardt. Y enseguida afirmó que durante aquel fin de semana en Garmisch él mismo había visto con sus propios ojos que tú estabas en la cama con un hombre de cuya orientación sexual no le cabía la menor duda.

»Max, hablemos con claridad. Sé lo que hiciste en Garmisch y sé también por qué lo hiciste. Y sé también que de no haberlo hecho, yo no estaría aquí para contarte todo esto, y por eso quiero darte las gracias. Me salvaste la vida, Max, eso es lo que sé. Y no digas nada, por favor. Quedémonos en silencio.

Josh se levantó, abrazó a Max y volvió a incorporarse dando un paso atrás.

Ninguno de los dos dijo nada en un buen rato. Finalmente, Max dijo:

—Tú crees que yo te salvé la vida, y yo creo que tú me salvaste la vida a mí. Puede que ambos tengamos razón. Además, ¿para qué si no están los buenos amigos?

—Para eso, sin duda —dijo Josh.

Sonaron unos golpecitos discretos en la puerta. Indicaban que había terminado la visita.

—He de irme. ¿Sabes?, estoy trabajando en una composición que no es tan buena como debería ser.

—¿Es una grandiosa sinfonía dedicada a Alemania? —preguntó Max.

—No, es una simple canción.

—¿Tiene título?

—*Solo en Provenza*. Se me ocurrió la idea cuando compraba pan y queso con el dinero que me dio tu madre cuando me fui de Zúrich. Llevo meses trabajando en esa canción y cada día hago algún cambio.

—Ojalá pueda ver pronto a mi madre. Ha sido siempre una buena madre y una gran mujer. No la traté bien, ya lo sabes, y me arrepiento mucho. La vi por última vez cuando vino a verme a Múnich, cuando tú pensabas que la Gestapo había empezado a perseguirte. ¿Te acuerdas?

—¿Cómo no me voy a acordar? ¡Cuando sonó el timbre en mitad de la noche pensé que era el anuncio del final de mi vida! Jamás lo podré olvidar.

—Yo tampoco. Josh, vuelve en cuanto puedas. ¡Tenemos mucho de que hablar!

QUINTA PARTE

Redención

40

Alta traición

*E*l almirante Canaris estaba tenso, de muy mal humor. Todo lo que hacían sus colaboradores le parecía mal. El caso que la prensa llamaba «El incidente de Barcelona» seguía sin quedar cerrado: dos soldados habían desaparecido durante el intercambio de prisioneros celebrado en España. Más de un mes sin respuesta a ese misterio era mucho tiempo, y eso que aquel noviembre había sido terrible para Berlín. Rosy llegó en mal momento, pero la hicieron pasar al despacho del jefe de la Abwehr.

Sin saludarla siquiera, Canaris afirmó de forma directa y sorprendente:

—Espero que no confíes en que me crea la ridícula historia de que tu amante cayó al mar porque le dio una repentina convulsión, ¿no?

—¿Por qué no puede creerlo? Parece que tuvo ese ataque cuando caminaba a oscuras por la cubierta. Tropezó y cayó por la borda. Pudo perfectamente ocurrir así, y esa es la opinión que nos han dado los médicos.

—¿Y en qué se basaron? —preguntó el almirante.

—Eso sí que no lo sé, señor.

—Pues yo sí. Se basaron en esto. —Y le tendió a Rosy un documento escrito a mano en una hoja de papel con el membrete de la Universidad Americana de Beirut y con una firma ilegible al pie.

Mientras Rosy miraba el informe, Canaris dijo de muy mal humor:

—Es un informe falsificado que describe un problema médico que también es falso. Este documento fue unido a la historia clínica de Max Liniger con la intención de legitimar y explicar el posterior incidente. Y ahora deberías hacerte una pregunta: ¿quién hizo esta falsificación y por qué? En el puerto había solo una persona que conociera a Max. Solo una que quisiera cuidarlo y tuviese acceso a él. Solo una que conociera también los detalles de la partida del Aquilea y que hubiera vivido los bastantes años en Barcelona como para conocer el puerto y poder así organizar la huida de Max. No, no fue un accidente, fue una huida. Estamos hablando de la deserción de un soldado alemán en tiempos de guerra. Esto es un asunto muy grave. Gravísimo. Y ahora dime, Rosy, ¿tienes idea de quién pudo ser esa persona?

—Sí, señor. Yo.

—Lo sospechaba, pero me negaba a creerlo. ¿Por qué organizaste un complot tan tosco sabiendo que tendría consecuencias nefastas para tu carrera, para tu libertad y para tu vida?

—Lo hice porque quería salvar a Max. No pensé ni por un momento en mi carrera, en mi libertad ni en mi vida. Solo pensaba en él, porque lo quiero.

—¿Y qué fue de la fidelidad que le debes a tu país?

—Señor, durante los últimos tiempos, cuando he sabido todo lo que se tramaba y se hacía en Alemania, me he sentido muy trastornada. Lo que empezó como un sueño se está convirtiendo en una pesadilla. El ideal por el que estaba dispuesta a servir a mi patria ha desembocado en una tragedia. Mis ojos empezaron a abrirse cuando conocí al doctor Werner Applefeld, un judío alemán que emigró de muy joven a los Estados Unidos. Me impresionaron su inteligencia, su sentido de la integridad y su determinación para usar sus conocimientos científicos en beneficio de otros. Me impresionó la libertad de la que gozaba a la hora de desarrollar su carrera profesional… Y me puse a leer otra vez a Heine, cuya poesía era una de mis pasiones en el instituto, y escuché la música de Mendelssohn, que mi madre tocaba al piano, y me pregunté por qué esos hombres, cuya contribución a la cultura alemana es tan grande, tenían que estar prohibidos ahora en Alemania por una única razón: por ser judíos. Y una vez empiezas a cuestionarte las cosas, parar es muy difícil. Gran parte de lo que yo había decidido ignorar, porque pensaba que era necesario a fin de conseguir la victoria, comenzó a impedirme dormir por las noches.

La emoción interrumpió la confesión de Rosy. Alzó la vista para observar la reacción de su jefe y prosiguió:

—Ya sé que, a partir de las cosas que he hecho y de lo que le acabo de decir, podría usted hacer que me juzgaran por alta traición, ahora mismo.

Wilhelm Canaris la escuchaba con atención, con los ojos entrecerrados.

—¿Me puedes explicar por qué dices que yo «podría», en lugar de decir que «voy a» hacer que te condenen?

Con calculada lentitud, Rosy abrió el bolso, sacó un pitillo, cruzó las piernas y pidió fuego al almirante, que se lo ofreció.

Luego inhaló profundamente, fabricó un perfecto anillo de humo y lo lanzó hacia delante. El anillo se fue desvaneciendo en el aire a mitad de la distancia que la separaba de Canaris. Y justo entonces habló de nuevo para, con una audacia pasmosa, decir:

—Porque usted no va a hacerlo.

Y por si esa afirmación no fuera bastante clara, cambió su gesto serio por una sonrisa de alevosa picardía:

—Siento curiosidad. ¿Cómo llegó a la conclusión de que la desaparición de Max era el resultado de un complot? No me dirá que a lo largo de su carrera en la Marina no ha perdido nunca a un marinero porque cayó al mar...

Canaris asintió con la cabeza un par de veces.

—Una sola vez, cuando el Dresden afrontaba una fuerte tormenta durante una travesía hacia las Malvinas. Pero no había tormenta en este caso. Según el comandante del Aquilea, la travesía de Barcelona a Marsella estaba siendo «un paseo muy agradable». A Max no llegaron a asignarle una litera para la travesía, que iba a durar unas veinte horas. Su uniforme bien doblado, sus botas, sus placas de identificación..., todo estaba escondido debajo de un banco de la segunda cubierta. No había ningún motivo para que se quitara el uniforme. Pedí que me trajeran su historial clínico y militar. Lo que me ha parecido extraordinario es que el plan tuviera un nivel pésimo, muy por debajo de tu trabajo para mí todos estos años. Hasta el extremo de que, entre el historial médico de Max, encontré una notita escrita a mano, en un papel que llevaba el discreto membrete del hotel Ritz de Barcelona, con cinco palabras: «¿Bastará con esto, Óscar?». Las pastillas anticonvulsivas que se quedaron en el bolsillo de la camisa de Max iban incluidas en la documentación que recibí. No estaban fabricadas en Gran Bretaña ni en Alemania, sino en España. No sé quién es Óscar, ni me importa. Lo que me importa es saber por qué estás tan segura de que no voy a hacer que pagues por lo que has hecho, por qué crees que no voy a dar ningún paso para que seas juzgada y condenada por alta traición…

—Usted sabe la respuesta tan bien como yo —dijo Rosy de nuevo con mucha seriedad.

—No creo saberla.

—Permítame entonces, señor, que yo le ayude a encontrarla. Una fuente de Múnich me ha informado de que dos amigos de usted, Dietrich y Klaus Bonhoeffer, fueron detenidos por la Gestapo a la salida de una fiesta de cumpleaños que se celebró en Heidelberg. Esa misma fuente me dijo que en esa fiesta se mencionó su nombre varias veces porque había sido colocado en los primeros puestos de una lista de individuos que debían ser «observados». Lo último que usted y la Abwehr necesitan ahora mismo es pasar por la vergüenza de admitir que nadie se enteró de la existencia de un complot organizado en Barcelona con la intención de permitir que un soldado alemán desertara. No me cabe la menor duda de que aceptar que la causa de la desaparición del soldado fue un accidente vinculado a su estado de salud y antecedentes médicos será una explicación mucho más conveniente para el bienestar de todos los implicados.

—Juegas muy bien tus cartas, Rosy. Eso que te ha dicho tu fuente de Múnich es verdad. Ahora mismo, Goering, Goebbels y Himmler consideran que tanto yo en persona como la Abwehr somos el enemigo. Recuerda tu Grupo G. A nadie le gustaría tenerlos en contra. Es sobre todo Goering quien, desde hace tres años, me tiene en el punto de mira. Logró convencer a Hitler de que la aviación podía poner fin a la batalla de Dunkerque destruyendo a las tropas británicas sitiadas «como patos sentados en la playa». Yo dije que no estaba de acuerdo, pero él convenció al Führer. Cuando nuestro ejército se encontraba en el mejor momento de la campaña y no había quien lo detuviera, fuimos nosotros los que ordenamos que no siguiera avanzando y dimos tiempo a los ingleses, ¡y así permitimos que evacuaran a más de 300.000 soldados! Algo que la fuerza aérea de Goering no pudo evitar. El desastre que fue esa intentona británica de Dunkerque acabó siendo una gran victoria simbólica para ellos. Y eso es algo que Goering no ha olvidado nunca. ¿Cómo afectará ese sentimiento anti-Abwehr al futuro de nuestra agencia? O, mejor dicho, ¿cómo afectará a nuestro futuro? En 1943 el resultado será el mantenimiento del *statu quo*. Hasta enero no va a pasar nada importante. Cuando ese mes toque la revisión anual, ya veremos. Cuando miro hacia 1944, veo nubarrones muy negros.

—¿Existe alguna posibilidad de que yo pueda regresar a España, aunque solo sea por unos días? —preguntó Rosy.

—No. Hay que instrumentar desde esta oficina el cierre del incidente de Barcelona. Con una mancha así en su historial, la Abwehr lo pasaría todavía peor en la próxima revisión anual. Dime, Rosy, ¿nuestra oficina de Múnich y, en particular, tu amigo Klaus Hess, te han ayudado de algún modo a la hora de tramar o implementar esa chapuza de complot?

—No. Me lo monté todo yo sola. Si usted no ha comunicado a nadie ninguno de los detalles que me ha contado ahora mismo, es un asunto que ha quedado entre usted y yo. —Rosy trató de sonreír, pero se quedó a medias—. De un modo bastante extraño, usted y yo somos socios en esta conspiración, señor.

El almirante no estaba para bromas.

—El martes nos volveremos a reunir —dijo poniendo fin a la reunión.

El lunes 6 de diciembre, a las ocho de la mañana, un día antes de la fecha prevista, Rosy fue convocada de urgencia al despacho del almirante Canaris.

—Tengo malas noticias.

—¿Qué ha pasado?

—Lee esto. —Le tendió un informe interno.

El 19 de noviembre de 1943, un barco de la autoridad portuaria de Barcelona rescató de las aguas del puerto el cadáver de un marino de guerra alemán, tripulante del SS Aquilea. La Comandancia de Marina ordenó que fuese trasladado al Hospital Clínico, donde se llevará a cabo la autopsia.

—Según cuál sea el resultado de la autopsia, y en caso de que se encuentre en ese cadáver una bala, el desertor Max Liniger podría ser además acusado de haber asesinado a un camarada. Es el crimen más grave que puede cometer un soldado. ¿Sabes dónde se encuentra Max en este momento?

—No.

—Necesito que ahora mismo firmes tu carta de dimisión como miembro de la Abwehr.

La orden inesperada provocó en Rosy una ligera consternación y, al momento, la esperable respuesta:

—No tengo intención de dimitir.

—Lo entiendo. Pero eso me deja una única opción.

—¿Cuál?

—Fräulein Dieckhoff, si no fuera porque durante mucho tiempo te he admirado, respetado, y porque incluso llegó un momento en que te cogí aprecio, no perdería en esto ni un solo minuto. Estoy informado de que Himmler ya ha recibido el informe en el que Reckzeh cuenta lo ocurrido durante la reunión de Heidelberg. Himmler solo espera tener algunas pruebas más para movilizar a las SS y a la Gestapo para destruir a todos los que aparecen mencionados en el informe, yo incluido. Imagino el partido que Himmler podría sacar si tuviera conocimiento de la desaparición no explicada de un desertor que, posiblemente, haya matado a un compañero de armas. Es la excusa perfecta para desencadenar un ataque contra la Abwehr, que estaba a cargo de la seguridad de esa operación. Y ahora resulta que nada menos que tú, Rosy Dieckhoff, una respetada agente de la Abwehr, eres el cerebro del complot. Escribe la carta de dimisión, con fecha del 15 de octubre. ¡Estoy tratando de salvarte la vida! Como Heinrich Himmler le diga al Führer que en una fiesta celebrada en Heidelberg se reunieron setenta personas que coincidieron en pronunciar palabras muy críticas en contra de su liderazgo, la reacción de Hitler ya sabemos cuál será: «¡Matadlos a todos!». Y tanto yo como mis principales agentes, entre los que tú te encuentras, seremos ahorcados, y en pocos meses la Abwehr habrá dejado de existir. Un paso que podría permitir que alguien, no yo sino tú, salvara la vida es que hubieras dimitido antes del día del intercambio declarándote incapaz de continuar apoyando la política de la agencia porque creías que está llevando a cabo actividades antipatrióticas. En esa carta formularás tu deseo de abandonar este organismo, no debido a ninguna desgana de participar en el esfuerzo bélico, sino a tu intención de pedir el traslado a otro organismo cuya fidelidad al Führer y al partido sea incuestionable. Estoy tratando de salvar tu vida, pero debes pagar un precio. Necesito que tu amigo Max pase a manos de las autoridades alemanas lo antes posible. Él también ha de pagarlo.

Rosy se quedó aturdida, incapaz de pronunciar una sola palabra. Tuvo un ataque de vértigo que le nubló la vista, y enseguida perdió el equilibrio y se desplomó hacia atrás. Por suerte, cayó en la silla que estaba justo detrás de ella.

—En el informe definitivo sobre la huida de Max no es imprescindible que aparezcas como responsable de nada. Puedes inventar que has descubierto que detrás de la operación había una conspiración judeomasónica. Hoy en día resulta muy útil echarles las culpas a los judíos, y seguro que a todo el mundo le parece que es una explicación plausible. Incluso recibirías alabanzas por haber capturado a Max. Naturalmente, puedes preferir la otra opción, cuyo final es muy diferente. Piénsalo bien. No ha sido un buen día para nosotros, Rosy. Ve a Múnich y empieza a trabajar con Klaus Hess para preparar el informe para la revisión anual de enero. Y, sobre todo, pídele ayuda para hacer lo que te he ordenado. La necesitarás, ahora ya no puedes cometer ningún fallo más.

Cada vez era más evidente que los británicos parecían haber decidido borrar Berlín del planeta. Las sirenas de las ambu-

369

lancias, los coches patrulla y los bomberos eran la música de sus noches insomnes y oscuras. Un miedo profundo se había colado en los corazones de los agotados berlineses, que sin embargo se mostraban capaces de resistir lo que fuera. El ominoso zumbido del vuelo de los bombarderos de la Royal Air Force se alternaba con los estallidos de las bombas. La ciudad se había convertido en un maldito infierno.

A finales de noviembre de 1943 habían caído sobre Berlín devastadores ataques aéreos. Cientos de aviones británicos Lancaster y Halifax descargaban continuamente toneladas de bombas sobre la ciudad. También alcanzaron el barrio de Charlottenburg, donde vivía Rosy. Mientras miles de personas se quedaban sin su casa, el edificio de Rosy aún tenía agua caliente, aunque ella jamás entendió cómo se había producido tal milagro. Una cuarta parte de las viviendas habían quedado inutilizables. La batalla aérea de Berlín no fue considerada como un éxito militar por parte británica, pero creó mucho sufrimiento y alteró la maquinaria burocrática del Gobierno alemán. Esos largos retrasos en los procedimientos administrativos eran el clavo ardiendo al que Rosy se agarraba, convencida de que la ofensiva aliada aplazaba la urgencia por resolver el incidente de Barcelona. No fue así.

Resultaba irónico que temiese perder su vida a manos de sus propios colegas. Pero sabía que era ella misma la causante de aquella trágica avalancha que ahora se cernía sobre su persona.

Tras escuchar el temor del almirante a que la Abwehr quedara desmantelada, recordó la conversación que tuvo con el cónsul Hartman en Barcelona en 1939.

Hartman le confió que la Gestapo y las SS habían erigido en España un imperio que dependía íntegramente del departamento de Cultura y Propaganda. Y que los egos de los dirigentes de esas otras agencias iban a producir conflictos debidos a su rivalidad, de modo que acabarían combatiendo entre ellos. El mal augurio de Hartman se estaba convirtiendo en realidad.

Rosy se sentía confusa, temerosa, trastornada. No eran estados de ánimo a los que estuviera acostumbrada. Aquella noche le costaba irse a dormir. Su cuerpo le pedía acción, algo con lo que hacer frente al sombrío futuro que la aguardaba. Su sangre de hija de la región de Renania del Norte-Westfalia estaba agitada esperando que se le ocurriese alguna idea, que surgiera la opción de lanzar un contraataque. No en vano su casta era la de gente con una fuerte ética del trabajo y con una voluntad de hierro a la hora de ejecutar las más difíciles tareas.

Iba a servirse un oporto, pero decidió buscar su cajita de píldoras. Guardaba en ella una generosa dosis de Pervitin, su estimulante preferido. Cogió una pastilla, se la tomó y comenzó a escribir frases muy breves, preguntas y más preguntas:

¿Es aún posible encender de nuevo la llama de Max? Si ya no es posible reavivar esa pasión, las siguientes opciones quedan abiertas:

¿Debo ignorar la orden de dimisión y hacer frente a las consecuencias?

¿Debo sacrificar a Max para salvarme yo?

¿Debo sacrificarme yo para salvar a Max?

¿Debo sacrificar a Canaris?

371

Todas esas posibilidades dependían de cuál fuera la respuesta a la primera pregunta que se había formulado. Canaris quería enviarla de regreso a España para que capturase a Max. No iba a resultarle difícil seducir a Max cuando lo encontrara, convencerlo de que pasara una o dos noches de amor con ella. Bastarían esas dos noches para que pudiera contestar la pregunta esencial.

Y entonces sonó el teléfono.

—No vayas a Múnich, Rosy —le ordenó Canaris sin preámbulos—. Klaus Hess ha sido detenido por la Gestapo. Lo cual aumenta la urgencia de resolver el problema que tenemos en Barcelona. Debes capturar inmediatamente a tu Adonis. Ya sé que no lo harás de buena gana, pero no será la primera vez que impides que el corazón domine tu voluntad.

—¿Y si fracaso? —preguntó Rosy.

—El fracaso no es una opción.

—He recibido el informe de la autopsia. En el cadáver del guardiamarina del Aquilea no hay herida de bala. Murió ahogado, según los forenses. Esto impedirá que a tu novio lo acusen de asesinato. Pero es un desertor, y esa sigue siendo una gravísima acusación. Tenlo presente cuando regreses con él a Alemania.

»También he sido informado de que la revisión anual de nuestra agencia ha sido aplazada. No han establecido todavía una nueva fecha. Deberías aprovechar ese retraso. Vete a España y acaba con este embrollo lo antes posible. Trabajarás por tu cuenta y riesgo, pero no estarás sola. La Abwehr todavía puede, y quiere, ayudarte. Imagino que captarás la ironía de lo que te voy a decir: ¡Feliz año nuevo!

41

Estrellas olímpicas

Barcelona, 30 de diciembre de 1943

𝑅osy no salió de viaje inmediatamente tras aquella llamada de su superior. Dejó transcurrir una semana, en la que estuvo casi desaparecida, y cuando salió hacia Barcelona se encontró con que las comunicaciones eran cada día peores. Tras un viaje insoportable, con paradas y escalas largas, exhausta y desmoralizada, Rosy llegó por fin a un lugar que ya era casi su casa: el hotel Majestic de Barcelona.

—Bienvenida, Fräulein Dieckhoff. El hotel está lleno, pero naturalmente para usted siempre hay una habitación.

—Siento curiosidad, ¿por qué está tan lleno el hotel? Mañana es Nochevieja, y en estos tiempos revueltos no se suelen hacer viajes de placer.

—Somos incapaces de manejarnos con la enorme cantidad de recién llegados. No viajan por placer, vienen huyendo de la guerra y de la situación en Alemania. Piense que incluso el Comité de Distribución judío-estadounidense ha abierto oficina en la ciudad. Los transatlánticos que zarpan hacia Buenos Aires van llenos a rebosar. Hay cientos de refugiados que se dirigen a Lisboa con la esperanza de encontrar allí pasaje hacia Brasil. Otros se quedan aquí confiando encontrar uno en las próximas semanas. ¿Recuerda a la telefonista, a Francisca? Ahora trabaja en el hotel Bristol y me ha dicho que está completo y que todas las habitaciones están ocupadas por judíos. Incluso los hay que quieren bautizarse y hacerse católicos. ¿No es increíble?

—No lo es. Entiendo lo que les pasa. Sé de qué están huyendo.

—Se alojará usted en la habitación 412, Fräulein Dieckhoff —dijo el conserje entregándole la llave.

La última vez que estuvo alojada en el Majestic la única obsesión de Rosy era salvar a Max. Ahora que, según le había dicho Óscar en un telegrama tan breve como oscuro, Max ya se había salvado, Rosy tenía una nueva misión: capturarlo. Pero aún no había tomado ninguna decisión.

Ardía en deseos de entrar en contacto con Óscar y su cuñada Mercedes, a fin de que la condujeran hasta Max. Los Prat eran los únicos que sabían dónde estaba escondido. Tuvo un impulso inicial, llamar a Óscar. Pero ya era casi medianoche, demasiado tarde. No le quedaba otro remedio que esperar al día siguiente.

Sin deshacer la maleta ni desnudarse, Rosy cayó rendida en la cama. Solo pretendía descansar unos minutos, pero durmió hasta las diez de la mañana. Era la primera vez en su vida que dormía diez horas seguidas.

«¡Qué persona tan amable es Óscar!», pensó Rosy mientras cruzaba el vestíbulo del hotel para encontrarse con él. El doctor Prat había aceptado su propuesta para tomar a media mañana un desayuno continental. Ya eran las once cuando se estrecharon la mano y ambos se mostraron encantados de encontrarse de nuevo.

—¿Cómo estás, Óscar? —comenzó Rosy, pero enseguida disparó las preguntas que de verdad le importaban—: Y Max, ¿qué tal se encuentra? ¿Dónde está? ¿Qué hace?

—¿Quieres que responda a tus preguntas en ese orden y a esa velocidad?

—Sí, te lo ruego. Me muero por saberlo todo. ¡Y me dijiste que no ibas a poder dedicarme mucho tiempo!

—Es cierto, hoy tengo muchas cosas que hacer. Pero lo primero es lo primero. Dime, ¿cómo estás tú?

—Si lo preguntas en serio, he vivido días mejores. Pero teniendo en cuenta que mi apartamento se libró de una bomba, por poco, y teniendo en cuenta que la política alemana no está como para descorchar champán y que estamos perdiendo la guerra…, estoy bien, bastante bien. Peleando.

—¿Cómo es que has regresado?

—Por Max, naturalmente. Y porque el almirante Canaris me ha asignado una nueva misión.

—¿Secreta?

—Sí.

—Bien. Permíteme pues que te dé la buena noticia: hace dos días que Max volvió a nacer, oficialmente, como residente legítimo de este país.

—¡Qué suerte! ¿Y cómo lo habéis conseguido?

—De milagro y con muchísimas dificultades —reconoció Óscar con una sonrisa satisfecha y le resumió el periplo de Max desde que lo rescataron en el puerto de pescadores hasta su ingreso.

—Cuando se le curó la infección le descubrieron una conjuntivitis traumática de tipo crónico, causada probablemente porque en el desierto se le introdujeron gránulos de arena bajo los párpados. El tratamiento se alargó y conseguimos que la Clínica Barraquer lo mantuviera ingresado hasta que se arreglara su situación legal. Ha sido un refugio seguro durante dos meses.

—¡Menudo favor! ¿Se enteraron de todo eso en el consulado alemán?

—No. Desde el punto de vista alemán, Max no existe. Quedó clasificado como desaparecido hace dos meses. Nadie sabe si está vivo o muerto.

—Y el Gobierno español, ¿qué sabe?

—No tuvo nunca constancia de que un hombre desnudo que logró escapar del puerto saliendo a la mar hubiera luego regresado a la ciudad por la playa de la Barceloneta. En ningún lugar hay nada que diga dónde está Max. De hecho, Max ha dejado oficialmente de existir. Nació ayer.

—Dime pues, ¿qué pasó ayer?

—Las convulsiones que supuestamente padecía han sido un dato perfecto para encubrir la posible negligencia del capitán del Aquilea. Y probablemente también hayan tenido la misma utilidad para el Gobierno alemán. Porque hasta ahora nadie ha ido al Gobierno español a pedirle explicaciones. La

375

desaparición de Max solo fue descubierta y notificada cuando el Aquilea ya se encontraba fuera de las aguas territoriales españolas.

Rosy calculó que ella solo había admitido su participación en el complot para salvar a Max ante el almirante Canaris, y estaba segura de que su jefe no iba a denunciarla. Muy segura. Porque admitirlo sería gravísimo para la Abwehr. Esta conclusión arrojó algo de luz en medio de las sombrías pesadillas de Rosy, que volvió a centrarse en la explicación de Óscar.

—Por otra parte, el Opus Dei movió los hilos necesarios. Fue Armando Blume quien encontró una excusa muy legítima para poner en marcha la maquinaria política: Max era la única persona que podía hacer cierto trabajo en su empresa.

—¿Y quién es Armando Blume?

—Un alemán que tiene el más prestigioso gimnasio de toda España. Y mi sobrino Rafa es cliente suyo, se entrena allí todos los días. Como enamorado del atletismo, Rafa estaba al corriente de la historia de los Cóndores Voladores y se la contó a Blume, que se quedó de piedra. Resulta que Blume había visto en Múnich, antes de la guerra, una actuación de Max en el trapecio. Y estaba fascinado por él desde entonces. Había incluso conseguido fotos publicitarias suyas haciendo algunos ejercicios, saltos mortales… Cuando supo que aquel mismo Cóndor de Múnich estaba en Barcelona, Blume le preguntó a Rafa si se había fijado en un chiquillo de diez años que rondaba por el gimnasio: era su hijo Joaquín, un gran atleta en potencia sobre el que Blume tenía el sueño de que llegara a triunfar en unas Olimpiadas.

—¡Menuda historia de coincidencias! —exclamó Rosy.

—Y también coincide con algo de importancia política muy notable para España. Hay un proyecto que es de los que más le gustan al general Franco. Hace dos años la Falange creó la Delegación Nacional de Deportes, cuyo objetivo consiste en que nuestros jóvenes sean capaces de acometer grandes hazañas deportivas. De modo que a Herr Blume se le ocurrió hacer lo más obvio: se puso en contacto con los principales dirigentes de ese organismo, les mostró la foto de Max y les dijo que con su ayuda podían tener la esperanza de que España llevara a las Olimpiadas a un joven capaz de ganar una medalla. Los de la

Delegación Nacional comprendieron que tenían una estrella al alcance de la mano. Mostraron las fotos de Max al general Moscardó y le convencieron de que era un atleta clave para el futuro del deporte español. Y ese general Moscardó es un hombre de confianza del jefe del Estado y tiene acceso directo a él. Por eso Max puede ahora quedarse a vivir en España, ya tiene incluso trabajo.

—Es tan perfecto que cuesta creerlo.

—A partir del próximo 7 de enero Max tendrá permiso oficial de residencia. Dispondrá de permiso de trabajo y se le animará a que solicite la nacionalidad española. Así son los regímenes dictatoriales, tienen algunas ventajas. Se pueden conseguir las cosas muy deprisa, saltándose los procedimientos ordinarios.

—Desde que lo conozco, Max ha sido siempre una persona afortunada —declaró Rosy—. Pero en este caso han intervenido, además de la suerte, otros factores. Y no es fácil devolver favores tan grandes. ¿Dónde se encuentra ahora mismo?

—Hace cuatro días que está escondido en el apartamento de mi sobrino Rafa. Él lo llama su «palomar». Los documentos se irán firmando en enero, pero ahora mismo Max ya puede andar por la calle sin temor a nada. Mañana irá a casa de Mercedes, que lo ha invitado a su cena de Nochevieja. ¿Por qué no le dices a Mercedes que estás aquí? Ya sabes el aprecio que te tiene…

—Se lo diré, sí. Una de mis amigas, que era muy católica, siempre que alguien le hacía un gran favor respondía primero dando las gracias y añadía luego: «¡Te has ganado el cielo!». Y eso mismo te digo a ti, Óscar querido. Gracias. ¡Te has ganado el cielo!

—¡Es lo mejor que podría pasarme! —contestó alegremente Óscar.

42

Las chimeneas de Gaudí

Barcelona, 31 de diciembre de 1943

*D*esde primera hora de la mañana Rafa y Max, que llevaba solo cuatro días viviendo con él en el *palomar,* estaban mirando dibujos de La Pedrera. Les fascinaba la enorme fantasía de la azotea que se encontraba al lado y a la que Rafa siempre había querido subir desde la suya para explorarla y pasear entre aquellas extrañas formas que coronaban la Casa Milà, aquellas *chimeneas* cuyo diseño era de lo más extraño. Por fin ahora, con la ayuda de Max, de su fuerza y agilidad, podría culminar la escalada.

Rafa acariciaba un sueño: que Isabel y su amiga Gloria aceptaran su plan de ir con él y con Max a celebrar la llegada del año nuevo allí arriba, en medio de figuras tan extrañas y vistas en mitad de la noche... Sí, iba a ser una noche inolvidable. A Isabel y a Gloria la aventura les iba a encantar. Sería diferente, surrealista, y divertida.

Los dos subieron esa última mañana del año a la azotea contigua porque Rafa quería estar seguro de que era posible hacerlo. En apenas cinco minutos lograron el objetivo. Ambos eran buenos atletas y andaban sobrados de fuerza muscular. Las vistas de la ciudad desde ahí arriba eran impresionantes. Pero aún les fascinó más el espectáculo de aquellas figuras de Gaudí: monstruos, templarios quizás, fantasmas, chimeneas gigantes... De noche, sus presencias fantasmagóricas crearían el ambiente que Rafa pretendía. Pero al verlas tan de cerca, pareció preocupado:

—Tendremos que explicarles a Isabel y a Gloria qué significan estas figuras, y nos van a meter en un compromiso. Son dos mujeres que sienten curiosidad por todo y querrán enterarse de qué simbolizan... ¿Se te ocurre algo, Max?

—No, pero voy a probar... Yo veo dos familias, los Blanco y los Pardo. Creo que distingo al padre de cada una, son esas figuras de perfiles más afilados. Y desde la parte más elevada de la azotea vigilan a los suyos. Las madres tienen formas más redondeadas y son más gruesas, y llevan unos sostenes verticales con un par de copas en los extremos. ¡Parece que tengan dos pares de pechos! Los hijos de los Blanco parecen algo mayores y más grandes que los de los Pardo, y los protegen el padre y la madre, uno a cada lado. En cambio, los hijos de los Pardo son más flacos, nervudos, y se reúnen en grupos.

—¡Qué imaginación tienes, Max! —dijo Rafa realmente sorprendido—. ¿De dónde has sacado esta historia?

—Ni idea. Me has hecho una pregunta y me ha salido esta respuesta.

—Entonces, vamos a continuar. Tenemos que encontrar algo que es aún más complicado: ponerles nombres a estas figuras.

—Dejémoslo para más tarde. Me gustaría que ahora hiciéramos un plano de la azotea donde se vean los peldaños, las figuras, los puentes y los mejores escondrijos. Tendrías que convencerlas para que jugaran con nosotros al escondite, el lugar se presta de maravilla.

—¿Es eso lo que querrás hacer con ellas cuando subamos, nada más?

—Será divertido. Cuéntame... ¿Gloria es tu novia?

—Sí, pero aún no se lo he dicho a mi madre.

—Si jugáramos al escondite, ¿dónde querrías esconderte con Gloria?

—En la esquina que hay detrás del señor Pardo. Va a dar bastante miedo, Gloria fingirá que está asustada y que necesita que yo la proteja, y entonces la abrazaré contra mi pecho para tranquilizarla, y luego nos tenderemos en el suelo, para que nadie nos descubra...

—Yo le diré a Isabel que se esconda conmigo debajo del

puente que va del señor Blanco a eso que parece un casco pru-
siano —dijo Max.

—Creo que a mi hermana le parecerá peligroso. ¿Qué pretendes hacer en el escondite?

—¡Probablemente lo mismo que tú!

Se echaron a reír con picardía. Dejaron una escalera de
cuerda enganchada a la barandilla y bajaron por ella al *palomar*. El mayordomo había dejado una nota sujeta a la puerta
del piso:

> La señorita Isabel ha llamado. Dice que le gusta el plan que le
> ha propuesto usted para esta noche. Y que su amiga Gloria y ella
> se presentarán a las nueve. Doña Mercedes quiere que lleguen a
> su casa antes de medianoche para brindar por el año nuevo. Y dice
> que ya sabe que después de las uvas se irán todos ustedes, y que le
> parece bien.

—Menos mal, me temía que nos pidiera que fuésemos antes. Eso quiere decir que tenemos tres horas para nosotros cuatro. Después de las uvas podríamos irnos al Rigat, hay baile
hasta la madrugada con la orquesta de Boyd Bachmann. Tengo
ganas de quedarme bailando toda la noche.

—Parece una gran idea —dijo Max—. Será la primera vez
que salga de noche desde que llegué a Barcelona. Oye, eso de
las uvas…, ¿qué es exactamente?

—Una tradición española. Si te comes un grano de uva cada
vez que suene una de las doce campanadas y pides al mismo
tiempo un deseo, sin atragantarte con ninguno de los granos,
entonces todos y cada uno de tus deseos se cumplirán. Naturalmente, nadie cree que se vayan a cumplir, pero todos lo hacemos. ¿Serás capaz de tener doce deseos?

—Ahora mismo, no. Pero me parece que no va a ser difícil.
¿Crees que a Isabel y la Gloria les gustará el plan: azotea, uvas
y baile?

—Seguro. De hecho, no es imprescindible subir a la azotea
para jugar al escondite. Podríamos jugar aquí. Música, copas,
mirar a las estrellas y charlar de cada uno de nuestros sueños
respectivos…

—Eres un romántico, Rafa. Pero después de todo lo que me

has pedido que inventara por si subíamos a la azotea, ahora desbaratas un plan que me encantaba.

—Max, tienes razón. Esa chica me hace perder la cabeza…

Isabel y Gloria llegaron poco después de las nueve, y enseguida quedó claro que lo de subir a una azotea no era una idea que las entusiasmara. La más reticente de las dos era Gloria:

—Yo no quiero subir ahí arriba…

—Será muy divertido, no estropees la fiesta.

—Rafa, si yo te importo, aunque solo sea un poquito, no trates de empujarme. Me da miedo.

—Pues os hago una propuesta —dijo Isabel—. Quedaros vosotros dos aquí, mientras Max y yo subimos a la azotea.

—¡Genial! De acuerdo —dijo Rafa. Sus ojos volvían a brillar.

Max condujo a Isabel por la oscuridad hacia la escalera de cuerda.

—Subiré primero y cuando llegue arriba te esperaré cogido a la barandilla para ayudarte a salir de la escalera.

—¡Qué ganas tengo de subir a esa azotea! —dijo Isabel.

Rafa colocó una chaise longue en la terracita del *palomar*, dispuso encima unos almohadones y le dijo a Gloria:

—Estaremos un poco apretados, pero más cómodos que si nos tuviésemos que encaramar por esa escalera de cuerda. Además, la noche está fresquita. Estaremos mejor apretados, ¿verdad?

Se sentó, dejándole sitio a Gloria, que aceptó encantada la invitación.

Entretanto, Max cogió a Isabel de la mano y la ayudó a pasar de la escalera a la azotea de La Pedrera.

—Eres la oftalmóloga más fuerte y más en forma del mundo entero —dijo al verla maniobrar en el vacío con gran seguridad.

—Sí, estoy en buena forma, podría haber seguido subiendo unos cuantos metros más por esa escalera. —Una vez arriba volvió la vista hacia la ciudad y dijo asombrada—: ¡Qué maravilla de vistas! ¡Es un sitio espectacular!

—Pero camina con cuidado, no vayas a caer y hacerte daño.

—¡A que no me pillas! —le dijo desafiante.

381

Y Max la atrapó enseguida, fingiendo que le costaba, aunque le resultó muy fácil.

—Corramos por aquí. Es una sensación maravillosa. Y el pulso ni siquiera se me ha alterado —dijo ofreciéndole a Max la muñeca.

Sus manos se entrelazaron, y él, fingiendo preocupación por el bienestar de Isabel, no solo le tomó el pulso sino que comprobó qué tal respiraba, auscultándola y comprobando si su pecho se hinchaba adecuadamente al inspirar. Inspeccionó su tórax en varios puntos. Y tras esa minuciosa exploración pectoral llegaron ambos a la conclusión de que Isabel seguía respirando muy bien y que el pecho lo tenía de maravilla.

—Max, te mereces un beso por haber planeado esta visita. ¡Me encanta!

—La idea no fue mía sino de Rafa —dijo emocionado al ver que ella acercaba el rostro al suyo.

Pareció como si los labios de ambos, aunque estaban preparados para el contacto, se vieran sorprendidos por la voracidad que surgió de inmediato. La respiración de Isabel cambió de ritmo. Se aceleró, y lo mismo le ocurrió a la de Max. Ella se empezó a preguntar por qué no había experimentado jamás sensaciones tan extraordinarias, y enseguida se sintió rodeada por los poderosos brazos de Max. El abrazo era muy fuerte y ninguno de los dos quería que terminase pronto.

—Has cuidado tan bien mis ojos que puedo ver las estrellas incluso cuando los tengo cerrados —susurró él mientras la mantenía abrazada.

—Debe de ser por la magia de este lugar. Yo tengo también los ojos cerrados… ¡y veo más de mil estrellas!

Se besaron otra vez. Y otra, y otra.

Y entonces brotaron impetuosamente de los labios de Max las dos palabras más importantes y deseadas que pueda pronunciar un ser humano:

—Te quiero.

Ella se quedó callada, pero lo abrazó con más fuerza.

—Te amo, te quiero, te amo, Isabel. Lo supe el día que te vi por primera vez. Y ya entonces, como ahora, se trata de un sentimiento auténtico, poderoso y duradero.

Ninguno de los dos quería interrumpir aquella felicidad

con palabras innecesarias. La respuesta silenciosa de Isabel no admitía dudas. Podría haber transcurrido toda la eternidad sin que ninguno de los dos se enterase… Hasta que Isabel, de manera poco convincente, se quejó:

—Max, me voy a morir de asfixia.

Sin embargo, no hizo nada por evitar el peligro que según ella la amenazaba.

En aquel momento la pareja habitaba un lugar que se encontraba muchísimo más cerca del cielo que la más alta de las chimeneas de Gaudí. Max tiró de Isabel y la condujo a un escondrijo situado debajo de un puentecito, exactamente el sitio que había elegido por la mañana. Era el más perfecto nido imaginable para una pareja de amantes.

—Tu rostro es bello, tus ojos son bellos, tu cabello es bello. Cuando no podía verte pero estabas cerca de mí, imaginaba cómo eras, con todo detalle. Al notar tu proximidad enseguida deseaba que me rozaras la cara, aunque fuese involuntariamente. Y entendí a qué se refiere el mito de que el amor es ciego.

—A lo mejor, cuando te tocaba la cara no era involuntariamente. ¿No se te ocurrió que podía estar haciéndolo aposta? Pues entérate de que cada vez que te rozaba lo hacía tan voluntariamente como ahora mismo.

Y tras haberle acariciado el rostro con enorme sensualidad, terminó besándolo de nuevo. Solo se separó de sus labios para decir:

—Nadie me había dicho nunca cosas como las que tú me dices, Max. Y nadie me ha pasado los dedos entre el pelo de la forma en que lo estás haciendo tú ahora mismo —musitó Isabel, que de vez en cuando, le mordía el lóbulo de la oreja.

Rafa los interrumpió reclamando su presencia a voz en grito desde su pequeña terraza:

—¡Max, Isabel! ¡Bajad! Si llegamos tarde, madre se pondrá furiosa… ¡Vamos, bajad ahora mismo!

—Quedémonos aquí toda la noche, Isabel. ¿Quieres? —sugirió Max.

—Quiero. Pero no debo. Apenas hace dos meses que nos conocemos. Y yo también te amo, Max. Pero hemos de mimar estos sentimientos maravillosos que tenemos el uno por el

383

otro pues así conseguiremos hacerlos crecer. La pasión y el amor son dos cosas distintas. Y nosotros, si tenemos paciencia, podremos disfrutar de ambas a la vez.

—Pongo por testigos a estos monstruos de Gaudí que nos contemplan y te prometo, Isabel, que el amor que he sentido por ti durante estos dos meses permanecerá igual de robusto dentro de dos años y dentro de dos siglos. ¿Crecer? No ¡Es imposible que mi amor por ti crezca todavía más!

—¡¡Bajad de una vez, Isabel, Max!! ¡¡O vamos a llegar tarde a las uvas!! —gritó otra vez Rafa desde abajo, con todas sus fuerzas.

Se reunieron en la terracita y luego salieron corriendo los cuatro a coger el ascensor. De camino, Isabel notó que Gloria estaba llorando.

—¿Te pasa algo? —preguntó muy preocupada.

Y Gloria, cuyos ojos estaban humedecidos pero cuyo rostro sonreía radiante, los sorprendió a todos:

—¡Adoro ser mujer!

—¿Se puede saber qué estás diciendo? —preguntó Isabel—. ¿Has bebido más de la cuenta?

—Bastante más —dijo Rafa confirmando las sospechas de su hermana.

—¡Yo también adoro ser mujer! —exclamó Isabel mirando a Max—. Y no he bebido ni una gota… Dentro de seis meses te daré una respuesta —concluyó pellizcando la nalga de Max.

—Pero, Isabel…, ¿se puede saber qué estás haciendo? —dijo Rafa riendo a carcajadas—. Se ha estropeado el ascensor, está parado en el segundo piso. Y faltan dos minutos para la medianoche. Bajemos corriendo por la escalera, son solo dos pisos…

—¡A correr! —exclamó Isabel.

Los cuatro estaban eufóricos. Como una pandilla de colegiales, salieron de estampida escaleras abajo. Gloria tropezó en un peldaño, chocó contra Isabel y las dos cayeron rodando como pelotas que rebotaran contra el suelo.

—¡Eh, qué ha pasado! —exclamó Max—. ¿Os habéis hecho daño?

Sin parar de reír a carcajadas, Isabel apenas pudo decir:

—¡Todavía no lo sabemos!

—No me duele nada, pero me sangra la nariz —dijo Gloria—. ¿Alguien me presta un pañuelo?

Nadie llevaba ningún pañuelo encima.

—Vaya estropicio —se quejó Rafa viendo que a Gloria se le había manchado el vestido.

—Es solo culpa de la gravedad —dijo Max.

—De acuerdo. Cuéntale tú, Max, eso de la gravedad a nuestra madre. Y ya verás cómo te responde ella…

El mayordomo había dejado la puerta entornada, y los cuatro entraron corriendo en el piso de doña Mercedes. Cuando se colaron en el comedor, la última campanada de las doce ya había sonado.

—Vaya por Dios, es la primera vez en muchos años que no habéis formulado vuestros deseos comiendo las uvas. ¿Tan difícil resulta ser puntual? —dijo Mercedes realmente molesta—. No me ha gustado nada este retraso, parece mentira que a estas alturas aún no os hayáis enterado. —Miró entonces a Gloria, y añadió—: Rafa, ¿quién es esta señorita? ¡Santo cielo, si está sangrando! Dime, bonita, ¿qué te ha pasado? ¿Qué habéis estado haciendo, si puede saberse?

—Madre, te presento a Gloria Montoliu —intervino Isabel—. Es una buena amiga mía. Hemos chocado las dos cuando bajábamos corriendo por las escaleras. Se ha estropeado el ascensor y no queríamos llegar tarde a tomar las uvas contigo. Pero nos hemos caído y por eso le sangra la nariz. No es nada.

El mayordomo apareció armado de gasas y agua oxigenada.

—Me alegro de conocerte —dijo Mercedes con una sonrisa a medias—. Confío que al menos hayas podido disfrutar viendo de cerca las chimeneas de Gaudí.

—¿Qué chimeneas? ¿De quién? —dijo Gloria.

Max no oyó el resto de la conversación. Se quedó congelado. Acababa de ver la espalda de una mujer que se encontraba sentada a la mesa, y esa espalda escotada era la misma que él había acariciado un millar de veces, y la melena castaña recogida a un lado era la misma en la que él había sumergido su cabeza en muchos momentos de pasión.

Olvidando todo lo que estaba pasando en el amplio comedor de los Prat, Max alzó la voz hacia esa mujer y preguntó con sequedad:

—¿Qué haces tú aquí, Rosy?

Ella se dio media vuelta con la mayor naturalidad del mundo.

—He venido a desearte un feliz Año Nuevo, cariño. ¡Qué placer volver a verte! Tendrías que pedirle al mayordomo que también te dé a ti una gasa y agua oxigenada. Tienes toda la cara manchada de carmín…

43

Permiso de Año Nuevo

Barcelona, 2 de enero de 1944

Aunque en España había restricciones en el uso de la electricidad, cuando Werner entró en el Ritz le pareció un ambiente rutilante, sobre todo en contraste con Londres, siempre en penumbra por los bombardeos. En la Rotonda había un enorme árbol de Navidad que añadía un aire festivo al lujoso salón.

—¡Feliz Año Nuevo, doctor Applefeld!

Aunque el tortuoso viaje hasta Barcelona había sido largo, Werner se alegró de haber llegado por fin. Desde la recepción llamó a Joshua.

—Quedemos temprano —pidió Werner aun a sabiendas de que para Josh eso de temprano era más o menos las doce del mediodía.

—¿Te va bien a las ocho o prefieres un poco antes? —respondió Josh inesperadamente—. La pasada Nochevieja terminé de trabajar con Bernard Hilda. Ayer estuve el día entero durmiendo. Y hoy he comenzado a cumplir mi principal propósito de año nuevo: seguir unos horarios muy disciplinados.

—¡No me dirás que te han despedido! —exclamó Werner alarmado.

—Todo lo contrario, Werner. Tranquilo. Mañana te lo cuento.

A la mañana siguiente, Josh ardía en deseos de contarle esas novedades.

—Trataré de hacer un relato colorista, aunque los acontecimientos de estos dos meses desde que te fuiste a Londres no necesitan de adornos. Comamos algo y tomemos café. Y dime, tu vida de militar, ¿qué tal va? ¿Te gusta el Ejército estadounidense?

—Es más o menos tal como me lo imaginaba. La enorme cantidad de reglas no me entusiasman, ya te lo puedes suponer, pero siento respeto por la disciplina y el compromiso de los oficiales de carrera que son mis superiores. Son personas admirables. Estoy aprendiendo mucho y la experiencia es valiosa. Puede que sea el hecho de no haber nacido en Estados Unidos lo que hace que todavía aprecie más esta posibilidad de hacer algo por mi país. Y también creo que hago algo por la humanidad entera, lo cual es muy bueno para ese idealismo del que a veces se me ha acusado. Bueno, cuéntame. ¿Qué ha pasado aquí?

Werner escuchó encantado las gestiones que incluían a la Barraquer, al Opus, al organismo falangista y al dueño alemán del gimnasio.

—¡Bien por Óscar, bien por Max!

—No te puedes imaginar lo mucho que ha cambiado Max —prosiguió Joshua—. Tiene ganas de ponerse a trabajar y de ganar dinero. Parece estar muy motivado y siempre lo encuentro de buen humor. Volvemos a ser tan amigos como en los mejores días. Parece que nuestros problemas ya son cosa del pasado.

—¡Qué buenas noticias! ¡Y qué bien le irá trabajar en un gimnasio! Adonis tiene la obligación de cuidar muy bien de su cuerpo…

—Y ahora más que nunca —dijo Josh—. Isabel le encanta, y a mí me encanta eso porque ella es mucho más amable, dulce, bonita y joven que Rosy. Literalmente, ella vive para él y él vive para ella. El mito de Adonis sigue siendo tan poderoso como en la Antigüedad. Hay dos mujeres que están locamente enamoradas de ese dios.

—Y ese dios está encantado de que le ocurra —comentó Werner.

—Así es. Lo más notable es la manera que tiene Isabel de llevar la relación que hay entre ellos dos. Es una mujer mucho más emancipada de lo normal entre las jóvenes españolas de su categoría social. Para que te hagas una idea, uno de mis compañeros de la orquesta dice que casi todas las chicas españolas se comportan como si vivieran en un convento de clausura.

—¿En qué sentido?

—Son discretas, calladas, tímidas, se las ve siempre obsesionadas por lo correcto o lo incorrecto, muy especialmente en todo lo que se refiere a las relaciones con los hombres. Isabel no es así, tiene un espíritu libre. A ella no parece importarle lo que puedan pensar los demás, y eso incluye a su madre y también a su tío Óscar, del cual dice que es… ¡«una rata de sacristía»!

—Vaya vaya —se rio Werner abiertamente.

—Y me estoy dejando lo mejor para el final. El 31 de diciembre se presentó Rosy en Barcelona. Quería ver a Max y apareció en el apartamento de Mercedes Prat. Quería que alguien le dijera dónde estaba él. Doña Mercedes le contestó que era uno de sus invitados para la celebración del Año Nuevo, que lo esperaban poco antes de medianoche, y como puedes imaginarte fácilmente, Rosy consiguió que la invitase a ella también.

—¡Se está poniendo esto la mar de interesante! —siguió sonriendo Werner.

—Al final de la cena se presentaron Max e Isabel con Rafa y la novia de este, Gloria. Tenían que llegar antes, pero se retrasaron y se les veía con ganas de jarana. Era evidente que Max e Isabel se gustaban, cosa que a Rosy no le pasó desapercibido. Insistió en que quería hablar a solas con él, lo cual demuestra el poco tacto que Rosy sigue teniendo. Se lo llevó a la biblioteca tras pedir disculpas a los demás. La discusión que tuvieron allí fue acalorada. Luego supimos que la actitud de Rosy fue histriónica, incluso para alguien como ella. Fingió que trataba de suicidarse, se puso muy mala y tuvieron que llevarla al hotel y de allí al hospital. Lleva ingresada desde esa noche.

—¡Increíble! —dijo Werner.

—Me ha dicho Max que doña Mercedes ha organizado una cena para mañana, y «en caso de que el doctor Applefeld hubiese llegado a Barcelona, como nos dijo que quería hacer, le invitaré también». Aseguró que siente mucho aprecio por ti. ¿No es encantadora?

—Max y yo somos quienes debemos invitar a cenar a la familia Prat —dijo Werner—. Son muy buena gente y han tenido una generosidad ilimitada. Nadie podía haber esperado de ellos tanta ayuda y tanto cariño por alguien a quien ni siquiera conocían. Estoy francamente impresionado por lo que han hecho y están haciendo. Seguramente el hotel podrá organizar para todos nosotros una buena cena, ¿no crees?

—Tienen una cocina muy buena —respondió Joshua—, y te aseguro que el señor Tarragó, el director, hará todo lo que esté en su mano por satisfacer tus deseos y por conseguir que Mercedes esté a gusto. Es una buena cliente del hotel.

—También quiero ver a Rosy. ¿Sabes dónde está?

—Sí, la ingresaron en el hospital de Sant Pau.

—Ojalá me autoricen a verla. ¿Está muy lejos?

—No mucho.

—Pues iré ahora mismo, antes de que todo se complique. Me han dado solo cuatro días de permiso y los viajes llevan hoy en día mucho tiempo.

—Buena idea. Yo hablo con el director del hotel para reservar la cena, no te preocupes.

—¡No has tenido tiempo de contarme nada sobre ti!

—Te lo contaré todo —respondió Joshua con una sonrisa muy alegre—. Son muy buenas noticias.

Al bajar del taxi que lo condujo al hospital de Sant Pau, Werner quedó impresionado por aquel gran recinto hospitalario. Su arquitectura estaba en el extremo opuesto del estilo funcional de la Clínica Barraquer, pero también poseía una belleza y una singularidad notables y, según vio en un folleto mientras esperaba, todo estaba pensado al servicio de los pacientes. Decidió estar con Rosy todo el tiempo que le permitieran, y luego dar un paseo y visitar las instalaciones.

¿Qué extrañas cualidades hacían que Rosy provocara sentimientos siempre intensos, y a menudo contradictorios? ¿Por qué lograba que la gente la adorase y la detestara? La opinión y los sentimientos que Werner tuvo hacia ella fueron muy cambiantes. La detestó en Múnich cuando supo que hizo que lo persiguieran, la adoró cuando subió a su habitación de hotel para asegurarse de que tenía buenas vistas, y volvió a admirarla cuando trazó su complicado plan para salvar a Max durante el intercambio de prisioneros en Barcelona. El plan funcionó, pues al fin y al cabo Max se había podido quedar en Barcelona, pero no había terminado del todo. Había cabos sueltos. Y el que más preocupaba a Werner era saber algo dificilísimo de explicar: ¿por qué él mismo quería ver a Rosy antes de visitar a su primo Max?

La vida estaba llena de ironías, y ahora resultaba que la que había sido ingresada en un hospital era Rosy, mientras que Max estaba libre y parecía haberse enamorado de otra mujer.

—¿Puede saberse qué le pasa a mi amiga Rosy? —dijo jovialmente Werner en cuanto la enfermera que lo acompañó salió de la habitación.

—Me pasa de todo —resumió brevemente Rosy—. Hay temporal en el océano y nado contracorriente.

—No suena bien. ¿Son fuertes esas corrientes?

—Fortísimas. No te gustaría encontrarte en mi lugar. Me alegro de verte. Te veo bien.

Werner no hizo caso del cumplido porque no podía decir lo mismo de ella y adoptó un tono ligero que pudiese mejorar al menos su humor:

—Permíteme que juegue a médicos contigo. ¿Por qué tuvieron que traerte al hospital?

—Es largo de contar y no te parecerá nada interesante.

—¿Olvidas que una parte importante de mi profesión consiste en escuchar? El poco éxito que haya podido tener como médico se lo debo por completo a que siempre me ha interesado escuchar lo que me dicen los pacientes. Háblame, tenemos tiempo. Dime qué te duele. A lo mejor podría ayudarte.

—Lo que me duele es mi mente. Decepción, miedo, dudas, celos, culpa, ira… y el peso de los años. Tengo grandes cantidades de emociones tóxicas, de todas las clases. Y mi cuerpo ha decidido que no puede más. Estoy débil, cansada y fría.

—No son pocos síntomas —aceptó Werner—. Cuidemos primero del cuerpo. Suele ser lo más sencillo. Más tarde nos ocuparemos de la mente. Dime en serio, por favor, ¿te importaría que te hiciera unas pocas preguntas muy sencillas?

—Desde luego que no.

—Al final, si te parece, tendremos un diálogo que tratará de conseguir lo que un colega mío de Nueva York llama «limpieza de alma».

—¿Estás dispuesto a soportar todo eso?

—Lo que tú quieras hacer es lo que querré yo.

—Adelante —dijo sin ninguna reticencia.

—Sigamos el procedimiento. ¿Tienes dolores en alguna parte? ¿Sientes náuseas?

—No.

—¿Has notado cambios en la visión, el oído, el olfato o el gusto?

—No.

—¿Tienes, o has tenido recientemente, dolores de cabeza muy fuertes?

—No.

—¿Comes bien?

—No.

—¿Se debe a la falta de apetito, o tratas solo de llamar la atención?

—Lo segundo.

—Antes de entrar a verte he pasado un ratito en la sala de enfermeras. Óscar ha telefoneado atendiendo mi petición, y me han permitido ver el historial de tus constantes vitales, y todo es normal, el pulso, la presión sanguínea y los análisis. ¿Por qué estás en cama?

—Me dijeron que debía descansar.

—Por favor, levántate, vístete y vamos a pasear un rato por el parque. Este recinto es maravilloso, uno de los principales ejemplos de la arquitectura modernista de Domènech i Montaner. Tiene cinco pabellones dispersos en un parque, y están conectados mediante pasadizos subterráneos con el edificio central. ¿Sabías todo eso?

—Por supuesto que no.

—Un paseo por los jardines te va a sentar de maravilla. Y respirar aire fresco también te irá bien. Este día de invierno templado nos invita a practicar un poco de medicina peripatética al aire libre.

—¿Y qué es eso?

—Aristóteles enseñaba a sus alumnos mientras daban paseos: caminando, de ahí lo de peripatético. Quiero solo saber más de ti. ¿Se te ocurre algo más inocente? Caminar y charlar son dos de las formas más eficaces de tratar problemas menores, y también algunos más complejos.

—¿Sabes?, siempre que me siento tensa o preocupada, me encanta salir a dar un paseo.

—Pues ya hemos ganado la mitad de la batalla. Hay que hablar abiertamente, con sinceridad. No descartaremos ninguna cuestión porque pueda parecer inapropiada o inconveniente. ¿Estás dispuesta a ayudarme a ayudarte?

—¿No te he dicho ya que sí?

—Quería estar seguro.

Salieron al parque. El aire era fresco pero daba el sol y el lugar era maravilloso, rico en fantasía.

—Si nos sentimos cansados, paramos un rato —propuso Werner—. Dime, ¿cuándo naciste?

—El 4 de enero de 1901.

—Entonces, ¡mañana es tu cumpleaños! Tenemos que celebrarlo.

—Sí, es mañana, pero no tengo nada que celebrar. Por favor, sigue con las preguntas.

—¿Sigues enamorada de Max?

—Lo amo, pero sé que el deseo predomina sobre el amor. Y sé también que me gustaría vivir toda la vida junto a él.

—¿Como esposa?

—No. Como amante. Es uno de los motivos por los que he regresado a Barcelona. Quería comprobar si era capaz de encender de nuevo su pasión. Y el fracaso ha sido estrepitoso.

—¿Conoces muchas historias de pasión amorosa que hayan durado para siempre? —preguntó Werner—. ¿Y muchas en las que la mujer tenga veinte años más que el hombre?

—Más bien pocas.

—Permíteme ahora que te haga una pregunta sin relación alguna con lo anterior. ¿Sigues admirando a Hitler?

—Lo admiré. Pero ahora resulta que, en lugar de recuperar nuestra antigua grandeza, nos estamos encaminando a una nueva derrota. Ya no admiro a Hitler.

—¿Has matado a alguien?

—Sí.

—¿Una sola vez o más?

—Más de una vez.

—¿Tienes algún sentimiento de culpa o de remordimiento?

—No los he tenido hasta fechas recientes. No puedo volver la vista atrás y visitar mi pasado… Me resulta muy doloroso. No me siento orgullosa de lo que he hecho.

—Si Alemania perdiese la guerra, ¿considerarías la posibilidad de vivir en Berlín?

—¿No la hemos perdido ya?

—Todavía no ha terminado. Alemania sigue teniendo muchísimos V-2, más de los necesarios para destruir Londres.

—¿Cómo lo sabes?

—El servicio británico de inteligencia es casi tan bueno como la Abwehr.

—Estoy de acuerdo. Y sí, querría vivir en Alemania. Me gusta mi país, me gusta mi gente. Si has sido alemán una vez, lo eres para siempre. Me cuesta entender los sentimientos de personas como tú.

—Si Max estuviera enamorado de otra mujer, ¿seguirías amándolo o buscarías otra pareja?

—Jamás encontraría a otro como Max, es imposible, pero trataría de encontrar a otra pareja. Los hombres me gustan, los necesito. Quizás podría conformarme con uno de otro tipo, jugar con él a otra clase de juego, más convencional. Pero excitante. Si quieres que te sea franca, podría buscar como pareja a un hombre como tú.

—¿He de tomármelo como un cumplido?

—Es un cumplido, por supuesto. Me gustas.

—¿Era serio tu intento de suicidio?

—¿Cómo te has enterado de eso?

—Me lo ha contado Joshua.

—En aquel momento no era serio.

—¿Volverías a intentarlo ahora?

—No.

—Vamos a sentarnos un rato en ese banco de ahí —propuso Werner—. Cuéntame lo que se te ocurra. Pero háblame de ti, de tus padres, amigos, enemigos… De tus pasiones. Lo que quieras contar.

Una vez que se sentaron, Werner prosiguió:

—Levanta la cabeza y mira hacia arriba. Fíjate en la fuerza con la que esas pocas hojas se agarran a las ramas, fíjate que el viento no ha logrado hacerlas caer. Tienen una gran capacidad de resistencia. ¿La tienes tú?

—Creí que era muy dura, si te refieres a eso. Pero ahora ya no lo soy tanto.

—¿Qué cosas ocupan tu mente estos días?

—Estoy preocupada. No logro superar el efecto que me ha producido el modo en que me trata Max, su indiferencia, lo poco que aprecia lo que hice por él. Me jugué mi carrera, mi libertad y mi vida. No se trató de un favor sin más. Me hiere profundamente que no valore la magnitud de ese sacrificio. Y esa herida me produce un dolor como jamás había tenido que soportar.

»No me puedo quitar de la cabeza su indiferencia, que se está convirtiendo en una obsesión que no ha parado de crecer desde que lo vi en casa de Mercedes tras la cena de Nochevieja. Apenas me prestaba atención. Solo coqueteaba con Isabel. Necesitaba hablar con Max, y cuando estuvimos a solas vi que no le interesaba nada de lo que yo le dijera. Tuve ganas de matarlo. Como siempre, llevaba en el bolso un revólver, pero no estaba cargado. Lo apunté hacia él, como jugando, y le recordé lo que le dije hace años: «Como me seas infiel, te mataré». No me creyó, claro, se echó a reír. Y entonces volví la punta del cañón contra mí, como si fuese a disparar. En ese instante deseé que el arma estuviese cargada. Impulsivamente, Max se lanzó sobre mí como una pantera salvaje para impedir que me pegara un tiro.

—Es todo bastante melodramático, pero aunque fuera por un instinto primario, Max te demostró así que te aprecia.

—Es cierto, lo supe. Pero sentía deseos de matarlo igualmente.

—¿Cómo reaccionó al ver que el revólver no estaba cargado?

—Se rio aún más. Durante la pelea por ver quién controlaba el arma, nos caímos al suelo y luego, cuando supo que no llevaba balas, me levantó en vilo, y con una frialdad terrible me dijo: «Las chicas me están esperando. Discúlpame, Rosy. No sabía que ibas a venir. He quedado con Rafa en salir esta noche a bailar con Isabel y con Gloria». ¿Puedes imaginar un comportamiento más despreciable? Max no es más que músculos. No tiene cerebro. Y su corazón es diminuto. Solo vale en posición horizontal. A modo de despedida añadió: «¿Por qué no te quedas aquí descansando en el sofá? Cuando regresemos, pasaré a recogerte y te llevaré al hotel». Y con estas palabras, me dio un beso apresurado y se fue.

»Solo se me ocurrió abrir el balcón, esa vez con la firme intención de tirarme… No tanto para matarme como para caer encima de Max y matarlo a él. No tuve valor. El corazón me latía desbocado, sentía náuseas, la cabeza me flotaba, las piernas casi no me sostenían… No sé cómo me las arreglé para ir a darle las buenas noches y desearle feliz año nuevo a Mercedes, fingí no ver a los demás invitados, y me fui al hotel.

Werner sabía que era necesario interrumpir aquel monólogo tan doloroso. Lo único que podía comentar era que tenía todo el derecho a sentirse dolida y traicionada.

—Jamás se me habría ocurrido pensar que Max era capaz de comportarse con semejante bajeza —dijo Werner—. Roza la crueldad… Lo siento mucho por ti, y estoy avergonzado por él.

—Cuando llegué a mi habitación llamé al médico del hotel y le conté parte de lo que había pasado. Me examinó y me dijo que no podía dejarme sola, que recogiera lo que necesitara para pasar una noche en el hospital, y me trajo a este sitio donde tan bien me han cuidado. Resulta que él vive cerca de aquí y solicitó que me admitieran como paciente. Solo me pidió que le diera alguna clase de credencial de mi Gobierno. Eso le bastó. También encargó que me hicieran pruebas, por si el laboratorio detectaba alguna cosa que no había advertido él ni notado yo. —Rosy inspiró profundamente—. Me alegro de haber podido estar aquí. Me siento mejor, más tranquila y muy protegida.

—¿Protegida? ¿Frente a qué peligro? —quiso saber Werner.

—Yo misma. Yo soy un peligro para mí. Y también lo son mis pensamientos.

—¿Qué pensamientos?

Con rostro impávido, Rosy dijo:

—Pienso en matar al almirante Canaris.

—No creo que hables en serio...

—Totalmente en serio. Canaris es la única persona, aparte de todos nosotros, que sabe la verdad acerca de cómo desapareció Max. Sabe que no cayó accidentalmente del barco, sino que huyó gracias a un plan más o menos bien organizado.

—¿Y cómo sabes que él lo sabe?

—Porque se lo dije yo. Me sentía fatal por la manera en que se desarrolló el plan. Desde hace tiempo solo se me ocurre que, para librarme de tanta desdicha, tengo que matar a alguien. Primero pensé en matar a Max. Luego se me ocurrió que era mejor matarme a mí. Y ahora estoy convencida de que he de matar a Canaris. Probablemente, además, le haría un favor a él.

Era una escena que, vista desde fuera, habría parecido sacada directamente de una película. Una pareja atractiva y madura sentada en el parque de un gran hospital urbano. Ambas sintiéndose extranjeras durante un tiempo de guerra cruel. Ella se había puesto a llorar con la cabeza apoyada en el hombro del hombre, que le daba golpecitos tranquilizadores en la cabeza.

Cuando Rosy recuperó cierta fortaleza anímica, formuló una pregunta:

—¿Has averiguado algo de lo que querías saber acerca de mí?

—La verdad es que sí. Pero, aparte de tu intención de matar a Canaris y el motivo para querer hacerlo, lo demás no ha supuesto ninguna sorpresa. Querría tener más conversaciones contigo, Rosy, pero más largas. Me queda hoy una pregunta que hacerte. ¿Por qué dejaste caer en la acera del Ritz aquel sobre donde estaba el informe de Klaus sobre Giselle?

—No creo que no seas capaz de deducir ese porqué.

—Me parece que he sabido hacerlo. Cuando te llegó el informe no quisiste que yo me enterase de que el pequeño Werner Boulanger podía ser hijo mío.

—Correcto.

—Pero cambiaste de idea y dejaste caer el sobre a la entrada del hotel confiando en que llegara a mis manos.

—También es correcto. ¿Por qué crees que cambié de idea?

—El día en que viste a Max en el muelle, supiste que eras muy mayor para él, y me convertí para ti en una posible opción de sucesor. Asumiste de forma muy sensata que, si el pequeño Werner era hijo mío, había menos probabilidades de que tu plan pudiera hacerse realidad. Sin embargo, tu obsesión por Max, tu capacidad de resistencia, por usar de nuevo esa palabra, hizo que cambiaras otra vez de idea. Y entonces tomaste la decisión de probar al menos una vez más, de hacer un último esfuerzo por seducirlo. Y eso hizo que tanto el pequeño Werner como yo dejáramos de parecer interesantes.

—¡Bravo! Tendrías que ser detective privado. Pero permíteme ahora que te diga una cosa que es nueva e interesante, esta sí que lo será —dijo Rosy como si acabara de recuperar fuerzas—. El almirante Canaris me ha dado la orden de hacer todo lo necesario para capturar a Max y entregarlo a las autoridades alemanas. Esa orden debe ser ejecutada antes del 15 de enero, después de ese plazo todo el equipo de la Abwehr en España será acusado de negligencia e incompetencia. Klaus, mi amigo de Múnich y colega en el espionaje militar, está en manos de la Gestapo. Nos irían deteniendo a los demás, y nuestros compañeros de partido nos irán matando a todos. ¿Te ha parecido esto un poco sorprendente, tal vez?

—Es inesperado, nuevo y preocupante en grado sumo. Lo que no entiendo es por qué ha tardado tanto en precipitarse todo esto. ¿Sabe Max que tienes que detenerlo y entregarlo?

—No. Ahora mismo, aparte de Canaris y de mí, tú eres la única otra persona del mundo que lo sabe. ¿Podrías encontrar una razón mejor que esta para que me hayan venido ganas de matar a Canaris?

Se pusieron en pie y caminaron un buen rato en silencio. Werner estaba aturdido ante la noticia. Rosy se enfrentaba a un dilema ominoso.

—Me sentaría bien una taza de café —propuso ella.

Y entraron en el bar del hospital. Una vez sentados en un pequeño reservado, Rosy miró a Werner y le preguntó:

—¿Eres feliz?

—Estoy contento casi siempre. Alegre por lo general. Y si no lo estoy, finjo estarlo.

—¿Qué sentido tiene fingirlo?

—Por respeto a los que me rodean. A nadie le gusta escuchar a las almas infelices.

—Tu forma de contestar me indica que no es la primera vez que te preguntan todo esto. ¿Lo habías ensayado? —Y, sin darle tiempo a responder, Rosy disparó de nuevo—: ¿Intentarás localizar a Giselle?

—En cuanto pueda.

—¿Estás muy seguro de que Werner Boulanger es hijo tuyo?

—Muy seguro, no. La paternidad a menudo no es fácil de establecer. Pero trataré de averiguarlo.

—Todavía la amas, ¿no es cierto?

—Te acompañaré a tu habitación —dijo Werner a modo de respuesta—. Me temo que he abusado de tu tiempo. No pretendía quedarme tanto rato. Pero te prometo que volveré a verte.

—Me gusta hablar contigo, Werner. Esta limpieza de alma ha sido bastante eficaz, pero queda mucha porquería... La verdad es que me siento mucho mejor. ¿Cuántas veces te han dicho que eres un buen médico?

—¡No las suficientes! Mañana voy a organizar una cena con la familia Prat, que ha ayudado a Max hasta extremos que jamás pude soñar siquiera. A él no se lo he podido decir todavía. ¿Quieres venir a la cena? Para mí sería maravilloso.

—Gracias, pero no puedo aceptar la invitación. Para que esta limpieza no se malogre, tengo que alejar a Max de mi vida y mis pensamientos. Ahora ya no me necesitará, y no quiero volver a verlo. Me dijo Óscar que pronto tendrá permiso legal de residencia en España. Por otro lado, tal vez debería ir a por él mientras pueda hacerlo.

—¿Qué quiere decir «ir a por él»? —preguntó Werner.

—Te dejo que lo deduzcas tú, y no es un plan adecuado para una cena así. Además, todavía no ha llegado el momento. Que lo disfrutes, Werner.

Rosy se adelantó y le dio un beso y las gracias.

Werner pensó que ya no le quedaba tiempo para recorrer todo el recinto del hospital. Lo dejó para mejor ocasión.

44

La cena de Werner

Barcelona, 4 de enero de 1944

Werner no tenía el menor motivo de queja, la velada iba a desarrollarse tal como había deseado. Fue el propio director del hotel quien sugirió utilizar para esa cena privada una de las suites del Ritz y, como muchas de ellas estaban ocupadas, les preparó el comedor de la suite presidencial. Y cuando hablaron del menú, el señor Tarragó le dijo:

—Confíe en mí, doctor Applefeld, prepararemos una cena sencilla pero de fiesta, y le garantizo que a doña Mercedes Prat le va a encantar.

—Confío en usted —dijo Werner, que tampoco tenía ganas de dar vueltas en la cabeza a cosas como la comida o el vino, y sabía que estaba en muy buenas manos.

Cuando se lo comunicó por teléfono, Mercedes aceptó encantada la invitación:

—De hecho, me hará un favor. El mayordomo tiene un resfriado muy fuerte y le he convencido de que guarde cama unos días. ¡Ya no es un niño! Sin él no soy capaz de hacer nada. Doctor Applefeld, es usted todo un caballero y le agradezco mucho que nos invite a todos.

—Mercedes, ya es hora de que dejes de llamarme doctor Applefeld. ¡Vamos a tener una cena de amigos, tutéame por favor! Y si quieres que visite a tu mayordomo, no tienes más que decirlo.

—No parece que sea tan grave. Tengo muchas ganas de ir a tu cena, Werner. ¿Va a venir Rosy?

—La invité, pero no se siente con fuerzas.

—Dadas las circunstancias, creo que es prudente de su parte declinar tu invitación. La crisis que padeció la Nochevieja fue muy fuerte, necesita recuperarse. Una crisis nerviosa tremenda… Mañana, cuando nos veamos, te contaré algún detalle más. ¿Dijiste que a las ocho? Me parece un horario mucho más civilizado que los nuestros, las cenas en España empiezan demasiado tarde. A Óscar le alegrará saberlo porque mañana tiene intención de subir a Montserrat y necesita madrugar.

—Debería acompañarlo. A lo mejor necesito hacer algo de turismo…

—¡Ay, no se te ocurra decirle eso a Óscar! Para él, la visita de cada año el mes de enero a Montserrat es una experiencia religiosa muy profunda.

El señor Tarragó les sugirió que Werner y Max recibieran a sus invitados en el gran vestíbulo del Ritz.

—Después de la cena de Nochevieja y hasta la noche del 5 de enero, la noche de la Epifanía, es un lugar muy tranquilo —le explicó el director—. El bar estará abierto y seguirá presidiendo el salón nuestro árbol de Navidad. Toman ustedes el aperitivo allí, y luego ya pueden subir a la suite, que está en el segundo piso. Allí serviremos la cena. Será íntima y sencilla, pero cuidada, tal como usted me pidió.

La primera en llegar fue Mercedes. Werner la esperaba acompañado de Max.

—Sé que llego antes de hora —dijo Mercedes—, pero estaba impaciente… ¿Cómo estás, Werner? Parece que el ejército te sienta bien. ¡Tienes mejor aspecto que hace un par de meses!

—Me alegra estar en España, será eso. Y me hace muy feliz la idea de reunirme con toda tu familia esta noche.

—Hola, Max. A ti te vi hace unos días y compruebo que cada día estás mejor. Por cierto, ¿sabes que eso de haber pasado dos meses en la Clínica Barraquer debe de ser un récord?

Max dejó boquiabierto a Werner cuando tomó la mano de Mercedes, se inclinó, la llevó a sus labios y la besó.

—Me ha ido muy bien —dijo Max incorporándose—. Veo perfectamente. Dice Isabel que tengo vista de águila…

—Y así es —dijo alegre Isabel, que acababa de llegar con su hermano Rafa.

—Doctor Applefeld, gracias por su invitación —dijo Rafa—. Es una idea buenísima reunirnos en el Ritz. Nos gusta mucho a todos, ¿verdad, Isabel? Aquí podemos relajarnos más que en casa. Y mi madre no habría invitado a la maravillosa Gloria.

La amiga de Rafa se había quedado un paso atrás, se acercó y, algo sonrojada, dijo:

—Muy agradecida, doctor.

—Por cierto, Rafa, me ha dicho Max que de momento se aloja en tu piso. Eres muy generoso —correspondió Werner.

—Confío en que ese «de momento» se alargue muchos meses. Nos llevamos muy bien.

—¿Por qué no me preparas también una habitación para mí? —suplicó Isabel—. Me encantaría vivir con vosotros dos.

—¡Nena! —dijo Mercedes, que con su tono quería decir que no pensaba permitir que su hija siguiera en ese plan ni un solo instante—. ¿Es que no vas a cambiar jamás? —Y volviéndose a Werner añadió—: No sé de dónde ha salido Isabel, ¡qué modales!

Joshua se había mantenido al margen, hasta que Mercedes se fijó en él:

—Me han dicho que has creado una pequeña orquesta propia, y que el otro día tocasteis aquí. Felicidades, parece que tu música ha gustado mucho.

—Cuando el auditorio presta tanta atención es fácil hacer buena música. Nos encantan los aplausos, pero el grupo no es mío. Ojalá lo fuera.

—¡A todos nos encanta que nos aplaudan! —dijo Werner.

—¿Prefiere Tío Pepe o champán, doctor? —preguntó el camarero.

—¿Qué es Tío Pepe?

—Un jerez claro, lo que llaman un «vino fino», de Jerez —explicó Rafa—. La marca Tío Pepe es del siglo XIX, pero cada vez es más popular eso de tomarse un fino a la hora del aperitivo. ¡Y es delicioso!

—Este Rafa se nos está convirtiendo en un experto en vinos, ¡vaya por Dios! —dijo Mercedes un poco seria.

—Tomemos Tío Pepe. Seguro que se le ha ocurrido al señor Tarragó —explicó Werner—. Me dijo que la velada iba a tener algunos toques españoles.

—Dime, Josh —intervino Max con gesto preocupado—, ¿es cierto el rumor que me ha llegado de que piensas irte a trabajar a Argentina? ¡Espero que no!

—Podría ser, pero no es seguro. Conocí en el teatro Tívoli al director musical de la compañía de Celia Gámez. Tanto ella como él son argentinos, aunque aquí son muy conocidos y admirados. Me dijo que el Colón de Buenos Aires busca músicos jóvenes que tengan experiencia en la composición y la dirección. Voy a presentar la solicitud. Siempre me había gustado la idea de ir a Argentina. ¿Quién te lo ha contado?

—Isabel.

—¿Y a ti quién te lo dijo?

Antes de que respondiera su hermana, Rafa dijo:

—¡Fui yo!

—¡Ojalá os equivoquéis todos! —insistió Max—. ¡Ahora que Josh y yo estamos renovando nuestra amistad!

—¡Qué gracioso! ¡Renovando una amistad! —dijo Mercedes—. Hablando en serio, Max, me encanta lo rápido que aprendes nuestro idioma.

—Es que lo encuentro muy bonito —dijo Max. Y volviéndose hacia Werner, preguntó—: Y Rosy, ¿va a venir a cenar?

—Me dijo que no se sentía con fuerzas.

—Me hubiese gustado verla.

—¿Por qué? —preguntó Isabel con algo más que curiosidad.

—Para disculparme ante ella. Me siento mal por haberla tratado mal en Nochevieja. Lo siento muchísimo. Hizo por mí cosas que jamás me habría imaginado que nadie pudiera hacer por otra persona. No sé qué me pasó esa noche…

—Me alegro de oírtelo decir —comentó Werner—. Pensaba pedirte explicaciones mañana, a solas. A Greta no le gustaría saber cómo te comportaste con quien lo dio todo por salvar tu vida.

—¿Quién es Greta? —preguntó Mercedes.

—Mi madre —dijo Max.

Y, simultáneamente, Werner y Josh dijeron también:

—Su madre.

—No sé si he entendido bien. ¿Y dónde está esa señora en este momento?

Y, a coro, los tres respondieron:

—¡En Zúrich!

—No lo he conseguido —dijo Werner compungido—. He tratado de todas las formas posibles que Greta viniera a Barcelona. Suiza es un país neutral, y también lo es España. Pero en medio hay países que no lo son. No solo habría sido complicado el viaje, habría sido incluso peligroso.

—¡Cuánto me gustaría verla! —confesó Max—. Tampoco fui nada amable con ella cuando me insistió en que nos fuéramos juntos de Alemania. Ojalá hubiese aceptado sus consejos. Las cosas habrían sido muy diferentes.

—Quizás... Pero yo no te hubiera conocido —dijo Isabel.

—Tienes razón —dijo Max apretándole con ternura la mano. Y dirigiéndose a todos, continuó—: Me gustaría anunciaros una buena noticia. He ido con Rafa a su gimnasio y he conocido a Herr Blume y a su hijo Joaquín, que tiene diez años. Me ha parecido que podría llegar a ser un buen gimnasta. Y se lo dije al padre, que me sugirió trabajar como ayudante suyo y ser el entrenador de Joaquín. Me entusiasmé con la idea. Pero lo principal es lo que viene ahora. Óscar ya ha conseguido que se legalice mi situación en España. Así que muy pronto empezaré a trabajar en el gimnasio de Herr Blume, ¡y estoy emocionado y muy reconocido a Óscar!

—¿Te van a pagar un sueldo adecuado? —preguntó Mercedes.

—Pero, madre, ¡qué pregunta tan inapropiada! ¡¿Y a ti qué te importa?! —dijo Isabel, tan directa como solía.

—Muy inapropiada, lo admito —dijo Mercedes—. ¿Será el Tío Pepe? Siempre recuerdo que mi institutriz, que era escocesa, decía que hay que reconocer los errores y hacerlo públicamente.

—¡Ahora lo entiendo! —dijo Werner.

—¿Qué es lo que entiendes? —dijo Mercedes entre sorprendida y molesta.

—Desde que conocí a Óscar, y luego a toda vuestra familia, me ha sorprendido el inglés tan bueno que habláis todos. ¡La institutriz os enseñó!

—Es cierto, fue ella. Mi padre tenía una fábrica de tejidos en Sabadell, que en esa época la gente decía que era el Mánchester catalán. Viajaba muy a menudo a Inglaterra, por negocios. Y un día regresó acompañado de una joven encantadora que se convirtió en mi institutriz. Vivió treinta y cinco años con nosotros. Mi padre le ordenó que nos hablara siempre en inglés. Y a nosotros, igual. Isabel y Rafa aprendieron desde pequeñitos.

Werner se volvió para saludar jovialmente a Óscar, que llegaba en ese momento con una expresión muy grave.

—Óscar, ¿qué tal? ¿Has tenido que alargar tu turno en el hospital?

—No, Werner. Rosy ha muerto.

—¿Cómo? ¿He oído bien?

—Sí, perfectamente. Rosy ha muerto.

—¿Qué ha pasado? ¿Cómo? ¿Y dónde? —dijo Werner negándose a aceptar la noticia.

El resto de invitados se acercó a ellos. Estaban aturdidos, nadie se atrevía a hablar.

—Esta tarde, a primera hora, me ha llamado el administrador del hospital de Sant Pau. Y me ha dicho, como si estuviese leyendo un informe: «Lamento informarle de que durante la ronda de esta mañana una enfermera ha encontrado el cuerpo sin vida de Rosy Dieckhoff, completamente vestida, en su cama. No tenemos noticia de que la paciente hubiese pedido ayuda en ningún momento ni de ningún tipo».

Se esfumó la alegría y buen humor que habían presidido el encuentro. Las copas medio llenas quedaron abandonadas en la gran mesa de la Rotonda mientras el grupo en silencio solemne rodeó a Óscar, que continuó con los detalles de la luctuosa noticia:

—Y ha añadido que tenían tres contactos para Rosy, el cónsul alemán en Barcelona, Herr Hartman; el doctor Trías, médico del Majestic, y yo. Me han llamado a mí por mi conexión con la facultad de Medicina.

—No puedo dar crédito a lo que nos estás contando —dijo Mercedes visiblemente conmovida.

—Tampoco yo me lo podía creer al principio —reconoció Óscar—. He ido enseguida al hospital y he pedido permiso para ver el cadáver y así identificarlo.

—¿Y...? —dijo Isabel.

—Preferiría no entrar ahora mismo en detalles.

—¿Por qué? Isabel es médico, Gloria es farmacéutica, Max

se ha pasado tres años rodeado de soldados heridos y agonizantes. Y Mercedes es la responsable del equipo de enfermeras del Auxilio Social. Somos personas maduras —declaró Werner.

—Y yo he visto hacer dos autopsias en los cursillos de Medicina forense —dijo Rafa.

—Ya que insistes… Seré breve. El cadáver no tenía signos de violencia, pero me llamaron la atención algunos indicios. Alrededor de los labios tenía unas manchas grandes de tono oscuro, que atribuí a una regurgitación negra. La piel facial tenía una decoloración con tintes rojos, y luego he visto que todo el cuerpo lo tenía cubierto de zonas con cianosis. Lo más revelador era un intenso olor que recordaba el de las almendras amargas. Tengo la impresión de que Rosy ha fallecido a causa de un envenenamiento por cianuro.

—Mereces una buena nota en Patología, querido Óscar —dijo Werner—. Es sabido que a los miembros principales del partido nazi se les proporcionaron cápsulas de cianuro a fin de que las pudieran utilizar si se producían «determinadas circunstancias».

—Así es —dijo Max, que se había puesto pálido—. Un buen amigo mío murió de la misma manera en Tobruk

—El administrador —prosiguió Óscar— me ha dado un sobre dirigido a ti, Werner. Estaba en la mesilla de noche de Rosy.

Entregó el sobre a su destinatario, y Werner lo leyó atentamente en silencio.

—¿No vas a decirnos qué te decía Rosy? —preguntó Isabel con impaciencia al cabo de unos momentos que se hicieron eternos para todos.

—No soy capaz. Pero tal vez Max podría, si le parece adecuado hacerlo.

Y le entregó la hoja a Max, que echó una rápida ojeada al texto y finalmente dijo:

—Os la voy a leer —anunció, y empezó a hacerlo con un tono de voz fuerte.

Querido Werner:
Teniendo en cuenta que el asunto tiene bastante importancia, puede que te sorprenda la informalidad de estas líneas.

Deberían comenzar con un «gracias» por las horas que pasamos juntos ayer en el hospital. Fue una visita maravillosa. Y aprendí en nuestra conversación mucho más de lo esperado. Te abrí mi corazón y mi alma, y conseguir eso de alguien nacido en Renania del Norte-Westfalia es milagroso.

Me preguntaste si amo a Max. Te dije que no estaba segura de eso, pero sí de que lo necesitaba. Cada encuentro con Max ha sido para mí siempre un trance de placer. Era mi droga. No sé si él supo jamás lo mucho que significaba para mí. Probablemente no, pero eso ahora ya no importa. Lo he perdido.

Max se detuvo, inspiró profundamente y miró a Isabel.

—No puedo seguir —confesó. Le pasó la nota a Óscar, se fue hacia el piano, se sentó en el banco y dejó caer la cabeza sobre el teclado. El impacto creó un sonido disonante, y luego se escuchó un incontrolable sollozo.

Se quedaron todos sin habla. Isabel fue al lado de Max, lo ayudó a levantarse y lo llevó hasta un sofá cercano. Ella se sentó junto a él, que hundió la cabeza en su regazo, donde siguió llorando.

La tensión del momento era terrible, y Óscar asumió la responsabilidad de salir de aquella situación.

—Le debemos a Rosy que todos oigamos sus palabras hasta el final —dijo, y sin esperar a que los demás asintieran, leyó:

Un hombre como tú, Werner, hubiese podido darle a mi vida una nueva perspectiva, pero entendí que tu pasado y el mío no eran compatibles. ¡Qué ridículo! Lo que cuenta es el futuro pero nos obsesionamos por el pasado. Cómo crecimos, qué comimos, cómo rezamos, cómo amamos y cómo hablamos… A esa identidad la llamamos tradición. Pero para mí todas esas palabras están vacías. A esa incompatibilidad debo añadir algo nuevo que comprobarás personalmente cuando visites un día Colombey-les-Deux-Églises. El pequeño Werner cambiará tu vida en muchos sentidos, y tendrás que hacer frente a una cosa: aún amas a Giselle. Sin duda, una carrera profesional como la tuya es una cosa muy importante, pero hay otra cosa incluso más importante, tener a tu lado a la persona a la que amas.

Werner se había convertido en el centro de atención. Se le notaba muy incómodo.

Has tenido la amabilidad de escucharme cuando expresaba mi preocupación por el hecho de que empiezo a envejecer, y te he dicho lo insoportable que eso resulta para una mujer como yo. Por eso parecía que solo me quedaba una posibilidad de futuro: retirarme. ¿Para hacer qué? No podía retirarme y dejar de hacer lo que he hecho toda mi vida, no quería dejar mi carrera. Hasta que me dieron la orden de hacer algo que yo no podía ni quería hacer. Vi delante de mí un inmenso agujero negro y pensé que era el momento de bajar el telón. Solo podía retirarme de una cosa: de la vida.

La detención de Klaus en Múnich era otra espina para mi corona. Y enseguida me pregunté cómo había aparecido esa imagen en mi mente. ¿Estaba pensando subconscientemente en la necesidad de redimirme a mí misma de mis pecados?

Es posible. Mi vida necesita ser redimida para tener algún sentido. La he vivido temeraria, apasionadamente. Una vida excesiva. He sentido pasión por algunas actitudes políticas radicales y a menudo crueles. Con pasión he condenado a enemigos reales o imaginarios. Y, sobre todo, he sentido pasión por hombres que no me permitían que mi fidelidad fuese duradera. La verdad es que nunca me he gustado a mí misma, y ahora tampoco me gusto.

Cuanto más pensaba en las opciones que me daba el almirante Canaris, más claro iba viendo que la mejor era la que pedía que me sacrificara yo. Solo esta opción tenía sentido. Era práctica, eficaz, y vi que poseía cierta *grandeur*, me convertía en algo así como una Brunilda de a pie.

La imagen hizo sonreír tímidamente a los presentes, que permanecían en respetuoso silencio.

Óscar continuó leyendo:

Todo lo que ha ocurrido nos demuestra, entre otras cosas, que el mito de Adonis sigue vivo. Las dos mujeres que lo aman no pueden coexistir. En este caso será la joven Afrodita la que permanezca junto a Adonis, mientras que la mayor, Perséfone, tendrá que irse… Probablemente para regresar convertida ya en la Reina de los muertos.

Isabel entornó los ojos y siguió acariciando el cabello de Max, que no había aún levantado la cabeza.

Mi regalo de cumpleaños consiste en librar de un peso terrible mis pobres hombros y encontrar quizás la respuesta que ha obsesionado durante milenios a la humanidad. ¿En qué consiste Dios? ¿Existe? ¿Está «ahí»? A lo mejor me llevo una gran sorpresa.

Cuando te fuiste del hospital, Werner, pasé revista a mi pasado. Me encontré culpable de graves crímenes, y solo se me ocurrió un castigo adecuado. Decidí, sencillamente, nombrarme verdugo de mí misma. Era lógico, era también la única forma que tenía de ayudar a alguien y poner fin a una existencia que había provocado mucho dolor por su empeño en perseguir lo que finalmente resultó ser un objetivo siniestro.

Terminaré esta nota con algo que quizás sea una sorpresa para ti, Werner. De manera extraña pero para mí evidente, creo que te he amado desde el día en que nos conocimos en el circo de Múnich. Podría haberte sido fiel.

Recuérdame con cariño,

Rosy

Óscar dobló la carta en silencio. Miró a los demás y consiguió decir:

—¿Por qué lloráis?

—Por la misma razón que tú estás también llorando —respondió Werner—. Porque en una situación así es la respuesta más noble.

—Pero creo que tal vez no deberíamos llorar. Es posible que Rosy haya logrado redimirse a sí misma. Todos podemos alcanzar la redención. Todos —dijo Óscar con voz temblorosa.

Max levantó por fin la cabeza del regazo de Isabel. Werner permaneció con los ojos cerrados. Rafa y Gloria no entendían muy bien qué hacían ellos allí. Y Joshua parecía tan hundido como todos ellos. Doña Mercedes peleaba con el pañuelo que se negaba a salir del bolso mientras las lágrimas comenzaban a estropear su discreto maquillaje.

Un camarero interrumpió la emotiva escena y pronunció una frase profundamente surrealista:

—Damas, caballeros, la cena está servida en la suite presidencial.

Joshua fue al bar y regresó con un candelabro que colocó encima del piano de cola. Encendió las cuatro velas, se sentó al teclado y comenzó a inundar la Rotonda con las notas románticas de *Insensiblement*, la canción favorita de Rosy durante los últimos meses.

A nadie se le habría ocurrido jamás pensar que un *slow foxtrot* podía convertirse en el marco musical adecuado, casi un oratorio perfecto, para un trance tan sobrio. Incluso la letra era adecuada: *Insensiblement vous vous êtes logée dans mon coeur...*

Era un momento extraño, humano y conmovedor. Una fría agente de la inteligencia nazi, cuyo pasado era cruel, estaba recibiendo un homenaje póstumo por parte de tres judíos y cinco católicos. Entre ellos, además, se encontraban su examante, gran atleta y estrella de circo en el pasado; un prestigioso neurólogo de Nueva York que acababa de saber que tenía un hijo; un brillante músico homosexual; un médico que era numerario del Opus Dei, una Grande de España y dos jóvenes españolas que todavía estaban empezando a preguntarse de qué iba la vida.

Las llamitas temblaban sobre el piano de un gran hotel situado en el centro de una ciudad que todavía peleaba por recuperarse de otra guerra. Una guerra que había acabado con la vida de un millón de españoles, pero no con las esperanzas de aquellos que habían sobrevivido.

Se había hablado de «redención», pero no de otra palabra que seguramente hubiese debido pronunciarse también, «abnegación», un término que bien podía aplicarse a la amistad que unía a Max y Joshua.

Werner contemplaba su vida bajo una nueva luz. El éxito profesional que había alcanzado trajo consigo unas graves carencias en el campo de las emociones. Rosy le había preguntado si era feliz. Y cuando comentó su respuesta diciendo que daba la sensación de que fuese una respuesta ensayada..., llevaba toda la razón.

La Rotonda permanecía en silencio. Una melodía sencilla había producido un encantamiento, y reinaba la paz.

EPÍLOGO

*D*os semanas después de la muerte de Rosy, el almirante Wilhelm Franz Canaris fue cesado como jefe de la Abwehr. Un mes después, en febrero de 1944, la agencia que él había dirigido durante tantos años fue disuelta por Hitler. Parte de sus funciones fueron asumidas bajo el mando de Himmler, lo cual produjo la persecución y dimisión de un gran número de sus principales agentes. El 9 de abril de 1945 el almirante Canaris fue ahorcado, y su cuerpo desnudo estuvo pudriéndose en el campo de concentración de Flossenbürg. Al cabo de catorce días, las tropas estadounidenses liberaron ese campo.

Joaquín Blume fue una inspiración para Max en su papel de entrenador. A los diecinueve años, compitió en las Juegos Olímpicosde Helsinki de 1952 y alcanzó la posición número 56 de un total de 212 gimnastas participantes y, además, fue el 29 en los ejercicios sobre suelo. Desde allí, Max escribió un telegrama a su esposa Isabel para comunicarle la buena noticia.

Isabel reaccionó diciendo: «Sé que Max quiere que nuestro pequeño Adonis sea una estrella olímpica en el futuro, pero yo quiero que sea médico».

Joaquín Blume murió años más tarde en un accidente de aviación, cuando volaba a las islas Canarias para participar en un concurso de gimnasia.

Agradecimientos

El primer estímulo que me condujo a trabajar en esta historia se produjo en Colorado al ser preguntado por mi nieta Anna qué recuerdos en mi vida habían dejado una huella imborrable en mí. Sin dudarlo, contesté «El intercambio». Meses después, durante un almuerzo en Nueva York, Marie-José Pagliai, con la que me une una larga amistad, me animó a escribir una novela basada en la misma idea. Sin su estímulo y el interés que mostró por el proyecto de escribir la novela, jamás hubiera llegado a hacerlo.

Stephen Kirschembaum dedicó muchas horas tratando de coger las riendas de mi prosa inmanejable y de minimizar los daños que le infligí a la lengua inglesa, en la que escribí la primera versión de la novela con el título de *The Barcelona Incident*. Lo mismo debo decir de Enrique Murillo, traductor, profesional incomparable, comprensivo, imaginativo y eficaz. Se ha convertido en un buen amigo.

Diane Illanes y Bryan Muir, vecinos míos en Boulder, me ayudaron, hasta mucho más allá de lo que hubiera sido razonable esperar, haciéndome las preguntas adecuadas y ofreciendo su valiosa perspectiva para resolver en algunos pasajes los problemas que mis propios prejuicios habían causado. El doctor Jordi Rius, barcelonés, colega y fiel amigo, solía empezar nuestra conversación durante las cenas preguntándome: «¿Y cómo va esa historia tuya? Me gustaría leerla. Tengo la impresión de que es una historia muy personal, muy tuya». No me queda claro si esto que él suponía es o no un punto a favor de la novela.

Un recuerdo también para Maria y Mariano Puig, por su generosa ayuda emocional cuando más la necesitaba.

Y, como es natural, mi familia, sostén de mi vida, me ha aconsejado, criticado y mantenido en marcha, avanzando pese a mi tendencia natural a dejar las cosas a la mitad. Rebecca, Jennie, Nancy, Alex, Sarah, Anna, Kelly y John han sido una constante inspiración.

Mi gratitud a todos ellos.

Escribí esta historia en Colorado, Oregón, y la completé en Graubünden, Suiza.

Dramatis personae

Werner Applefeld (Hamburgo, 1903): primo hermano de Max Lininger. Catedrático de Neurología, Universidad de Columbia, Nueva York.

Giselle Boulanger (París 1917): ejecutiva de Chanel.

Rosy Dieckhoff (Berlín, 1901): agente de la Abwehr, la agencia de Espionaje Militar de Alemania.

Bernard Hilda (París, 1915): director de orquesta, violín y vocalista. Hotel Ritz, Barcelona.

Greta Liniger (Hamburgo, 1889): madre de Max.

Max Liniger, nombre artístico «Adonis», (Hamburgo 1919): trapecista famoso.

Mercedes Prat (Barcelona, 1898): aristócrata barcelonesa.

Isabel Prat (Barcelona 1920): hija de Mercedes, oftalmóloga residente en la Clínica Barraquer.

Óscar Prat (Barcelona, 1906): profesor de Cardiología, Facultad de Medicina, Barcelona. Numerario del Opus Dei.

Rafa Prat (Barcelona, 1922): hijo de Mercedes y estudiante de Derecho. Aficionado a la escalada.

Shalimar (Port Said, 1920): trapecista famosa.

Joshua Scheinberg (Hamburgo, 1920): pianista del Metropole, Berlín.

Herbert von Tech (Berlín, 1902): Wehrmacht, ayudante de campo del mariscal Rommel.

Con las únicas excepciones del almirante Canaris, Bernard Hilda, la familia Blume y Ramón Tarragó, todos los personajes de esta novela son ficticios.

Este libro utiliza el tipo Aldus, que toma su nombre
del vanguardista impresor del Renacimiento
italiano, Aldus Manutius. Hermann Zapf
diseñó el tipo Aldus para la imprenta
Stempel en 1954, como una réplica
más ligera y elegante del
popular tipo
Palatino

El intercambio
se acabó de imprimir
un día de otoño de 2018,
en los talleres gráficos de Rodesa
Villatuerta (Navarra)